本书系
浙江省哲学社会科学规划课题
（课题编号：13NDJC181YB）成果
绍兴文理学院出版基金资助成果

浙籍作家的城市流动
与五四文学发展关系研究

【王传习 著】

中国社会科学出版社

图书在版编目(CIP)数据

浙籍作家的城市流动与五四文学发展关系研究/王传习著.—北京：中国社会科学出版社，2019.11
ISBN 978-7-5203-5554-4

Ⅰ.①浙… Ⅱ.①王… Ⅲ.①作家—人口流动—浙江②新文学(五四)—文学研究—浙江 Ⅳ.①I206.6

中国版本图书馆CIP数据核字(2019)第249145号

出 版 人	赵剑英
责任编辑	耿晓明
责任校对	王佳玉
责任印制	李寡寡

出　　版	中国社会科学出版社
社　　址	北京鼓楼西大街甲158号
邮　　编	100720
网　　址	http://www.csspw.cn
发 行 部	010-84083685
门 市 部	010-84029450
经　　销	新华书店及其他书店
印　　刷	北京明恒达印务有限公司
装　　订	廊坊市广阳区广增装订厂
版　　次	2019年11月第1版
印　　次	2019年11月第1次印刷
开　　本	710×1000 1/16
印　　张	15.75
插　　页	2
字　　数	227千字
定　　价	78.00元

凡购买中国社会科学出版社图书，如有质量问题请与本社营销中心联系调换
电话：010-84083683
版权所有　侵权必究

目 录

绪 论 ……………………………………………………………（1）
 第一节　五四浙籍作家流动的历史文化动因与现代意义 ………（1）
 第二节　本书的学术史梳理 ………………………………………（14）
 第三节　本书的研究思路与方法 …………………………………（20）

第一章　五四浙籍作家流动的时空背景 ……………………………（26）
 第一节　五四浙籍作家流动的地域起源 …………………………（26）
 第二节　五四浙籍作家的城市流动轨迹 …………………………（34）
 第三节　城市环境对五四浙籍作家的文化吸引 …………………（53）

第二章　五四浙籍作家的城市流动与群体聚合 ……………………（65）
 第一节　五四浙籍作家的乡缘聚首 ………………………………（65）
 第二节　五四浙籍作家的业缘凝聚 ………………………………（82）
 第三节　五四浙籍作家的学缘集聚 ………………………………（92）

第三章　五四浙籍作家的城市流动与启蒙文化追求 ……………（105）
 第一节　鲁迅等浙籍作家的求新源理想 …………………………（105）
 第二节　浙籍作家城市流动中的自立意识 ………………………（119）
 第三节　郁达夫等作家的城市流动与个性解放 …………………（145）

1

第四章　五四浙籍作家的倦游心理与游士精神 …………（160）
- 第一节　鲁迅对古代游方传统的继承与突围 …………（160）
- 第二节　周作人及浙西作家的乡土溯游 ………………（169）
- 第三节　郁达夫等人的山水行旅与方外游 ……………（181）

第五章　五四浙籍作家的流动体验与创作主题 …………（188）
- 第一节　五四浙籍作家对都会世态的观照 ……………（188）
- 第二节　五四浙籍作家小说中的出走主题 ……………（209）
- 第三节　五四绍籍作家对越中水景乡风的书写 ………（223）

结　语 ………………………………………………………（233）

参考文献 ……………………………………………………（238）

后　记 ………………………………………………………（245）

绪　　论

第一节　五四浙籍作家流动的历史文化动因与现代意义

在历史的长河中，人类迁行的脚步从未停止，人口流动既反映了社会变迁趋向，也让我们看到不同民族/社群的生存发展之道。西方学者H. J. 德伯里指出："流动性是人类社会的一个特征，发达国家的人们为了各种原因而经常搬家，自给自足社会（尤其是在干旱和半干旱地区）的人们为了求生而不得不四处迁移。"[①] 人类的流动往往因时因地而异，却也有其规律可循。从空间上看，有从一国迁往另一国的国际性迁移，也有国内地区之间的短距离迁移；从流动特点上看，有常态流动和非常态流动之别，前者是社会良性发展的结果，其中包含合法海外移民流、求学流、求职流、观光流，后者多是因王朝盛衰、战乱纷扰、自然灾害而引发的流民与难民潮；从时间上看，有永久性迁移与暂迁、回迁等。一般言之，人口流动多发于政治经济文化变革期，史上历次大规模迁徙莫不如此，如公元前2世纪犹太民族的亚非迁徙、4—7世纪欧洲民族大迁徙、中国4—5世纪永嘉之乱晋室南迁、北魏迁都时的人口变迁、明清时期南洋移民潮、晚清至五四知识分子入出洋，以及近代史上五次大规模人口迁徙、新时期至新时代的进城热与务工潮等，而人口的自然流动

[①] ［美］H. J. 德伯里：《人文地理：文化、社会与空间》，王民、王发曾、程玉申等译，北京师范大学出版社1988年版，第6页。

对社会发展的积极意义尤显。面对风云变幻，选择易地而生，由人烟稀少的穷山恶水转向人口稠密的富庶之地，其流动生活蕴含着宇宙苍生的生存智慧，虽搅扰了社会秩序，最终却能促进民族融合和生产力的提高。18世纪工业革命后，现代化浪潮推动人类社会产生深刻变化，由落后国家（地区）奔向发达国家（地区）、由乡间涌入城（镇）成为人口迁移的主流，此风延续数百年，一直影响至今。西方社会学家曼纽尔·卡斯特尔曾作分析："我们居住在都市世界中。地球上超过一半的人口现在住在都市地区，由联合国提出的、得认真对待的预测指出，未来三十年中，这个比例将达到三分之二。"①研究表明，中国"过去50年中，迁移水平和迁移率并非直线渐进，而是呈波浪式的起伏状：1950年代增长，1960年代因迁移控制而迅速下降，1970年代之后特别是进入1980年代后又快速增长"②，特别是改革开放40多年来，经济社会发展日新月异，城市化、城镇化飞速提高，人口流动出现新的峰值。根据2010年国家统计局公布的全国第六次人口普查数据，共有2亿6138万6075人的居住地与户口登记地所在乡镇街道不一致，且离开户口登记地半年以上，比2010年增长81.03%，其中，不在市辖区内人户分离的有2亿2142万6652人。国内大都市及京津冀、长三角、珠三角城市群，成为外来人口的主要集中地，海外学习工作的人口、留学生再次膨胀，进城务工流浩浩荡荡，"2010年外出农民工802万"，虽然在政策引导下有所收缩，但2014年仍有"211万"。③

在历代流动人群中，知识者是一个流动性很强的群体。他们之所以频繁迁徙，不乏生计考虑，主要是为精神吁求，因此有别于一般的流动人口。中国古代"四民"之首的士游走四方，无论游学、宦游，还是云

---

① ［美］曼纽尔·卡斯特尔：《21世纪的都市社会学》，罗岗主编：《帝国、都市与现代性》，江苏人民出版社2006年版，第239页。
② ［美］范芝芬：《流动中国：迁移、国家和家庭》，邱幼云、黄河译，社会科学文献出版社2013年版，第23页。
③ 中国人口与发展研究中心编：《〈人口与劳动绿皮书：中国人口与劳动问题报告〉发布》，《流动人口信息参考》2016年第12期。

游、游历，其志在闻道寻道，正如余英时所言："这是春秋晚期以来社会变动的结果。由于贵族分子不断地下降为士，特别是庶民阶级大量地上升为士，士阶层扩大了，性质也起了变化。最重要的是士已不复如顾炎武所说的'大抵皆有职之人'。相反地，士已从固定的封建关系中游离了出来而进入一种'士无定主'的状态。"①春秋战国时期，游士四方奔走，以期受到明君重用，春秋时期"郑人游于乡校以论执政"，儒士追求内圣外王，孔子不甘户牖之内，推崇"君子怀德，小人怀土"，认为"士而怀居，不足以为士"②，自公元前497—前484年周游列国，首开士人周游之风，四处游说仁道思想，推行仁政，以图匡正礼崩乐坏的时代，显示了儒家修身齐家治国平天下的追求。即使游春观水，孔子注重山水比德，"仁者乐山，智者乐水"，不断完善自我人格。道家学派主张通过游历寻真访道，达到至高的哲学境地。老子向往道法自然，"不出户，知天下；不窥牖，见天道"，现实中却只能出关西行，寻一处修道净地。胸怀鲲鹏之志的庄子，不愿束身于乡曲，认为"曲士不可以语于道者"③，神驰北海南冥，展现出更深广的时空观，进入自由的哲学境界。两汉开设太学，养天下之士，引得士人云会京师，游学之风日盛，"游学诸生，遂至三万余人，为至今未曾再有的盛况"④。受察举制和门阀制度的影响，士人广泛穿游士林，滋生"当今年少不复以学问为本，专更以交游为业"的攀附习气。⑤魏晋国子学、隋唐科举制兴起后的千余年，庶族士人日趋活跃，一代代文士踏上漫游之路，或千里赶考宦游，为官一方，或为功名所累、科考坎坷、仕途失意，转而游历山川，寄情田园山水。

---

① 余英时：《士与中国文化》，上海人民出版社1987年版，第20页。
② 《论语》，中华书局2006年版，第45、204页。
③ 何宗思：《道家经典：〈老子〉、〈庄子〉》，唐松波主编：《中华传统文化精品文库》第4卷，新华出版社2003年版，第59、269页。
④ 吕思勉：《中国文化史》，商务印书馆2015年版，第387页。
⑤ （清）顾炎武：《日知录集释·卷十三·两汉风俗》，黄汝城集释、秦克诚点校，岳麓书社1994年版，第469页。

中国近现代知识者的流动，始于清中后期、兴于20世纪二三十年代，延至抗战至世纪中后叶。19世纪末至20世纪上半叶，在西方入侵和国内忧患的双重背景下，古老的中国进入千年未有的大变局，社会文化发生深刻变革，人文地理遽然变化，中国文明的重心明显地由地域向城市倾斜。传统之"道"通行不畅，新"路"亟待开辟。去城市另拓民族生路，成为众所认可的选择。鸦片战争后，外国列强通过签订《南京条约》《天津条约》《烟台条约》《马关条约》等一系列条约，在中国沿海沿江开通商埠，划分租界，从五口通商开始逐步扩大势力范围，染指南北各沿海沿江甚至内陆地区，迫使中国门户开放，使之深陷民族危机。清政府为了改革图强，先后开展了洋务运动、戊戌变法、清末新政，1861—1898年洋务运动三十年间，在天津、南京、上海、福州等城市发展早期军工业，开办江南水师学堂、福州船政学堂、天津水师学堂以及各类外语学堂，并公派留学生赴欧美、日本，出洋学习现代科技，如1872年公派赴美留学生，正式揭开了知识者远渡重洋的序幕。1898年维新运动，效仿西法全力推行政治、经济、社会、教育革新，发展农工商和铁路实业，废八股改策论，设立京师大学堂、编译学堂，推动各省设立新式学堂，鼓励官员游历考察，形成了兴办实业、推崇新学的炽热风气。1905—1911年的晚清新政几乎重演变法，1905年废止科举考试，要求翰林编修、各科进士学习中西各科，明令各省改书院、建学堂，鼓励兴学游学。这些变革措施，加速了士人阶层的分野与流动，一部分传统士绅回归乡治文教，不少传统士子转向新学，新一代知识分子在国内外城市的学堂中日渐成长。这样，以地域家族为中心的传统文明逐步瓦解，近代文明正在城市拔地而起。"失去生机的农民也来到城市寻找工作，他们往往在外国人或中国企业家的工厂里聊以度日，越来越多的条约口岸成为中国金融、工业和人口集中之地，如上海、南京、广州、汉口和天津都发展成为相当规模和拥有一定财富的中心城市。城市和以城市为中心的工业的成长，勾勒出中国近代资本主义的崛起。"[①] 因此，知识人

---

① [美]徐中约：《中国近代史1600—2000：中国的奋斗》，计秋枫、朱庆葆译，世界图书出版公司2008年版，第343页。

群迎来了高频流动期，呈现出章太炎所言的"乡邑子弟，负笈城市"①的景象。"愈海负笈，月计百计"②的留学生涌向海外都市，国内的知识者纷纷离乡进城，掀起求学流、求业流，直至五四时期仍绵延不绝。学者张灏将之称为知识人群的"社会游离性"："现代知识分子多半脱离了他们本乡的乡土社会，寄居于沿江沿海的几个大都市，变成社会上脱了根的游离分子。"③19世纪末至20世纪，中国社会思潮千流奔涌，去往城市追求世界文明已成风尚，当然也有一部分人受19世纪俄国"到民间去"运动、日本白桦派与新村主义运动的影响返归农村，如梁漱溟开展的乡村建设运动、李大钊《青年与农村》倡导的农村改造运动、留法人员提倡的工读互助运动、周作人开展的新村运动实验、王拱璧回到青年村开展的乡村教育等，其思想火花产生于城市游走的途中，而且只是时代洪流的一个支脉，未改变知识人群行动的主方向。

19世纪与20世纪之交的两浙地区，由于因缘际会，较早盛行知识分子外迁之风，其人数之众、其风之炽，在全国名列前茅。浙人较早负笈东瀛与欧美，中国近代首次公派赴美留学幼童中，浙江出游人数处于第三位，"广东84人，江苏21人，浙江8人，安徽四人，福建二人，山东一人……几乎都来自于南方"④。第一批、第二批庚子赔款赴美留学生中，浙江各有9人、14人，仅次于江苏。近代浙江留日学生更具规模，1899年日华学堂有26名中国留学生，来自浙江的共有9人⑤，人数居首位。直至1906年留日最高峰，浙江和江苏、湖南、湖北、福建、四川等地都是全国留日学生的主要来源地，"北自天津，南自上海，如潮涌来"⑥。回国后，浙籍留学生大多集中于杭州以及京、沪等地。与之相

---

① （清）章太炎：《在苏州国学讲习会的讲稿》，中国画报出版社2010年版，第22页。
② 梁启超：《论中国学术思想变迁之大势》，桑兵、张凯、於梅舫编：《近代中国学术思想》，中华书局2008年版，第64页。
③ 张灏：《幽暗意识与民主传统》，新星出版社2006年版，第138页。
④ 吴霓：《中国人留学史话》，商务印书馆1997年版，第18页。
⑤ 沈殿成主编：《中国人留学日本百年史》，辽宁教育出版社1997年版，第86页。
⑥ ［日］石藤惠秀：《中国人留学日本史》，谭汝谦、林启彦译，生活·读书·新知三联书店1983年版，第37页。

比，当时在国内求学和谋业的人数远超留学生，晚清至五四，越来越多的浙籍知识分子转移城市，形成一股不可扭转的风势，呈现出章太炎所言的"入都出洋"[①]的景象。五四开始，又有一大批浙人相继脱颖而出，闪耀全国文坛，据陈坚统计分析，20世纪上半叶来自浙江的作家、文艺理论家、翻译家多达129人，"《中国新文学大系》附载作家小传共142人，浙江占了42人，近四分之一"[②]。而且，他们同属于流动一族，都是在异地闯荡中实现自我新变，并集聚到一起，组成阵容庞大的文学队伍，纵横驰骋30余年。对此，王嘉良独出机杼地阐述道："在'异乡'流动，又在流动中建功，乃是20世纪前半段各地作家的共同特点，不独以浙江为然，只不过浙江作家表现得更为突出而已。"[③]

究其主因，这与中国近代历史文化情势有直接关系，同时与两浙的地缘环境以及地域文化积淀息息相关。近代历史变局与城乡分立，是五四浙籍作家流动的大背景，清末知识者闻风云而动，争做科学实业人才，为五四浙籍作家流动上演了前奏，蓄足了气势。生于世纪之交的一代浙籍作家，大都是被风气所驱，在众流千帆中出门远行，由崇尚科学实业转向文学启蒙，逐渐雄踞现代文坛，占了半壁江山，可谓是水到渠成的事情。

其一，在近代史转型过程中，两浙地区是传统与近代文明遇合碰撞的先发地。1842年《南京条约》签订后，宁波被列入五口通商口岸，温州、杭州随后开埠通商，1876年《烟台条约》宣布温州开户，1895年签订的《马关条约》把杭州作为通商港埠，为近代外来文明登陆顿开门户。两浙周边，环绕着许多新兴的通商城市，北邻上海，靠近长江入海口，又与南京、镇江、厦门、广州等南北商埠车船相通。这一地缘条件，使浙人较早接触西方工业文明，见识现代工商实业，当然也为此饱受西祸，开户通商地区，往往是西洋文明席卷的重灾区和民族主义的高发地。

[①] （清）章太炎：《在苏州国学讲习会的讲稿》，第22页。
[②] 陈坚：《浙籍现代作家研究》，《浙江社会科学》1991年第2期。
[③] 王嘉良主编：《浙江文学史》，杭州出版社2008年版，第15页。

中国近现代史上，率先通商的闽、粤、浙、苏、京、津等地区，无不饱受西潮侵袭，经历国土割让、民族屈辱后必然迸发民族主义热潮。在沿江沿海城市，西方工业文明长驱直入，民族近代工商业起步生长，却常常被猛烈的西风席卷，一夜凋零，在坚船利炮至上、工业化迅猛的情境下，广大农村的矛盾处境逐日显现。从国内观之，洋务运动、戊戌变法及至清末新政，数十年间在城市兴办早期工业实业，并亟于培养新式人才，在沿江沿海省份选拔和公派留欧留日学生，广开新式学堂，一系列改革图强运动的得失成败，时刻影响着两浙地区。新兴文明远在城市，而浙地乡村更显黯淡，直至20世纪上半叶，"由于人多地少，天灾人祸，浙江农村中破产的失业人数呈增加趋势。除了几个重要都市有一定的新兴工业，能吸收部分失业农民外，浙江大部分地区尚处在封建或半封建状态"[①]。对于严峻的外来挑战和惨淡的清末改革，浙地知识者近闻目睹，深感切肤之痛，对帝制旧学渐失信心，激发救亡图存的一腔豪情。在此十字路口，像张元济、蔡元培等大量仕宦文人辞官改道，蔡元培"谓康党所以失败，由于不先培养革新之人才，而欲以少数人弋取政权，排斥顽旧，不能不请见势绌。此后北京政府，无可希望。故抛弃京职，而愿委身于教育云"[②]。青年学子纷纷改弦更张，从本乡走向城市，另寻立身救国之道。

其二，两浙地区农工商互渗的经济基础、经世致用的人文传统，使近代知识分子向外进取，走在时代前列。钱穆曾论及文明发展的一大特点："游牧、商业起于内不足，内不足则需向外寻求，因此而为流动的、进取的。农耕可以自给，无事外求，并不继续一地，反复不舍，因此而为静定的，保守的。"[③] 浙江地处东南富庶之地，素有文化之邦之称，其文化渊源不同于黄河流域中原腹地。两浙自然地貌具有"七山二水一分田"[④]的特点，丘陵与水域面积较大，平原地区只集中于杭嘉湖、宁绍

[①] 金普森主编：《浙江通史·民国卷》上，浙江人民出版社2005年版，第145页。
[②] 《蔡元培自述》，中国言实出版社2015年版，第34页。
[③] 钱穆：《中国文化史导论》，商务印书馆1994年版，第2页。
[④] 金普森主编：《浙江通史·民国卷》上，第144页。

一带。浙江东部地区紧依东海，拥有宁波、温州、临海等滨海商港，北部毗邻长江三角洲，南通闽广，金衢盆地位居钱塘江上游，占据交通枢纽地位，浙南丽水盆地扼守瓯江中游的水路要道和括苍古道。浙江的水稻渔猎、茶叶种植、养蚕缫丝有四千余年历史，不长于千耦其耘的农业大生产，家庭手工业和海河商贸异常活跃。浙江自古不乏行商坐贾，唐宋以来，两浙地区商务繁盛，生活富庶。唐代两浙路农贸和丝织、造纸等手工业十分繁荣，钱塘地区"万商所聚、百货所殖"，五代十国时期"钱唐富庶、盛于东南"①，茶叶、蚕桑及手工商贸业尤其繁盛。宋代出现了杭州、明州等具有全国影响的对外贸易大港。南宋时期，随着北民南迁和先进生产技术的传入，浙江成为全国经济、文化最为兴盛的地区之一；明代中叶以后，两浙的丝织业进入工场手工业阶段，标志着早期资本主义萌芽，江浙是清代经济最发达的地区。人多地狭的两浙环境，造就了农业与手工商贸交融的区域商品经济，使浙人不再固守一分田地，另求新机、兴业聚财，源源不断地培育出行商走贩和行帮商团（如明代的龙游商帮、近代的宁绍商帮与江浙财团），进而家园昌盛、物资丰衍，这种离土开拓的传统，无形中影响着浙地的人文精神。另外，这些活动为家族子弟读书开蒙提供了经济保障，促进书院和私学教育的兴盛，激发建功扬名的文化世风，助兴了许多诗书传家的名门望族，浙地状元进士在全国科名录中遥遥领先，直至近代公费与自费留学兴起，浙地学人常常先人一步。从思想层面，则生成为经世致用、务实重利事功的地域文化传统。南宋永嘉学派提倡农商一体、义利并举，明末清初余姚籍思想家黄宗羲独抒己见，"一反农业为本工商为末的传统观点，鲜明地提出了工商皆本的思想，他说'世儒不察，以工商为末，妄议抑之。夫工固圣王之所欲来，商又使其愿出于途者，盖皆本也'"②，发出近代启蒙之先声。由于继承了经世致用的地域文化血脉，近代两浙知识分子在外患内忧中识清实务，敢于冲破礼教藩篱，率先追赶潮头、积极投身新学，

---

① 沈善洪主编：《浙江文化史》下册，浙江大学出版社2009年版，第787页。
② 沈善洪：《〈黄宗羲全集〉·序》上卷，浙江古籍出版社1985年版，第10页。

而不是像对待洪水猛兽一样唯恐避之不及。他们在近代文化转型夹缝中显得游刃有余,自觉地接受法政、工商、军工、交通、路矿、医学等新学教育,大多数人在学成后进军实业,后又转向文化启蒙与文学立人,闯出一条传统士人不曾走过的新路,如"有学问的革命家"章太炎、教育家蔡元培、出版家张元济、科学教育与出版家杜亚泉、报人邵飘萍、赴日学医的鲁迅和郁达夫等。

与古代游士一样,五四浙籍作家亦是天涯游子,但城市流动性更明显,受城市空间与文化环境影响更深。中国素有安土重迁的传统,如《论语》所言,"父母在,不远游,游必有方"①。《汉书》记载汉元帝明令昭告天下安土乐业,"安土重迁,黎民之性;骨肉相附,人情所愿也"②。传统文士出行多属于游说、游学、宦游或游幕,有论者将此总结为八种:"一是游学,二是应试,三是游宦,四是游幕,五是游赏,六是流贬,七是隐居,八是移民"③,其目的大多相似,常常以干利禄,通过入仕伸展自我之志,或者光耀门庭,"游方于内"比"游方之外"④ 更受古代家族、社会的嘉许。无论身处何方,古代士人游子从未忘自己的游钓之地,始终把乡梓作为生命归宿,渴望早迎归期,"少小离家老大回",他们内心恪守家族和传统道德信条。现代浙籍作家的迁移,几乎是连根而起,与故乡渐行渐远,从此与侨居的城市产生密切关系,内心虽与故乡藕断丝连,偶尔回乡探望,却鲜有回迁。有研究者认为:"'五四'人物大多背乡离井,他们或者从异国归来,或者告别故乡并接受了西方文明,他们丧失了传统文人与'乡土'或'地方'的联系和亲近感,因而在自我感觉上成了传统秩序的流放者。"⑤ 该文忽略了五四知识者与乡土的隐秘联系,但所讲的"疏离感"确乎存在。当然,浙籍作家

---

① 《论语·里仁第四》,第48页。
② 《汉书·元帝纪第九》,中华书局1999年版,第205页。
③ 曾大兴:《文学地理学概论》,商务印书馆2017年版,第108页。
④ 《庄子·大宗师》,王先谦集解、方勇点校,上海古籍出版社2013年校点本,第84页。
⑤ 汪晖:《中国现代历史中的"五四"启蒙运动》,许纪霖编:《二十世纪中国思想史论》上卷,东方出版中心2000年版,第43页。

一生跌宕起伏，流动生涯中亦有安静时分，会出现寓居、久居与定居现象。有些作家因避难或失业待业闭门不出，身居寓内专事文墨；有的作家因为工作、家庭等缘故长居一地，甚或就此定居，这期间的出行多为短暂游历。天地无涯而生命有限，大多数人到了中晚年行脚渐缓，在第二故乡度过余生。他们时走时停，"动"却是常态，特别是五四前后，这些新文学作家正值青春年盛，脚步如飞，迎来社会与文学活动的黄金时期，取得的历史功绩甚伟。

在近现代转型的特殊背景下，城市对五四浙籍作家产生的影响是多方位的，涉及生活、心理、创作等层面。其城市流动具有丰富的意味，既有漂泊谋生之意，也蕴含着不甘于现状、追寻理想、再造民族文化的现代精神。此概念有别于古人宦游、游学、山水游，不同于生活漂泊与抗战流离。城市文化环境本身兼有现代性文明病，对他们既有正面濡染，也有深深的刺痛。客观来讲，正向推动作用最为显见，负面影响隐隐存在。从青年时代开始，浙籍作家基本上都是满怀憧憬、毅然决然地迈向异乡城市，迎接路之尽头的曙光。出走城市，是每位作家意义重大的人生转变，他们以此辟出一片崭新的生活天地，同时在情感心理、社会交往、思想意识、文学创作等方面有了脱胎换骨的变化。他们放弃了回乡隐没的旧道，踏出一条由乡土通往城市的新路，把衰落的文化传统与现代文明贯通起来。这无疑给中国新文学的发生和发展创造了诸多先机。

在生活方面，城市社会让浙籍作家更为如鱼得水，找到了自由驰骋的广阔天地。他们跻身政府机构、教育、报刊、出版等行业，通过多种途径自谋其职、自食其力。当求职无门时，许多现代文人卖文为生，抑或弃城而走，另起炉灶，方能安身立命。由于辗转多地，人生变得开合自如。他们不再拘束于故乡一隅，也逐渐摆脱了对庙堂的依附。流动生涯，势必充满艰辛坎坷，四方奔波、脚步匆匆。然而，经济自立，方有立身之本、理想之基。城市流动为五四浙籍作家的独立提供了必要的保障，这正是鲁迅所提倡的"生存"与"噉饭"思想："我们目下的当务之急，是：一要生存，二要温饱，三要发展。"① 他多次忠告青年友人要爱惜"饭碗"，向宫竹心建议："先生进学校去，自然甚好，但先行辞去职业，我以为是失策的。"② 此番肺腑之言，饱含着这位文学巨匠几经闯荡城市的丰富心得，一语中的地指出科举时代后知识分子立身之道，显示出他对于五四个性解放热潮洞若观火。

在情感层面，五四浙籍作家在城市游历中，体验着社会的明与暗，尝尽酸甜苦辣，情感世界更趋饱满。不少浙籍作家出生于封建家庭，少时曾有包办婚姻、反抗不果的遭遇，他们远走城市后才落得一个自由身，自主交往而获真爱，冲破传统枷锁，如鲁迅、郁达夫、胡愈之、许杰等诸人。在城市流动途中，浙籍作家在他乡广逢知己，不仅遇到一些本地乡友，而且广泛结识其他府州县的友人，亦即周作人所称的"大同乡"，"有些完全乡谊关系的朋友，大概可以许季茀、陈公侠、邵明之、蔡谷清为例……杭州的蒋抑卮、海宁的张协和，那是大同乡"③，各府州县均出现小同乡交往圈，最终又聚少成多，把浙东和浙西的同道聚为一处，形成更大规模的同乡群体。乡友之间自然亲近、同路人之间惺惺相惜，让羁旅生活多了意趣，并生成一种强大的聚合力和向心力，推动文学同人群体的发展。群力十足，正是五四浙籍作家声势惊人的重要缘由。在奔行过程中，五四知识者度过苦乐年华，既要时时面对异地谋生的希望与艰辛，还要经受心潮跌宕与文化纠葛，积累下甘苦交加的丰富体验，情感世界显得格外饱满而深沉。求生压力与个人意趣长相矛盾、对城市的爱与憎复杂交织、前行意志与万斛乡愁交互缠绕，此番人生五味，在五四新文学作家身上表现得淋漓尽致，确是古人不曾有过的复杂体验。

从思想层面看，五四浙籍作家离开故土后，扬弃经学义理，蒙受西

---

① 鲁迅：《忽然想到》，《鲁迅全集》第3卷，第47页。
② 鲁迅：《210826致宫竹心》，《鲁迅全集》第11卷，第411页。
③ 周作人：《许陈邵蔡》，周作人、周建人：《书里人生》，河北教育出版社2000年版，第184页。

学新说，自觉地追赶世界文化新潮，为民族文学与文化变革注入新鲜血液。人类文明长河起伏消长，总需源头活水才能永流不息，常因社会变迁与知识者奔走而气象更新。西方人类学家朱利安·史徒华曾就文化变迁发表灼见，在他看来，"没有任何文化会因为它对环境的调适是十分完美，以致于停滞不变。在任何地区的文化发展过程中，前后阶段之间的差异不只是复杂性增加，也包括了性质不同之新模式的出现"[1]。古老的华夏文化绵延数千年，扎根于乡土大地，如梁启超有言："欧洲国家，积市而成。中国国家，积乡而成……是故我国百家之政论，未有不致谨于乡治者……可谓孔子极喜为乡村的生活。儒家好礼，而其所习之礼，则乡饮酒与乡射也。"[2] 每次思想文化高峰，都与士人跃动、思想激荡密切相关。中国古代思想家多变思，如庄子主张"物之生也，若骤若驰，无动而不变，无时而不移"[3]。近代史开幕后，王纲解纽，新潮迭起。许多知识者由旧学转习新学，不再满足于乡间文化环境，也曾有过被乡间守旧势力围攻的遭遇，最终失望而走。蔡元培曾回忆绍兴中西学堂被旧派文人排挤的经历："互相驳辩，新的口众，旧的往往见诎。此种情形，为众学生所共闻，旧的引以为辱……旧派的教员，既有此观念，不能复忍，乃诉诸督办，督办是老辈，当然赞成旧派教员的意见，但又不愿公开地干涉。"[4] 五四知识者因乡土疮痍而转至城市，呼吸文化新风却看到城市亦有沉疴新病，为此甘于漂流，成为思想文化变革的开路者。胡适痛彻淋漓地控诉"恶浊的旧村"[5]。陈独秀抨击农村文化积弊，认为"皖南、皖北老山里头，离上海又远，各种报都看不着，别说是做生意的，做手艺的，就是顶呱呱读书的秀才，也是一年三百六十天，坐在家里，

---

[1] ［美］朱利安·史徒华：《文化变迁的理论》，张恭启译，台北远流事业股份有限公司1989年版，第7页。
[2] 梁启超：《先秦政治思想史》，上海古籍出版社2013年版，第192—195页。
[3] 《庄子·大宗师》，第187页。
[4] 《蔡元培自述》，第35页。
[5] 胡适：《非个人主义的新生活》，《胡适文集》第1卷，北京燕山出版社1995年版，第271—272页。

没有报看，好像睡在鼓里一般，他乡外府出了倒下天来的事体，也是不能够知道的"①。鲁迅一生常念及故乡，却始终不愿重归"乡村"，断定"中国乡村和小城市，现在恐无可去之处"②。五四浙籍作家艰难地破茧重生，切身感到民族飘摇文化沉寂，冲破乡间罗网却又直面城市文明病，进入天地悠悠而人无归处的孤独境界。他们在远行中广泛吸纳进化论、卢梭的自然说、尼采哲学、新村主义等先进思想，积极借鉴现实主义、浪漫主义与现代主义文艺思潮；他们在倦游时回望传统，眷恋古典思想艺术的自然之道。浙籍作家在流动中与古今思想对话，传承古代士人的问道精神，更多地汲取19—20世纪启蒙者的求索思想。哲学家尼采宣告上帝已死，勇于冲决西方古典理性传统，盛赞像查拉图斯特拉一样的行者。他说："一个游历过几个大洲，见过许多国家和民族的旅行者，当别人问他在各地所发现的人类的共同的特性是什么，他回答说：'人们都倾向懒散'……只有艺术家才恨过这种在人云亦云的态度及易于被采纳的意见下的懒散生活，才能揭露隐秘，揭露每一个人的劣根性，同时道出每一个人都是一个独一无二的奇观。"③鲁迅等浙籍作家发扬这种不甘现状的行路精神，并进行民族化改造，在五四个性解放热潮中大放异彩，给近现代中国文学与文化带来蓬勃生气。

中国新文学迄今已走过百年历程。世纪沧桑，物是人非。物换星移之间，故人旧事显得兴味悠长；尘埃落定之后，光辉的战绩会永留史册，不因时间流逝而褪色。20世纪的前半期特别是五四前后，正是浙籍新文学作家星光闪烁、绽放异彩的时期，他们走出浙地，远行四方，在漫漫长路上艰难跋涉，留下了一串串扎实有力的足迹，这些文化旅人相逢于他乡，结伴同行，合力创出了一段文坛盛事，探索和开拓出了一条有益于后人的新路。现代文学史家严家炎指出："如果说五四时期文学的天

---

① 陈独秀：《开办〈安徽俗话报〉的缘故》，《陈独秀文章选编》上，生活·读书·新知三联书店1984年版，第16页。
② 鲁迅：《341218致杨霁云》，《鲁迅全集》第13卷，第301页。
③ [德]尼采：《尼采文集·悲剧诞生卷》，周国平等译，青海人民出版社1995年版，第125页。

空群星灿烂,那么,浙江上空的星星特别多,特别明亮。这种突出的文学现象应该怎样解释?实在很值得研究者去思考和探讨。"① 王嘉良论述道:"在这个历史时段内,在这片神奇的土地上(或从这片神奇的土地走出),浙江人创造了中国文学史上亘古未有的现代神话。因为在一个并不太长的历史间隙里和一片并不开阔的地域范围内(在全国的版图上还是最小的省份之一),汇聚了那么多文学精粹,积累了那么丰厚的文学库藏,怎么说这都是一个奇迹。"② 文学浙军的形成,是一个多重原因促成的文学奇观,原因既在于"神奇的土地"(原籍地)中,也在于他们"走出"的途中(迁入地)。

新文学已走过百年历程,我们重温那段动人心魄的历史,追怀英魂辈出的时代,无疑颇有意义。一方面,本书是与浙籍作家的一次跨时空对话,一表景仰之情,同时重返浙籍作家的人生现场,追寻他们的足迹,领受先驱者的宝贵经验,期望变换一种学术视角,增添一束话题,以对浙江现代文学研究和当代文学建设略有增益。另一方面,本书重拾五四,恰如"朝花夕拾",是对中国百年新文学的一次回眸,仰望万里星空,猜想云中奥秘,以期有助于探询新文学作家活动与空间环境的内在关系,为五四新文学研究拓展一线空间。

第二节 本书的学术史梳理

五四作为中国社会文化转型时代,是知识群体流动的高频期,五四作家的流转迁徙,构成中国现代文学转型的重要表征。其中,浙籍作家正是打破安土重迁传统、走向异乡的庞大群体,成为新文学发展的先锋力量。近来,随着中国现代文学研究的日趋深入,文学地理、城市文学、文化生态与作家创作问题备受瞩目,有关现代作家以及浙籍作家的流动现象,已引起学界的重视与思考。相关研究如下:

---

① 严家炎:《〈20世纪中国文学与区域文化丛书〉总序》,《理论与创作》1995年第1期。
② 王嘉良:《浙江20世纪文学史》,浙江大学出版社2009年版,第1页。

/ 绪　论 /

　　关于现代作家流动的研究以综论为主，处于理论初创与宏观考察阶段。论述范围始于五四，集中于20世纪30—40年代。鲁迅、沈雁冰、许杰等早期研究者，敏锐地发现王以仁、许钦文等五四作家的流动性身份，如鲁迅提出"侨寓""被故乡放逐"①等精辟论断。许杰曾回顾鲁迅的人生道路，将其归结为"离开农村、走向近代的都市"②。随着现代文学研究中文化、空间视野的敞开，该命题得到进一步体认。赵园《北京：城与人》开创性地阐述了20世纪30年代作家的京沪生活与城市文学创作活动；朱德发《城市意识觉醒与城市文学新生》纵览了五四作家城市意识的产生状况；李书磊的著作《都市的迁徙》更具针对性地探讨了现代小说家城市迁徙活动，别开生面地阐释了20世纪二三十年代部分作家的城市活动和小说创作等问题，对郁达夫、沈从文、茅盾作了专论。相关研究的广度和深度不断拓展，王嘉良的论著《战时东南文艺史论》对抗战及40年代后期作家的流荡生活予以全面、深入的透视；近年来，吴福辉的文学史新著《中国现代文学发展史》以开阔的视野展现了中国现代文学发展的多元生态，明确提出"初始的流动"是现代作家区别于传统文人的重要特征，提及五四作家流动对新文学社团、出版的影响，认为"但现代作家究竟与古代文人不同了，他们正处于一个初始的现代流动进程中，通过求学、就职的种种途径正向城市聚集，乡村出身而通过求学汇集到都市的人才也显著增多"③。该著比较详细描述了抗战至40年代作家的曲折行迹。另有一些论者从作家流浪角度触及该题。逄增玉《试论中国现代"流浪汉"小说及其形象》（《中国现代文学研究丛刊》1989年第4期）以独到的眼光发现了新文学中的流浪题材，梳理其来龙去脉，并结合世界文学阐述了中国流浪汉小说丰富独特的蕴含，正式拉开了该类研究的序幕。谭桂林《论中国现代文学的漂泊母题》（《中国社

---

① 鲁迅：《中国新文学大系·小说二集导言》，上海良友图书印刷公司1935年版，第9页。
② 许杰：《谈〈故乡〉》，中国社会科学院文学研究所鲁迅研究室编：《1913—1983鲁迅研究学术论著资料汇编》卷5，中国文联出版公司1989年版，第906页。
③ 吴福辉：《中国现代文学发展史》，北京大学出版社2010年版，第130页。

会科学》1998年第2期)、王家平《永世流浪和"过客"境遇——鲁迅对精神探索者的生存方式与悲剧命运的体认》(《鲁迅研究月刊》1999年第2期)、王卫平与徐立平《困顿行者与不安定的灵魂——新文学中知识分子的漂泊流浪》(《东北师范大学学报》2010年第1期)等文先后触及该题。谭桂林以开阔视野纵论现代文学史上的漂泊主题,结合近代社会变迁与作家处境探讨了其历史成因、心理机制与精神内涵,认为"漂泊母题兴盛的原因既与近代以来中国社会由乡村向都市的迁移趋势有直接关系,同时也是现代先进的知识分子叛逆封建大家庭、寻求救国救民道路的生命形式在文学中的形象体现"①,该文还深入解析漂泊主题的审美特质与文化意蕴,展现了现代作家进取的精神品格及其对新文化建设的贡献。上述成果精准地把握现代文学一角,分析言之成理,触及了新文学作家流动与创作的某些共性,尽管不周全,但不失创新价值。

　　海外学者有其特殊的都市生活与学术背景,熟谙西方学界城市研究风向,故而在现代作家与城市关系方面富有创见,研究方法与视角显得新颖独到。李欧梵《中国现代作家的浪漫一代》较早探讨了通商口岸城市环境与现代作家活动的关系。张英进《中国现代文学与电影中的城市》较早勾连出现代作家由小村子、小镇走向城市的轨迹,总结出作家人生的某些规律,"很多作家在创作历程上走了一条相似的轨迹。(1)从出生的小村子或小镇;(2)到大城市受高等教育;(3)到日本或欧洲留学(未必学文艺);(4)最后回到大城市(常常是北京或上海),成了作家、编辑、教授、政府官员等显赫人物"②,并详细举例分析。该书较早把芝加哥学派学说、性别理论、构型概念等新方法引入现代文学研究,显得新意迭出。稍显遗憾的是,作者在论述中国现代文学中的城市时,重在论作品,反而冲淡了对作家流动的文化分析。以上综

---

① 谭桂林:《论中国现代文学的漂泊母题》,《中国社会科学》1998年第2期。
② [美]张英进:《中国现代文学与电影中的城市》,秦立彦译,江苏人民出版社2007年版,第18页。

论、史论，多以20世纪三四十年代作家活动为中心，专门探讨五四作家流动性的著述为数尚少，针对五四浙籍作家流动性的研究比较鲜见。

有关浙籍作家流动性的研究范式，主要依托地域文学、文学地理学研究而展开。在20世纪中国文学地理、浙江文学研究领域，研究者开始触及本课题，做出富有价值的垦拓。杨义的《文学地理学的渊源与视境》(《文学评论》2012年第4期)等著述将人文地理学方法引入中国文学与文化研究，致力于推动文学地理学学科建设与方法探索，提出"一气四效应"设想，辟出四个研究方向，"它使文学研究'接上地气'，接上中国历史文化和现实生活的第一流资源，敞开了区域文化类型、文化层面剖析、族群分布，以及文化空间的转移与流动四个巨大的空间，于其间生发出'七巧板效应'、'剥洋葱头效应'和'树的效应'、'路的效应'"[1]。王嘉良对浙籍作家的流动现象有首倡之功，在《20世纪浙江文学史》《浙江文学史》《辉煌浙军的历史聚合：浙江新文学作家群整体透视》等系列专著、论文中屡有提及。著者以地域视角和历史维度，深入揭示出20世纪上半期浙江作家"异乡建功"的重要特征，可以说是多年从事文学史和地域文学研究的收获之一。这些著述的重点并非探讨城市与流动的关系，但触及问题要点，比如，其论著按照五四至20年代、30年代、抗战时期、40年代后期四个时段，勾画了浙籍现代作家流动的基本路线，凸显了浙籍作家的流动的历史特征、主要脉络，具有重要的开拓意义。骆寒超从地域文化入手解析了现代浙籍诗人从故乡走向异乡的深层动因，认为"好动""漂泊"[2]是浙籍作家的文化性格，其观点发人深省。彭晓丰等的《S会馆与五四新文学的起源》以"S会馆"为突破口，论述了浙籍作家迁居、浙江文化远播对新文学发展的影响。这类著述从地域文学与文化角度，较早阐发了现代浙籍作家的流动特征，但其研究主旨仍在于浙江文学与文化，因而未详尽地论述五四浙

---

[1] 杨义：《文学地理学的渊源与视境》，《文学评论》2012年第4期。
[2] 骆寒超：《论现代吴越诗人的文化基因及创作性格》，《中国现代文学研究丛刊》1991年第2期。

籍作家的城市流动轨迹、精神体验和文学影响等问题。

对于浙籍作家流动与新文学发展关系的探讨，多见于个案研究。已有著述多是围绕鲁迅、郁达夫、王鲁彦、许杰、王任叔等人的作家论。其中，鲁迅、郁达夫的城市漂泊颇受瞩目。郁达夫已成为现代作家漂泊流浪研究及城市文学研究中不可或缺的范例，张鸿声《都市文化与中国现代都市小说》、李俊国《中国现代都市文学论纲》、李欧梵《中国现代作家的浪漫一代》、李书磊《都市的迁徙》等专著均予以讨论，另有多篇论文亦曾涉及，如逄增玉《试论中国现代"流浪汉"小说及其形象》（《中国现代文学研究丛刊》1989年第4期）、谭桂林《论中国现代文学的漂泊母题》（《中国社会科学》1998年第2期）、王卫平和徐立平《困顿行者与不安定的灵魂——新文学中知识分子的漂泊流浪》（《东北师范大学学报》2010年第1期）、徐日君和韩雪《1917—1927：中国抒情作家群体创作中的流浪情结》（《社会科学辑刊》2010年第1期）等。诸多论者都从漂泊流浪母题立论，梳理其类型，结合中外文学阐述流浪的特征、成因及精神意义。

20世纪中后期以来，鲁迅在南京、北京、上海、厦门、广州等地的史料研究广泛展开，形成一个重要论域。进入21世纪以后，相关理论研究快速升温。钱理群《鲁迅与北京、上海的故事》（《鲁迅研究月刊》2006年第5、6期）、王锡荣《一生居城市，每日见世相》（《上海鲁迅研究》2007年第4期）、林贤治《鲁迅：四城记》（《书屋》2007年第4期）、阎晶明《何处可以安然居住——鲁迅的城市居住史》（《鲁迅还在》，江苏凤凰文艺出版社2017年版）、陈洁《论鲁迅在北京的四次迁居与文学生产》（《文学评论》2008年第1期）、房向东《孤岛过客：鲁迅在厦门的135天》（崇文书局2009年版）、朱崇科《广州鲁迅》（中国社会科学出版社2014年版）等把鲁迅的城市活动纳入视野。钱理群在鲁迅研究界首提"空间转移"[①]的新见，杨义《文学地理学的渊源与视境》

[①] 钱理群：《与鲁迅相遇：北大演讲录之二》，生活·读书·新知三联书店2003年版，第61页。

在阐述文学地理学时重点针对鲁迅的求路精神进行个案分析。2007年10月，上海鲁迅纪念馆举行国际学术会议，集中研讨鲁迅在上海等城市的活动，并出版《纪念鲁迅定居上海80周年国际学术研讨会论文集》（上海社会科学院出版社2009年版），系统地收录鲁迅与都市文化的研究成果。2015年，鲁迅文化基金会、浙江省鲁迅研究会、绍兴鲁迅纪念馆联合举办"鲁迅与城市文化"鲁迅文化论坛，收入的论文成果较丰（《鲁迅与城市文化》，中国文联出版社2016年版）。王家平《永世流浪和"过客"境遇——鲁迅对精神探索者的生存方式与悲剧命运的体认》（《鲁迅研究月刊》1999年第2期）主要从流浪角度观照鲁迅的流徙体验，分析其流浪情结的起因、生成过程，并联系古今中外阐述了鲁迅作为精神探索者的深刻思想与悲剧境遇。曹艳红《流浪与追寻——鲁迅开创现代文学流浪叙事的发轫意义》（《新西部》2010年第10期）简要结合现代知识者流浪背景论述鲁迅小说，将其流浪描写分为反抗式流浪与战斗式追寻两种类型，探讨了鲁迅自我牺牲、永世流浪的精神气质及其对现代流浪叙事文学的贡献。这些研究集中于某一位或几位作家，较少对五四浙籍作家流动性与现代文学发展关系的总体考察。

综而观之，上述成果对现代作家、浙籍作家的流动行为作了具有价值的发掘，在作家流动的梳理方面建树颇多，提出具有启发性的见解。然而，已有著述各有倚重，或倾向全国作家流动的长线分析，或注重两浙本乡地域文化探讨。因论述范围与方法所限，浙籍作家群体的城市流动研究才发却止，造成一些遗憾，留下诸多罅隙。

首先，目前有关现代作家流浪漂泊的文学史梳理与综论，涉及范围广、论述战线长，广及全国各地作家，且纵贯现代文学30年。鞭长莫及之下，难以系统细致地考察五四时期两浙地区作家流动的详貌。相关成果多把五四新文学作为起点，触及一角，尔后旁顾左右而言他，转而论述20世纪三四十年代的萧红、艾芜、路翎以及抗战流徙作家。这就使得五四浙籍作家流动的整体图景、复杂轨迹、城市流向、文化动因等问题仍显模糊。

其次，对五四时期浙籍作家流动的研究，多见于个案研究与片段分析。相关研究多聚焦鲁迅、郁达夫、王以仁、王任叔等一部分小说家，且把他们作为孤立个体来谈，对浙籍作家流动的群体性认识不足。这样不仅忽略两浙的多位新文坛成员，而且不能充分展示他们在城市的社会活动、群体交往以及对新文学的重要影响。

最后，已有研究主要依托地域文学或文学地理学研究范式，理论方法尚不丰富，尚少用城市社会学和文化学方法，这不免制约了新文学作家流动的深入分析。地域文学研究者从两浙文化维度追溯浙军涌现的历史渊源，注意到他们的流动特点，但对这一界外论题难以详尽。目前国内人文地理学尚处探索期，文学地理学研究尚未成熟，相关论者对城市地理与现代文学关系的研究多拘囿于城市文学，未能从城市文化、城市地理角度审视五四浙籍作家的流动现象。另外，研究方法不够丰富也时常导致术语混用，引发研究错觉与偏颇。不少论者将现代作家的流动并称为流浪漂泊，没有结合历史语境严加区别，甚至有的将现代作家的流动与古代游方混为一谈。相关研究均未言明流浪行为、流浪母题与城市文化环境的关系，忽视了众多作家在城市行路的别样面貌、动态聚合、复杂心理体验及其文学影响，过多强调作家在外流浪受到的磨难与戕害，而遮蔽他们深受现代文化影响的一面。这不利于我们准确认识五四作家流动的历史性与现代性。

鉴于此，本书希望取长补短，从研究范围、视阈方法等层面进一步拓展相关研究，发掘五四浙籍作家流动的历史经验，对作家流动与新文学发展关系研究有所裨益。

第三节　本书的研究思路与方法

本书的论题是一个与社会、历史、文化、文学错综交织的复杂现象。人（作家主体）、地（空间环境）始终是两个核心要素：就"人"而言，重点讨论1917—1927年间的浙籍作家，涉及他们的社会活动、群体交往、情感心理、文学创作等问题；就"地"而论，把城市作为重心，关涉两浙地理与文化、国内外重要城市、城市的社会与文化环境等命题。因此，本书的主要思路在于，以近现代中国社会文化转型为时间背景，以城市为空间视阈，按照"空间环境—作家—文学"三位一体的结构展开研究，透视五四浙籍作家的流动特征、精神体验及其现代创作特征，探问五四浙籍作家群体生成的文化动因，以及对于新文学发展的贡献与经验。具体包括：从空间维度，观照五四浙籍作家的流动轨迹、主要路线、生存空间等；从思想层面，剖示浙籍作家城市流动中的群体特征、文化观、创作观、身份建构等问题；从文学角度，考察浙籍作家城市流动、精神体验与五四文学发展的内在关联。

由于论题的多义性，本书需借鉴多学科的理论方法，多管齐下，方能完成论述。一是文化空间理论和城市文化理论相结合。借鉴刘易斯·芒福德、芝加哥学派的城市文化理论以及考夫曼的场域理论，分析五四浙籍作家流动的空间环境、特征。二是思想研究和文学研究相结合。以张灏"转型时代"等研究模式和文本细读方法方法互补，发掘浙籍作家城市流动与文学创作的关系。三是理论阐述和实证分析相结合。在运用相关理论的同时，对五四浙籍作家的行程等进行数据统计和实证分析。本书多维度的观察，多方法的探讨，以期能够增强论说力。主要研究方法详解如下：

一是城市社会学与城市文化学。本书以城市流动为关键词，但所论的"城市"并不实指某一地方，而是指区别于乡村的社会文化环境。该书使用的研究方法，首推城市社会学、城市文化学，兼用人文地理学、场域理论方法。当前，城市/都市文化研究方法林林总总，个案研究可谓一枝独秀，颇受国内学界青睐，广布于社会、历史、文化、文学研究领域。"国内都市文化研究不仅关注学科的理论探究，更注重都市个案与都市文化现象的关注与研究，虽然南京、武汉、沈阳、广州、深圳、昆明等地的城市文化研究也日益兴盛，但北京、上海的都市文化研究最受瞩目"①，侧重对某个名都名城的历史、建筑、地方风物、地域传统进行深研细究，如北京历史文化研究、上海海派文化研究等。在有的学者看来，"都市是一个国家和民族政治与文化标征的集中体现，建设有中国特色的都市，从根本上说，就是要注入本民族、本地区政治与文化的内涵，从而使其与其它国家和地区的都市鲜明地区分开来。这里，一个重要而可靠的切入点，是充分发挥区域文化和民间文化在都市文化建设中的作用，使其成为一座都市的文化底色，然后再吸纳古今中外一切先进的文化，在此基础上建设具有中国特色和地方特点的都市文化"②。该论者以北京的古都文化与燕赵文化特色、上海的海派文化及吴越文化底色、香港的海外文化与岭南文化为例，论述了都市文化的内涵，其观点较具代表性。这一范式给都市/城市文化研究带来有力依托，凸显了城市的民族品格与地域个性，却模糊了城市文化共性，因而与本书思路不相一致。西方一些文化理论学家，透彻而深入地阐发城市的空间特点与文化属性。美国社会学家刘易斯·芒福德的经典著作《城市发展史——起源、演变和前景》，凭借大量史料总结了西方城市发展史，鞭辟入里地指出城市文化的特征："城市……不单是权力的集中，更是文化的归极（Polarization）。"③ 他提出了城市文化"剧场""磁力"等创见，堪称权威论断，在东西方学术界为人熟知。美国芝加哥学派开创了现代城市社会学的先河，在城市社会学、城市地理学、城市生态学、城市经济学、城市人类学、城市历史学等方面卓有建树。代表人物 R. E. 帕克、E. W. 伯吉斯对城市文化颇有见地，他们认为："城市，从本文的观点来看，决不仅仅是许多单个人的集合体，也不是各种社会设施——诸如街道、建筑物、电灯、电车、电话等——的聚合体；城市也不只是各种服务部门和管理机构，如法庭、医院、学校、警察和各种民政机构人员等的简单聚集。

---

① 杨剑龙、王传习、赵鹏：《"考察世界与我们生存之谜的一种途径"——近年国内都市文化研究述评》，《社会科学辑刊》2008 年第 4 期。
② 孙逊：《都市文化研究：世界视野与当代意义》，《文学评论》2007 年第 3 期。
③ ［美］刘易斯·芒福德：《城市发展史：起源、演变和前景》，宋俊岭、倪文彦译，中国建筑工业出版社 2005 年版，第 91 页。

城市，它是一种心理状态，是各种礼俗和传统构成的整体，是这些礼俗中所包含，并随传统而流传的那些统一思想和感情所构成的整体。换言之，城市绝非简单的物质现象，绝非简单的人工构筑物。城市已同其居民们的各种重要活动密切联系在一起，它是自然的产物，而尤其是人类属性的产物……城市乃是文明人类的自然生息地。"[①] 芝加哥学派学者从报纸、社区、职业人群与心理等方面详尽深入地阐述了城市文化的整体特征，很有典范性。本书部分章节将触及城市对于五四浙籍作家的吸引作用，而且这股吸引力并非来源于一座城市，而是隐藏于多地区、多城市之中，仅用城市地域文化无法做出令人信服的解释。这正是本书遇到的一大难点。刘易斯·芒福德和芝加哥学派高屋建瓴地指明城市的文明地位与文化魅力，他们提出的城市磁力、包容性和异质性等见解，切合世界文明发展趋势与各国各地情形，可谓至理名言，令人受益匪浅。以此为理论导引，本书的难题得以迎刃而解。

二是人文地理学与地域文化学。本书言及"城市"，研究方法却不能完全依赖城市社会学与城市文化学。言必称城市，容易导致只取一点、忽略其余，一叶障目、作茧自缚。因此，借鉴人文地理学，可以开拓本书的研究视野与方法。人文地理学将聚落地理划分为村落与城市，并从人类文明演进的角度去透视城市化现象，其视野更开阔。本书援引这一方法，有助于弥补城市社会学与文化学方法的局限性，更好地考察浙籍作家流动的背景与动因。H. J. 德伯里的著作《人文地理：文化、社会与空间》深入地分析了城市的起源、职能、类型与结构，一语道破城市出现的意义，认为"尽管城市生活存在许多困难，但世界上的城市依然富有吸引力"，"大城市具有刺激和发酵效应"[②]。同样，本书使用的"流动"一词，常被研究者称为"漂泊"或"迁徙"，因人而异，表述不一，未有统一的理论界定。前者如谭桂林的《论中国现代文学的漂泊母题》，

---

① [美] R. E. 帕克、E. N. 伯吉斯、R. D. 麦肯齐：《城市社会学》，宋俊岭、吴建华、王登斌译，华夏出版社1987年版，第1—2页。

② [美] H. J. 德伯里：《人文地理：文化、社会与空间》，第192页。

后者如赵园的《城与人》、李书磊的《都市的迁徙》等。有关"流动"的理论表述，基本上源自人文地理学研究。这方面的著述为它正名，做出确切的定义，通常把人口迁移与流动作为人口地理的题中之意。H. J. 德伯里的《人文地理：文化、社会与空间》明确提出人类流动的概念，专辟一章"迁移和移民"，细致而深入地探讨人口流动与迁移的概况、原因、类型、分类等问题。法国地理学家阿·德芒戎的《人文地理学问题》也将此列入人文地理学研究的四个要义，即"第三是随着自然条件及被开发利用的资源而变化的人类分布：人类的扩展，人数和密度、运动和迁移"[1]。与此相近，谢觉民的《人文地理学》从人口与聚落地理的角度分析了乡村与城市、城市特点、人口迁移、国内和国际移民特点。需要作一区别的是，"人类的流动与迁移"与社会学界的另一术语"社会流动"颇为相似，其含义却大不相同，后者主要指社会阶层的职业变动与地位变化。杨义、曾大兴等文学地理学研究者所用的流动概念，多受到前者影响。本书所言的城市流动，亦得益于此。另外，本书为了研究需要，略及地域文化学方法，使之与其他方法相辅相成。阿·德芒戎倡导人文地理学的方法时明确主张"人文地理学家应当依靠地域的基础进行研究"[2]。本书题为"浙籍作家的城市流动"，重点论述作家与城市环境的关系，但不能避谈两浙区域。书中的论述对象生于两浙地区，两浙是他们流动的起点。而且，当五四浙籍作家迁入城市后，其活动交往仍受到地缘因素的影响，因其籍贯地相近、文化习惯相熟，身处同一城市、同一行业的浙籍同乡相互围拢，关系渐密，最后形成交往密切的社会群体，分化出文学群体和社团。浙籍现代作家大与故乡有一段割不断理还乱的情缘，他们的身躯内依然流淌着故乡文化血脉。因此，本书参考《浙江通史》《浙江文化史》《浙江文化学》以及两浙府县的地方志史料，仔细观照浙籍作家的来源地、地域分布情况，揭示五四浙籍作家身上普遍存在的怀乡情结。

---

[1] ［法］阿·德芒戎：《人文地理学问题》，葛以德译，商务印书馆1993年版，第8页。
[2] 同上书，第9页。

/ 绪 论 /

三是思想研究和文学研究相结合。本书所研究的五四浙籍作家,既有社会活动,也有思想活动与创作行为,两方面内容互为表里。城市社会学、城市文化学、人文地理学侧重外部研究,适于考察其社会活动。思想研究、文学文本解读则注重内部研究,涉及作家的情感、思想、文学想象等精神活动。五四浙籍作家大都生活在历史明暗交错的时代,在城市流动中汲取西方思想营养,同时积累了个人自立体验,进而爆发出个性解放与文化启蒙力量。对此,我们需进入中国现代思想史语境、引用相关方法,才能论说清楚。但这一领域,百家林立、方法多元、文献浩瀚,有侯外庐等的《中国思想通史》、费正清与赖肖尔主编的《中国:传统与变革》、周策纵的《五四运动:现代中国的思想革命》、李泽厚的《中国近代思想史论》等著述。张灏的《中国近代思想史的转型时代》将1895—1920年前后定义为中国思想文化的"转型时代",这正是五四浙籍作家从藏龙伏虎到横空出世的时间段。该文还从两个维度剖析转型时代,"一为报刊杂志、新式学校及学会等制度性传播媒介的大量涌现;一为新的社群媒体——知识阶层(intelligentsia)的出现"[①]。由此探知中国的新思想论域,正切合五四浙籍作家的思想发展过程,可谓史论结合、鞭辟入里,对本书论述城市文化环境的吸引力和浙籍作家现代意识颇具启发性。与之不同,本书虽然碰触五四浙籍作家的思想活动,但仍坚持以文学研究为主旨,一方面对作家活动史料进行细究、梳理与拼合,审视他们由个体流动到聚散成群的过程;另一方面,则要进入文本世界,探讨五四浙籍作家的创作主题、内在情愫、叙事方式、文学风格等问题,由此将采用文本细读、文学叙事等方法,在文学史语境中进行恰当的评价,揭示浙籍作家城市流动与新文学发展的深层关系。

[①] 张灏:《幽暗意识与民主传统》,第134页。

第一章　五四浙籍作家流动的时空背景

第一节　五四浙籍作家流动的地域起源

两浙地处东南海隅，素有"鱼米之乡""文化之邦"之称，自古就是山川秀美、财赋丰衍、人才称盛之地。广义上的两浙，最初泛指含江浙在内的江南地区，春秋时期，浙地分属吴、越国，秦汉在此设会稽郡。隋唐时代，两浙范围逐渐清晰，在隋文帝时期统辖吴州、越州、杭州、处州、婺州、睦州、宣州及24县。唐代的浙江地区归属江南道，后划分为浙江东道与浙江西道，宋代中期始设两浙路，下辖今江苏以南及浙江全境。元末至明初，两浙区域基本定型，元代设立江浙行省、行中书省，所属浙地包括11路12州54县，明代浙江行省/浙江承宣布政使司下辖11府1州75县。清代始称浙江省，下分4道11府1州1直隶厅76县[①]，奠定近代浙江的格局。11府分别是杭州府（下辖钱塘、仁和、富阳、新城、余杭、临安、於潜、昌化、海宁）、嘉兴府（下辖嘉兴、秀水、嘉善、石门、平湖、桐乡、海盐）、湖州府（下辖乌程、归安、长兴、德清、武康、安吉、孝丰）、宁波府（下辖鄞、慈溪、奉化、镇海、象山、南田）、绍兴府（下辖山阴、会稽、萧山、诸暨、余姚、上虞、嵊县、新昌）、台州府（下辖临海、黄岩、宁海、太平、天台、仙居）、金华府（下辖金华、兰溪、东阳、义乌、永康、武义、浦江、汤溪）、衢州府（下辖西安、龙游、江山、常山、开化）、严州府（下辖建德、淳安、桐

---

① 金普森主编：《浙江通史·清代卷》上，浙江人民出版社2005年版，第31页。

庐、分水、绥安、寿昌)、温州府(下辖永嘉、瑞安、乐清、平阳、泰顺、玉环厅)、处州府(丽水、青田、缙云、松阳、遂昌、龙泉、庆元、云和、宣平、景宁)。民初浙江光复后,仍设11府不变,俗称"上八府"(宁波府、绍兴府、台州府、温州府、处州府、金华府、严州府、衢州府)和"下三府"(杭州府、湖州府、嘉兴府)。

两浙本域的文化云蒸霞蔚,跌宕起伏。它从河姆渡和良渚文化结胎,至古越时期正式发端,后经两汉魏晋初兴于六朝,发展于隋唐,至南宋达到鼎盛,明清时期向现代过渡,此起彼伏、潮涌不息。从地理层面细观之,钱塘江南北两地,各放异彩。浙东文化源流久远、根基深厚,远古三圣、越有舜禹,越文化源起绍兴,成中华文化一脉,东汉思想家王充荡涤谶纬神学积习,东汉《越绝书》《吴越春秋》开方志先河。晋室南渡后文化绚烂,南朝元嘉诗歌引出中国山水诗端绪,"浙东以山阴为学术中心,经学之传,几全出贺氏;而浙西则以吴兴为中心,其学术之传,几全出沈氏"①,两宋浙东涌现了贺知章、陆游等名家,南宋浙东学派为理学时代别开门径。明清时期,阳明心学、蕺山学派、浙东史学交相辉映,积累下厚重的经史传统。浙西一带得湖山之美、舟楫之利,经济繁盛。东晋南朝时,嘉兴、湖州文风学术与浙东齐名。沈约的永明体诗歌成六朝诗坛翘楚;吴均诗文清拔,史称"吴均体",他还精通撰史,其志怪小说《续齐谐记》被鲁迅评为"卓然可观,唐宋文人多引为典据,阳羡鹅笼之记,尤其奇诡者也"②。唐宋时,浙西涌现了沈千运、"吴兴才人"沈亚之、诗僧皎然、方干、林逋、陈起、张先、周邦彦等诗词名家,南宋时以杭州为中心,文化盛况空前,自宋元明至清,杭嘉湖一直是文学、教育、刻书、藏书重镇。

两浙地理环境特殊,远离中原、地少人众、农工商兼容,在弘扬经学时尽显本土特点,跨涉历史、教育、算学、天文、印刻藏书等业,尊重本心、经世致用。王充"嫉虚妄"讲求"为世用",叶适"知物"反

---

① 沈善洪主编:《浙江文化史》上册,第26页。
② 鲁迅:《中国小说史略·六朝之鬼神志怪书》上,《鲁迅全集》第9卷,第50页。

对"虚语",吕祖谦将"孝悌"与"躬行""吾心之发见"相结合,王阳明讲究"躬行实践"以"致良知",黄宗羲倡导"工商皆本""天下为主君为客",章学诚主张"六经皆史"[①],章太炎倡导"一切虚伪,惟人是真"[②],各家和而不同,却立场相近。经史互证,言明自我,体现出不受圣贤束缚、追求实际功用、关怀民族兴亡的人文精神。其思想文化偏于正统,却颇有创造性。因为地缘不同,浙内文化存在某些差异。南宋以来,浙西的渔稻、桑蚕、丝织贸易经济领先,加之部分地区与吴地接壤,云集百工技艺,精通文明器物(丝绸、印刷出版、藏书、治学)的制艺与流通,显得博约精雅。浙东地区思想学术活跃,学派众多,争相打破陈见,标榜新说,富有厚度和锐力,但因为离经叛道,在大一统封建文明中常显悲剧色彩。

钱塘江两岸,便是众多新文学作家的游钓之地。20世纪文学史上涌现的浙籍作家颇多,而五四一代是开路先锋,声名尤显,堪称中流砥柱。浙籍作家本有广狭之分,广义上泛指创作、文艺理论和翻译家,狭义上指在小说、诗歌、散文或戏剧方面有实绩的创作家。相关著述在裁夺浙籍作家时,主要根据籍贯地、出生地以及与浙地关系疏密程度进行取舍,目前形成较多共识,如把朱自清(常以祖籍绍兴自称,生于扬州)排除在外。但著述也互有出入,或以作家活动史料(如文学研究会名单)为准,或以个人创作实绩为标尺,尤其是对于外地出生的浙籍作家归属,尚存在分歧。陈坚主编的《浙江现代文学百家》一书收入129位,侧重创作、翻译和理论实绩。郑绩《浙江现代文坛点将录》共收入109人,取法宽泛,兼顾作家生地籍贯、活动史实与影响,不收李叔同(原籍浙江平湖,生于天津)、俞平伯(原籍德清、生于苏州)、沈尹默(原籍浙江归安,后称吴兴,生于陕西兴安汉阴),把郑振铎(原籍福建长乐,

---

① (清)章学诚:《内篇一·易教上》,《文史通义校注》上,叶瑛校注,中华书局1994年版,第1页。
② (清)章太炎:《国家论》,《章太炎全集》第4卷,上海人民出版社2014年版,第457—458页。

生于浙江永嘉)、赵景深(原籍四川宜宾,生于浙江丽水,5岁全家迁皖)以及许寿裳、夏成焘、王季思、蔡东藩、朱维之、沈泽民等人士列入其中,收入文学研究会会员徐调孚,却未收章锡琛。其他个别著述把沈尹默、李叔同、梁实秋(原籍杭县、生于北京)计入浙籍作家,而舍去赵景深。该著所列109人,包括五四作家44位,以钱玄同、周氏兄弟、郁达夫等为代表。他们生于斯长于斯,度过童年少年时光。起初,这些少年分散于各府县,犹如点点夜星遥遥相望,各安其位,静处一方。其零星交往,仅限于本府县之中,如鲁迅与胡愈之的师生关系、周作人与孙伏园的师生之交。从地理上看,他们的分布与两浙历史文化有着内在的渊源。文化积淀深厚的地区,孕育出更多新文学作家。浙东有28人,大部分集中在宁绍地区,浙西的杭嘉湖16位,集中在部分府县。也有一些府县没有诞生新文学作家。

这些浙人自幼与故乡朝夕相处,遗传了两浙文化基因,在生活习俗、人格和思想方面深受熏染。两浙历史和先贤事迹使其感念在心,以文化承传为己任,有着强烈的使命感和进取意识。鲁迅有很重的会稽情结,对王充、王思任、朱舜水心存敬慕,自觉承传越人独立不倚、针砭时弊的反抗精神。鲁迅小说与杂文颇有史家品格、以古鉴今,在文献校勘与小说史钩沉方面援引王充、虞预、吴均、胡应麟等浙人之说,又主动献疑,闪现出浙东学术的思想光芒。钱玄同受益于两浙经史传统,自谓"疑古玄同",晚年仍深念先祖生活的鲍山。郁达夫钟情于山水,深怀着他对严子陵、吴均、方干的服膺之心,常常寻访旧迹。经世致用思想影响了浙籍作家的学业与人生,使他们多选择政治经济学、医学、工学、理化、报刊出版等实学,较快融入现代文明;炽烈的文化情怀,是浙籍作家在民族危机中离乡、奋起的重要缘由。

清代以后,由于文字狱和高压专政横行,文化綮然的两浙日显沉寂。西方坚船利炮突破国门后,文明式微、新旧交替的时代正在来临。师夷长技声浪高涨,清中后期改革遽然转向,救亡热潮弥漫全国,古老的帝国已生沉疴。在此背景下,两浙天空风云变色,昔日文化如烟俱往,现代科学文明又不在乡间。觉醒的华夏儿女满怀忧思，难以在故乡安之若素。别无选择地"走"，在这一时段蔚然成风。两浙知识者顺势而为，较早抛却功名，转向实业西学，寻找救国良方。诸暨人何燮侯于1898年赴东京第一高等学校、东京帝国大学等学习采矿冶金专业，是中国首个取得学位回国的留日生。吴兴籍胡仁源1902年考中举人，留学仙台第二高等学校、英国推尔蒙大学学习造船等专业，回国后在京任职。数十年间，两浙本土环境显得青黄不接。

一是传统文化衰落。自清代入关后，排汉政策、闭关锁国和文化高压使得浙江文化传统严重受创，"浙江曾是南明王的南下基地之一，明末清初抗清复明斗争此起彼伏，民族矛盾一直比较尖锐，加之浙江自古就是人文荟萃之地，学术文化一直比较发达，思想也很活跃，因而清统治者对浙江知识分子的控制和打击也就特别严厉"①。有识之士或惨遭杀戮，或像王思任、刘宗周壮烈而亡，或如朱舜水流亡他乡。清中后的改良促使两浙人才大量外流，本域文化疏于建设。19世纪末出生的浙籍作家（以1881年出生的鲁迅为代表）切身感到此种情境，不仅为自身出路所忧，更为文化消沉和民气不振所困扰。家道中衰、早年丧父、族人冷眼等变故，让他去意已决。1909年回杭州、绍兴被旧派势力排挤，对故乡的惨淡现状错愕不已："禹勾践之遗迹故在。士女敖嬉，睥睨而过"②，抱残守缺的"纵横家"遍布本地，一般民众不识文化，新学人士难以立足。鲁迅只能再次辞行，一面借小说"呐喊"，一面校勘乡邦文献，意在"用遗邦人，庶几供其景行"，而非自娱。据胡愈之回忆，"在清朝末年，浙东一带宋明理学甚盛，读书人有操守的，大多轻视科举制艺，崇尚实学……有一派继承顾亭林黄黎洲的绪余，发展成民族民主思想。章炳麟是最杰出的一个，徐锡麟蔡元培乃至鲁迅都是受章氏的影响。另一派则墨守程朱之学，主张尊王攘夷，可以说是极端保守主义者"③，

---

① 滕复等主编：《浙江文化史》，浙江人民出版社1992年版，第475页。
② 鲁迅：《会稽郡故书杂集·序》，《鲁迅全集》第10卷，第35页。
③ 胡愈之：《我的回忆》，江苏人民出版社1990年版，第91页。

因为环境不适，长期留下来的新派人士寥寥无几。

二是浙内文化新风稀薄。戊戌变法和清末新政后，政治、经济、教育、文化风气扭转，"自光绪三十二年（1906）二月余杭县首先成立劝学所，到宣统元年（1909）七月镇海县最后成立劝学所止，全省共有劝学所76所"①。清末创办30余所洋务学堂，至1909年"各级各类新式学堂的数量已达五千多所"②。辛亥革命时"省城杭州出现了不少专门学校和高等院校，各地府中学堂相继成立，尤其是数以千计的小学在全省各地涌现"。求是书院（1897）、绍兴中西学堂（1897）等新式学校出现较早，但积贫积弱，初等学堂居多，高等学堂和专门实业学堂总数尚少，而且多翻建于传统书院，带有教育旧疾，"清末，近代学校兴办之初，课程设置突破了传统旧学的框框，开设了不少具有近代特色、适应社会发展需要的科目，但是旧学和传统道德对学生的灌输却没有放松"③。绍兴中西学堂"为全城所笑骂"④，蔡元培曾因该学堂旧风根深蒂固而离开。近代两浙报刊一度兴盛，但只有少数报刊站稳脚跟，大部分"存在的时间都不长，有的甚至仅昙花一现"⑤。五四浙人自幼受业于当地的宿儒，如鲁迅的老师寿镜吾、胡愈之的塾师薛朗轩，到了青年时期却面临教育深造与生计问题。时风所致，他们早期热衷法政、教育、印刷出版、金融、医学、工业机械、交通等业，如果固守本县本省，实难如愿。

19世纪末出世的浙江作家，生于忧患又被故土精魂激励，显得踌躇满志，竞相加入远行队伍。他们少时已惊闻九州风雷和浙江潮声。当众人把读书应试看作正道，早年鲁迅却把目光投向洋务风，关注中西学堂、求是书院和"N的K学堂"。郁达夫自视为"败战"中"初出生的小国民"，留下"饥饿"与"恐怖"的阴影。⑥胡愈之从《新民丛报》《浙江

---

① 沈善洪主编：《浙江文化史》下册，第596页。
② 孙培青：《中国教育史》，华东师范大学出版社2009年版，第350页。
③ 金普森主编：《浙江通史·民国卷》上，第353页。
④ 鲁迅：《会稽郡故书杂集·序》，《鲁迅全集》第2卷，第303页。
⑤ 金普森主编：《浙江通史·民国卷》上，第329页。
⑥ 郁达夫：《悲剧的出生》，《郁达夫全集》第4卷，浙江大学出版社2007年版，第257页。

潮》等报刊中获知了省内外的苦难。这为他们日后背井离乡埋下了伏笔。渐近弱冠之年，他们更能体会家国之痛与故土之悲，出走的愿望更加强烈，1880年左右出生的一代人亲历了改良兴衰，不甘留在原地，1890年后的新辈因前途茫然而被迫离去。除了少部分在浙停留时间稍长，大部分都在18岁左右整装出发。少时埋头故纸堆的钱玄同，17岁剪辫子、办《湖州白话报》，发誓"义不帝清"①。鲁迅"逃异地"留日，回浙后"没有地方可去"②，终又走出。应修人、王鲁彦少时到外地洋行或商铺当学徒，因为"到了十四五岁，乡间的生活完全过厌了"③，18岁后离乡。沈雁冰结束中学生活便北上求学，后南下上海。许杰、王以仁、柔石毕业后在故乡任教，遇挫失业后远走他乡。许钦文、孙伏园、孙福熙、冯雪峰等毕业后流浪到北京。孙伏园"出师范学校以后，我各处的跑，仲雍也各处的跑罢"④。青春时代原本多梦，身逢多事之秋的男儿豪情更烈，故乡已容纳不下他们的滔天壮志。

　　两浙乡贤开路在前，声名在外，更引得后辈跃跃欲试。亲友乡贤的带动是两浙留学热的一个重要原因，如周作人受鲁迅、郁达夫受长兄郁曼陀影响。蔡元培任教育总长，为不少后辈所追随，身边集中了鲁迅、张协和、许寿裳、董恂士、钱稻孙等人士。何燮侯（诸暨籍）、胡仁源（吴兴籍）、蔡元培（山阴籍）先后任北大校长，吸引了马廉、马幼渔、钱玄同、沈兼士、朱希祖、夏浮筠等人。1912年，章锡琛投到杜亚泉麾下，协助编辑《东方杂志》，胡愈之少时在绍、杭等地读书，几经周折后，由父亲带引去上海投靠乡贤，经商务印书馆杜亚泉认可"1914年10月进入该馆当了编译所的练习生"⑤，郑振铎于1918年去北京读书，投靠在京做官的叔父。而回乡短期任教的浙籍作家，感染了学辈。鲁迅、周作人曾回乡任教而后离开，孙伏园、孙福熙、许钦文追随在后；朱希祖、

---

① 李可亭：《钱玄同传》，河南大学出版社2002年版，第9页。
② 《鲁迅自传》，《鲁迅全集》第8卷，第343页。
③ 王鲁彦：《旅人的心》，《鲁彦散文集》，开明书店1949年版，第56页。
④ 孙伏园：《记顾仲雍》，《孙伏园散文选集》，百花文艺出版社2004年版，第158页。
⑤ 胡愈之：《我的回忆》，第5页。

钱玄同曾在嘉兴任教,对学生沈雁冰等人颇有影响。

19世纪末至20世纪初,两浙各地奏响离人曲。从杭嘉湖平原、宁绍地区、瓯江流域到金衢盆地、括苍山麓,不断有浙地青年奔赴他地,宁绍、杭嘉湖一带流动人数更多。他们与近代知识者进行接力,揭开了五四知识者辗转四方、上下求索的序幕,呈现出星云涌动的动人图景。

表1-1 1900—1927年五四浙籍作家籍贯(出生地)与离乡情况简表

地区	作家及籍贯地/出生地	离乡时间
绍兴府	鲁迅（会稽）	1898、1912年前后两次
	周作人（会稽）	1901
	刘大白（会稽）	1910
	许钦文（山阴）	1912、1920年前后两次
	章廷谦（上虞）	1914
	胡愈之（上虞）	1914
	孙伏园（会稽）	1919
	孙福熙（会稽）	1919
	董秋芳（山阴）	1920
	孙席珍（会稽）	1912、1922年前后两次
	夏丏尊（上虞）	1902、1905、1925、1933年等多次
	潘垂统（余姚）	1927
	章锡琛（会稽）	1912
	魏金枝（嵊县）	1917
台州府	许杰（天台）	1922
	王以仁（天台）	1923
	柔石（宁海）	1918
宁波府	王鲁彦（镇海）	1918
	王任叔（奉化）	1924
	应修人（慈溪）	1913
	崔真吾（鄞县）	1924
	徐雉（慈溪）	1921
金华府	潘漠华（武义）	1920、1924
	冯雪峰（义乌）	1911、1921
	陈望道（义乌）	1915

续表

地区	作家及籍贯地/出生地	离乡时间
温州府	郑振铎（原籍福建长乐、生于永嘉）	1911
	王季思（永嘉）	1925
衢州府	方光焘（衢县）	1916
嘉兴府	沈雁冰（桐乡）	1913
	沈泽民（桐乡）	1916
	丰子恺（崇德）	1921、1924年前后两次
	顾仲彝（原籍余姚、生于嘉兴）	1920
	徐调孚（平湖）	1921
杭州府	戴望舒（杭县）	1923
	郁达夫（富阳）	1913
	徐志摩（海宁）	1909、1914年前后两次
	陈学昭（海宁）	1920
	陈大悲（杭县）	1887年出生后移家苏州
	倪贻德（杭县）	1919
湖州府	钱玄同（归安）	1906
	沈尹默（原籍归安、生于陕西兴安府汉阳厅）	1907年回浙，1913年离乡
	宋春舫（归安）	1911
	陆志韦（乌程）	1908
	俞平伯（原籍德清、生于苏州）	1920年回浙任教，1921年离乡赴京

第二节　五四浙籍作家的城市流动轨迹

五四浙籍作家离乡后踏上新的征程，在城市中自由驰骋，闯出了一片天，同时经历坎坷与迷途。他们正是在人生羁旅中毅然前行，绘出了腾挪跌宕的"行路图"。从空间角度看，其行迹大致可分为两类：一部分人以官费或自费形式走出国门，追赶近代化潮汐，学成后回国觅职，将世界文明输入国内；另一部分人在国内城市求学或谋职落脚，在不同战线上参与新文学建设。

/ 第一章　五四浙籍作家流动的时空背景 /

一　向外国都市流动

随着工业革命的兴起，西方科技与文化狂飙突进，欧美国家引领世界潮流，坚船利炮着实让国人领教科技文明威力，其政治文化制度备受追捧。一些域外都市成为文明灯塔，格外引人注目。洋务运动开始后，清政府奖励官员到国外游历，同时公派留学生，开了近代崇洋之风。纽约、巴黎、伦敦等地炙手可热。伦敦、纽约、巴黎、芝加哥等城市久负盛名，是西方近现代工业文明窗口，那里的学府闻名遐迩。纽约作为美国一大港口城市和移民城市，在19世纪工业化潮流中崛起为国际化都市，拥有哥伦比亚大学、纽约大学、洛克菲勒大学等世界名校。巴黎作为政治和历史文化之都，"到17世纪已经成为欧洲大陆主要的文化和艺术之都。在随后的三个世纪里，巴黎一直被尊为城市向心化和气势恢弘的典范城市"[①]。巴黎是文化艺术和新思想的摇篮、19世纪世界工人运动中心，曾爆发巴黎公社运动、第二国际运动。里昂是法国第三大城市、重要工业与科教中心，里昂中法大学是中法据部分庚子赔款建立的学校。留学欧美的风气在浙江比较有影响，1872年庚子赔款留美生中，浙江留学生人数位居全国第二。早期留欧的浙江人包括蔡元培（1907年留德）、张静江（1901年留法）等人，蔡元培参与发起留法俭学会（1912）、法华教育会（1916）等组织，助力华工教育，帮助许多平民子弟圆了留学梦，引领国内工读思潮，孙福熙留法得益于其介绍。由于缺少资助，负笈欧美的五四浙籍新文学作家偏少，留学美国纽约、英国剑桥的徐志摩、美国芝加哥的陆志韦、留法的方光焘、留学瑞士的宋春舫是为数不多的代表，胡愈之曾做留美准备却因经济紧张而割爱，戴望舒留法的时间比较靠后（1932）。

日本自明治维新开始，积极学习西方科技和先进文化，迅速崛起为东亚强国，特别是在日俄战争中以小胜大，影响史无空前，撼动了亟待

---

① ［美］乔尔·科特金：《全球城市史》，王旭等译，社会科学文献出版社2010年版，第105页。

改革的中国，成为近代化效法的榜样，"原为士人的著名工业家张謇激动地说：'日本的胜利和俄国的失败是立宪主义的胜利和专制主义的失败。'立宪主义的思想突然风行，在士人、社会领袖和高瞻远瞩的督抚中迅速传播开来"①。日本由此在东西方之间扮演文明中转站的角色。张之洞曾作《劝学篇》，是鼓吹东瀛留学最有力者，倡言各种利好："至游学之国，西洋不如东洋：路近省费、可多遣；一、去华近，易考察；一、东文近于中文，易通晓；一、西书甚繁，凡西学不切要者，东人已删节而酌改之。中东情势风俗相近，易仿行。事半功倍，无过于此。"② 从地缘上讲，日本临近中国，赴日路途更近、费用更省，这是日本城市人气大增的重要原因，"至1903年，浙江留日学生数达154人，位居江苏省之后名列第二"③。东京、横滨、名古屋、冈山、福冈、熊本、京都等地，云集着近代中国留学生，诸如东京的东京大学、第一高等学校、帝国大学以及弘文学院、名古屋第八高等学校、京都的第三高等学校、熊本的第五高等学校、冈山的第六高等学校、福冈的九州帝国大学等。东京、横滨是热门之选。1886年东京成为日本首都，也是政治、经济、文化、教育发达的国际都市，文化空气自由开放。1871年横滨、东京等地始办《横滨每日新闻》《东京日日新闻》《朝野新闻》《读卖新闻》与《西洋杂志》，较早传入J. S. 弥尔的功利主义、达尔文的生物进化论、社会进化论等西洋思想学说。东京是反清革命军集结地、沟通东西方文化的重要枢纽，避居日本的梁启超称之为"懋迁新思想之一孔道"④，一大批浙籍革命者和知识者在此留下足迹。革命与实业人士有章太炎、徐锡麟、蒋百里、许寿裳、陈仪、何畏（何思敬，浙江余杭人）、陈君哲（浙江绍兴人）、徐诵明（浙江新昌人）等。留日的五四浙籍作家有周氏兄弟、钱玄同、郁达夫、倪贻德、夏丏尊、丰子恺、方光焘等。

---

① ［美］徐中约：《中国近代史1600—2000：中国的奋斗》，第328页。
② （清）张之洞：《劝学篇》，华夏出版社2002年版，第88页。
③ 吕顺长：《清末浙江与日本》，上海古籍出版社2001年版，第72页。
④ 梁启超：《论中国学术思想变迁之大势》，桑兵等编：《近代中国学术思想》，中华书局2008年版，第64页。

表1-2　五四浙籍作家在外国城市流动情况简表（按籍贯地排序）

作家	国外城市	主要活动	时间
鲁迅	东京	弘文学院留学	1902—1903
	仙台	仙台医学专门学校留学	1904—1906
	东京	弃医从文	1906—1909
周作人	东京	日本法政大学、东京立教大学等留学	1906—1911
刘大白	东京	因反袁避难	1913—1915
	新加坡等地		1915—1916
夏丏尊	东京	弘文学院、东京高等工业学校留学	1905—1907
胡愈之	巴黎	巴黎大学留学	1919
	莫斯科	短期访问	1931
孙伏园	巴黎等地	短期留学	1928—1929
孙福熙	里昂	里昂中法大学、国立美术专科学校留学	1920—1925
	巴黎	巴黎大学留学	1930—1931
孙席珍	东京	东亚预备学校短期学习4个月	1928
王任叔	东京	寄居自学，边事创作	1928
陈望道	东京	东洋大学、早稻田大学等留学	1915—1919
郑振铎	巴黎、伦敦等	法英等国避难	1927—1928
应修人	莫斯科	中山大学留学	1927
许杰	吉隆坡	"四·一二"反革命政变后避难	1928
郁达夫	东京	第一高等学校留学	1914—1915
	名古屋	第八高等学校留学	1915—1919
	东京	东京帝国大学留学	1919—1922
陈学昭	巴黎	克莱蒙大学等留学，兼任《大公报》特派记者、《生活周报》《新女性》《国闻周报》撰稿人	1927—1934
戴望舒	里昂	里昂中法大学留学	1932—1935
陈大悲	东京	东京戏剧专科学校留学	1918—1919
徐志摩	伍斯特、纽约	克拉克大学、哥伦比亚大学留学	1918—1921
	剑桥	剑桥大学留学	1921—1922
倪贻德	东京	川端绘画学校留学	1926—1928
方光焘	东京	东亚日语预备学校、东京高等师范学校留学	1918—1924
	里昂	里昂中法大学留学	1929—1931
钱玄同	东京	早稻田大学留学	1906

续表

作家	国外城市	主要活动	时间
俞平伯	伦敦	短期游学考察	1920.2—1920.3
	纽约	哥伦比亚大学访学	1922.9—1922.10
沈尹默	京都	京都帝国大学留学	1905—1906/1921—1922
宋春舫	日内瓦	日内瓦大学留学	1914—1916
沈雁冰	东京	大革命失败后避居	1928—1930
沈泽民	东京	东京帝国大学半工半读	1920—1921
	莫斯科	苏联中山大学留学	1926—1930
丰子恺	东京	洋画研究会、东亚预备学校游学访问	1921
陆志韦	纳什维尔	范德比尔特大学	1916
	芝加哥	芝加哥大学留学	1917—1920
	芝加哥	芝加哥大学访学	1927—1933

二 向国内城市流动

19世纪中叶以后，近代文明区域在乡土中国不断蔓延增扩，新兴城市增加到100多个，条约通商口岸、沿江沿海城市的地位日益凸显，一些古城也悄然蜕变，成为知识者云集的地区。五四浙籍作家踏潮流而来，流转各地寻找新路。去往京沪都会，乃是一大流向。北京作为明清古都与首善之区，是20世纪初中期的文化中心，在近代史上屡遭入侵战火横祸，逐渐步入近代文明进程中，"与世界先进都市相比，晚清北京的市政设施已是十分落后。但还是引进了一些新型的城市供水、照明、通讯设备，一些新式建筑出现在街头，古老的北京迈开了向近代化首都前进的艰难步伐"[①]。机关、报刊、图书馆密集，陆续建有综合教育、师范教育、专门教育等新式学校，如京师大学堂（1898）、高等实业学堂（1904）、女子师范学堂（1908）、清华学堂（1911）、北京铁路管理传习所（1909），同时还有汇文大学（1893）、燕京大学（1919）、辅仁大学（1925）等教会学校。20世纪初，京城教育界已有浙人身影。北大有

[①] 张仁忠：《北京史》，北京大学出版社2009年版，第382—383页。

/ 第一章　五四浙籍作家流动的时空背景 /

三位浙江人先后担任校长。诸暨籍的何燏侯1906年任职于学部，兼任京师大学堂教习，1912年12月至1913年11月任北京大学校长。吴兴人胡仁源于1913年11月至1916年12月继任北京大学校长，是蔡元培的前任，后来曾任教育部总长。蔡元培1912年任教育部总长，1916年12月出任北大校长，秉持"思想自由、兼容并包"方针，启用国内学有专长和留学归国人才，对浙籍知识界影响颇大。据戈公振先生所述，1911年北京的报刊独占全国的五分之一。① 1917年后北京成为新文化运动中心地。这样一来，众多浙籍人士和新文学作家相继赴京，渐渐活跃起来。近现代工商都会上海自1843年开埠后发展为国际性大都市、文化勃兴，上海的报刊、印刷出版业独占鳌头，随着20世纪30年代北京文人南下，上海成为人才荟萃的文化中心。"三十年代的上海，拥有全国最为发达的出版业，当时全国第一流的出版社如商务印书馆、中华书局和世界书局等都集中在这里。到1933年，上海已经出现了至少215种杂志……现代稿费制度与版税制度逐步发展成熟。"② 毗邻上海的江浙，分沾了大都市的文化光芒。近代就有大批浙江人在沪建业，除了革命团体、商帮财团，还有从事报刊、出版、教育的文化人。诸暨人杜亚泉1900年在沪创办近代首家私立科技大学——亚泉学馆、首个科学刊物《亚泉杂志》，又在商务印书馆编书翻译、主编《东方杂志》宣扬科学文化，为近代科学教育开导先路。1902年，浙江海盐人张元济弃官加入商务印书馆，终成出版巨子与著名实业家。蔡元培入京前曾在上海探索多年，执教南洋公学、创办中国教育会、爱国女学，后参与同盟会、发起光复会。五四前后，去沪寻梦的青年源源不断，沈雁冰、章锡琛、胡愈之、郑振铎、徐调孚、杨荫深、丰子恺、夏丏尊等人跻身上海，活跃于文艺创作、报刊出版、教育界，章锡琛创办开明书店，丰子恺、夏丏尊等创办立达学园。这批沪上浙军作为新文学阵营的一支主力，建立《民国日报·觉悟》《时事新报·学灯》《小说月报》等诸多新文艺阵地，与北京新文学群体遥相呼应。20世

---

① 戈公振：《中国报学史》，岳麓书社1955年版，第155页。
② 旷新年：《1928：革命文学》，山东教育出版社1998年版，第29页。

纪30年代后，浙籍青年流向上海达到高潮，殷夫、夏衍、朱镜我、孔另境等一大批新青年在上海文坛崭露头角。

除了京沪，浙籍新文学作家还在沿海沿江城市有过一番闯荡。长江中下游的口岸城市（南京、芜湖、安庆、上海）、东南华南沿海城市、闽粤地区的广州、福州、厦门等地，往往是近代改良试验地，也是西方文明率先光顾的区域。随着近代交通业的转型，轨道运输与海运江航兴起，轮船与火车风行，上述城市占据地利之便，工商文明比较昌盛，其文化教育往往早得先机，走在前列。它们虽不是全国文化中心区，却各具地缘优势，称雄一方，为浙籍作家提供了极大的外围空间。杭州是近古东南都会、民初两浙政治文化府地，辛亥后成立浙江两级师范学堂等新式学校，一度吸引了大批作家，如鲁迅、夏丏尊、陈望道、刘大白、丰子恺、郁达夫、倪贻德、魏金枝等。近代安庆为皖省省治所在之地，浙籍史学家周予同和作家郁达夫、陈望道、方光焘曾在安徽大学任教。闽粤沿海因通商较早而迎来西风，广州自清代海禁后是唯一的对外商贸中心，1842年厦门、福州首批进入"五口通商"之列，这些城市也是洋务运动的前沿地。由于位置边缘，浙人来此不多，鲁迅、孙伏园、章廷谦等曾结伴在厦门、广州周游一遭。

表1-3　　　　　1900—1930年前后五四浙籍作家在国内
　　　　　　　城市流动、活动情况简表（按籍贯地排序）

作家	国内城市	主要活动	时间
鲁迅	南京	江南水师学堂、矿务铁路学堂读书	1898—1902
	杭州	浙江两级师范学堂任教	1909—1910
	绍兴	绍兴府中学堂、山会初级师范学堂等任教	1910—1912
	北京	教育部佥事、北京大学、北京女子高等师范学校等兼课	1912—1926
	厦门	厦门大学任教	1926—1927
	广州	中山大学任教	1927
	上海	自由撰稿人	1927—1936

/ 第一章　五四浙籍作家流动的时空背景 /

续表

作家	国内城市	主要活动	时间
周作人	南京	江南水师学堂读书	1903—1906
	杭州	浙江省教育司任职	1912（半年）
	绍兴	浙江省立第五中学任教	1912—1917
	北京	北大附属国史编纂处任职	1917
		北京大学、北京女子师范大学等校任教	1918—1945
刘大白	杭州	考取拔贡	1909
	北京	入京应选谋职	1910
	绍兴	《绍兴公报》任职	1910—1913
	杭州	《杭州报》任职	1916
		浙江省立第一师范学校、安定中学、崇文中学等任教	1918—1920
	上海　杭州	参加革命宣传、农村办学与革命运动	1920—1924
	上海	复旦大学任教	1924—1927
	杭州	任浙江省教育厅秘书等职	1927—1929
	南京	教育部次长	1929—1931
夏丏尊	上海	上海中西书院读书	1902
	杭州	浙江两级师范学堂任教	1908—1919
	长沙	湖南省立第一师范学校任教	1920—1921
	上虞　宁波	春晖中学、浙江省立第四中学任教	1921—1924
	上海	立达学园、暨南大学、开明书店等	1925—1946
许钦文	北京	参加工读	1920
	杭州	杭州高级中学任教	1927
章廷谦	太原	山西大学就读	1915
	北京	北京大学就读、北大任职任教	1919
	厦门	厦门大学国学院任职	1926
	南京	教育部任职	1930
胡愈之	杭州	杭州英文专科学校就读	1912
	上海	商务印书馆任职	1914
	上海	商务印书馆、生活书店任职	1931
孙伏园	北京	北大、国民公报、晨报等求学任职	1918—1926
	厦门	厦门大学国学院编辑部干事	1926—1927
孙福熙	绍兴	县立敬敷小学等任教	1912
	北京	北京大学图书馆任职	1919
	北京	北新书局、《北新》编辑	1925
	杭州	西湖艺术学院任教	1928—1930
		杭州艺术专科学校任教	1931
	绍兴　武汉　衡山　杭州　昆明等地	绍兴稽山中学、昆明友仁难童学校、浙江大学、中山大学、杭州高级中学、国立艺专等任教	1937

续表

作家	国内城市	主要活动	时间
董秋芳	北京	北京大学读书	1920
	济南	济南高级中学任教	1929
孙席珍	上海	迁居	1911
	北京	北京大学就读	1922
	广州	第三军政治部任职	1926
潘垂统	上海	上海民新影片公司任职	1927
		光华大学、暨南大学等任职	1929—1931
章锡琛	上海	商务印书馆任职	1912—1925
		《新女性》杂志社、开明书店任职	1926
魏金枝	杭州	浙江省立第一师范就读	1917—1922
	孝丰	孝丰县立小学任教	1922—1923
	杭州	杭州闸口统捐局任职	1923—1924
	上海	民国女子中学任教	1924
	杭州	杭州留下镇捐局任职、杭州财务学校任教	1925
	上海	工人子弟学校任教、上海市总工会秘书	1926—1928
	杭州 湖州 上海 镇江	国民通讯社、湖州统捐局任职 财务人员养成所任职 从事创作、《萌芽》编辑，曾赴镇江统捐局短期任职	1929—1930
许杰	台州	浙江省立第六师范学校入读	1917
	绍兴	浙江省立第五师范学校入读	1921—1922
	临海	霞城小学任教	1922
	上海	旅沪安徽公学师范部任教	1922
	天台	天台文明小学任教、后因革命被捕	1927
	上海 宁海	返沪 宁海中学任教	1928
王以仁	上海	旅沪安徽公学师范部任教	1923
	奉化	奉化初级中学任教	1925
	海门	因情感失意返沪途中失踪	1926

/ 第一章　五四浙籍作家流动的时空背景 /

续表

作家	国内城市	主要活动	时间
柔石	杭州	浙江省立第一师范学校就读	1918
	慈溪	普迪小学任教	1924
	北京	北京大学旁听	1925—1926
	镇海	镇海中学、宁海中学任教	1926—1928
	上海	从事革命与文艺活动	1928—1931
王鲁彦	上海	学徒	1919
	北京	参加工读互助团	1920
	长沙	平民大学、周南女学等校任教	1923
王任叔	宁波	镇海、鄞县、慈溪、奉化等地小学任教、《四明日报》编辑	1920
	广州	国民革命军政治部秘书处任职	1926
徐雉	苏州	东吴大学就读	1921
	宁波	回乡任教	1925
	上海　广州	国民革命军第六军政治部宣传科任职	1925—1927
	宁波　芜湖	避身宁波、芜湖海关办事员等	1927
	上海	编辑《商报》副刊、《业余周刊》等	1927—1928
应修人	上海	上海福源钱庄学徒	1913
	杭州	与湖畔诗人交游	1920
陈望道	杭州	浙江省立第一师范任教	1919
	上海	《新青年》编辑、复旦大学任教	1920
潘漠华	杭州	浙江省立第一师范学校读书	1920
	北京	北京大学就读	1924
	广州	参加北伐军	1927
冯雪峰	杭州	浙江省立第一师范学校就读	1921
	上海	上海中华学艺社任职	1924
	北京	北京大学旁听	1925
	上海	从事革命与文艺活动	1928
郑振铎	北京	北京铁路管理学校求学	1918—1921
		燕京大学、清华大学任教	1931—1935
	上海	暨南大学任教	1935
王季思	南京	东南大学就读	1925
	温州　上海	浙江省立十中、松江女中任教	1929

续表

作家	国内城市	主要活动	时间
方光焘	宁波	宁波省立第四中学任教	1924.3—1924.8
	上海	上海大学、立达学园、上海劳动大学等任教	1924—1929
	安庆	安徽大学任教	1932
沈雁冰	北京	北京大学预科就读	1913
	上海	商务印书馆编辑	1916
	广州	中央宣传部秘书	1925—1926
	武汉	中央军事政治学校武汉分校任教	1927.1—1927.8
	上海	卖稿创作	1927—1928
沈泽民	南京	河海工程专门学校读书	1916
	芜湖	安徽省立五中任教	1921
	上海	上海平民女校任教	1921
	南京	建邺大学任教	1923
	上海	上海大学任教、《民国日报》社任职等	1923
丰子恺	杭州	浙江省立第一师范学校就读	1914—1919
	上海	上海专科师范学校任教	1920
	上虞	春晖中学任教	1922—1924
	上海	上海立达学园、上海艺术大学、开明书店任职	1924—1937
顾仲彝	南京	南京高等师范学校就读	1920—1923
	上海	商务印书馆任职	1923
	厦门	集美学校任教	1925
	上海	暨南大学、复旦大学、中国公学等校任教	1927—1937
徐调孚	上海	商务印书馆任职	1921—1932
郁达夫	安庆	安庆法政专校任教	1922—1923
	北京	北京大学任教	1923
	武昌	国立武昌师范大学任教	1924
	广州	中山大学任教	1926
	上海	主持创造社出版部等	1927—1930
	安庆	安徽大学任教	1930（4个月）
戴望舒	上海	上海大学、震旦大学就读	1923—1927
	北京	从事文艺活动	1927
	上海	参加办刊、创作与译述活动	1928—1930

第一章 五四浙籍作家流动的时空背景

续表

作家	国内城市	主要活动	时间
徐志摩	杭州	杭州府中学堂就读	1910—1915
	北京	北京大学预科就读	1915
	上海	沪江大学①就读	1916
	天津 北京	北洋大学、北京大学就读	1917
	北京	北京大学任教	1924—1925
	上海 南京	光华大学、大夏大学、中央大学任教	1926—1930
	北京	北京大学、北京女子大学任教	1930—1931
陈大悲	上海	入读小学、中学	1896—1908
	苏州	东吴大学就读	1908—1911
	上海 南京 芜湖 安庆 武汉等地	文明戏流动演出	1911—1917
	北京	财政部挂名任职、小说与戏剧创作、爱美剧运动、北京人艺戏剧专门学校任教	1919—1928
	南京	国民政府外交部任职	1928—1930
倪贻德	上海	上海美术专科学校求学、任教	1919—1926
	广州 武昌 上海	上海艺术专科学校等任教	1928—1937
陈学昭	南通	南通县立女子师范学校预科就读	1920—1922
	上海	上海爱国女学就读	1922—1924
	安徽 屯溪县 隆阜镇	安徽省立第四女子师范学校任教	1924
	上海	寓居并从事创作	1924
	绍兴	绍兴县立女子师范学校任教	1925
	上海	寓居	1925
	杭州	寓居并从事创作	1925—1926
	北京及武汉上海	寓居并从事创作	1927

---

① 校方几经沿革,校名屡有变更,如1905—1914年的Shanghai Baptist Collegey、Shanghai Baptist Theological Seminary(上海浸会大学堂、上海浸会道学书院),1913年后合称Shanghai Baptist College and Theological Seminary(沪江大学暨会道学院)、1915年的Shanghai College、University of Shanghai(沪江大学),因中英文译法不同存在出入。《上海理工大学志》(高等教育出版社2006年版)称作"沪江大学"。曾庆瑞《新编徐志摩年谱》(《徐志摩全集》第5卷,广西民族出版社1991年版)、张宏生《徐志摩就读美国克拉克大学行实钩沉》(《中国现代文学研究丛刊》2008年第1期)称为"上海浸信会学院"。陈从周编《徐志摩年谱》(上海书店1981年版),章明华、吴禹星《徐志摩与沪江大学》(《新文学史料》2013年第1期)等称为"沪江大学"。

续表

作家	国内城市	主要活动	时间
钱玄同	杭州	杭州教育专署任职	1910—1913
	北京	北京高等师范学校及附属中学任教	1913
		北京高等师范学校任教、兼任北京大学教授	1915—1927
沈尹默	杭州	浙江高等师范学校、官立两级师范学堂、杭州府中学堂等任教	1907
	北京	北京大学等校任教	1913
宋春舫	上海	圣约翰大学读书	1911
		圣约翰大学任教	1916—1917
	北京	清华大学任教	1917
		北京大学任教	1918—1925
	青岛 上海 杭州等	青岛大学任教，并在沪杭兼职	1925—1932
陆志韦	苏州	东吴大学附中、东吴大学读书和任教	1908—1913、1913—1916
	南京	南京高等师范学校任教	1920
	南京	东南大学任教	1922—1927
	北京	燕京大学任教	1927—1933
俞平伯	北京	北京大学求学	1915—1919
	杭州	浙江省立第一师范学校任教	1920.9—1921
		浙江省视学	1922
	上海	上海大学任教	1923—1924
	北京	探亲、谋职	1924.2
		北京外国语专门学校任教	1924
		燕京大学、北京女子文理学院任教	1925
		清华学校大学部任教、兼任燕京大学、北平女子文理学院任教	1927—1928
		北平大学、清华大学、北京女子文理学院等校任教	1929—1930

　　五四浙籍作家出发点不一，目的地不同，其活动轨迹与路向却高度一致，体现了共同的追求。

　　五四浙籍作家在城市流动中，自觉地扩展游走范围和活动空间。他们离乡后不约而同地选择城市，在城市居住时间最久，从青年开始至后半生多在城市度过。如果稍作统计,便一目了然。除去回乡与短期访问地,鲁迅奔走异乡近36年(鲁迅自1898年出门直至1936年去世,其中不包括1910年8月至1912年2月回绍兴任教、东京北京时回乡省亲、1924年7月7日至8月12日西安之行及途经地),生活于8个城市。周作人在1903—1967年间旅居约56年,居留4个城市(1912—1917年在绍兴浙江省立第五中学任教,1945年12月至1949年1月底在南京服刑),如他自己所说,"总计我居乡的岁月,一股脑儿的算起来还不过二十四年,住在他乡的倒有五十年以上,所说的对于绍兴有怎么深厚的感情与了解,那似乎是不很可靠的"[1],郁达夫自1913年出走32年,走过12座城市,沈雁冰近68年停留过15个城市,胡愈之自1914年离乡后72年,生活于9个城市,方光焘离乡46年走了6个城市,倪贻德1919年离乡近51年行走6个城市,许杰在乡外67年(除去战时在广东乳源、福建建阳岁月)主要停留8个城市。这些作家一生大部分时间,身在异地或人在旅途。沈雁冰行走时间最长,涉足地域最广,就在抗战前,他四处奔走,只有1930—1937年住沪较久,其他每处最多停留2年左右。因作家寿数互不相同,无法平行比较,还需从流动频率进行对照。郁达夫生命虽短,流动频率是最高的,每地只逗留2—3年,足令人观。李书磊《都市的迁徙——现代小说与城市文化》把郁达夫、沈雁冰作为个案进行专论,是颇有道理的。另外,鲁迅的流动性也很强。他到过的地方数目不及他人,但他在东京—仙台、杭州—绍兴—北京、厦门—广州—上海的一系列行程中具有高度的流动性。鲁迅1909年后暂居故乡不足2年(1910年8月至1912年2月)、厦门4个月(1926年9月至1927年1月)、广州9个月(1927年1月至1927年9月)、仙台2年(1904年4月至1906年3月)、东京5年(1902年4月至1904年4月,1906年3月至1909年8月),在京沪居留时间最长,北京14年(1912年2月至1926年8月)、上海10年(1927年10月至1936年10月),但鲁迅不曾

---

[1] 周作人:《周作人文选:自传·知堂回想录》,群众出版社1999年版,第258页。

想过停步，生前仍打算离沪远行，只是因为身体抱恙、去向待定等未能成行。当时的多数作家已然自觉接受了流动式生活，虽觉其苦，却习以为然，沈雁冰、许杰、胡愈之、郑振铎、许钦文等作家直至20世纪50年代后才结束奔波，定居一地。

从空间层面看，五四浙籍作家流动，呈上行态势，活动范围不断扩大。他们多来自两浙县城村镇，走之愈远，登之弥高，途经之地或是世界名城、国内要津，或为繁华都会、文化古都，最终抵达一个超乎乡邑的大千世界。尤其在新旧交界的时代，市民落户尚无严格限制，四海之内，诸多城市皆可选择。当在一个城市久居无趣或无法立足，便抽身而走，另择一处，换一种新鲜空气，因此获得新生。当在一地遇到变故（失业或其他不测），便另谋新职、易地求生，如鲁迅因遭军阀政府通缉离京南下，茅盾在大革命前后两次避身日本，许杰、王以仁、柔石因倾向革命而遭抓捕解职，郑振铎参加反抗"四一二"进步活动而被迫远走英法，章锡琛因推出《东方杂志》"新性道德号"被迫辞职。从表1-3中可见，各人在数个城市之间穿梭，马不停蹄、流动不居，无人固守一地、从一而终。这昭示出五四作家的命运初现转机。在流动中，活动空间越来越大，他们远至东瀛和欧美，北达京津地区，南行长江下游、东南沿海、岭南地区，有的还在抗战时期周转武汉、昆明、重庆等地。从海外到国内、从北方到南国都留下他们的足迹。人生阅历也随之丰富起来。诸作家通过四方周游，感受中国辽阔的大地，见识社会万象与各地人情，广遇四海知己，产生新的生活体验，拓宽了原来的社会视野，人生上了一个新台阶。这些浙人少时生活在乡间亲族，就读书塾，沉浸于经学义理，钱玄同、周氏兄弟等年纪稍长的作家还肩负族人重托，以读书登第为出路；而就读城市学府后，他们广泛接触新知新学，看到崭新的未来，纷纷放弃考取功名或游幕经商的旧路。学成归来后，大部分浙籍作家因生活所迫曾回府县任职，如钱玄同、周氏兄弟、刘大白、夏丏尊、丰子恺、俞平伯、许杰、王以仁等众人曾在两浙的初级或中等学堂任教，虽可糊口，但职轻位微，在狭小乡土中甚感理想难施，而走出只有10余万平方公里的小省，到通都大邑后任职于政府机构、大学堂或实力雄厚的报社书局，生活有了改观，并且进入广阔疆场，这不能不说是一次重大的人生飞跃。身在城市，有固定一职，常身兼数职，在各类实业及教育、出版、翻译等民族新文化战线上大展身手，找到了终生奋斗的事业。受近代时风影响，他们所学知识多与路矿医学（鲁迅）、水师轮船（周作人）、法政经济（郁达夫、徐志摩、沈泽民）、工业机械（夏丏尊、沈泽民）、铁路（郑振铎）、报刊出版（沈雁冰、郑振铎、胡愈之、章锡琛）等行业有关，所事职位与社会实业、文教出版有关，其求学兴国的志向遂有坚实的依托，而且尽可以文学为业。五四前后较少存在职业作家，1921年文学研究会郑重宣布"文学是一种工作，而且又是于人生很切要的一种工作"，周作人、沈雁冰等之所以满怀自信地登高一呼，是因为足下有依，已在谋生与理想、实业与文学之间成功达到跨界状态，有了足够的底气去大胆追求文学理想。一边实业立身，一边以文立心，这在新文学作家中比较普遍，但浙人行动更早，人数更多，表现得更如鱼得水。由此看来，城市成了五四浙籍作家登高望远的阶梯，他们在流动中找到一条现代社会的立身之道，既提高兴国济世的本领，又保持自我情操。其人生格局全然一新，与经学时代士大夫们置办义田、振兴宗族的理想显然有别。

观其足迹，我们还可发现，五四浙籍作家在流动中"归去来"，经历曲折彷徨但义无反顾，超越了古代士人"屏居田野"的旧路。把作家们的行迹作一比对，我们可理出一条清晰的线索：由故乡去往大都会、由边缘小城去往文化都会。五四浙籍作家在人生去留问题上不谋而合。

在文化交错的时代，从乡土小县转移到都市，是五四浙籍作家改变命运的重要方式。心怀高志的知识分子总历经一番坎坷，不可能一路坦途。楚国诗人屈原在流亡途中咏叹"路漫漫其修远兮，吾将上下而求索"，唐代李白在去留之际挥毫题写"行路难，行路难，多歧路，今安在"，道出千万文人的心声。出门远行，堪如人生历险。行程之遥，川资之紧，何方是尽头，处处皆考验。五四浙籍作家一路多磨难，有时逆水行舟被迫返乡，有时沦落偏远小城，甚至受到反动政府的人身搜捕与思想钳制，却始终朝着都市方向迈进，呈现"出走—退回—再出走"螺旋式轨迹。具体包括三个阶段：第一阶段，从故乡北上南下，如离弦之箭，远赴异国他乡；第二阶段，因失业、避祸回到原籍地，或屈居偏远地区，停留数月半载；第三阶段，不甘于现状、再次作别，向新的目标地进发。"归去来"特点反映在诸多五四作家身上。鲁迅起初由乡土、边缘小城向都市转移，也曾从大城市退回小城、城镇，共有四退时期：1904年"东京→仙台"，1909—1910年"东京→杭州→绍兴"，1926年"北京→厦门→广州"。每当遇到逆境，鲁迅及时调整人生航向，向东京、北京、上海等大都市重新出发，如1898年"绍兴→南京→东京"、1906年"仙台→东京"、1912年"绍兴→北京"、1927年"广州→上海"。这是有意识的选择，诚如他自言"无论如何，也不能退入乡下"①。许杰先后四次到了小县，如1922年台州霞城初级小学任教、1926—1927年天台县立文明小学任教、1928年宁海中学任教、1939—1941年赴广东乳源、福建建阳，最终仍回上海落脚。夏丏尊在上虞春晖中学度过艰苦而恬淡的平屋生活，最终却因不为所容而去往上海。五四浙籍作家不断与厄境交战，竭力寻找一处更佳的生命空间。

五四浙籍作家在漂行中，始终坚持文化与个性追求，不去边缘城镇，也不去缺少文化气息的工商业城市。近代中国处于转型交替时代，城市地理十分辽远而驳杂。文明古国遗留的一些古城古都依稀尚在，清末有四大都会（国都北京、海运中心汉口、全国贸易和轻工业中心苏州、制铁瓷器重镇佛山）、八大工商业城市（南京、杭州、广州等）、大运河城市、工业城镇等。清中后期，出现了列强占领的租借地、租界城市（香港、上海、旅顺、大连、青岛等），还有70个条约港，同时国内改良图强也促进新兴城市发展，诸如"无锡、南通、沈阳、济南、长沙、郑州等现代工业城市因而兴起。主要现代矿业城市唐山、阳泉、抚顺、本溪、萍乡、鞍山，以及铁路城市徐州、石家庄、哈尔滨等亦相继出现"②。面

---

① 鲁迅：《311110 致曹靖华》，《鲁迅全集》第12卷，第282页。
② 薛凤旋：《中国城市及其文明的演变》，世界图书出版公司2010年版，第236、245—246页。

第一章　五四浙籍作家流动的时空背景

对诸多去处，五四浙籍作家审慎地选择，不愿做乡间村人，也不愿进城只求衣食，有意地避开内陆城市、路矿城市、商贸城市。他们多去往文化发达的都市，去往人才济济、学堂书局密集的地方，到新文化中心地追赶新潮、著书立说，体现了现代思想文化取向。其终极目的不是进城求安逸，而是寻找适于现代人存活的文化场域。

五四浙籍作家都有较强的行走和探索意识，只是行路方式有别，有的快马加鞭"疾行"，有的闲庭信步般"徐行"。前者以鲁迅为代表，后者以周作人、俞平伯、郁达夫、倪贻德、丰子恺为代表。最为执着者，非鲁迅莫属。他像过客一样，永远处于急行军的状态，无论乡愁多浓、歧路多远，都一往无前、永不言弃。他其实对知识分子走城市之路已有反省和觉悟，意识到此路渺然，但又别无选择"无处可去"，生前一刻仍心系"外面的进行着的夜，无穷的远方，无数的人们"[①]，渴望一直走上前去。周作人、郁达夫、俞平伯、丰子恺、倪贻德等人似乎不同，他们时走时停，驻足观赏沿途风景，寻找人生乐趣。周作人对远方探路无多热情，虽然不固守一地，但每至一处，常因地生情，禁不住放慢行脚。他对浙东水乡时时感念，到北京后几近定居，如同《故乡的野菜》所写，"我的故乡不止一个，凡我住过的地方都是故乡。故乡对于我并没有什么特别的情分，只因钓于斯游于斯的关系，朝夕会面，遂成相识，正如乡村里的邻舍一样，虽然不是亲属，别后有时也要想念到他。我在浙东住过十几年，南京东京都住过六年，这都是我的故乡，现在住在北京，于是北京就成了我的家乡了"[②]。俞平伯曾负笈北京、游历东洋英伦，始终不愿步履匆匆，总缓步慢赏人生，从人世悲欢中寻觅美感意趣，他曾把北京寓所取名为"秋荔亭"，寄托优雅情怀，"亭之为言停也，观行者担者于亭午时分，争荫而息其脚，吾生其可不暂且停停耶，吾因之

[①] 鲁迅：《这也是生活》，《鲁迅全集》第6卷，第624页。
[②] 周作人：《故乡的野菜》，钟叔河编订：《周作人散文全集》第3卷，广西师范大学出版社2009年版，第393页。

以亭吾亭"①。丰子恺一度回到石门湾乐居缘缘堂。他们不像鲁迅那样毅然决然,更多旅途倦意和轻松情致,却不失现代作家本色。丰子恺常边行边思,在《车厢社会》《家》等作品中倾吐行旅心得。友人家舍、南京旅馆、杭州别寓都让他心生旅愁,而回归故乡旧宅,于短暂心安后又感虚幻无依,所以,他热爱安居静处,慢煨文字与艺术,从悠然生活中感到意趣无穷。他认为:"闲居,在生活上人都说是不幸的,但在情趣上我觉得是最快适的了。假如国民政府新定一条法律:'闲居必须整天禁锢在自己的房间里',我也不愿出去干事,宁可闲居而被禁锢。在房间里很可以自由取乐;如果把房间当作一幅画看的时候,其布置就如画的'置陈'了……那时候我自己坐在主眼的座上,环视上下四周,君临一切。觉得一切都朝宗于我,一切都为我尽其职司,如百官之朝天,众星之拱北辰。就是墙上一只很小的钉,望去也似乎居相当的位置,对全体为有机的一员,对我尽专任的职司。我统御这个天下,想象南面王的气概,得到几天的快适。"②郁达夫、倪贻德对杭州情有独钟,郁达夫曾打算自建"风雨茅庐",与诗书、佳人美酒相伴今生。杭州人倪贻德不把自己和籍贯地绑定,将乡愁寄托于久居的上海。他曾说:"逢到这样的季节,处在这样的异乡,想到久居的黄浦江滨,想到我朝夕相处的几个朋友,觉得今昔相较,哀乐殊异,而自悔不该谬然远走他方。"③

　　这些现代作家以四海为家,以精神理想为家,打破了中国根深蒂固的故乡观。传统士大夫宦游一生终老故乡,仕途通达者急流勇退,失意文人则向往隐逸乡间山水。王充不受重用,回乡著述从教,终其一生,东汉严子陵隐居富春江畔,贺知章、陆游、王阳明、刘宗周回乡终老。宋代浙江于潜籍诗人释文珦因早年出家后远离仕途,自命"潜山老叟",创作《潜山集》,其《屏居》一诗有言"吾生本疏庸,不作尘间梦。屏居万山中,野性颇自纵",屏居乡野曾是多少出世、隐逸文人的自身写

---

① 俞平伯:《秋荔亭记》,《俞平伯散文选集》,百花文艺出版社2004年版,第201页。
② 丰子恺:《闲居》,《缘缘堂随笔》,人民文学出版社2000年版,第21—22页。
③ 倪贻德:《秦淮暮雨》,《倪贻德艺术随笔》,上海文艺出版社1999年版,第3页。

照。相形之下，五四浙籍作家都有颗不老的流浪心，他们已走出"游必有方""屏居"传统，展示出新的生活姿态。

第三节 城市环境对五四浙籍作家的文化吸引

工业化、城市化浪潮对人类文明形成强有力的冲击，加快了世界各地人口的流动，"都市的兴起与成长带来了农村的移民浪潮。个人或家庭成群结队地从村落涌到都市，追求薪金工作或扑向灯火辉煌的诱惑"①。这一特征在中国近代逐步显现。如前所述，受西方冲击与国内变革的影响，两浙农村县城已落后于文明潮流，渐失光彩，而大城市更出风头。浙籍作家纷纷离乡入城，寻求个人和民族文化出路。他们既受到城市物质文明的吸引，也受到文化环境的感染，而文化吸引又是最主要的。

城市是人类文明的集聚地、文化的聚合点。美国学者乔尔·科特金在著述中不吝赞美城市，将其称作"神圣、安全、繁忙之地"，"人类最伟大的成就始终是她所缔造的城市。城市代表了我们作为一个物种具有想象力的恢弘巨作，证实我们具有能够以最深远而持久的方式重塑自然的能力"②。但城市的文化优势是什么？这一问题具有多义性，颇难回答。不少论者从地域、社会功能等角度打量城市，"早在1905年，托尔（W. D. Tower）就在《美国地理学会会刊》上撰文，将城市划分为商业城市、工业城市、政治城市和社会城市（包括名胜城市）"③四类。国内有的学者分出"工业城市，商业城市，交通型城市，如铁路的枢纽或港口，还有旅游城市，大学城"④。另有学者按照城市规模分为都市、中小型城市、城镇。我国幅员辽阔，孕育了丰富多彩的地域文化，燕赵、吴

---

① ［美］R. M. 基辛：《文化·社会·个人》，甘华鸣、陈芳、甘黎明译，辽宁人民出版社1988年版，第558页。
② ［美］乔尔·科特金：《全球城市史》，第16页。
③ ［美］H. J. 德伯里：《人文地理：文化、社会与空间》，第218页。
④ 郑也夫：《城市社会学》，中国城市出版社2002年版，第123页。

越、齐鲁、湘楚、三晋、巴蜀、岭南等地的城市各具特色。城市的街道、建筑、工厂商家等景观，确能吸引浙籍作家的目光。鲁迅《彷徨》小说中出现"京城"景象，杂文经常写及上海市景，孙福熙《北京乎》以热情笔触描绘了北京大街的非凡气象，茅盾的《子夜》全景式展现了高楼林立、霓虹迷离、车水马龙的都市景象。但中国知识者对城市颇多嫌恶，较少迷恋，甚至对其口诛笔伐。

西方学者认为城市的本质在于文化："整体而言，早期对城市的理解各有不同，亚里士多德、柏拉图、《乌托邦》的作者摩尔·欧文，他们都有着对于城市的理解，并且他们的回答远比社会学家们那些系统性很强的回答更令人满意。"① 经济地理学家韦伯认为城市的优势在于"集聚引力作用"②，美国社会学家刘易斯·芒福德提出"城市是社会活动的剧场""文化的归极"等著名论断，近乎盖棺定论，他认为："城市不只是建筑物的群集，它更是各种密切相关并经常相互影响的各种功能的复合体——它不单是权力的集中，更是文化的归极（Polarization）。"③ 然而这些观点没有言明城市文化的内容。

对此，美国芝加哥学派对此提出了不少洞见，如城市社会的包容性、报刊舆论的集中性、人口的混合性等观点。这堪称目前最为精当透彻的分析。笔者援引其说，略作引申和阐发。本书认为，该吸引力并非来自某一城市，而是来自城市文化场域。城市文化是由分工细密的现代职业文化、物资聚通的现代工商业文化、建制密集的教育与传媒出版文化、人口会聚的市民文化所构成的复杂有机体。倘若将城市文化比作一具生命体，其主要构造包括：现代职业分工体系形如城市文化的基本骨架，工商业文化就像城市文化的心腑，教育与传媒出版相当于城市文化的血脉，各类人口组成的市民文化则如同城市文化的肌理，思想文化犹如城

---

① ［美］路易斯·芒福德：《城市是什么?》，罗岗主编：《帝国、都市与现代性》，江苏人民出版社2006年版，第193页。
② ［美］H. J. 德伯里：《人文地理：文化、社会与空间》，第205页。
③ ［美］刘易斯·芒福德：《城市发展史：起源、演变和前景》，第91页。

/ 第一章 五四浙籍作家流动的时空背景 /

市的精神基因。这样充满现代活力的文化场域,为浙籍作家和广大知识分子落户创造了优良条件。下文作一分述。

首先,城市社会分工细密,吐故纳新,就业门路广,这种包容性与开放性环境给浙籍作家带来了契机。西欧流传的名谚"城市的空气使人自由",蕴含这一道理。芝加哥学派领军人 R. E. 帕克从学理层面做出阐述:"职业阶级与职业类型——那句把城市描绘成为自由人的自然环境的古老的谚语,至今仍然有效——只要个人从城市生活的不自觉的广泛合作中还能找到机会,从城市生活的多种利益和任务中还能找到机会去从事自己的职业,发挥自己的特殊才智,这句古老的谚语就仍然有效。城市为个人的特殊才干提供了市场。人与人的竞争促使每一项特别任务都会选择最适宜的人去从事它。"[1] 一般看来,城市化进程越快,劳动市场就更丰富,一个城市发展规模越大,人口容纳能力就越强。大都市的人力需求总量大于中小城市,省城的机会多于偏远小城。当然,随着城市的迅速发展,人才需求渐趋饱和,城市的包容性会有所减弱,有的学者为此感到担忧:"我想这只能意味着陌生。因为对'城市空气'的感觉从来没有像今天这样充满歧义。与之相比,在这句谚语诞生的那个历史时点上,'城市的空气'却显得那样的简单与清纯。"[2] 这种包容力会像大气一样,飘移到一座或多座城市,不会彻底消失。

清末以后,倡西学、办学校、废科举,一系列变革使中国社会重心偏向城市。五四浙籍作家,正是被城市接纳后,找到了用武之地,供职于政府机构、工厂、商家、洋行、学校或报社书店,扮演教师、编辑、报人、书局老板与店员、学生、撰稿人、译述人等角色,变成现代社会的一分子。尤其是新式教育、机器印刷出版技术兴起,学校、报社、书局增多,产生了更多工作岗位。来此任职者最多,主要靠月俸维持生活,偶有机缘,会获得兼职酬金、稿费、版税。他们在一地就职,或者奔走为生,在异乡糊口,尽管身心俱疲,但起码有了生活保障,胜过乡间生

---

[1] [美] R. E. 帕克、E. N. 伯吉斯、R. D. 麦肯齐:《城市社会学》,第12页。
[2] 邵鹏:《城市的空气自由》,《读书》1994年第5期。

活。鲁迅早在留学时已体会立足之难,"译书因为有上海大书局的过去经验,不想再尝试,游历官不再来了,也没有当舌人的机会,不得已只好来做校对……鲁迅便去拿了一部分校正的稿来工作。这报酬大概不会多,但没有别的法子,总可以收入一点钱吧"①,特别是《新生》夭折,且"原因最大是经费",使他的文艺理想首遇重创。1912年到北京教育部后月俸300元,除了自用还要担负家计,有时可得半月俸"一百五十",抑或不足百元,另外在北京大学、北京高等师范学校、世界语专门学校、女子高等师范学校兼职,每月亦有几元或十几元的收入,有时还得一笔不小的稿费。②虽然有过欠薪、被解职的遭遇,但是鲁迅在京生活总体尚安稳,收入来源多样,只在因购屋、兄弟大病等非常时期才需借资应急。平素节俭的他,可向绍兴家中汇款百元,后又承担家人在京城的开支,自己亦可从容地购书、收集古碑金石,应对人情往来,且尚有余力帮助多位友人学辈。而留乡的范爱农几乎无力生存,曾多次向外地友人求助未果,死于穷愁落魄。1927年到上海后,鲁迅以版税、编辑费、稿费为生,包括大学院(教育部)特邀著述员月俸300元、书局版税(北新书局、大江书店、水沫书店、神州国光社等)、著译稿费、编刊费(《奔流》《萌芽》等)等。一些乡间无业失业的作家,往往去城市寻求临时庇护。孙伏园、孙福熙、许钦文等毕业后在故乡无出路,只好流至京城等地,经过周折终可通过工读、编务、写稿、教书等方式得以糊口。许杰、柔石、魏金枝等因参加革命活动在故乡无法容身,几次到上海谋生,20世纪20年代末至抗战结束,奔走半生的许杰兜兜转转又回到上海。城市流动使浙籍作家获得更多立脚地,有了更多出路,整个人生灵活周转起来。这意味着新文学作家在现代社会落地生根,成长为自立的个体,这正是个性解放的必要前提。20世纪中国文学中,声讨城市罪恶的不乏其人(郁达夫、沈从文、老舍以及一些当代作家)。但

---

① 周作人、周建人:《年少沧桑——兄弟忆鲁迅(一)》,河北教育出版社2000年版,第118页。

② 鲁迅:《己未日记》,《鲁迅全集》第15卷,第377—406、535—536页。

如果回到五四转型时代，反顾知识者凄楚的处境，我们没有理由抹杀城市的历史功用。

其次，城市是现代工商业文明中枢，为五四浙籍作家文学创作、投稿、办报创刊注入了活力。马克斯·韦伯认为商业市场是城市的要素。近代以来，农耕文明的主导地位日渐削弱，现代工商文明在古城、新兴城市快速发展，给城市增添了商业文化色彩。城市社会更注重契约关系，讲求商品交换与获利，精神劳动成果也准许流通交易。芝加哥学派学者对此有独到的分析："在城市中，尤其是大城市中，人类联系较之在其他任何环境中的更不重人情，而重理性，人际关系趋向以利益和金钱为转移。因此，城市，尤其是大城市，在其真正意义上来说，恰是为我们研究集体行为提供了一个实验场。"[①] 上海都会的商业气息更浓，"重商，追求物质享受，公开言利言色，敢于冲破传统，江南文化的这些与中原文化异趣的特点，日后在上海文化中都被继承了下来，并且大为发展"[②]。这不仅刺激了商品生产贸易，舶来了先进的印刷出版技术，也改变了传统的文化规则。清末民初，西方著作权法植入国内，稿费和版税制度在上海等地逐渐推广，刺激了报刊出版业发展，把文人从耻言利的桎梏中解放出来。范伯群《通俗文学的现代化与现代文化市场的创建》（《南京师范大学文学院学报》2002年第3期）、陈平原《二十世纪中国小说史·第一卷（1897—1916）》（北京大学出版社1989年版）、栾梅健《稿费制度的确立与职业作家的出现》（《中国现代文学研究丛刊》1993年第2期）等，均论及稿费制度对小说市场、作家职业化、文学生产的意义。有论者认为："中国作家从千百年来独枝可依的官场走向了远为广阔的市场，也是其获得独立社会地位的重要标志，中国文学乃至中华文化的命运也将由此发生重大变化……鲁迅、胡适、郭沫若等新文化运动代表人物在报酬观上的集体觉醒和转向，使新文学有了进一步发展的

---

① ［美］R.E.帕克、E.N.伯吉斯、R.D.麦肯齐：《城市社会学》，第21—22页。
② 熊月之：《上海通史》第一卷，上海人民出版社1999年版，第60页。

经济基础。"① 国内公共报刊和书局都严格遵守，文利两清，不容含糊。这就激发了文人的积极性，促进了清末报人、报人作家、编辑、记者、撰稿人的产生。确有不少浙籍新文学作家按稿索酬，如鲁迅在北京为《晨报副刊》、北新书局供稿，所得稿酬版税有时达50元至70元，远高于兼课酬金，这对创作来说不啻为极大的激励。1927年到上海后，鲁迅受广州"四一二"反动风潮影响，看厌了明枪暗箭的现实，深陷知识者悲境不可自拔，无心出面任教，从此全靠稿费版税为生。但是，我们不能对稿费制度产生错觉，更不能一味夸大其作用。稿费制度背后往往隐含一个名利场，买方（报社和书商）独大，将作者一方逼于弱势，而且迎合时风与读者，"以读者为'衣食父母'。不再以朝廷的旨意、也不再以当道提倡的意识形态为指导思想，而是以读者大众的阅读口味为'上帝'"②，其弊在于过于追求卖点，独宠知名报人作家，不会常用无名之辈的来稿，难以保证艺术独创性与公正性，就连《小说月报》也不例外："投稿中既少合用的作品，那么怎样编出杂志来呢？只好把重点放在组稿上。组稿的对象那当然是成名作家了。"③ 而且稿酬分三六九等，甚至以书券代付稿酬。对于一般作者而言，稿费版税只适用于零食充饥，难以作为主食飨用，仅靠稿费很难高枕无忧，故而新文学中卖稿为生的青年作家凤毛麟角。五四之初，新文学同人索性自费办报刊，概不付稿酬，以葆纯文艺趣味。1917年《新青年》率先垂范，从第4卷第1号起取消稿酬，次年再次声明："所有撰译，悉由编辑部同人，公同担任，不另购稿……此后有以大作见赐者，概不酬赀。"④

但文学团体、作家无法保持超然，为了扩大报刊作品的影响，免不

---

① 吴靖：《中国近现代稿酬制度流变考略——兼论稿酬制度对文学生产的影响》，《书屋》2013年第7期。
② 陈平原：《二十世纪中国小说史·第一卷（1897—1916）》，北京大学出版社1989年版，第97页。
③ 徐调孚：《〈小说月报〉话旧》，贾植芳等编：《文学研究会资料》下，知识产权出版社2010年版，第762页。
④ 《新青年》编辑部：《本志编辑部启事》，《新青年》1918年3月15日。

了接触商业经营。1926年，创造社在社章中规定"缴纳社费"，设立详细的募股制度（年息、股东权利）并公开募股，还在东京、北京、广州、南京、安庆等地设立出版部与分部、经售处。虽然该社出版部否认自己是商业化书局，但据第一次营业报告显示，"小小的出版部的营业总额已超过万元了"[①]。专事报刊编辑的新文学作家时刻都在经手出版发行，兼职者也不例外。不少浙籍作家参与其中。鲁迅以编刊投稿为辅，一面照常向外寄稿得酬，一面支持新文学报刊的创办与编辑，需要不时地自打广告（《〈苦闷的象征〉广告》《〈莽原〉出版预告》《三闲书屋印行文艺书籍》等），如他在1925年3月10日的《京报副刊》为《苦闷的象征》做广告："插图五幅、实价五角，在初出版两星期中，特价三角五分。但在此期内，暂不批发。北大新潮社代售。鲁迅告白。"[②] 为了服务读者、扩大影响，文中介绍内容，并声名价格、销售渠道，广而告之。沈雁冰、郑振铎、胡愈之、章廷谦、孙伏园、徐调孚、杨荫深等人，大量经手报刊图书的策划、编辑与广告制作，用心开拓销路。要么依附一些大报、书局发行，要么自行出售。自办同人刊物的压力最大。郑振铎早期创办《新社会》《人道》遇挫后，"很想创办一个文学刊物"[③]，却要为刊物的出版发行所忧。1920年，他和耿济之主动求见商务出版社总经理张元济、编辑部主任高梦旦，试图借力打开生路，提出详细计划，如张元济记载："愿出文学杂志，集合同人，供给材料。拟援《北京大学月刊》艺学杂志例，要求本馆发行，条件总可商量。余以梦旦附入《小说月报》之意告之。谓百里已提过，彼辈不赞成。或两月一册亦可。余允候归沪商议。"[④]《语丝》创刊后面临营生问题，如果得不到大报代售，主办者只能到市面自行兜售，如章廷谦回忆："曾于《语丝》头几期刚出版时，于星期日一早，从住处赶到真光电影院门前以及

[①] 《创造社出版部第一次营业报告》，吴宏聪等编：《创造社资料》上，知识产权出版社2010年版，第361页。
[②] 鲁迅：《〈苦闷的象征〉广告》，《鲁迅全集》第8卷，第467页。
[③] 陈福康：《张元济与郑振铎》，《新文学史料》2007年第4期。
[④] 《张元济日记》，河北教育出版社2000年版，第1028页。

东安市场一带去兜售。三个人都穿着西装，伏园那时已经留了胡子。大家手上虽拿着报纸在兜售，但既不像兜售圣经的救世军女教士那么样沉静、安详，也没有一般卖报者连喊带跑那么样的伶俐、活泼，只是不声不响地手上托着一大叠《语丝》，装着笑嘻嘻的脸，走近去请他或她买一份，头一声招呼当然就是'喂！喂！'有人乍遇到这副神情，是要莫名其妙地吃一惊的。尤其是孙伏园，矮矮的身材，长的那么样像日本人。兜售的成绩，三个人每次至多也不过售去一二百份，几次以后也就不去了，一则因为单个人大清早坐了人力车赶去，实在得不偿失，二则因为倘若零售出去过多，就影响经常订阅的供给份数。第一期印的两千份，出乎意外地在几天之内就卖完，而订阅者尤其是外埠的，仍不断地汇款来信订阅，记得《语丝》第一期就再版了七次，共印了一万五千份。"①尽管如此，城市商业文化让热爱办刊出版的浙籍作家得以施展拳脚，如有的学者所言："现代出版事业已经成为知识分子以思想文化为阵地，实现自身价值的重要途径。知识分子在调整了安身立命的学术传统的同时，也调整了生存的方式和实现自我的方式，仕途已经成了可望而不可即的梦幻，比较实在的倒是祖先们筚路蓝缕开创而来的教育事业与出版事业。从 20 世纪初开始，许多知识分子都是集学问、教育、出版于一身，在三方面同时为现代文化建设作出了贡献。"② 一些新文学作家被城市商业文化所驱动，自立门户印书售书、自制广告，不愿被书商牵着走，如邵洵美的金屋书屋、章资平的乐群书店、创造社的出版部与革命咖啡店等。一些五四浙籍作家也加入其中，鲁迅在广州北新书屋代售收款，在上海自设奴隶社（印萧红《生死场》、萧军《八月的乡村》、叶紫《丰收》等）、三闲书屋（印《毁灭》《铁流》《死魂灵百图》等）、野草书屋（印《萧伯纳在上海》等）诸多文艺书籍，并附写多篇广告文，1929

---

① 川岛：《忆鲁迅先生和〈语丝〉》，鲁迅博物馆编：《鲁迅回忆录》上册，北京出版社1999 年版，第 270 页。

② 陈思和：《现代出版与知识分子的人文精神》，《复旦学报》1993 年第 3 期。

年在朝华社参股百元①。章锡琛兄弟开办开明书店（1926）、孙伏园和孙福熙创办嘤嘤书屋（1927）、徐志摩开新月书店（1927）、陈望道等创办大江书铺（1927）、戴望舒等人开办水沫书店（1928）、30年代作家董每戡创办时代书店，许杰曾尝试开办东方书店却未成功，有的为了扩开销路，使出招股筹资、打折、附送礼品等营销手段。浙籍新文学作家做出此举，并非追求盈利，不愿意大肆商业兜售，主要目的是为同人创作开路，正如鲁迅所称"敝书屋是讲实在，不讲耍玩意儿"②。

报刊古已有之，如中国的邸报、欧洲的新闻信札，但公共报刊与出版直至工业化兴起后才有了质的飞跃。日趋繁荣的报刊出版是近代工商文明结出的硕果，城市又是报刊的集结地，城市文化因之而大为增色，为五四浙籍作家发挥文学和思想潜能创造有利条件。美国文化学者爱德华·W.萨义德认为大都市最适合知识分子发光发热，"在纽约、巴黎、伦敦就那个议题发表你的主要论点（那些大都会是最能发挥影响力的地方）"，也是"最能被听到的地方"③。这种"影响力"来自城市的形象，也来自繁荣的报刊业、庞大的读者群。美国的芝加哥学派把报纸视为城市文化的重要组成部分："报纸是城市范围内通讯传递的重要手段。公众舆论正是以报纸所提供的信息为基础的。报纸提供的第一个功能，便是以前村庄里的街谈巷议所起的功能。"④ 根据思想史学者张灏的观点，近代城市中的报纸杂志、新式学校、学会是中国近代思想的三大载体，他指出："在转型时代，报章杂志、学校与自由结社三者同时出现，互相影响，彼此作用，使得新思想的传播达到空前未有的高峰。"⑤ 19世纪末20世纪初，国内城市是公共报刊、图书最密集的地方，报纸杂志的影响最大，报纸数量最多。清末前后，国人创办香港的《循环日报》、广

---

① 鲁迅：《日记十八》，《鲁迅全集》第16卷，第139页。
② 鲁迅：《三闲书屋印行文艺书籍》，《鲁迅全集》第8卷，第505页。
③ [美]爱德华·W.萨义德：《知识分子论》，单德兴译，生活·读书·新知三联书店2002年版，第85页。
④ [美]R.E.帕克、E.N.伯吉斯、R.D.麦肯齐：《城市社会学》，第40页。
⑤ 张灏：《幽暗意识与民主传统》，第137页。

州的《广报》、横滨的《清议报》《新民丛报》、北京的《京报》、上海的《新报》《时报》《苏报》、天津的《国闻报》，民初报刊更是蔚为大观，"当时统计全国达五百家，北京为政治中心，故独占五分之一，可谓盛矣"①，五四后其总数上千。据戈公振统计，在全国有影响的浙江本地报纸有3家，杭州2家（《之江日报》《汉民日报》）、绍兴1家（《越铎日报》），1912—1927年浙江省内的30多种综合报纸、60种杂志只集中于杭州。②直至五四，中国报纸杂志出版的大本营都在京、沪等地。这些报刊为民众了解社会打开多个窗口，同时彰显舆论喉舌作用，掀起思想文化新风，"举数千百年来积习而推翻之，诚我国思想界之一大变迁也，世界新潮、澎湃东来，虽有大力，莫之能抵"③。有论者从"一校一刊"（北京大学和《新青年》）角度看待新文化运动的成因，其实还需考虑到文化空间的影响（北京、上海等城市），以及诸多报刊（《京报》《时事新报》）的历史作用。准确地说，《新青年》《京报》《时事新报》等报刊如同神经元，把城与城、城与人紧密相连，使北京、上海、天津、广州等地一起联动，才形成波澜壮阔的画面。蓬勃发展的报刊出版业，点燃了浙人的热情。张元济曾主编《外交报》（1901），1902年到商务印书馆后出版大批新式教科书，并创办大批杂志，其中包括办刊最久、影响最大的《东方杂志》（1904），开一代风气，杜亚泉是《东方杂志》《自然界》（1926）的知名主编。邵飘萍曾办《汉民日报》（1912）、担任《申报》主笔，后创办《京报》（1918），在五四运动中勇立潮头。绍兴人邵力子在上海主编《民国日报》，其副刊《觉悟》是五四最具影响的四大副刊之一。不少浙籍作家在五四公共报刊界崭露头角、表现踊跃。在北京，钱玄同参与编辑的《新青年》（1917—1919），俞平伯、孙伏园参与编辑的《新潮》（1919），孙伏园编辑的《晨报副镌》《京报副刊》《国民公报》副刊，为中国报纸副刊的一大手笔，发表鲁迅的《阿

---

① 戈公振：《中国报学史》，第155页。
② 金普森主编：《浙江通史·民国卷》上，第324页。
③ 戈公振：《中国报学史》，第159页。

Q正传》等新文学作品。1926年徐志摩接手《晨报副刊》，创立"诗镌"栏目，引领另一支新诗队伍的成长。在上海，商务印书馆（编译所、理化部和麾下报刊）、创造社的浙人，一面从事新文学创作，一面以编报刊为新文学奠基铺路，成绩斐然，支撑起新文学的大半个天空。郑振铎主编《时事新报·学灯》《文学旬刊》《文学研究会丛书》及国内首个儿童文学刊物《儿童世界》，胡愈之、章锡琛编辑《东方杂志》，沈雁冰革新《小说月报》，章锡琛编辑《妇女杂志》，郁达夫参与《创造季刊》（1922）、《创造月刊》、《洪水》等刊物。在城市文明的滋养下，报刊如同文学植被显得绿意葱茏，不断地把浙籍作家吸引过来。

最后，城市是人口稠密、学校与团体集中的文化场域，使浙籍作家安身立命，有了更多同盟军。城市由文明人类聚居而成，"远方的工人、知识分子、商人、旅游者也蜂涌到大都市"①，近代城市更是一个由陌生人为主、各阶层人口混居的市民社会，世态万象纷纭，众声喧哗。芝加哥学派学者认为，每个城市人相对独立，同时又互相依赖。知识分子多聚居在城市的社团、学会、学校、报刊、沙龙之中，形成一群颇有声势的文化队伍。张灏十分强调学校、学会在近代思想发展中的作用，他认为："就传播新思想、新知识而言，学会在当时的重要性不下于报刊杂志与新式学校。"②中国素以农耕文明为主，近代文明兴起后呈倒金字塔状分布，只集中在京沪或沿江沿海，新式学校尤其是高等学堂在全国和各区域的分布不一。1909年，全国设立新式高等学堂110所，直隶（包括京师）18所，四川10所，安徽、江苏、湖南各有7—9所，河南6所，山东、山西、陕西、浙江、广东、湖北各有4—5所，甘肃、江西各3所，广西、云南、贵州、福建、新疆等省各有1—2所，黑龙江、西藏等省无一所高校。③到20世纪20—30年代，仍以京沪和沿海地区为多，

---

① [美]刘易斯·芒福德：《城市发展史：起源、演变和前景》，第546页。
② 张灏：《幽暗意识与民主传统》，第137页。
③ 肖玮萍：《论我国近现代高校地理分布的变迁及其启示》，《大学教育科学》2005年第5期。

内陆和偏远地区望尘莫及。报刊的分布情形大致相似。因此，中心城市更具光芒。纽约、巴黎、东京等国外都市的文化气氛与知名学府在浙籍作家中颇有影响。京沪是国内 20 年代、30 年代的文化中心，人才荟萃，成为浙籍文人一心向往的地方。故都北京古色古香，弥漫着浓厚文化气氛，学校如林，思想活跃，让人心生家国情怀与思古幽情，颇吸引读书治学的知识者；近代上海是五光十色的洋场都会，工商实业繁盛，集聚着实力领先、技术一流的报馆书局，是冒险家与兴业者的乐园。五四前后，一大批浙人赴京求学从教，后南下开创新业。1912 年鲁迅离乡入京，正因"京华人才多于鲫鱼"①，此后对"遍地是古董"的北京着迷多年；1927 年，鲁迅不愿回到荒凉的强权之地，更欣赏"虽烦扰但也别有生气"②的上海。受报馆、书局及名人（张元济、杜亚泉等）影响，沈雁冰、郑振铎、章锡琛、胡愈之等人自青年时期就步入报刊界，志在另起炉灶，扶植新文学发展。一部分五四浙籍作家去上海读书，如徐志摩入读沪江大学、宋春舫入读圣约翰大学、戴望舒入读上海大学、倪贻德入读上海美术专科学校等。密集分布在城市的学府书局最适于现代知识者求学执业、著书立说，为其铺就人生事业道路，成为他们的精神家园。

　　城市是近现代工文明的集聚地，它开放包容，人才广聚，处处散发着文化生机；然而，城市暗含许多文明病，市声喧嚣、物欲横流，少了乡间的宁静与温情。城与乡孰优孰劣，似乎是一个道不完的话题。在传统文明式微之时，城市为面临困境的浙籍作家打开一扇门，提供新的立身空间，助其实现自我转型。人的流动与新生，使中国文学开始发生世纪转折。

---

① 鲁迅：《110731 致许寿裳》，《鲁迅全集》第 11 卷，第 348 页。
② 鲁迅：《290523 致许广平》，《鲁迅全集》第 11 卷，第 172 页。

第二章　五四浙籍作家的城市流动与群体聚合

第一节　五四浙籍作家的乡缘聚首

亲属关系是人类社会最古老的社会关系，从氏族部落开始，家庭/家族是国家的基本细胞，人与人主要靠血亲和姻亲长久来往。随着生产力的发展，人类的活动范围日趋扩大，新的社群关系应运而生，世界某些地区出现了"以年龄或自愿联合为基准的社会团体形式"[①]。中国进入封建时代后，亲属关系仍是社会关系的基石，并逐渐扩为乡里关系、阶级关系，"周人在全国建立了绵密的封建网络，每一个封国不是亲戚就是子弟，而且鼓励周人子弟和外姓通婚，使得所有封君都成为周人的亲属"[②]。几千年来，乡缘关系在乡土中国生命常青，同乡情深意长。人们因地结缘，由于出生地或祖籍地相同（近）而倍感亲切，互信交往，建立稳固的联系，这对传统社会的政治、经济、社会、文化产生深远影响。施坚雅指出："把同乡（同籍）作为结成组织的一个原则具有特殊优势，同乡会的目的正是应从这种背景中来考察。这些优势之一就是它包含了许多其它类型特殊关系，中国人把这种关系看成是彼此信赖的潜在基础，正如贝克尔（Baker）指出的那样，在一个城市中，有亲属关系的成员多

[①] ［美］R. M. 基辛：《文化·社会·个人》，第 290 页。
[②] 许倬云：《说中国：一个不断变化的复杂共同体》，广西师范大学出版社 2015 年版，第 41 页。

到可以组成一个拥有可观规模的能力的组织情况极为少见,但实际上同乡的纽带却强化和明确了亲属关系和姻亲关系。"① 无论官宦士子还是商贾文人都十分珍视,形成了诸多乡党、同乡军、同乡商帮或同乡文人团体,这方面的例子在历史上不胜枚举。

随着近代文明的兴起,宗族、乡里缘关系在城市有所弱化,但未消弭。城市社会以陌生人为主,异质性特征明显,少了亲属邻里色彩,人与人的利益关系更多,而情感关系变得脆弱,"个体意义上的都市人实际上已变得软弱无力,只有与其他兴趣爱好相似的人结成群体来实现自己的目的,发挥自己的作用。结果产生的许多自愿组织以满足人们不同的需要和利益为目标。一方面,传统的人际联系纽带削弱了;另一方面,都市生活意味着人们相互依赖的程度更高,在许多状态下人际关系更复杂、脆弱、不稳定,而个体对此几乎无能为力。通常最持久的关系就是经济地位或决定城市个体生活的其他基本因素与个体组成的自愿群体的关系"②。都市移民人群普遍缺少亲近感和归属感,往往更重乡缘乡情,寻求心灵抚慰。

五四浙籍作家每个人处于游动中,其交往也体现动态性。身在旅途,陆续遇到本府县、本省的同乡,亲近感油然而生,通过私访、聚会等方式频繁交往,结伴同行,甚至成为一生老友。同乡之间也相互引荐,逐渐认识更多乡友,形成更大范围的同乡群体。一些乡友感情笃厚、趣味相投,逐渐成为同道中人,达成攻守联盟,彼此很有亲和力与团结力,为新文学群体、社团的形成注入强大动力。

总体来看,五四浙籍作家的同乡关系,一般始于一府一县,其后交往范围渐大,扩至其他府县。同乡联谊,汇聚法政、银行、教育、文艺等各界人士,基本不分行业。一般在东京、北京、上海等大都会,交游

---

① [美] G. W. 施坚雅:《中国封建社会晚期城市研究——施坚雅模式》,王旭等译,吉林教育出版社1991年版,第113页。
② [美] 路易·沃斯:《作为一种生活方式的都市主义》,汪民安等编:《城市文化读本》,北京大学出版社2008年版,第152页。

最频,结交面最广,本府县"小同乡"、本省"大同乡"的交往几乎并行。他们来来往往,一些乡友时聚时散但乡缘交往总是一浪接一浪,随时随地发生。

一 一府一县乡友的小集会

这是浙江作家交往的原初形式和基本样态。五四时期,来自两浙11府(杭州、嘉兴、湖州、绍兴、宁波、台州、严州、处州、衢州、温州、金华)的知识分子,无论身处何地、从事何业,喜欢与本籍同乡为伍,组建各自的交际圈。绍兴籍、天台籍、杭州籍、吴兴籍、桐乡籍、金华籍同乡群规模和影响较大,绍兴府籍作家人数最多。如按地域进行细分,则会发现更多微群。

(一)绍兴籍同乡群体。覆盖山阴、会稽、上虞、余姚等8县。周氏兄弟的周围集聚着众多绍兴籍同乡。文坛内外的他们相互关照,互相荐友,同舟共济,筑起友谊长城。蔡元康在东京曾向留德的堂兄蔡元培寄赠介绍周氏兄弟合译的《域外小说集》。1912年,许寿裳被蔡元培录入教育部,随即力荐鲁迅。1917年,许寿裳、鲁迅又向蔡元培举荐周作人入北京大学。之后,周作人又把青年同乡潘企莘、孙伏园、潘垂统等介绍给鲁迅。鲁迅的学生宋琳引荐了董秋芳、孙伏园引荐了许钦文,许钦文引荐了陶元庆等新友。就这样,越中同乡关系网一层层编织,越来越绵密。绍兴籍乡友在蔡元培被排挤、北京女师大风潮等风浪中同舟共济,共克时艰,而且以周氏兄弟为中心建立起庞大的绍兴籍新文学作家群。兄弟失和后,两人各立门户,众乡友出现分化重组,诸多绍兴同乡拥护鲁迅,也有小部分回旋在周氏兄弟之间,如孙伏园对同乡师长周作人难舍旧情,1924年与鲁迅游学西安,此间仍与周作人通信,拜读《苦雨》后以一篇《长安道上》复信交流。寂寞的周作人并未成为孤家寡人,在北京"苦雨斋"另建了一个同乡知己雅聚的会所。

鲁迅二人作为绍兴籍的知名人士,可从其生活重心的改变观察绍兴籍乡友的情况。鲁迅在东京、北京、上海等地,交往对象变化不一,长期为伴的挚友有许寿裳、孙伏园、孙福熙等。

1. 东京留学时期。鲁迅、周作人周围的同乡好友包括许寿裳、邵文熔、陈仪、陶铸（今人多称"陶成章"，光复会会员，留学日本时曾与鲁迅同习俄文）、蔡元康（后曾在浙江兴业银行、中国银行任职）等人，"陶焕卿，龚未生、陈子英、陶望潮这些人，差不多隔两天总有一个跑来，上天下地的谈上半天"①。其中，鲁迅与许寿裳交情最笃厚。

2. 北京时期。鲁迅周围有日本老友许寿裳、邵文熔、蔡谷清，同时增加了一大帮绍兴乡友，如蔡元培、许寿昌（民国财政部主事、曾与鲁迅同住绍兴县馆）、陈公猛、寿洙邻（寿镜吾次子，曾在北平行政院任职，与鲁迅交往甚密）、表兄阮和孙、杜海生、杜亚泉、蒋抑卮、潘企莘（周作人在浙江省立第五中学同事，经鲁迅作保考入教育部任职，1916 年 5 月至 1925 年 10 月相交 10 年，鲁迅曾助其谋职，借资解困，1921 年陪同潘企莘往北京山本医院为女治病，还曾赠书《域外小说集》《中国小说史略》等。潘企莘知恩图报，在鲁迅遇到家庭风波时陪其寻购西三条寓所，在女师大风潮中予以支持。1925 年年底后，潘企莘留英，而次年鲁迅南下，两人各奔东西。"鲁潘交往达 64 次，其中直接交往有 54 次之多"②）、黄桴（曾任北洋政府外交总长、代理国务总理，后任国民党政府外交部长、行政院驻北平政务整理委员会委员长等职）等。许铭伯、许寿裳等好友"烹一鹜招我午饭"③，或将肴馔送至寓所，他们互访畅聊，或者相约广和居、致美斋、青云阁、琉璃厂，一起度过温馨惬意的时光。有一些越中青年同乡加入进来，如许寿裳之兄许寿昌的三子（许诗苓、许诗荃、许诗荀）、宋琳（鲁迅在浙江两级师范学堂任教时的学生，曾在鲁迅任绍兴府中学堂监学时被聘为教务兼庶务，后在京师图书馆分馆任职）、李遐卿与李宗武兄弟、孙伏园、孙福熙、章廷谦、许钦文与许羡苏兄妹、俞芬、陶元庆、董秋芳、孙席珍。他们在

---

① 周作人、周建人：《年少沧桑——兄弟忆鲁迅（一）》，第 117 页。
② 诸生根：《鲁迅义交潘企莘》，《柯桥日报》2012 年 11 月 4 日。
③ 鲁迅：《癸丑日记》，《鲁迅全集》第 15 卷，第 45 页。

生活中往来互助，亲密无间，相互交心。许钦文、许羡苏、孙伏园等登门造访，常在寓所相聚，"常常一道去讲绍兴话，叽里咕噜地到了深夜还是欢笑着讲个不停"①。有时常出外参加聚会，如《鲁迅日记》1925年1月1日记述了同乡欢聚的场景："午伏园邀午餐于华英饭店，有俞小姐姊妹、许小姐及钦文，共七人。下午往中天看电影，至晚归。"② 孙席珍1922年考入北京，开始新诗创作，得到孙伏园、邵力子的赏识，经孙伏园介绍担任《晨报副刊》校对。图书装帧设计家、青年美术家陶元庆由许钦文引荐给鲁迅，1924年为其译作《苦闷的象征》设计封面，受邀到鲁迅寓所做客，后又设计《彷徨》封面，颇受鲁迅赏识。章廷谦时任蔡元培校长办公室秘书兼哲学系助教，常为《晨报副刊》写稿。章廷谦经孙伏园介绍认识鲁迅，1924年鲁迅、孙伏园、章廷谦共创《语丝》。其中，许寿裳、孙伏园与鲁迅相伴最久，1926年离京同去厦门大学，1927年鲁迅、孙伏园与许寿裳在广州重聚，直至上海。

3. 上海时期。不少绍兴同乡已南下，邵文熔、章廷谦等乡友留在北京，不久章廷谦也到厦门、广州与鲁迅相聚。鲁迅在上海与许多故友新知交往，如许寿裳、孙伏园、许钦文、董秋芳、章锡琛、夏丏尊、陶元庆等。鲁迅与许寿裳、孙伏园、孙福熙、章锡琛、许钦文过从甚密，隔三岔五便有一聚，既有公务往来，也不乏生活相处。鲁迅一到上海，夏丏尊、章锡琛、张梓生（曾任《东方杂志》编辑、《申报·自由谈》编辑）等随即相迎，据鲁迅1927年10月5日载："章锡箴、夏丏尊、赵景深、张梓生来访，未遇。"③ 夏丏尊多次来访，邀请鲁迅到立达学园、暨南大学演讲。另外，鲁迅在上海与绍兴同乡胡愈之、刘大白、魏金枝、潘垂统、陶亢德（《论语》《宇宙风》《人间世》编辑）亦曾会面。

此外，周作人、刘大白、章锡琛、胡愈之各有越中好友。隐入苦雨斋的周作人在文坛仍有魅力，被另一些绍兴同乡热情追捧。20世纪30

---

① 许钦文：《〈鲁迅日记〉中的我》，鲁迅博物馆编：《鲁迅回忆录》下册，第1262页。
② 鲁迅：《日记十四》，《鲁迅全集》第15卷，第547页。
③ 鲁迅：《日记十六》，《鲁迅全集》第16卷，第40页。

年代入沪的出版家、《论语》《人间世》编辑陶亢德与鲁迅有往来，也常向周作人约稿，50年代后与《亦报》编辑徐淦、《文史》编辑金性尧等成为知堂老人家中常客。商务印书馆《东方杂志》中绍兴同乡颇多，会稽县的杜亚泉、嵊县的钱智修相继担任主编。1912年章锡琛经杜亚泉介绍入商务印书馆编译所，后又经钱智修推荐任《妇女杂志》主编。胡愈之1917年到商务印书馆由杜亚泉收为练习生，与同馆的章锡琛等绍兴人交往更多。章锡琛兄弟创办开明书店后得到乡友支持，出版鲁迅（《鲁迅选集》、鲁迅等译《芥川龙之介集》）、夏丏尊（《平屋杂文》《爱的教育》《续爱的教育》）的多部著述，杜海生曾担当发行人。刘大白自成一圈。他虽与鲁迅等人亦有来往，但称不上推心置腹的诤友。1913年刘大白在日本结识萧山县的沈玄庐（沈定一），成为至交，在浙江省议会、上海相伴多年，1917年与余姚县蒋梦麟相见如故。1918年任教浙江一师期间，他与陈望道（1919年任教浙江一师）、夏丏尊（1908年任教浙江两级师范学堂）一起共事，与陈、夏、李次九并称"四大金刚"，此后刘大白与陈望道相交至深，后又结交绍兴同乡邵力子，在其主编的《民国日报·觉悟》发表诗文，"从1920年起在《民国日报·觉悟》上发表大量诗文，就是邵力子约稿的。有一段时间，刘大白还担任了《民国日报·觉悟》的特邀编辑"[①]，并经介绍任教复旦大学（1924），"要靠志同道合，要靠乡党的提携，如此才能结成一个圈子。比如在流亡时期跟沈玄庐的结识，相互以诗唱和，所以他回到杭州后才有了比较牢靠的饭碗，包括后来在一师及一师出来到萧山衙前，然后再给上海《星期评论》撰诗撰文，这都跟沈玄庐有关……即从绍兴从杭州跳到上海复旦大学，又跟乡党邵力子的推荐有关，以后到省教育厅、浙江大学及教育部的经历，又完全跟蒋梦麟有关"[②]。

（二）台州府天台籍同乡群体。来自天台县的许杰、王以仁是形影不离的同乡好友，曾一起在故乡读书、任教，后结伴闯荡上海，同在中

---

① 刘家思：《刘大白评传》，中国社会科学出版社2012年版，第275页。
② 孙昌建：《读白：刘大白的朋友圈》，浙江人民出版社2015年版，第27页。

华学艺大学任职,直至1926年2月王以仁失踪,许杰多次寻找、发文纪念,对王以仁其人其文最知底。来自宁海县的柔石曾在同乡许杰创办的明日书店编办刊物,有过合作交往。

(三)杭州府同乡群包括蒋百里、徐志摩、郁达夫、倪贻德等人。蒋百里与徐志摩原本有亲属关系,徐志摩与"蒋家、查家都有亲戚关系。著名军事家蒋百里是他的表叔"[①]。徐志摩在京读书一度借住在蒋家。徐志摩与郁达夫同属杭州府人士,在杭州府中学时有幸做同班,从此结下友谊,两人居住上海时经常往来。郁达夫与倪贻德两人,一为富阳县,一为杭县,但同属杭州府,天然的亲近感,应是倪贻德仰慕郁达夫的一个重要原因。

(四)嘉兴府同乡群体。桐乡的沈雁冰北大预科毕业后顺利进入商务印书馆,得其乡友的襄助,一位是北京财政部任职的表叔卢学浦,另一位是商务印书馆的经理孙壮(原籍浙江鄞县),"正在财政部任公债司司长的卢学浦,正受商务印书馆北京分馆的巴结,商务印书馆北京分馆经理孙伯恒希望公债司的公债券能在他手下的京华印书局承印。如果争取到这笔生意,那将是一笔可观的利润。所以,卢学溥打算将茅盾推荐到上海商务印书馆,那里既可以作学问,又是知识人才荟萃之地。商务印书馆北京分馆孙伯恒一听,一口应承下来,并立即去信上海;把茅盾推荐给上海商务印书馆总经理张元济,并说明这是卢学溥推荐的。7月27日,张元济收到孙伯恒信以后,立刻复信,答应可以'试办'"[②]。海盐县的陈大齐曾任北京大学心理学教授,也是"随感录"作家群的一员,曾作《辟"灵学"》等文。崇德的丰子恺主要在杭州、上虞、上海活动。

(五)湖州府同乡作家主要分布在归安、乌程(后合称吴兴)一带,包括钱玄同、沈尹默。钱玄同早年闭门潜心读书,留日后横空出世,在新文坛常作高声语,活跃异常。钱玄同背后,有多位家人一起旅京,如钱恂、钱稻孙、董恂士等。原籍归安的沈尹默、沈兼士早年生活于陕西,

---

① 韩石山:《徐志摩传》,北京十月文艺出版社2001年版,第5页。
② 钟桂松:《茅盾正传》,江苏文艺出版社2010年版,第17页。

18岁后才随母迁回浙江,在京见到钱玄同等故乡人倍感亲切,常是浙籍作家聚会的座上客,沈尹默以新诗扬名,沈兼士为周作人《中国新文学源流》题写书名。

(六)金华府同乡作家群体。在湖畔社诗人中,义乌县的冯雪峰、宣平县的潘漠华都来自金华,在浙江一师、西子湖畔结伴同行,一边抒发爱情,一边对故土留恋与乡情,同乡情是他们增进友谊的重要原因。

(七)温州府浙籍作家,主要代表是客籍作家郑振铎。郑振铎生于永嘉,20岁前均在温州学习生活,在京沪与浙江作家关系密切。他同时对原籍福建长乐一往情深,常与闽人相交。郑振铎在北京读书时因办刊初识同乡商务印书馆编译所长高梦旦,毕业后加入商务印书馆,彼此增进了解,1923年郑振铎娶高梦旦爱女高君箴为妻。两人出生地不同(高君箴生于汉口)却同根同源,属于地道的长乐同乡,且都爱好文学翻译,同是文学研究会会员。这对珠联璧合的姻缘,为乡缘作了美丽的注脚。郑振铎多次与福州作家胡也频晤面,每次听其乡音顿生好感,了解其文学才华,"他那生疏的福州话,常使我很感动。我虽生长在外乡,但对于本地的乡谈,打得似乎要比他高明些"[1]。胡也频遇难后,郑振铎难忘这位"绅士"风度却壮举惊人的同乡作家,含悲作文纪念。

永嘉籍作家中,郑绩的《浙江现代文坛点将录》一书专门介绍王季思、董每戡与董辛名。王季思以古典戏曲研究著称,入东南大学后在闻一多影响下创作新诗、话剧和散文。1948年在温州老乡刘节的邀请下来到中山大学任教,而后"董每戡来到中大是王季思推荐的,他们同为温州老乡,都研究戏剧"[2],董氏兄弟两人早年留日学习戏剧,董每戡创作话剧《C夫人的肖像》《中国戏剧简史》,董辛名是前哨剧团导演。董每戡兄弟活跃于30年代之后,故不作重点讨论。

---

[1] 郑振铎:《纪念几位今年逝去的友人》,《郑振铎诗文集》,万卷出版公司2014年版,第217页。

[2] 郑绩:《浙江现代文坛点将录》,海豚出版社2014年版,第175页。

五四同乡群中有诸多兄弟并行现象，如蔡元培与堂弟蔡元康、钱恂与钱玄同、许寿昌与许寿裳，文坛内则有周氏兄弟、胡愈之与胡仲持、孙伏园与孙福熙、沈雁冰与沈泽民、章锡琛与章锡珊等人。这颇耐人寻味，一方面说明在外浙人众多，另一方面显示出亲情乡情的重要性，同胞之情血浓于水；水土之情，胜似亲情，正可谓"兄弟齐心其利断金"，在陌生环境中，家人乡友往往是最亲近最值得信赖的同伴，能够提供强有力生活和精神支持。

两浙乡友的小集会，一般三五好友，因住家相去不远，所以感情尤其深，亲和力格外强。若从规模看，小集会稍显冷清，唯有绍兴籍同乡群比较活跃，大部分府县的作家没有联动成群，而且人员间杂，文友之交尚少。

二 两浙各府县乡友的大聚合

来自不同府县的两浙新文学家，在城市中相遇相聚，开展"下三府"与"上八府"的群英会。这一大联欢热闹非凡，比小集会更为可观，形成阵容恢宏的同乡群，孵化出规模庞大的新文学作家群体。

（一）东京等地的大同乡。东渡的留学生人多面杂，弘文学院专设江南班、浙江班，他们自己也以籍贯来分群，"竞唱各省分途革新的方案，各省留学生纷出杂志"[①]，如《江苏》《浙江潮》《河南》《江西》《新湖南》等。1902年成立的留日浙江同乡会是各路浙人的大本营，共有会员"百有一"，名震海内外，创办会刊《浙江潮》，由蒋百里、蒋伯器"二蒋"担任主笔，在留日生中一纸风行，在浙江省内影响甚大。诸多浙籍新文学作家便脱胎于该群体，如绍兴的鲁迅、周作人、吴兴的钱玄同、嘉兴的蒋百里、朱希祖。

（二）北京的浙籍作家大同乡。辛亥前后，何燮侯、胡仁源、蔡元培、邵飘萍等前贤引领浙人赴京潮流。就新文学而言，五四前五年，钱

---

① 《蔡元培自述》，第46页。

玄同、周氏兄弟是浙籍作家聚会的召集人。以钱玄同的资历，担当浙籍同乡作家的一员前锋最适合不过。他熟悉留日人群，又是最早加入《新青年》阵营的浙籍主将，"第3卷（1917年3月—1917年8月）的新进作者有蔡元培、钱玄同、章士钊、恽代英、毛泽东（注：二十八画生）、常乃德、凌霜、刘延陵、方孝岳等"[1]，撰有《赞文艺改良附论中国文学之分期》（《新青年》1917年2月1日），1918年当选《新青年》轮值编辑；而且，钱玄同1913年入京、1915兼任北大教授，称得上元老，"资格较老，势力也比较的大"[2]，与诸多北大乡友相熟（朱希祖、马幼渔、沈尹默、沈兼士、朱宗莱等），与马、沈、朱经常影形不离。据《钱玄同日记》载，他和马幼渔极为用心地帮朱宗莱谋职，1月6日至2月5日先后十余次致信，促成他离开海宁转至北大。1917年钱玄同写有114篇日记，谈及沈尹默相处有25篇，与朱宗莱交往达26篇。凭此交情，不难得到他们的支援。同时，钱玄同对教育部浙江人也不陌生（亲属董恂士、钱稻孙均在教育部任职），他与鲁迅初交已久，单独来往不多（1913年9月27日在众友聚谈中重逢），1915年6月20日首次登门。1917年，钱玄同为了《新青年》稿约和新文学前途而走访瞬增，钱玄同自记5次，鲁迅日记记载对方来访7次、通信4次。虽不亲密无间，但情分仍在（乡情、同窗情），每次都有一番深入对谈和思想碰撞，甚至"至夜分去"[3]，"基本可以确认话题都和文学革命有关，包括文学革命所引发的对改良汉字和革新文学的思考"[4]，钱玄同有力的"质问"与热切的"希望"，使鲁迅心有戚戚，决意冲出"铁屋子"。沈尹默也是一位带头人。留日后沈尹默与母亲迁回浙江吴兴，受到同乡好友许炳堃（任浙江中等工业学校长等职）的帮助在杭州任职，1913年经其举荐、被同乡胡仁源安排至北大，他与陈独秀在杭州已有故交，在北京较早进入《新

---

[1] 陈利明：《陈独秀传》，团结出版社2011年版，第78—79页。
[2] 周作人：《三沈二马（上）》，《周作人文选：自传·知堂回想录》，第324页。
[3] 鲁迅：《丁巳日记》，《鲁迅全集》第15卷，第292页。
[4] 侯桂新：《钱玄同与鲁迅交往始末——以日记为视角》，《鲁迅研究月刊》2016年第8期。

青年》编辑与作者群群体。他沉潜于白话诗创作,与胡适、刘半农并称三巨头,也是浙籍同人聚会的常客,"虽凡事退后,实在很起带头作用"①。1917年始任北大教授的周作人是《新青年》"客员"、《每周评论》《新潮》的重要撰稿人。有了钱、沈、周的努力,不太费力地带动同乡好友,如宁波的马裕藻等、绍兴的鲁迅、海宁的朱希祖、嘉兴的陈大齐、湖州的沈士远、沈兼士、俞平伯。鲁迅当时虽不是北大同人的要员,但创作实绩无出其右,以《狂人日记》揭开现代白话小说的序幕,高扬反封建精神,又在《新青年·随感录》和《语丝》建立杂文战线,作战最久,成为新文坛的一面旗帜,"颇激动了一部分青年读者的心"②,许多青年乡友心存景仰,甚至追随左右,如镇海的王鲁彦、绍兴的孙伏园与孙福熙、董秋芳、章廷谦、孙席珍、许钦文等,嘉兴籍作家陈学昭通过孙伏园兄弟的牵线登门拜访鲁迅。柔石、冯雪峰早年曾到北大旁听鲁迅讲课,这一面之缘,为他们日后的交往播下了友谊种子。一些外地同乡致函,沈雁冰编辑的《小说月报》、章锡琛编辑的《东方杂志》向鲁迅约稿,1920年7月26日,陈望道来函并赠送《共产党宣言》译本。

20世纪20年代初期,周作人、郑振铎、沈雁冰是浙籍作家广泛聚合的推动者。周作人在寓内常召引同乡好友聚会,座上宾中有多位浙江大同乡,如沈士远、沈尹默、沈兼士、马裕藻、马廉、马鉴、钱玄同等,这为风云流散后的五四同人留有一条隐蔽阵线。青年郑振铎富有活力,具有敏锐的时代眼光和出色的组织能力,在新文化运动后创办《新社会》等刊物。他仰慕并结识蒋百里,经其介绍顺利拜访张元济、高梦旦。与之相似,沈雁冰在北大求学期间重逢师长朱希祖,经其介绍认识了"也是浙江人"的蒋百里,与"蒋的小同乡兼亲戚"③登门拜访。郑振铎率先产生组建文学研究会的构想,请声望颇高的蒋百里、朱希祖出

---

① 周作人:《三沈二马(上)》,《周作人文选:自传·知堂回想录》,第324页。
② 鲁迅:《中国新文学大系小说二集·导言》,上海良友图书印刷公司1935年版,第1页。
③ 茅盾:《革新小说月报的前后》,《茅盾全集》第34卷,人民文学出版社1997年版,第185页。

面助阵，同时以周作人、沈雁冰为两大台柱，召集了好友瞿菊农、耿济之、许地山为干将，一面发挥北大同乡的聚力，一面募集京沪各地各界的文学力量，除了创造社，首次把北京以及全国各地的两浙作家作了一次集结。在现存的文学研究会134名会员中①，浙籍会员达40人之多。

而且，他们身后还有一大批两浙乡友，你来我往、络绎不绝。除了绍兴一系列同乡，还包括来自杭州（钱均夫、吴震春、许丹、夏浮筠、关维震、张协和、朱宗莱）、嘉兴（蒋百里、沈衡山）、湖州（董恂士、钱稻孙、杨莘士、沈士远、沈兼士、朱家骅）、宁波（马裕藻等）等地的乡友。他们通过同窗、同事的联络，聚集到一起。

（三）上海的浙籍乡友大聚合。郑振铎、沈雁冰周围的浙籍作家乡友。沈雁冰初入商务印书馆，便认识了浙江周由厪、周越然兄弟以及胡雄才，他们互认同乡，显得异常亲切，"二周兄弟，胡雄才，都是湖州人，他们把我看成同乡"②。随着1921年郑振铎进入商务印书馆，来自温州、绍兴、嘉兴的乡友（绍兴的杜亚泉、钱智修、章锡琛、胡愈之、周建人，桐乡的沈雁冰，永嘉的郑振铎，鄞县的杨荫深，瑞安的周予同，平湖的徐调孚）就聚到一处。他们在投稿者中发展了新一批青年，如奉化的王任叔、天台的许杰、王以仁等，壮大了文学研究会的力量。

鲁迅在上海与浙籍作家友人的交往。鲁迅南下厦门、广州时，身边有许寿裳、章廷谦、孙伏园贴身相随。在鲁迅离开厦门之际，浙江同乡专门举办送别会③，因为许寿裳介绍到中山大学后与同乡朱家骅共事，朱于1927年2月1日设家宴欢迎鲁迅。鲁迅到上海后，身边有许寿裳、周建人、孙伏园、孙福熙、许钦文、章廷谦等亲友做伴，常常一起吃家乡菜畅谈，相处甚欢，"往往有一大碗金银蹄，就是由鲜猪脚和火腿脚爪用文火炖成的。鲁迅先生爱吃这种家乡菜，又鲜又香而且油润"④。沈

---

① 苏兴良：《文学研究会会员考录》，贾植芳等编：《文学研究会资料》上，知识产权出版社2010年版，第22—27页。
② 茅盾：《革新小说月报的前后》，《茅盾全集》第34卷，第118页。
③ 鲁迅：《日记十六》，《鲁迅全集》第16卷，第1页。
④ 许钦文：《〈鲁迅日记〉中的我》，鲁迅博物馆等编：《鲁迅回忆录》下册，第1300页。

尹默、郑介石、陶元庆等特意从外地来沪探望，1928年7月15日应许钦文、章廷谦邀请鲁迅夫妇去杭州游赏。鲁迅还与其他乡友有了进一步交往，如沈雁冰、郁达夫、陈望道、冯雪峰、孔另境、陈学昭、柔石、金溟若等。茅盾与鲁迅在景云里、大陆新邨均为邻居，两家时有往来，分享家乡的"野火饭"①。郁达夫、王映霞时常拜会鲁迅，以礼相赠，一起赴宴，关系甚笃。来自嘉兴的陈学昭与鲁迅、沈雁冰、周建人、孙福熙等人十分要好，曾是鲁迅、沈雁冰家的常客。陈学昭回忆说："早点，我在德沚姐家吃，午饭和晚饭总在鲁迅先生和乔峰先生（周建人）家吃——他们的伙食是合在一起的……他们总是把我安排坐在鲁迅先生的对面。"② 在她留法前，鲁迅于1929年1月18日为之饯行。约稿者和文艺界人士在鲁迅家里络绎不绝，有赵景深、陈望道、楼炜春（浙江余姚人，楼适夷堂弟，曾任天马书店副经理）、沈振黄（浙江嘉兴人，开明书店美术编辑）、姚克（浙江余杭人，《天下》月刊编辑，明星影片公司编剧委员会副主任）、曹聚仁（浙江浦江人，《涛声》周刊）等，有从事木刻艺术的郑野夫（浙江乐清人，曾在上海美术专科学校学习，并参加木刻艺术团体"一八艺社"及"野风画会"）、胡考（浙江余姚人，作家、画家，上海新华艺术专科学校毕业，当时在上海从事美术创作）等。

鲁迅保持着广泛的文艺兴趣，对苏俄文艺留意渐多，在广州买《文学与革命》赠人，到上海后常去内山书店，购买了日文《革命艺术大系》《历史底唯物论入门》《唯物的历史理论》等，并译普列汉诺夫、卢那察尔斯基《艺术论》。因此，鲁迅与陈望道、冯雪峰、柔石、殷夫等人有了更多共同话题，与冯雪峰商议《科学的艺术论丛书》计划。1927年11月陈望道邀请鲁迅赴复旦大学演讲、1928年邀请赴江湾实验中学。创办大江书铺、《大江月刊》《太白》后，陈望道频频找鲁迅约稿，两人交往在鲁迅笔下记述较详。1928年5月31日、7月22日、9月16日、9

---

① 孔海珠：《沉浮之间——上海文坛旧事二编》，汉语大词典出版社2006年版，第40页。
② 陈学昭：《学习与回忆》，《人民日报》1981年9月2日。

月 26 日，鲁迅多次与陈通信寄稿。9 月 28 日下午，陈望道登门叩访，10 月 25 日再访并交大江书店信及稿费十元。12 月 9 日陈望道夜访，转交大江书店稿费十五元。次年 2 月 6 日、3 月 9 日、5 月 3 日、5 月 11 日、7 月 12 日，两人均有会面。1930 年 2 月 1 日，两人同赴大江书店举办的聚餐会；2 月 8 日，鲁迅因事寄信一封，4 月 4 日去函寄稿，谋划大江书铺《文艺研究》创办事宜。

（四）其他乡跨地之交也比较普遍。郁达夫交游十分广泛，朋友遍及文坛内外。他和胡适、陈西滢、凌叔华、沈从文诸人都有交情，而且十分重乡情，很早就结识蒋百里、徐志摩、马裕藻，把鲁迅当成至交，把沈兼士、钱玄同、徐炳昶、周作人视为"老友"，同时熟识章廷谦、孙席珍、孙福熙、许杰、王以仁、楼适夷。郁达夫在《劳生日记》《村居日记》《穷冬日记》《闲情日记》中，多次提到与江山县徐葆炎兄妹的交往。许杰与郁达夫见面不少、颇为投缘，7 月 17 日许杰来谈，谈到晚上九点多[①]，亲密度远超他和文学研究会会员的关系。郁达夫写及的同乡几乎不可胜数，有名者如金任父、孙百钢、张君铭，未记姓名者如"周君、孟君""陆某来邀我打牌""杭州张、镇海徐""同乡 2 人""几位同乡""同乡数人"等。

义乌人陈望道与绍兴人刘大白成为挚友，陈望道到上海编辑《民国日报·副刊》，多次向刘大白约稿。陈望道担任复旦大学国文系主任后，邀请刘大白到复旦任教。陈望道与浙江衢县的方光焘亦有交往。

由上可见，曾有众多浙籍作家来到城市，两浙同乡更是数不胜数。他们因缘相识，在来往聚谈中结下深厚情谊，组成各类交往群体和同乡会组织。在生活中，情同一家、长相往来，同说家乡话，共享美味佳肴，一起结伴同行，就像融洽快乐的大家庭，让客居生活变得其乐融融。在求职谋生方面，以长助幼、以强扶弱，扶危济困，合力破解生活难题，帮助青年学子圆读书、择业梦。蔡元培任教育总长和北大校长期间大力

[①] 郁达夫：《故都日记》，《郁达夫全集》第 5 卷，第 370、205 页。

延揽人才，帮助学成归来的青年学子安排去处，先后聘请鲁迅为教育部佥事、北京大学讲师、大学院特邀著述员，这些月俸成为鲁迅重要的生活保障。1920年，蔡元培推荐孙福熙赴法勤工俭学，学习美术。当孙伏园在《晨报》愤而辞职，同乡邵飘萍安排他编辑《京报副刊》。同样，鲁迅对青年后辈尽力关照，经常赠书、接待来访、回信解惑，或者出借钱款一解燃眉之急。在情感方面，两浙同乡彼此惜缘，热情相待，长辈对晚辈关爱有加，亲切晤面或书信往还，甚至成为忘年交。据鲁迅日记记载，何燮侯、蔡元培常与同乡后辈见面通信，表现出尊长风范。"吾家彦弟""一撮毛君""学昭姑娘"等亲切称呼，包含鲁迅对青年的关爱之情。同辈同龄人更显亲密，互访伴游，把盏言欢，畅聊交心。北大浙籍同乡、教育部同乡的聚谈游市，商务印书馆浙籍同乡的合作共处，展现了一幅幅温情洋溢的画面。通过这些密切交往，他们积累下深情厚谊，营造了团结奋进的良好氛围，展现出强大的亲和力和团结力，使飘零四方的浙人萍聚，化零为整，组建出声势浩大的同乡群体。

同时，点点滴滴的生活交往逐渐促进心灵耦合。乡友情谊升华为文学情缘，乡友的亲和力转化成文学聚合力，为浙东、浙西新文学作家的集体登场创造先机，提供了助力。

一是文学活动方面相互勉励与合作。他们在约稿、荐稿、编刊创会中团结一致。蔡元培身为革命家、教育家，始终关注新文学活动，对同乡给予热情关照和勉励，曾为孙伏园散文集《伏园游记》（1926）题签，又为傅东华编《文学百题》（生活书店1935年版）题字。1938年，蔡元培担任"鲁迅先生纪念委员会"主席和全集编委，鼎力支持《鲁迅全集》首版，题写书名并为之作序，高度评价鲁迅的"开山"作用。在《新青年》四面围困之时，钱玄同、鲁迅、周作人等精诚合作全力以赴，历史学家朱希祖、心理学家陈大齐倾力加盟，为新文学披荆斩棘。鲁迅热情帮助王鲁彦创作，为许钦文、潘垂统改稿，资助许钦文《故乡》出版。鲁迅将著作交付北新书局，孙伏园兄弟把散文集《北京乎》《伏园游记》交由章锡琛开办的开明书店出版。

二是在社团流派相互引领和带动。吴福辉《中国现代文学发展史》注意到文学研究会中江浙人最多，指出籍贯对新文学社团的重要意义，"这体现出一种文化积累的历史承传特性，明清两朝以来江南和长江流域的文脉直接影响了现代文学家的构成。因那个时代交通不便，人们迁居仍少，绝大部分的人都出生在自己的籍贯地"①。新文学社团中，文学研究会成立最早、规模最大，把"联络感情"放在首位，"大家时常聚会，交换意见，可以相互理解，结成一个文学中心的团体"②。浙籍会员的群体优势表现得尤为明显，仅依现有名录，人数已达40人（且不计郑振铎），浙籍会员的综合力量堪称最强，以著有《欧洲文艺复兴史》的军事家蒋百里为首的老中青三代合作，实现各界大联合，集创作、编辑、研究与翻译于一体。文学创作不少名家（周作人、朱希祖、刘大白、俞平伯等），外国文艺研究与翻译阵容可观（蒋百里、周作人、沈雁冰、郑振铎、傅东华、顾仲彝、刘廷芳和刘廷藩兄弟等），编辑界团队十分强大（永嘉的郑振铎、绍兴的章锡琛和胡愈之、桐乡的沈雁冰、宁波的胡哲谋、镇海的乐嗣炳、瑞安的周予同、平湖的徐调孚）。许多业外乡友客串其中，参加过文学活动，甚至留下一些早期作品，如沈仲九、沈泽民、胡仲持。文学研究会、语丝社、湖畔诗社、晨光文学社、朝华社等文学社团的出现，与浙籍同乡支持、作家合作是分不开的。周氏兄弟等出资创办《语丝》，推动语丝社建设。1928年鲁迅两次共出资300元，支持朝华社创建。

同乡关系拉近浙籍作家距离，使他们相互吸引、感化，合为一群，促进文学群体与流派的产生。周作人称两浙地域文化传统蕴含着"深刻"和"飘逸"两脉。五四之初，钱玄同、朱希祖、周氏兄弟、陈大齐结成同盟，为新文学冲锋陷阵，壮大了"随感录"作家群。郑振铎、沈雁冰、周作人等文学研究会，秉着文学为人生的理想，译介世界现实主

---

① 吴福辉：《中国现代文学发展史》，第130页。
② 《文学研究会宣言》，贾植芳等编：《文学研究会资料》上，知识产权出版社2010年版，第3页。

义艺术，推动了五四现实主义创作与翻译高潮。周氏兄弟与孙伏园、章廷谦等人相处，有了纵意而谈、无所顾忌的共同趣味，促进了"语丝体"的形成。鲁迅与王鲁彦、许钦文密切交往，为乡土小说创作打下基础，王鲁彦、许钦文在近身相处中深受鲁迅启迪，激发创作热情，并在小说题材、人物塑造、批判意识方面借鉴创作经验；许杰虽与鲁迅面交不多，从作品中受益颇多，他从事创作，并一直致力于研究鲁迅，自觉地把鲁迅当作文学导师。周作人、俞平伯在北大彼此熟识，并有师生情谊，引领现代言志派小品文创作。金华的冯雪峰和潘漠华、慈溪的应修人、嵊县的魏金枝，都有满腹乡愁，依恋土地山川、母亲与少女，偏好山水自然，于是成为最要好的伙伴，组成湖畔诗派。郁达夫作品让同乡倪贻德、王以仁醍醐灌顶，自述抒情小说中的诗意笔法、感伤风格、青年零余者形象，一一出现于倪贻德《花影》、王以仁《孤雁》中，两者惟妙惟肖，倪贻德、王以仁移花接木，且有自身特色。文学研究会会员王以仁对郁达夫小说十分着迷，在《孤雁集·序》中直陈对郁达夫的景慕之情，郁达夫也报以好感，承认"王以仁是我直系的传代者，他的文章很像我……我对他也很抱有希望"[①]。王以仁失踪后，郁达夫焦急万分地写下《打听诗人的消息》，登于《洪水》杂志。

　　同乡关系的作用，在其他省籍群体也普遍存在。如江苏常州籍的瞿秋白、瞿菊农兄弟，江苏苏州籍的叶绍钧和郭绍虞、顾颉刚，江苏上海县籍的耿济之与耿式之兄弟，皖籍的李霁野、韦素园、韦从芜。毋庸讳言，同乡关系突出体现了地缘因素，不能彰显个人意趣，存在一定局限性，建立在同乡基础上的文学群体，显得混杂松散，有的乡友只是扮演友情客串或敲边鼓的角色，有时还会出现乡友志趣不合的现象。然而在五四新文学滥觞期，同乡群体的出现，使新文学集聚人脉，其作用不容小觑。

---

① 郁达夫：《新生日记》，《郁达夫全集》第5卷，第111页。

第二节　五四浙籍作家的业缘凝聚

同乡关系，主要是因地（籍贯地、出生地）结缘，具有传统色彩。在城市文化语境中，人流如织，社会分工广密，人们往往多次交集，发生复杂交织的协作关系，产生同业缘分。业缘关系就是因职位（行当）相同、志趣相投而形成的上下属/同事关系。与乡缘相比，业缘关系更注重人的心灵遇合，更能体现社会交往的现代性与开放性，如果乡缘与业缘相加，会使乡友关系更为牢靠。所以，受现代化、城市化影响，同乡关系仍显作用，但已不占主导地位，业缘与学缘的作用越来越凸显。这是各地浙籍作家聚合的另一重要纽带。他们多供职于文教、报刊、出版等行业，互闻其名，或者因为共事而聚到一起，因业交友，心灵汇通，逐渐由乡友变为志同道合的战友，组合成一支颇具凝聚力的文学同盟军，为国人新生与文化再造输入一股合力。

具体言之，五四浙籍作家或共事于教育与文化部门，或者在报刊书局碰头相遇，形成两类作家群。

其一是以大都市或地方学校、教育文化部门为中心形成的浙江籍作家群。近代以来，历史巨变推动教育革新，呼唤新式人才，现代学校承担传道授业培育新材的重任，也是学术思想重镇。张灏认为学校、报刊、社团是传播思想的三大渠道之一。五四前后，浙江籍知识者曾在各类学校或教育文化部门任职，由此成为同道中人。

中学堂的同事关系。一些浙籍作家早年毕业后，奔赴初等和中学堂任教，投身于基层教育战线，从教之余不忘笔耕，尽显以教育服务社会的拳拳之心。这类学校包括：浙江两级师范学堂（夏丏尊、鲁迅、刘大白、陈望道）、绍兴府中学堂（鲁迅）、浙江省立第五中学（周作人）、浙江第四中学、春晖中学（夏丏尊、丰子恺、王任叔）、立达学园（丰子恺、夏丏尊、方光焘、陶元庆、夏衍、陈望道、许杰等担任校务委员，沈雁冰、刘大白、郑振铎、胡愈之、周予同等曾在此兼课）。夏丏尊长期从事中学教育，一生不离杏坛，以此为纽带结交了不少名家挚友。夏丏尊先后在杭州、长沙、上虞、宁波、上海任教，与少年读书郎朝夕为伴，关爱备至。他自作《平屋杂文》，倾吐从教与人生感悟，译介意大利人亚米契斯《爱的教育》、孟德格查《续爱的教育》，也时常邀好友舞文弄墨，与叶圣陶合著《文心》，由同事变文友、亲家，成就一段文坛佳话。另与立达同事刘薰宇合著《文章作法》，还陆续编办《立达》《一般》《中学生》《新少年》《月报》等刊物，发起开明书店、开明函授学校、中国语文教育学会。《文心》借鉴《爱的教育》体裁，通过32个小故事讲解阅读与写作技法，深入浅出、寓教于乐。夏丏尊曾在浙江两级师范学堂与鲁迅、陈望道共事，并肩反抗守旧势力，由同事而成深交。杭州阔别后交谊仍在。在夏丏尊心目中，鲁迅不只是一位新文学巨匠，还是一位履历丰富、率先垂范的师长。他向学辈热情推荐鲁迅作品，在《文心》开篇便写下《"忽然做了大人与古人了"》，为中学生荐读、导读鲁迅的《秋夜》。文中设置了孩子遇疑问、父子观夜景、爸爸讲作品、大家谈心得等情节，为青年读者上了生动的一课，显示出夏丏尊温煦的教育态度和巧妙的启发艺术，也反映出他与鲁迅心心相印。1927年鲁迅甫一到上海，夏丏尊即邀其到立达学园、暨南大学演讲，畅谈名人苦难经历与成才关系，勉励在读青年学子。虽不能常常晤面，但彼此互念对方，视为同道中人。1936年鲁迅送与章锡琛《海上述林》一书，特意托他带书给夏丏尊。陈望道也是夏丏尊的老同事，相知甚深，与朱自清双双为《文心》作序，予以好评："把关于国文的抽象的知识和青年日常可以遇到的具体的事情溶成了一片。写得又生动，又周到，又都深入浅出……替青年们打算，把现在最进步的知识都苦心孤诣地收集了起来，又平易地写出来，使我们青年也有机会接近它。"[①] 以文学滋润青年新辈，正是这些新文学家共同的理想。

夏丏尊、丰子恺曾在春晖中学、立达学园长期共事。1922年夏丏尊邀丰子恺到春晖中学任教。夏丏尊入住"平屋"，丰子恺居一旁的"小

[①] 陈望道：《文心·序》，中国青年出版社1983年版，第2页。

杨柳屋",相互为邻,1925年后相聚于上海立达学园,逐渐结识了郑振铎等好友。夏丏尊、郑振铎、朱自清等人对丰子恺的文笔画才大为鼓励,开明书店及郑振铎编辑的《文学》周报常来约稿,使丰子恺画名鹊起。友人相援促成《子恺漫画》(1926年)的出版,郑振铎、夏丏尊、朱自清、方光焘等多位好友为之作序,如夏丏尊所称,"记得丰子恺的画这类画,实由于我的怂恿"①。丰子恺走上散文与漫画创作道路,以教育与艺术眼光发现人类天性与本心,反思家庭与社会教育时弊,离不开友人的欣赏与扶植。

  大学堂的同事关系。有留洋经历或受过高等教育的精英,去往通都大邑的高等学府,得天下英才而教之,著书立说,完成名山事业。那里专职薪酬可观,文化气氛更浓,思想更活跃。鲁迅在教育部月薪300元,北京大学兼职每周讲课一次可得十几元,在厦门大学月俸400元,远高于编辑和普通职员。茅盾初入商务印书馆时,月收入只有24元,一年后因业绩出色加薪,才升至百元。在浙籍作家从教的众多高校中,北京大学、北京女子师范大学等处的同事之交甚为频密,他们在生活中形影不离,事业上鼎力相助。单论生活交往,同事关系更密切一些。前文已提到,1917年,钱玄同与北大同事沈尹默、朱宗莱的交往次数,数倍于他和鲁迅的交往。而鲁迅与教育部的董恂士、许寿裳、钱稻孙、杨莘士、张协和、许丹、关来卿等经常为伴,相聚甚欢。若论心灵之交,浙籍北大同人、《新青年》同人更像战友。钱玄同、沈尹默、周氏兄弟同任《新青年》撰稿人,在批驳虚君共和、灵学派、表彰节烈、国粹论、推广白话文、联名支持北京女师大风潮等方面并肩作战。1918年5月15日,《新青年》第四卷五号刊出钱玄同《随感录·八》、钱玄同与刘半农的《斥灵学丛志》、陈大齐的《辟"灵学"》、周作人的《贞操论》等文,他们一起发难,对扶乩、颂扬节妇之风予以沉痛一击。随后,鲁迅积极声援,在第五卷第二号发表《我之节烈观》,发起第二波攻势。这

---

① 夏丏尊:《〈子恺漫画〉序》,《夏丏尊散文选集》,百花文艺出版社2009年版,第47页。

种默契,只应同人盟友之间才有。浙籍新文学家看重乡缘,更重业缘,自觉地加入同人队伍,站在同一阵线,互相支援,才会迸发出如此强大的火力。五四新文化群体一分为二,一类是抨击时弊的公共知识分子,一类是沉潜学术的学院派文人。五四退潮后,新文化阵营解散,五四战斗精神随鲁迅而离开,战友情变成个人友谊,如沈尹默与鲁迅仍有交往。周作人、钱玄同、俞平伯离开火线后回到学府,回归淡泊生活,这些"闭户读书"的学院派,展开了淡如水的君子之交。五四时期,马裕藻、沈尹默、钱玄同、沈兼士、二周等在北京女子师范大学兼课,1925年,七教员联名发表《对于北京女子师范大学风潮宣言》,这六人担当绝对主力。此外,20世纪30年代间,郑振铎任教燕京大学时曾与校长陆志韦有交往合作,因不在本书重点论述的范围,故不作赘述。

鲁迅与郁达夫相识于北京,1923年短期共事,1927年在上海重聚后关系日密。两人友谊以乡情作底,因同事关系而生色。郁达夫自言:"至于我个人与鲁迅的交谊呢,一则因系同乡,二则因所处的时代,所看的书,和所与交游的友人,都是同一类属的缘故。"[1]郁达夫始终对鲁迅报以尊敬,他爱冷不爱热的真性情、坦荡的心地和满腹创作与翻译才华,也让鲁迅产生惜才之感。1923年2月13日郁达夫到北京大学经济系任教,当月18日登门访鲁迅,除了寒暄乡情,还十分投机地热聊。1927年,郁鲁两家相逢于上海,郁达夫携眷常来往,两家日常关系密切,平日时有家宴聚会与登门走访,逢年过节还会馈赠厚礼。事业合作日趋紧密,根据日译本做翻译工作,两人实属理想拍档。1928年合编《奔流》,不断碰撞出火花,并制订了译述《高尔基全集》等宏伟计划。郁达夫与鲁迅一同参加中国自由运动大同盟、中国左翼作家联盟、中国民权保障同盟。所以郁达夫准备迁居杭州时,鲁迅作诗婉言相劝,如其诗云,"钱王登假仍如在,伍相随波不可寻。平楚日和憎健翮,小山香满蔽高岑。坟坛冷落将军岳,梅鹤凄凉处士林。何似举家游旷远,风波

---

[1] 郁达夫:《回忆鲁迅》,《郁达夫全集》第3卷,第325页。

浩荡足行吟"①。两者彼此同行，皆有同好，相交甚深，建立了牢不可破的友谊。1936年，远行福建的郁达夫接到鲁迅病逝的噩耗，次日晨即刻赶回参加追悼活动，呼吁国人敬重、爱戴鲁迅，继承其伟大的精神。

这种业缘，多在朝夕共事中形成，也会穿越山水阻隔。俞平伯曾参与白马湖同人刊物《我们的七月》《我们的六月》的撰稿，属于"重要的外围人物"②，丰子恺是刊物核心成员之一。但两者平生几少谋面，主要因文墨结缘。1926年俞平伯为《子恺漫画》作跋："我不曾见过您，但是仿佛认识您的，我早已有缘拜识您那微妙的心灵了……以诗题作画料，自古有之；借西洋画的笔调写中国诗境的，以我所知尚未曾有之，自足下始。"③ 1925年，俞平伯的诗集《忆》选入丰子恺的18幅插图，散文集《燕知草》配丰子恺的插画《雷峰回忆》。丰子恺的小品与画作赞颂"天上的神明与星辰、人间的艺术与儿童"，充满趣味诗意；俞平伯的诗歌散文多臻于朦胧的诗境，《忆·自序》提倡"至于童心原非成人所能体玩的，且非成人所能回溯的"④。见面虽少，却仿佛熟悉已久的故友，毫无陌路感，正是同行之交使两人心灵汇通。

其二是公共报社书局、社团为载体汇集的五四浙籍作家。现代报刊出版业是托起新文学的地平线，报刊书局是选稿、编稿、印稿的文学产房，也是新文学走向社会的媒介。中国近代报社、书局、社团大多集中在城市，成了浙籍作家的聚集点。他们组成合伙人、并肩奋战，展现出挽救时势的高远理想、为人作嫁衣的奉献精神和勤奋求实的职业操守。

公共和同人报刊是浙籍作家聚合的重要纽带。报刊编辑容易碰面，却难以实现撰稿人的满堂会，报刊成为他们心连心的纽带。文学研究会的《小说月报》"记者启事"、《文学旬刊》"会员消息"等栏目，播报文坛与会员动态，增进彼此了解，增强向心力，"集思广益，基本作者

---

① 鲁迅：《阻郁达夫移家杭州》，《鲁迅全集》第7卷，第162页。
② 朱晓江：《白马湖作家群的出版理念及其编辑实践考辨》，《浙江社会科学》2009年第1期。
③ 俞平伯：《以〈漫画〉初刊与子恺书》，《俞平伯散文选集》，第110页。
④ 俞平伯：《〈忆〉自序》，《俞平伯散文选集》，第27页。

第二章 五四浙籍作家的城市流动与群体聚合

编辑化……从13卷1号起，沈雁冰干脆把冰心女士、庐隐女士到周作人等17人列为'本刊文稿担任者'，刊登在'记者启事'栏——'最后一页'之上"①。1917年后，《新青年》变为同人刊物，实行轮流编辑，有时将编辑、撰稿人召集一堂。1920年5月11日胡适邀集第八卷编辑召开讨论会，出席的12人中浙人最多，如钱玄同、陶孟和、陈大齐、沈尹默、朱希祖、周作人以及原籍上虞的顾孟余，鲁迅不在邀请之列，曾在日记中有所提及，"晚至中央公园俟二弟至饮茗"②。《语丝》《奔流》等同人杂志对浙籍作家也颇有凝聚力。

除此之外，书局也是聚合之地。他们作为城市普通职员，工作相近、际遇相似，颇能产生共鸣（如书商的压榨、办刊校书的辛劳、收入微薄），容易成为知心朋友。上海商务印书馆的编辑同人群体即有代表性。胡愈之进入商务印书馆理化部，"理化部多是绍兴人，在此期间与章锡琛、杨贤江、茅盾、郑振铎交往密切"③。沈雁冰到商务印书馆后在编译方面才华过人，对《小说月报》的锐意改革更是一记重拳。郑振铎1921年由沈雁冰介绍进商务印书馆编译所，勤勉实干的他屡建战功，1923年接编《小说月报》，随后创办《文学旬刊》（1921）、《文学周报》（1925）、《文学》（1933），团聚了一批同人。标榜"血和泪的文学"的郑振铎与提倡"自然主义"的沈雁冰一拍即合，胡愈之呼吁"文学创作"与"独创精神"，道出郑振铎、沈雁冰的心声。除了这些铁杆朋友，郑振铎还在书局团结了一些业界新秀，如"四胖（谢六逸、李青崖、耿济之、赵景深）、四瘦（郑振铎、徐调孚、傅东华、樊仲云）"④ 以及杨贤江、周予同、吴文祺、乐嗣炳（中华书局）等人。这些看似卑微的编辑却有一番改革抱负，沈雁冰开辟"小说新潮"栏，郑振铎主编"童话专号"、文学研究会丛书、世界文库，章锡琛与周建人推出"新性道德

---

① 马林靖：《沈雁冰与〈小说月报〉》，《新闻爱好者》2007年第8期。
② 鲁迅：《日记第九》，《鲁迅全集》第15卷，第402页。
③ 郑绩：《浙江现代文坛点将录》，第24页。
④ 《访问赵景深》，贾植芳等编：《文学研究会资料》下，知识产权出版社2010年版，第822页。

专号",章锡琛与胡愈之合编《新女性》,章锡琛主持"开明文库""新文学选集",都是采撷英华、引领风尚、泽被后世的创举。此外,他们齐心协力地加强文学团体建设、参与社会服务。郭沫若、沈雁冰、胡愈之发起中国济难会,1925年参与五卅运动,1927年叶绍钧、胡愈之成立上海著作人工会,1928年参与发起中国著作者协会。1923年,商务印书馆10名同人好友共同出资,发起成立朴社,郑振铎首先提议,周予同、沈雁冰、胡愈之等人积极响应。该社"最初动因主要出于经济上的考虑,此前他们曾专门讨论过'学术界生活独立'的问题"①,向不合理制度做出反抗。在五卅运动等事件中,这些同事结成统一战线。商务同人代表文学研究会、妇女问题研究会,积极参与上海学术团体对外联合会,发表宣言,控诉英人暴行,呼吁国人抵抗。1925年,胡愈之与郑振铎创办《公理日报》,胡愈之亲历"四一二"惨案,发表公开信揭发暴行,签名声援的主要是他的同乡和同事,如郑振铎、周予同、章锡琛、吴觉农等,郑振铎、胡愈之为此被迫避走异国,可谓生死患难之交。1933年7月邹韬奋出国,胡愈之接任《生活》周刊主编,负责经营生活书店。

《东方杂志》、开明书店与立达学园的同事关系。夏丏尊与胡愈之是上虞同乡,在上海成为文友。胡愈之编《东方杂志》期间,夏丏尊将译稿《爱的教育》等文连载于《东方杂志》。章锡琛离开商务印书馆后创办开明书店,与立达学园同人合作甚密,双方你中有我、我中有你。胡愈之、郑振铎、吴觉农、夏丏尊四弟夏志均一起筹资,夏丏尊担任编译所长,而且为表支持,撤回与商务印书馆的合约,将《爱的教育》《续爱的教育》版权转给开明书店。丰子恺等负责书店的装帧设计。开明书店承担印行立达学园的《一般》(1926)、《中学生》(1930)等刊物,并出版多位立达学人的散文、著述及课本(《平屋杂文》《文心》《国文八百课》《子恺漫画》《缘缘堂随笔》等)。1927年,应章锡琛之邀,原籍海宁的桐乡人钱君匋加入开明书店担任美术与音乐编辑,1933年兼任

---

① 许纪霖等:《现代知识分子的公共交往》,上海人民出版社2008年版,第193页。

神州国光社编辑，他的创作以"钱封面"著称。丰子恺、夏丏尊、邱望湘、陶元庆、章锡琛等同人为之订作《钱君匋装帧润例》，刊登于《新女性》。

大江书铺的同事与同行关系。陈望道与汪馥泉在沪创办大江书铺，使新文学作家有了一个互往的平台，曾出版沈雁冰译《野蔷薇》、鲁迅译《毁灭》、夏衍译《母亲》等作品。在鲁迅支持下，他们创办《大江月刊》，1929年刊发《文艺研究》季刊，1934年创办《太白》。

报社书局编辑与作者、同行的关系。郑振铎在京沪任职，以晤面或通信方式，结识一批浙籍作者。他在北京时请蒋百里出任会员和撰著人，与鲁迅、沈雁冰通信，在商务印书馆期间通过书信来往结识镇海的王鲁彦、奉化的王任叔、镇海县的乐嗣炳、天台的许杰与王以仁等。许杰在五四时期经常阅读《小说月报》《民国日报》《文学》等刊物，因投稿送稿不时地面见编辑，1922年到沪后，"每每是自己带着稿子跑到闸北宝山路商务印书馆编辑所去找郑振铎或沈雁冰，有时找徐调孚等人"[1]，故此建立友谊，对创作道路产生重要影响，小说《惨雾》发表于1924年8月《小说月报》15卷8号，许杰备受鼓舞产生了毕生从事文学创作的决心。郑振铎参与《一般》的筹备与编辑，为该刊撰写《中世纪的波斯诗人》等。正如赵景深评价，夏丏尊在创作方面"不大努力"。其《平屋杂文》得益于郑振铎的鼓动与督促，夏丏尊在自序中说："这回的结集起来付印，全出于几个朋友的怂恿，朋友之中怂恿最力的要算郑振铎先生，他在这一年来，几乎每次见到就谈起出集子的事。"[2] 郑振铎与俞平伯，也是以文相识。在杭州任教的俞平伯，由郑振铎介绍加入文学研究会，经常为《文学旬刊》撰稿，参与"文学研究会丛书"新诗合集《学朝》，1922年结伴同游西湖，1923年参加郑振铎发起的朴社，并担任文学研究会会刊《文学旬刊》编辑，为郑振铎的译作《灰色马》作跋。这种文友关系在五四时期相当普遍，同事同行的帮助、

---

[1] 许杰：《坎坷道路上的足迹（三）》，《新文学史料》1983年第3期。
[2] 夏丏尊：《平屋杂文·自序》，岳麓书社2010年版，第1页。

勉励与督促，正是浙籍作家奋进的一大动力，对青年作家走上文学道路产生引路作用，陈学昭因向《时报》《妇女杂志》寄稿结识戈公振、章锡琛、周建人等长辈，又由文友变成生活挚友，在谋职落脚方面受益良多。陈学昭飘荡上海时曾与友人寄宿于章锡琛寓内，常与沈雁冰、鲁迅、周建人搭饭，并得到工作帮助。她曾回忆："章锡琛先生和周建人先生介绍我去绍兴县立女子师范教书，章先生认识这个学校的校长。"①

同样，郑振铎、沈雁冰等书局编辑与鲁迅有同行关系，即便有的见面不多，却也惺惺相惜。郑振铎因约稿、接待诗人爱罗先珂、小说研究等事，和鲁迅时常联系，彼此视为畏友。郑振铎将《世界文学大纲》陆续寄赠鲁迅，1925年鲁迅得知对方有需要，便将六本《西湖二集》相赠，两人为印行《北平笺谱》《十竹斋画谱》有了密切合作。1936年鲁迅寄赠"C.T."郑振铎《海上述林》，同时不忘赠给耿济之、傅东华、吴文祺等友。正因长期交往，郑振铎尤为理解鲁迅："'现在做事真难极了'他慨叹地说道。对于人的不易对付和做事之难，他这几年来时时地深切地感到。但他并不灰心，仍然在做着吃力不讨好的改削创作、校正译稿的事，挣扎着病驱，深夜里，仔仔细细地为不相识的青年或不深交的朋友在工作。"②他对鲁迅忘我工作、至死方休的精神充满敬意。郑振铎对同人心存感动，对会友徐志摩的文学热情表示激赏，认为"他是一位很早的文学研究会的会员，但他同别的会社也并不是没有相当的联络，他是一位新月社的最努力的社员，但他对于新月社以外的文学运动，也还不失去其参加的兴趣。他只知道文学，他只知道为文学而努力，他的动机和兴趣都是异常的纯一的，所以他绝不会成为一位偏执的人"③，他通过编刊认识其他省份的笔友，如江苏籍的叶绍钧与郭绍虞、贵州籍的谢六逸、北京籍的老舍、山东籍的王统照等。

---

① 陈学昭：《天涯归客》，浙江人民出版社1980年版，第17页。
② 郑振铎：《永在的温情》，《郑振铎诗文集》，第226页。
③ 郑振铎：《纪念几位今年逝去的友人》，《郑振铎诗文集》，第222页。

第二章 五四浙籍作家的城市流动与群体聚合

社团中社友、会友关系，也是浙籍作家汇聚的重要纽带。文学研究会中，浙籍会员占三分之一，虽然集中见面机会不多，但通过《小说月报》"通讯"等栏目了解各地会员动态，增进相互了解，拉近彼此的关系。创造社中，倪贻德与郁达夫既是同乡，也是趣味相投的社友。倪贻德把社友郁达夫当作学习的典范。他的《玄武湖之秋》《寒士》《花影》等作品，塑造孤独失意的五四青年形象，洋溢着感伤风格和诗化色彩，字里行间闪现着郁达夫的影子；《秦淮暮雨途中》等随笔，写景抒怀，率性走笔，颇有郁达夫游记的风味。王以仁、许杰虽是文学研究会成员，但对郭沫若、郁达夫十分仰慕，时常送稿求教，受其影响，逐渐认同文学是表现内心的要求。王以仁的小说《幻灭》《孤雁》《流浪》，多写人生失意孑然独行的青年流浪者，全篇流淌着感伤情绪与心理独白，小说结构有散文格调，这些方面与创造社小说惟妙惟肖。受其影响，王以仁还致力于抒情诗创作，完成《灵魂的哀歌》等诗作，得到郭沫若的嘉许。许杰在王以仁的引荐下访问创造社，一度为之着迷，创作了《醉人的湖风》《火山口》等抒情小说。

新文学诞生之初，以文学研究会代表的浙籍作家有意识地把文学当作"事业"来追求，在期刊创办、团体成立等方面努力不懈。一方面，维护文学的纯洁性，"文学上极有研究"，而"不惟于精神上显得散漫"[①]。另一方面，团结各方力量，发动创作、翻译、报刊出版界的群力，以业缘为纽带集结起来，相互砥砺，展现出集团作战优势。《新青年》、文学研究会的浙籍作家，有强烈的艺术意识、群体意识，一心把文学事业做大做强，鲁迅的"为人生"、周作人的"人生的艺术派"、郑振铎的"血泪文学"、胡愈之的"革新中国文学"等主张显示出他们齐心协力。这样，迎着新文学号角，浙江籍知识者集结起来，由三五人渐渐组成一小队、一大群，形成很有集聚力的同人群体。

[①] 《郑振铎致周作人》，贾植芳等编：《文学研究会资料》上，知识产权出版社2010年版，第659页。

同乡之间一般都会自然熟稔，而业缘关系需要长时间磨合，只有在长期共处、坦诚相见中才可实现。这种友谊一经建立，就会久经考验，日久年深而不易褪色。这是浙籍作家聚合的主要缘由。浙江籍新文学作家不仅仅与省内同人交往，而且与安徽籍、江苏籍、山东籍、福建籍、广东籍等其他各地的同人进行集合。例如，生于浙江永嘉县的郑振铎与江苏常州籍的瞿秋白和瞿世英、江苏上海县籍的耿济之、江苏苏州籍的郭绍虞和叶绍钧、贵州籍的谢六逸。早在1921年文学研究会成立前，郑振铎与俄文专修馆的瞿秋白和耿济之、燕京大学的许地山、中国大学的王统照已有往来合作，共办《新社会》《人道》等进步刊物。基于乡谊、业缘形成的同人关系，团结力更大，友谊更为长久。

第三节　五四浙籍作家的学缘集聚

　　城市是人口与文化大熔炉，也是新式学校最密集的地方。各地英才相聚于此，认识五湖四海的师长学友，在点滴交往中产生深情厚谊，结成学缘关系。它因同城、同校或同门读书而结缘，这种友谊由心而生，全凭理想志趣作基础，故而能维持长久。这是现代作家交往的重要纽带，对新文学群体与社团产生深刻影响。文学研究会中包含诸多学友，新潮社、创造社、未名社、莽原社、狂飙社、浅草社与沉钟社、语丝社、绿波社等几乎都带有学缘色彩。背井离乡的浙籍作家本有乡缘，再添一层学缘，亲上加亲，成为良师益友。他们的会师，为新文学群体建构与社团发展创造了有利条件。

　　第一，师生缘分是学缘关系的重要面向。师长引路在前，青年学子跟随其后，两代人之间形成思想传承与文学接力。

　　有的在故乡初次结缘（浙江省立第一师范学校、绍兴府中学堂、山会初级师范学堂、湖州府中学堂、嘉兴府中学堂等），在城市相逢，有的还成为同行或同事，彼此交情更深厚。如鲁迅与浙江两级师范学堂、绍兴府中学堂、厦门大学诸生,周作人与孙伏园、孙席珍、俞平伯、废名、钱玄同、朱希祖与沈雁冰,夏丏尊与学生丰子恺,陈望道与曹聚仁,丰子恺与学生陶元庆、钱君匋等。

鲁迅曾于1909—1910年在浙江两级师范学堂任教,1910年9月至1911年11月在绍兴府中学堂(后改浙江省立第五中学)、1911年在山会初级师范学堂任教。离浙赴京后,许多门生慕名而至,上虞的胡愈之、嵊县的商契衡、会稽的李遐卿与宋紫佩等。毕业于浙江两级师范学堂的宋紫佩、钱允斌,在北京与鲁迅往来较多。宋紫佩(1887—1952),会稽平水镇人,1908年就读浙江两级师范学堂时师从鲁迅,在木瓜之役中与鲁迅唱反调,两人在绍兴开始交往,鲁迅不计前嫌聘他担任绍兴府中学堂教务兼庶务,一起发起越社、迎接绍兴光复、创办《越铎日报》。在北京,宋子佩经鲁迅推荐到京师图书馆任职,成为"终生好友",据研究者何信恩统计,《鲁迅日记》中"关于鲁迅和宋子佩往来的记载,就有589处之多"[1],两人亲如一家、相互照应,宋紫佩得到鲁迅帮助,鲁迅于1914年2月25日记载"紫佩还旧假款十元"。钱允斌在北京求学常得鲁迅相助,鲁迅于1913年4月19日、22日、25日记录该生来访情况,"十九日晴。上午钱允斌来,名聘珍,旧杭州师范博物科学生",1913年5月6日写道:"晚钱允斌来,索去十元,云学资匮也。"[2]胡愈之、孙伏园、商契衡、李宗裕(李遐卿)是鲁迅在绍兴府中学堂的学生。胡愈之回忆他与鲁迅的师生缘,"那年绍兴府中学堂,每周只授生理卫生一小时,但在学校里以严厉出名,学生没一个不怕他,他每晚到自修室巡查。有两次我被他查到了在写着骂同学的游戏文章,他看了不作一声……鲁迅先生给我的评语是'不好学'三个字。这可以想见我在中学时的荒懒了"[3]。这位盘着假辫、支持革命的严师,让胡愈之印象深刻,暗生敬意。另外,嵊县的商契衡在京求学时频繁来访,得到鲁迅的

---

[1] 王吉奇:《平水宋家店纪念宋紫佩诞辰130周年》,《柯桥日报》2017年5月22日。
[2] 鲁迅:《癸丑日记》,《鲁迅全集》第15卷,第107、62页。
[3] 胡愈之:《我的回忆》,第83—84页。

大力资助。鲁迅当时经济不宽裕，担负家计百余元，资助东京羽太家、购书和日常应酬，时常向朋友借款，但依然为贫寒学子雪中送炭。1913年11月4日，"商生契衡来言明年假与学费事"、鲁迅在1914年1月4日的日记中记载较详："晚商契衡来谈，言愿常借学费，允之，约年假百二十元，以三期付予，三月六十元，八月、十二月各三十元，今日适匮，先予十元"①。而商契衡深知其好，从家乡觅得一方大象纹砖砚送与鲁迅。李遐卿（1887—1931），会稽横路村人，1910年考入绍兴府中学堂，1913年在南京报考江南法政学校时与鲁迅通信（《鲁迅日记》1913年4月13日），为了求学投石问路，1915年转报考北大，后入教育部与鲁迅共事，"与鲁迅关系甚密，仅鲁迅日记记载，高达二百二十处之多，并集中在1912年至1916年的十五年间"②。除了上述弟子，还不断有他人追随而至，1913年5月12日"商契衡来，并偕旧第五中校生三人，一王镜清，二人忘名"③。鲁迅颇重视往日师生情，积极参加浙江省立第五中学的旅京同学会活动。

　　1927年鲁迅从广州抵达上海，亦有学生不离不弃地相随，如崔真吾、王方仁、蒋径三等。鲁迅在厦门大学任教时颇受学生拥戴，辞行前夕引起满城风雨。学生掀起抗议校方风潮，登上《民钟日报》，有的学生与鲁迅一道而走。鄞县的崔真吾、镇海的王方仁（1905—1946）一路追随至上海。他们与鲁迅朝夕不离，成为左膀右臂，鲁迅为之安排食宿，亲如一家。1928年5月4日，鲁迅写道"同真吾、方仁、广平往上海大戏院观《四骑士》电影"。1928年，柔石经王方仁引见正式结识鲁迅。翌年，柔石又把同学魏金枝介绍给鲁迅认识。他们亦师亦友，既是生活好友，也是文艺同人。据许广平回忆："鲁迅住在景云里时，他就搬到附近租一个亭子间来住，后来又添了崔真吾，再加进柔石，租住一幢房子，吃饭搭在我们那里，早晚食饭相遇，闲谈到有意译书自行印出的事，

---

① 鲁迅：《甲寅日记》，《鲁迅全集》第15卷，第99—100页。
② 平山：《鲁迅与李宗裕》，《柯桥日报》2017年9月17日。
③ 鲁迅：《癸丑日记》，《鲁迅全集》第15卷，第62页。

鲁迅仍本着以前扶助未名社的态度,替王方仁介绍《红笑》,鲁迅并有一篇《关于〈关于红笑〉》的文章,登在《小说月报》为梅川(即王方仁)辩解;替崔真吾校订《忘川之水》,其目的无非为了帮助青年文化事业,有同意出《朝华旬刊》,出了几本近代世界短篇小说集如《奇剑及其他》等就是,又印了几本木刻选集,名《艺苑朝华》,是从鲁迅所藏版画中编印出来,给木刻界有所参考的。"① 王方仁翻译俄国安德烈耶夫的小说《红的笑》,由鲁迅校订并推荐给《小说月报》发表。1929年4月15日、17日、19日,译者鹤西(程侃生)在《华北日报》副刊公开指责译文涉嫌抄袭、舛误过多,并向《小说月报》告状。作为见证人,鲁迅连发三文予以澄清,为门生辩诬,驳斥对方说辞,严词抨击凭空污蔑、损人褒己的"恶辣"用心:"只证明了焦躁的自己广告和参看先出译本,加以修正,而反诬别人为'抄袭'的苦心。这种手段,是中国翻译界的第一次。"② 当年未竟的工作,由学生接力、师生协作完成,了却一桩心愿,确实令人欣慰。鲁迅之所以出面,是因为既澄清事实,也是对文坛新苗与文化正气的呵护。1929年,鲁迅与王方仁、崔真吾、柔石等有了新的合作计划,由鲁迅牵头、共同出资成立朝花社,印刷文艺书籍及《艺苑朝花》,鲁迅与柔石合编《奔流》,经其介绍认识冯雪峰,一起谱写左翼文艺新篇。20世纪30年代分别后,崔真吾不时来信问候,鲁迅复信并寄赠《三闲集》等新作。

周作人去往北京后,有不少学生围聚在他身边,受其指教成长为文坛新秀。余姚的潘垂统在浙江省立第五中学时师从周作人,离别后仍往北京写信请教,他的文稿被周作人介绍给鲁迅,得到指点和帮助,小说《风雨之下》改题《牺牲》发表于《晨报》副刊(1921年9月14日至19日)。在师长带动下,潘垂统先后创作了《讨债》《贵生与他的牛》《十一封信》等乡土小说。后来他改做银行保险业,但未忘当年情,曾

---

① 许广平:《为革命文化事业而奋斗》,鲁迅博物馆等编:《鲁迅回忆录》下册,第1208—1209页。

② 鲁迅:《关于〈关于红笑〉》,《鲁迅全集》第7卷,第129页。

登门拜会鲁迅。孙席珍在北大哲学系读书时，受周作人感染而涉足外国文学。孙伏园是周作人在绍兴任教时的学生，多次登访师门，周作人亦看重这份师生情，在日记中记述较详。1918年，孙伏园不打招呼追随到北京，经周作人介绍获得旁听资格，后转为北大正式生，并与鲁迅有了师生之交。孙伏园在担任《晨报副镌》编辑期间，力挺鲁迅、周作人的创作，发表周作人的《山中杂记》，促成《阿Q正传》的连载。为支持同人创作，孙伏园卷入报社的人事纷争，1924年因鲁迅《我的失恋》贸然被撤而愤然辞职。随后，师生共同发起成立语丝社、创办《语丝》周刊，孙伏园经鲁迅推荐担任北新书局编辑、参与创办嘤嘤书屋。1926年后，他与鲁迅一路相随，辗转厦门大学、中山大学。期间，孙伏园转任《武汉日报》副刊编辑，鲁迅帮助代办北新书屋筹备事宜；1927—1931年与鲁迅团聚上海，参与北新书局与嘤嘤书屋的社务，显示出休戚与共的关系。1917年任职北大后，周作人结识了国文系学生俞平伯。两人志趣相投，或见面或通信，交往长达近半个世纪。《周作人俞平伯往来通信集》（上海译文出版社2013年版）收集了1922年3月至1933年3月间的信函，周作人致信俞平伯210封，1921年3月至1964年8月，俞平伯写给周作人181封信，可见关系甚笃。俞平伯在北大文科国文门读书期间，曾在周作人指导下修习小说研究科，在国文门研究所小说科研究会、新潮社的活动中，时常与周作人会面；周作人与俞平伯是诗友、文友，常书信往还、交流心得，曾"致周作人信，针对周作人《自己的园地·诗的效用》一文和三月二十七日来信中所谈的关于诗的见解，进一步阐述自己的观点"[①]，并一同编写新诗合集《雪朝》。俞平伯交游颇广，与师长胡适、同学朱自清、同人郑振铎关系密切，在其众友中，周作人当是不可替代、谈诗论学的知音。1917年任教北大后，周作人与浙江德清籍的俞平伯从新潮社活动中近身相处，相交半个世纪。20世纪30年代后，周作人隐入自己的园地，与潜心诗词的俞平伯有了更多契合点。

---

① 孙玉蓉编：《俞平伯年谱》，天津人民出版社2001年版，第447页。

周作人师法晚明小品,又借镜西方散文,创出现代美文,其言志派小品衣钵在俞平伯、废名等学人那里得以承传,俞平伯受其影响,在小品文中融入一份洒脱飘逸,拓展了现代散文的新生面。两代作家之间构成一源一流关系,评论家阿英将他们归于一宗,构成很有权威的流派。这些师生在交往中,不仅结下忘年之交,而且建立起文学师承关系。

沈雁冰曾就读于湖州中学、嘉兴中学,授业于钱恂、钱玄同、钱稻孙(湖州府中学堂)、朱希祖、马裕藻(嘉兴府中学堂)。这些留洋回国的饱学之士,受到校方重视,师长的音容笑貌、学识气度、家庭关系(三钱的亲属关系),都是学子热论的话题,对青年沈雁冰触动颇多,他在回忆录中展露犹多。入读北京大学预科后,沈雁冰师从沈尹默、沈兼士。这些师长的新气派、新思想,使沈雁冰的内心萌生新芽。沈雁冰的文学革新热情,与师长的言传身教有直接关联。1921年,朱希祖、钱玄同、沈尹默与沈雁冰同加入文学研究会队伍,成为新文学同人。这是情理之中的事。

另外,也有不少浙籍作家来到都市后才有师友之交。许钦文、董秋芳、王鲁彦、章廷谦以及柔石、冯雪峰、姚蓬子,均是在北京与鲁迅谋面。1920—1926年,鲁迅在北京大学讲授《中国小说史》,北大科班生章廷谦、董秋芳常去听课,寄居京城的许钦文、王鲁彦、柔石、冯雪峰等都曾慕名前往。许、王、章从此开始了与鲁迅的交往,友谊不断深入。柔石、冯雪峰当时与鲁迅来往不多,但这一面之缘,为他们今后重逢打下基础。20世纪20年代末,柔石、冯雪峰与鲁迅在沪常聚,交谊甚笃。鲁迅亲切地称王鲁彦为"吾家彦弟",对青年后辈的成长和创作关怀有加,帮助改稿、荐稿。自称鲁迅私淑弟子的许钦文回忆道:"我的处女作《故乡》,虽然鲁迅先生编就后,许久不能出版,但他重新编过,因我又写了好些篇小说。终于,鲁迅先生把《呐喊》的版税,暂时不拿,用作《故乡》的印刷费,编作《乌合丛书》之二,由北新书局出版了。"① 经过见面交流，许钦文、王鲁彦在思想上颇受震动，"大家的眼睛浮露出来了一盏光耀的明灯"②。他们如闻天启，从鲁迅那里找到小说创作的钥匙，致力于描写浙东乡村生活、刻画淳朴愚昧的民众形象，使五四乡土小说创作一脉相承。

鲁迅与章廷谦、董秋芳、蒋径三、郁达夫与董秋芳，均在都市漂流中成为师友。北大哲学系学生章廷谦、英文系董秋芳，虽然不是鲁迅正宗嫡传的弟子，但都视他为精神导师。章廷谦在北大读书时旁听鲁迅授课，留校任职后为《晨报》副刊撰稿结识孙伏园，进而与鲁迅正式交往，成为同路人。在其影响下，他曾参与创办语丝社、担任撰稿人，1926年随鲁迅同去厦门大学任职，共事一年。1927—1930年，通信最频，其中1927年15封、1928年17封、1929年9封、1930年5封、1933年1封。鲁迅曾为之在广州中山大学谋职，章廷谦得到国民党当局缉查进步人士的名单，及时写信告知鲁迅，可见师友之间安危与共。董秋芳1920年考入北大预科，经常旁听鲁迅授课，"经宋琳介绍"③开始交往，并邀请鲁迅、周作人、郁达夫指导春光社活动，从此把鲁迅奉为文学导师。1926年"三一八"惨案中，师友并肩作战，在《语丝》《京报副刊》发表《反说难》与《陈源教授的报复》等文，抨击军阀政府与吉祥派正人君子。董秋芳的译作《争自由的波浪及其他——俄国专制时代的七种悲剧文学》（北新书局1927年版），经鲁迅指导被列入"未名丛刊之一"，鲁迅在小引中褒扬该书"在中国还是很有好处的"。20世纪20年代末，董秋芳对大行其道的革命文学产生困惑，拜读鲁迅的《文艺与政治的歧途》《"醉眼"中的朦胧》等文后深受教益，于1928年3月25日致信请教交流。鲁迅随即在《语丝》上撰文《文艺与革命》予以答复，为之分析了民众文学（第四阶级文学）的合理性，对文艺与宣传的关系提出精辟之见，切中肯綮地指出早期革命文学"超时代""忙于

---

① 许钦文：《〈鲁迅日记〉中的我》，鲁迅博物馆等编：《鲁迅回忆录》下册，第1293页。
② 王鲁彦：《活在人类心里》，《中流》1936年第1期。
③ 刘金：《一个不该遗忘的作家——董秋芳》，《文艺理论与批评》1991年第4期。

挂招牌"的幼稚病，为青年一辈正确认识中国文学趋势提供了指南书。董秋芳从师友郁达夫那里获得扶植，他们相识于北京，重逢于上海，深交于福州，1937年抗战前夕，董秋芳在杭州失去饭碗，郁达夫得知后立即驰书问候："听说你已不在市中了，现在大约总已失了业？你若愿意来福建做一点小事情，则在我的底下，还可以做一个百元内外的编译员。如何，请你写信回复。"① 董秋芳正是得其相助，渡过当时难关。来自临海县的蒋径三曾任中山大学图书馆馆员兼文科历史语言研究所助理，鲁迅到广州后，他们虽为同乡、同事，但蒋径三将鲁迅奉为师长，执弟子之礼，三次登门得以会面，送呈译著《现代理想主义》请其指教，并将同学王以仁的作品介绍给鲁迅。据1927年4月22日鲁迅日记记述，蒋径三来访未遇，留赠王以仁著《孤雁》。"四一二"反革命暴行中，鲁迅辞去中山大学教职后避居一处，编纂《唐宋传奇集》，蒋径三与他友谊不移，担当得力助手，帮助查阅资料。1930年，蒋径三到上海商务印书馆任编辑，与鲁迅密切交往。"直至1936年8月29日，蒋径三的名字在《鲁迅日记》中先后出现过60多次。在这些交往的记述中，有他们互通信札、赠书物、请吃饭的，有蒋径三邀鲁迅讲演的，有鲁迅带蒋径三去欣赏美术的，还有鲁迅为蒋径三丧事送款的，等等。"② 1936年7月蒋径三意外遇难后，鲁迅特意赙泉十元，并称彼此非泛泛之交。

1923年，钱君匋入读上海师范艺术学校，结识老师丰子恺和同学陶元庆，在师长教导下学习西洋画，并汲取中国传统篆刻绘画艺术的营养；同时，接触同学陶元庆的《彷徨》《苦闷的象征》等封面设计作品，学了不少有益经验。在师友濡染下，钱君匋对新诗、散文萌生兴趣，做了积极尝试。

师友情使这些漂泊者倍感亲近，惺惺相惜，患难与共，最后聚为心贴心的一群。这些师生群体一起从事文学活动，师者有了得力帮手，开拓力倍增，而学辈得以提携，继承师者衣钵，迸发出文学后发创造力。

---

① 谢德铣：《郁达夫与董秋芳》，《杭州师院学报》1986年第2期。
② 郑心伶：《"并非泛泛之交"的鲁迅与蒋径三》，《广州研究》1985年第4期。

当他们融入文学研究会等大型社团之中,一人之力或几人之力,最终合为一群之力,明显扩大了新文坛影响。

第二,学缘关系中还包括同窗关系。师生之间是跨代之交,同窗之间属于同代人的交流。恰同学少年,朝夕伴读,容易结队成群,结下真挚友谊。同窗是现代知识分子彼此信赖的知心伙伴,易于建立同人关系网。诸多浙江籍新文学作家因学结缘,相互砥砺,成为畏友。他们登门互访、聚餐品茗、游市购书,相得甚欢。

诸如欧美同学会、浙江绍兴中学旅京同学会等组织,都是同窗联谊的大本营。1919年鲁迅等人应邀参加活动,为即将留英的绍兴籍人士陶孟和饯行。

章门弟子是北京新文化运动和文学革命的主力,在近代文学和思想史上影响很大。1908年4月始,章太炎在东京开国学讲习会,首批门生有朱希祖、钱玄同、龚未生,暑假中另开小班,又有马幼渔、朱宗莱、周氏兄弟、许寿裳、沈兼士等人加入。章门子弟汲取业师的小学精髓,感受其革命气度,回国后集中到北京教育文化界,除黄侃、龚未生等少数几位,他们大多是新文化运动的支持者。1913年到北大的钱玄同、马幼渔十分挂念回乡的朱宗莱,努力寻找举荐机会,最终促成朱宗莱的到来。团聚北大的钱玄同和沈尹默、朱宗莱、朱希祖、马幼渔频繁往来,时常招饮小聚、携手并进。他与沈尹默、朱宗莱几乎形影不离,据钱玄同1917年日记所载,他与沈尹默交往25次、与朱宗莱交往26次,彼此如同手足。1911年身赴北京后,鲁迅既参加绍兴中学校旅京同学会,又和老友(南京陆师学堂的许寿裳、张协和;留日时期的同学朱希祖、钱玄同、沈兼士等)来往频密。同窗经常对聊,展开心灵对话。从留日开始,鲁迅与钱玄同不是最早认识、最投缘的朋友,在1908年7月前,"钱与周(树人)等人尚不熟悉,更不用说交情"[1],直到小班听课才见面。鲁迅私下里戏称钱玄同"爬来爬去"先生。初到北京时两人私交不

---

[1] 周振鹤:《鲁迅听章太炎课征实》,《东方早报》2014年9月7日。

/ 第二章　五四浙籍作家的城市流动与群体聚合 /

多。这一段淡然的同窗情，却使他们之间有了熟悉感、亲和感。回国后相聚北京，经过学友的召集，钱玄同与鲁迅的交往变得频密起来，遂有1917年二人的绍兴县馆密谈和文学革命合战。1912—1918年钱玄同数次登门，即使因犬吠惊惶万分仍不却步，高谈阔论至夜深，笃信世上存在"希望"，极有踏破铁鞋的韧劲。对方精诚所至，且有同窗情分，让鲁迅不禁动容，重燃心中"希望"的余焰。五四前后，朱希祖经常为《新青年》撰文，支持新文化和白话文，加入文学研究会。这些同窗的精诚合作，生成一种不容小觑的合力，对新文化运动和文学革命影响深远，"章门弟子中的大多数，1917年转而成为五四新文学的倡导者与响应者"[①]。

在国内求学的浙江籍知识者中，许多同窗好友聚于城市、并肩合作，携手开展文学活动，凝成一股群力。

桐乡的沈雁冰与宁波的胡哲谋，在杭州安定中学、北京大学预科时均是同学，一起做伴，互学互励。学谊对他们的谋职与事业影响很大，沈、胡二人共事于上海商务印书馆，一并加入文学研究会，他们对文学译介、文学报刊编辑的热忱，正是在深厚的学谊中养成的。早在1910年的杭州府中学堂，郁达夫、徐志摩同班读书，两人的性情与人生大不相同，郁达夫家境贫寒、性情孤高，留日期间加入创造社；徐志摩生活优裕、活泼灵动，留学欧美后发起新月社。但中学友情相伴终生，让两人时有交集。1927年郁达夫回上海料理创造社事务，时常与徐志摩会面。据郁达夫《村居日记》（2017年1月14日）记载，创造社出版部突遇查封，郁达夫在老同窗的驰援下化险为夷。

五四时期，学友联合开展创刊结社等文学活动，遍及全国各地，浙籍学友表现活跃、成绩斐然。北大春光社（董秋芳、许钦文等）、浙江省立第一师范的晨光社、湖畔诗社、台州的微光社、上海的知社，都是由同窗好友组建，这些团体在学校密集的城市尤其多。在杭州的浙江一

[①] 陈方竞：《鲁迅与浙东文化》，吉林大学出版社1999年版，第273页。

师，嵊县的魏金枝（1917年入校）、宁海的柔石（1918年入校）、宣平的潘漠华（1920年入校）、义乌的冯雪峰（1921年入读）彼此投缘，亲如手足。他们青春正茂、纯情多梦，又多愁善感，生于贫困的农村，自幼体尝农人悲苦，不少人经受封建婚姻怆痛（柔石、潘漠华），内心满溢着乡愁、别绪与热望，潘漠华"较之湖畔诸人更为沉痛惨郁，应修人形容他'非常沉默而幽怨'……哥姐父母命运都十分不幸，他本人爱上堂姐，情感世界一片惨淡"①，由于身世相近，又都钟情文艺，彼此如获知音。在参加湖畔诗社前，这四位学友已建文学团体"晨光社"、合编《晨光》周刊，由潘漠华取名。随着皖籍同学汪静之加入，他们的文学活动更具声势。1922年，正在上海任职的慈溪青年应修人也寻声而来，"大约1922年初他开始同静之通信，接着由静之介绍也就和漠华和我通信，那时漠华和我也在浙江第一师范学校读书"②。这些青年诗友结伴而行，意兴盎然，共同发起知名新诗社——湖畔诗社，出版《湖畔》《春的歌集》等诗集。冯雪峰的《城外纪游》（1922）、潘漠华的《塔下》（1922）等诗篇皆是他们同行时所作。湖畔诗人默契十足，无论是抒发乡思离愁、讴歌自然山水，还是赞美爱情亲情、借鉴浪漫主义与小诗体诗风，均保持步调一致。湖畔诗社活动告一段落后，其学缘没有散场。潘漠华考入北大，冯雪峰、柔石也随去北京旁听，潘漠华、入党参加北伐队伍，应修人、冯雪峰、柔石后来加入革命文艺活动，相继加入左联；1924年，几经患难的魏金枝来到上海，经柔石相助落脚景云里，开始与鲁迅会面，成为左联成员。他们在重逢后加深了友谊，为此后的文学事业翻开新页。

另有春光社、知社等。北大的春光社由董秋芳、许钦文等同窗发起，两人1913年考入浙江省立第五师范学校，毕业后董秋芳1920年考入北大预科，同年许钦文去北大旁听，两同学重逢后联手组织春光社，邀请鲁迅、周作人、郁达夫指导。台州府天台县的许杰、王以仁、临海县的

---

① 郑绩：《浙江现代文坛点将录》，第248页。
② 应修人、冯雪峰等：《湖畔社诗精编·前言》，长江文艺出版社2014年版，第2页。

/ 第二章　五四浙籍作家的城市流动与群体聚合 /

蒋径三等学友组成一队，早在浙江省立第六师范读书时，"与老师张任天，同学蒋径三、王以仁成立文学社团'知社'。1924年前后'知社'同人重聚上海，于是筹商出版刊物，不久《知》半月刊便问世"①。1921年就读浙江省立第五师范后，许杰与同学创办文学团体"微光社"、次年办《微光》半月刊。毕业后经同学蒋径三介绍，进入台州霞城初级小学任教。这群同学中，许杰与王以仁成为文坛拍档。1923年许杰介绍同窗王以仁到旅沪安徽公学任教，齐心协力投入文学创作，互勉互励、风格相补，许杰善于描写浙东乡土生活，创出《惨雾》《台下的喜剧》等小说，王以仁则爱好抒情小说与诗作，写成小说《孤雁》《幻灭》及抒情诗《灵魂的哀歌》。许杰由王以仁带路结识了创造社作家，"对郭沫若、郁达夫颇为仰慕，创作思想上受到创造社表现'自己的内心'的浪漫主义风格的影响"②，写出《醉人的湖风》《火山口》《你的心曲》等风格别样的作品。王以仁失踪后，许杰痛失手足，多方奔走寻找，并用心保存和整理遗作，撰文纪念其人其文，带着无尽的思念写下《王以仁的幻灭》《秋夜怀以仁》《忆王以仁》等文。

戴望舒受同学好友的影响，从古典世界步入现代文苑。早在杭州宗文中学读书，追崇苏州星社文人，喜爱传统文趣，与学友杜衡、张天翼、施蛰存成立兰社。1923年在上海大学求学时结识师友沈雁冰、田汉及丁玲、孔另境，开始接触新文学和革命思想，后参加五卅运动和共青团。1927年经丁玲介绍结识冯雪峰，更多涉足革命文艺，翻译《俄罗斯短篇杰作选》，主编《无轨列车》时发表《革命与知识阶级》等作品，并经冯雪峰介绍加入左联。戴望舒还与杜衡、施蛰存、刘呐鸥等热爱西洋文艺的同学为伍，1925年与杜衡、刘呐鸥共读震旦大学，饱读法国浪漫主义和象征主义诗歌，1927年与同学施蛰存办《文学工场》《新文艺》《现代》等刊物，热衷于译介欧美文艺。戴望舒与各种学友来往，徘徊于纯诗与革命文艺之间，因此他的诗中西合璧，具有多重韵味。

---

① 蒋荷贞:《许杰传略》,《新文学史料》1994年第1期。
② 蒋荷贞:《许杰生平年表（上）》,《杭州师范学院学报》1994年第1期。

学缘关系在现代城市社会中生命旺盛，四处生根发芽。它犹如一条条经脉，把志趣相投的两浙人士串联起来，形成若干交游小群体。师长的文学活动，感染着青年学辈，使之见贤思齐，同窗的文学热情，促成他们互励合作。这些师友群凝聚力十足，大都蜕变为文学群体，对新文坛做出重要贡献。从人员角度而言，师友之间常常相互引荐，不断吸收新友，还有一些名望高、爱活跃的师友，每到一地都会组群，甚至一人参加多群，使师友群体不断纳新扩容，规模由小变大，人数聚少成多，成员广至两浙乃至全国其他省份，最终成为五四新文学大军的重要支队。从情感与价值取向而言，师友小群体依托学缘，情感基础比较稳固。有时人员辗转四方，知交零落天涯，但旧情依然，甚至出现一日师、终身父或一日为学、终生为友的现象。当然，也有师生同窗各奔东西，渐渐疏于往来，甚至断绝联系。但学缘仍显作用，他们到了新的城市，往往重建师生群、学友群。情谊深深使师友心心相印，为了同一理想而精诚团结，成为同呼吸共命运的文学同人，促进了文学著译的活跃、文学观的统一、文学风格的承传，显现文学社团与流派的雏形。这对新文学发展的推动意义是不言而喻的。

第三章 五四浙籍作家的城市流动与启蒙文化追求

第一节 鲁迅等浙籍作家的求新源理想

人类文明的革故鼎新，都要经历一番天崩地裂，新旧文明在地表上此消彼长，固有文明在旧址衰落，而新兴文明常常产于新地，构成了一幅新潮迭起的人文地理图画。思想先行者往往披荆斩棘，奔走四方，燃亮新文化火把。13世纪末至14世纪，文艺复兴诞生于"意大利的北部城市……在北欧，文艺复兴开始于15世纪期间，并延续了几乎整个16世纪。这一复兴深受早期意大利文艺复兴的影响，确实当时人们通常越过阿尔卑斯山旅行至南方，然后带着北部意大利人民表现出来的明显的观念和风格返回北方"。法国笛卡尔冲破教会罗网，远走荷兰著书立说，被誉为"欧洲文艺复兴以来第一个为人类争取并保证理性权利的人"，成为现代科学与哲学鼻祖，开创欧洲理性主义先河。在此基础上，启蒙思想家在法国本土高扬理性旗帜，再次掀起思想解放潮流，"这一思想运动尽管以法国为中心，但发生在整个欧洲"[①]。巴黎是这场运动的首发地，也是法国大革命的中心。18—19世纪中后期，西方工业革命，物质文明发展迅猛，逐渐暴露出资本主义发展矛盾。德国先哲提出思想新说，黑格尔崇仰的理性与叔本华代表的非理性思潮各显异彩。浪漫主义和现

---

① [美] 丹尼斯·舍尔曼：《西方文明史读本》，赵立行译，复旦大学出版社2010年版，第188、288页。

实主义炽盛，构成西方近代文学两大主脉。法国的浪漫主义代表者雨果、英国的拜伦与雪莱、德国的海涅、俄国的普希金、波兰的密茨凯维支、匈牙利的裴多菲，对理性王国感到失望，宣扬法国大革命"自由平等博爱"精神，致力争取民族与个人自由。法国的司汤达、巴尔扎克、英国的狄更斯、俄国的托尔斯泰等批判现实主义作家，抨击社会积弊，寻求社会出路。

19世纪中后期以后，中国民族危机深重，近代化举步维艰，农村仍是社会主体，而文明重心已移到城市。知识者向城市流动，既意味着辞别乡土环境，又意味着向旧生活、旧思想告别。五四知识分子既是生活漂泊者，也是思想探路者，正像创造社作家的呼吁："我们中国人现在一齐都站在一个很重要的分歧点！守旧呢还是革新？向尊贵的军阀拍马屁呢，还是与污秽的同胞一路走？甘愿穷苦终身呢，还是去伴火打劫？甘愿埋头去研究呢，还是出出风头，学学时髦？"①浙籍作家在流离中痛切地体验了民族患难、人生困惑，对渐趋衰颓的传统文化倍感失望，渴求新出路，因此与现代启蒙思潮结缘。他们像一群热情奔跑的浪子，各自找到精神向导（尼采、易卜生、拜伦、左拉、罗曼·罗兰等），经其指点迷津，实现思想蜕变。鲁迅到异邦别求新声，大力推崇神思宗与摩罗诗人，树立立人理想，此后一路漂行，高扬启蒙文化大旗，坚持探寻国民精神火光。周作人负笈东京时深受新村主义、文化人类学说影响，将人的生活奉为至理，到北京后正式宣扬人的文学，主张"人道主义的理想是他的信仰""人类的意志便是他的神"②。郑振铎在北京接触新文化，主张"文学使命"在于"扩大或深邃人们的同情与慰藉，并提高人们的精神"③；沈雁冰在上海投身评介活动，曾受尼采等人的影响，倡导

---

① 仿吾：《歧路》，吴宏聪等编：《创造社资料》（上），知识产权出版社2010年版，第20页。
② 周作人：《新文学的要求》，贾植芳等编：《文学研究会资料》（上），知识产权出版社2010年版，第56页。
③ 西谛：《文学的使命》，贾植芳等编：《文学研究会资料》（上），第76页。

/ 第三章　五四浙籍作家的城市流动与启蒙文化追求 /

现实主义艺术，"一半固是欲介绍他们的文学艺术来，一半也为的是欲介绍世界的现代思想"①；郁达夫在东京等地接触卢梭的自然人启蒙思想，把文艺看作是"引导众人"的"火把"②；徐志摩曾游历欧美的纽约、伦敦、剑桥、巴黎、佛罗伦萨等地，漫步于文化名城，伫立在名人雕像前，领略西方近现代文化庄严，满怀敬意。他神往启蒙精神，热爱拜伦又渴望拜师罗素，立志追随"二十世纪的福禄泰尔"③；夏丏尊早年游学日本东京，接受意大利亚米契斯"爱的教育"思想，毕生躬行。这些浙籍游人长期飘零城市，与西方启蒙者有着相似际遇，对其思想尤感共鸣。同样的飘零感、一致的探求心，为他们架起一座精神桥梁。在文化裂变的背景下，五四浙籍作家呼吸启蒙文化新风，吸纳现代文化营养，探索出了有别于古代方内游与方外游的新路。当然，浙籍作家身各一方，志趣不一，对启蒙精神有着不同见解，其启蒙意识各显异彩。有的像西方启蒙者一样颠沛流离、冲决蒙昧，成为精神界战士，有的作家青睐卢梭的自然人学说，情系山水文艺，舒展真性灵。若论艰难行路与坚韧抗世精神，非鲁迅莫属。

鲁迅一生从故乡到异地，途经南京、东京、仙台、杭州、北京、厦门、广州、上海等地，虽然过路站不多，但体验尤其深切，行迹颇为曲折。鲁迅体验了城镇、帝都、洋场、异国都市等各种复杂环境，经历了愤然离乡、无奈退回、决然再走、无路前行的过程，痛彻地认清近代历史情势以及知识分子的出路，自觉去城市甘做"流人"，表示"无论如何，也不能退入乡下"④，即便"苦痛""堕落"也"倒不如在都市中"⑤。如1898年由绍兴去往南京、1906年由仙台返回东京、1912年又由绍兴转往南京、北京、1927年离开广州走向上海。鲁迅不仅走在城乡交叉点，也身处文化十字路口。走在遥遥异路上，身处茫茫天地间，鲁

---

① 郎损：《新文学研究者的责任与努力》，贾植芳等编：《文学研究会资料》（上），第64页。
② 郁达夫：《艺文私见》，吴宏聪等编：《创造社资料》（上），第12页。
③ 徐志摩：《我所知道的康桥》，《徐志摩散文选集》，百花文艺出版社2009年版，第81页。
④ 鲁迅：《311110致曹靖华》，《鲁迅全集》第12卷，第282页。
⑤ 鲁迅：《250311致许广平》，《鲁迅全集》第11卷，第459页。

迅领略各地风土奇珍，更痛感于民族羸弱、文化消沉，悲然看到近代中国的沉疴宿疾。他眷顾孔墨、老庄、韩非子、阮籍、王思任、章太炎等先人旧风，遥望西方明哲与摩罗诗人走过的路，内心满是矛盾挣扎，最终摒弃墨子恸哭返乡、老庄隐逸山林的旧道，永远漂行城市，探求文化新颢气。

绍兴是鲁迅的游钓之地，其悠久深厚的文化奠定了鲁迅传统文化根基，其衰颓现状促生鲁迅爱憎交织的乡土情结，萌生流动意识。稽山鉴水和越地风物，带给鲁迅童年欢愉，使其永生难忘。古越大地经过两千余年历史的浸润，形成好剑尚武、抗争开拓的文化传统，这片"往往出奇士"[①]"海岳精液，善生俊异"[②] 的热土让鲁迅眷恋不已，越乡"前后相续、源远流长的精神谱系"[③] 与民族血脉，孕育了鲁迅的文化性格和反抗精神。另外，由于家庭变故，鲁迅遭受世态炎凉，看透族人冷漠面孔，厌憎虚有仁义的家族制度。留日返乡后，鲁迅绝望地看到绍兴依然闭塞，对礼教遗毒、民性堕落又有切肤之感，不再安于越地。

南京是青年鲁迅走异路的第一站，他在此就读新式学堂，蒙受西方科学与进化论思想的洗礼；近代东京是日本维新的产物，自1886年成为政治、经济、文化教育之都，为鲁迅与世界文化相遇搭建桥梁。初至东京，他旋即被这里如火如荼的新潮所感染："凡留学生一到日本，急于寻求的大抵是新知识。除学习日文，准备进专门的学校之外，就赴会馆，跑书店，往集会，听讲演。"[④] 这不仅表现了中国留学生的救国热情，而且透露东京的炽热空气。鲁迅在《范爱农》中曾描述东京的快捷生活："在东京的客店里，我们大抵一起来就看报。学生所看的多是《朝日新闻》和《读卖新闻》，专爱打听社会上琐事的就看《二六新闻》。一天早晨，劈头就看见一条从中国来的电报。"[⑤] 鲁迅在日本内心经受了民族焦

[①] 鲁迅：《110102 致许寿裳》，《鲁迅全集》第12卷，第341页。
[②] 鲁迅：《〈会稽郡故书襍集〉序》，《鲁迅全集》第10卷，第35页。
[③] 王晓初：《鲁迅：从越文化视野透视》，北京大学出版社2012年版，第34页。
[④] 鲁迅：《因太炎先生而想起的二三事》，《鲁迅全集》第6卷，第578页。
[⑤] 鲁迅：《范爱农》，《朝花夕拾》，《鲁迅全集》第2卷，第321页。

虑与理想挫败的折磨。东京留学生散漫萎靡，让鲁迅心生厌恶；仙台封闭的"乡间"① 环境和民族歧视之风，让鲁迅深感"修习未久，脑力顿锢。四年而后，恐如木偶人矣"②。鲁迅在仙台弃医后赴东京从文，但因《新生》杂志的夭折深尝败果，最终迫于生计回国。

北平作为中国近代文化古都，是鲁迅倾心向往之地，也是鲁迅了解古都文化、针砭官场文化之地。闭居越中时，鲁迅对"人才多于鲫鱼"③的京华企慕已久，赴京后对"遍地是古董"的古都文化氛围颇为着迷。"五四"时期如火如荼的新文化与文学热潮，感召着"沉默"的鲁迅，为鲁迅的"呐喊"提供了重要契机。北平作为近代中国政治之都，是军阀纷争和强权雄踞之地。鲁迅一针见血地指出了北京的政治特点："北京是明清的帝都……帝都多官。"④通过"三一八"惨案、女师大风潮等事件，鲁迅目睹了当政者的淫威，透视了"东吉祥派的正人君子"和"名流"⑤的帮闲嘴脸和民众的奴才相，对北平根深蒂固的官场文化以及日渐荒凉的新文化境况深为悲哀。

远在南国的厦门、广州为鲁迅提供脱身之路，使其感受到闽粤文化新风。鲁迅喜爱南国的奇珍异果，更注目两地的历史文化，仰慕郑成功等人"既敢搏命轻生于波涛汹涌之中，也敢披坚执锐面对强敌，捍卫国家与民族的尊严"精神，欣赏广州"比别处活泼得多"的"民情"⑥。但厦门当时尚处边陲，那里的读经之风和"对于'外江佬'似乎颇欺侮"⑦的闭塞环境，让鲁迅难以适应。鲁迅在广州清党运动中看清令人发指的政治暴行、论敌的险恶用心，对严酷的思想钳制与黑暗的舆论界深恶痛绝。

---

① 鲁迅：《呐喊·自序》，《鲁迅全集》第1卷，第438页。
② 鲁迅：《041008 致蒋抑卮》，《鲁迅全集》第11卷，第330页。
③ 鲁迅：《110731 致许寿裳》，《鲁迅全集》第11卷，第348页。
④ 鲁迅：《"京派"与"海派"》，《鲁迅全集》第5卷，第453页。
⑤ 鲁迅：《"公理"的把戏》《鲁迅全集》第3卷，第175页。
⑥ 鲁迅：《270126 致韦素园》，《鲁迅全集》第12卷，第16页。
⑦ 鲁迅：《261212 致许广平》，《鲁迅全集》第11卷，第652页。

在上海，鲁迅直面都市的澎湃活力与喧嚣繁乱。近代上海是具有海派文化和西方文化色彩的商业都市，也是华洋杂居、人口汇集的移民都市。商业的繁荣发展，形成崇尚实利、追求消费的都市氛围，密集的社会人群，产生五色杂陈的市民文化。在沪十年间，鲁迅领略了"别有生气"①的商业文化与市民文化，他加入了左翼文学阵营。但鲁迅频受政府文网迫害，亦痛感于文化界渔利之风，对喧哗的市声与恶性海派极为憎恶。

由此观之，鲁迅在城市进入斑驳陆离的文化场域。城市往往是社会制高点、文明聚合点。19世纪与20世纪之交的中国城市初显近代文明气象。这里集聚了科学实业发展成果，物质生活便捷，文化条件相对优越，学校、报刊、书局林立，各地英才荟萃。在这样环境中，虽有鱼龙混杂之感，但别具活力。鲁迅辗转南京、东京、北京、厦门、广州、上海等地，闲暇时喜欢到影院观影，尤好寻访书店、阅报剪报，异常丰富的精神文化生活给他的思想活动和文学创作带来极大便利。北京的厂甸、琉璃厂、商务印书馆、东亚公司以及上海的内山书店、商务印书馆，都是鲁迅流连忘返之处。赴京后，鲁迅在大街、胡同、公园等处留下身影，时常光顾书画、餐饮等各种老字号，寻访碑帖、拓片、信笺等文物，据鲁迅的友人回忆："北京琉璃厂是鲁迅常到的地方，有时他发现了较难得的书籍，便邀我一起去。也时常送一些拓片给我。在他每月的开支中，书费支出占了很大的部分。他购置书籍，其目的并不在于珍藏，而是真正的读书。"② 直至多年后，鲁迅依旧怀念北京的文化气氛，他说："北京环境与上海不同，遍地是古董。"③

上海是近代中国首屈一指的印刷出版中心，周围遍布的"各国的书铺"给鲁迅留下深刻印象，据他回忆，"上海书店有四十余家"④，与之交往的即有"北新（青光）、生活、光华、生生、新生、群众、神州、

---

① 鲁迅：《290523 致许广平》，《鲁迅全集》第 12 卷，第 172 页。
② 徐森玉：《和鲁迅在教育部同事》，鲁迅博物馆编：《鲁迅回忆录》上册，第 73 页。
③ 鲁迅：《331002 致姚克》，《鲁迅全集》第 12 卷，第 451—452 页。
④ 鲁迅：《290106 致章廷谦》，《鲁迅全集》第 12 卷，第 146 页。

第三章　五四浙籍作家的城市流动与启蒙文化追求

联华（兴中、同文）、春潮、天马、湖风、文化生活、大江、合众、水沫"① 等多家，鲁迅体会到都市文化环境给文学活动带来极大便利，"但稿子放在上海，究竟较易设法，胜于藏在北平箱子里也"②。在厦门、广州，鲁迅时常光顾当地书店，并托京沪友人代为购书，感受文化生气。

报刊是连接城市、传递社会文化资讯的光缆，美国芝加哥学派学者把报刊视为城市文化的核心要素。一报在手，尽知城中事、天下事。读报不仅构成了鲁迅日常城市生活方式，而且成为他观察社会眉目的重要棱镜。鲁迅曾经常翻阅东京的《读卖新闻》、北京的《京报》《晨报》、上海的《申报》、广州的《民国日报》和《国民新闻》、香港的《循环日报》与《工商日报》等，在北京通过报刊来获知女师大事件、"三一八"惨案情况。上海时期，他通过报端看到了华人被洋人踢、争穿孝服、广告征父母、秦理斋夫人自杀等事件。鲁迅通过报刊遥观国内外，如上海的灵学会活动、东北战事、浙江的余姚旱灾、四川的短衣运动、南京萧女士被强奸案、浙江乡间的迎神和咬人事件。这给鲁迅提供了一个异常开阔的视界，使其以城市为立足点，能够捕捉"时代的眉目"③。

城市就是鲁迅战斗的壕堑与战场，他饱览近现代中国历史万象，认清国民众生相。鲁迅到东京、北京、上海等地，与旧友新知相遇，充分感受到同盟军的群力。东京时，鲁迅兴奋地发现浙人颇多，入京是因为人才多于鲫鱼，《新青年》群体、莽原社、未名社、语丝社同人以及众多的浙籍同乡友人，便于生活交友，适合并肩作战。上海时期，鲁迅在人才济济的都市环境中感受热力，有文友、乡友、会友联合战斗的快意，活跃于"左联"、朝华社、中国自由运动大同盟、中国民权保障同盟等社会团体。不甘寂寞的鲁迅渴望到都市中迎战各式论敌，与"正人君子"交战，对创造社革命文学家展开反击，与自由主义作家厮杀数回，向固守国粹、造谣中伤的庸众文人发起攻击。

---

① 许广平：《为革命文化事业而奋斗》，鲁迅博物馆编：《鲁迅回忆录》下册，第1206页。
② 鲁迅：《311110 致曹靖华》，《鲁迅全集》第12卷，第282页。
③ 鲁迅：《且介亭杂文·序言》，《鲁迅全集》第6卷，第3页。

城市文化漩流给鲁迅带来巨大的刺激，但并非他最终的目标。每地停留稍久，原有理想旋即破灭。鲁迅在绍兴深感"村人"①之危，难以适应仙台与厦门"思想停滞"②"脑力顿锢"③的困境；京沪等大城市让鲁迅倍感热闹气氛，但他失望地发现北平荒凉如沙漠，上海海派文化重染势利气。鲁迅欣赏城市，却又厌恶都市浮嚣，深感理想幻灭，陷入"无处可往"④的困境，其城市旅程不太漫长，留下的虚无感却极为深广。百里不同风的华夏大地，国民性仍是千人一面，一城一域的文化虽有异彩，本质上并无二致。大地上已无通途，民族文化旧道日渐荒芜，亟须开出新路。

因此，鲁迅一次又一次辞别，奔走四方，苦苦寻找更富生命力的现代文化资源，最终与启蒙精神相遇。沿途中，他或有聚饮、观影，但略作小憩后即刻奋然前行，用心寻找现代科学文化踪迹。由于特殊流动体验，鲁迅与放逐四方的现代英哲心灵契合，吸纳现代启蒙精神。在南京初读进化论，在东京博览西方现代科学与文艺，推崇海克尔、达尔文以及尼采、叔本华、施蒂纳、摩罗诗人、易卜生著述，在北京除了着迷尼采、易卜生，还广泛接触诺尔道、日本白桦派、爱罗先珂、厨川白村、弗洛伊德以及诸多被损害民族的文艺，在厦门与广州除了关注厨川白村、弗洛伊德，又把目光转向卢那察尔斯基、普列汉诺夫。移居上海后，鲁迅阔步走向左翼，仍广泛关注思想文艺的瞬息变化。鲁迅经受流离之苦，却一步步地挣脱传统羁绊，为探求文化新颢气创造契机。

鲁迅的启蒙意识萌芽于故乡，发轫于东京，成熟于国内城市。由于家道中衰，父亲病重，鲁迅年少时频频出入典当铺，尝尽屈辱，因寄人篱下，被奚落为乞食者，饱尝世态炎凉，看厌S城人的脸，因而对乡人国民感到心冷，立志寻求别样的人们。年少开蒙与早年失祜，使之对中

---

① 鲁迅：《110731 致许寿裳》，《鲁迅全集》第 11 卷，第 348 页。
② 鲁迅：《271021 致廖立峨》，《鲁迅全集》第 12 卷，第 81 页。
③ 鲁迅：《041008 致蒋抑卮》，《鲁迅全集》第 11 卷，第 330 页。
④ 鲁迅：《271219 致邵文熔》，《鲁迅全集》第 12 卷，第 98 页。

医、儒教理学有了本能反抗。对故乡热土由爱转憎，对传统文化由信变疑，内生悲凉之雾，初显出走意识。绍兴、南京时期，鲁迅的出走意识仍是朦胧的，对前途并不了然，但在南京惊读《天演论》后，幽暗的内心逐渐变得澄明。特别是在东京这个都市环境中，他凝望西方文明的起伏消长，从西方神思宗、摩罗诗人抗争求索中获取启示，找到文化新源。《人之历史》《科学史教篇》系统地爬梳西方科学演化史，并追根溯源，深刻指出科学进步的源泉在于"精神""美上之感情""明敏之思想"①；《文化偏至论》《摩罗诗力说》更进一步，钩沉西方文明兴衰史，审视19世纪物质文明的得失教训，独出机杼地发现神思乃是文明之本，认为"然其根柢，乃远在十九世纪初叶神思一派，递夫后叶，受感化于其时现实之精神，已而更立新形，起以抗前时之现时，即所谓神思宗之至新者也"②。鲁迅以古鉴今、由表及里，提出立人创见，提取抗与求两种现代精神力量，把涵养神思、激扬灵明作为民族文化振兴的良方。

一曰抗之力。鲁迅发现，人类文明发展兴衰更替，常入迷途、常生偏至。民众是文明发展的主要动力，民思凋敝构成文明发展的主要障碍。只有抗世匡俗，才能引导文明重归正道。《人之历史》《科学史教篇》勾勒现代科学由衰转盛的发展史，回顾了思想战士与庸众激烈交战的过程。《文化偏至论》明确阐发了世界文明盛衰兴亡以及卓尔不群之士的历史贡献。19世纪末，物质文明由盛而衰，世人皆拒改革，"一般人士，又笃守旧说"③。神思宗激浊扬清，才使近世文明冲决罗网，焕发生机，"得其通弊，察其黑甚暗，于是浮焉兴作，会为大潮，以反动破坏充其精神，以获新生为其希望，专向旧有之文明，而加之掊击扫荡焉……受感化于其时现实之精神，已而更立新形，起以抗前时之现时，即所谓神思宗之至新者也"。施蒂纳所言的极端个人、叔本华提倡的奇觚天才、克尔凯郭尔倡言的个性者、尼采标榜的大士天才与超人、易卜生的忤逆

---

① 鲁迅：《科学史教篇》，《鲁迅全集》第1卷，第35页。
② 鲁迅：《文化偏至论》，《鲁迅全集》第1卷，第50页。
③ 鲁迅：《人之历史》，《鲁迅全集》第1卷，第13页。

万众的国民公敌，堪如中流砥柱。而民众往往短视盲从，"夫誉之者众数也，逐之者又众数也，一瞬息中，变易反复，其无特操不俟言；即观现象，已足知不祥之消息矣。故是非不可公于众，公之则果不诚；政事不可公于众，公之则治不到。惟超人出，世乃太平。苟不能然，则在英哲。嗟夫，彼持无政府主义者，其颠覆满盈，铲除阶级，亦已至矣，而建说创业诸雄，大都以导师自命。夫一导众从，智愚之别即在斯。与其抑英哲以就凡庸，曷若置众人而希英哲？则多数之说，缪不中经，个性之尊，所当张大，盖揆之是非利害，已不待繁言深虑而可知矣。虽然，此亦赖夫勇猛无畏之人，独立自强，去离尘垢，排舆言而弗沦于俗圄者也"，"林林众生，物欲来蔽，社会憔悴，进步以停"。① 民众故步自封，使文明遭遇血与火的考验，苏格拉底等先知先觉者均被众人所迫害。基于历史教训，鲁迅不只归罪于封建君王，致力于改造国民性，为此还抨击抱残守缺的顽固派，反对横取西方文明的洋务派与改良派，力驳金铁主义、国会立宪之说。他呼唤精神界战士，认为当务之急要抵抗民祸、疗救中国旧患。鲁迅在学习神思宗时吸取抗世力量，并不顶礼膜拜超人。鲁迅批判国民庸众时，对民族同胞寄予希望，"哀其不幸、怒其不争"，意在唤醒引导。鲁迅先迈上五四启蒙路，后又选择左翼路，抱定一颗"启蒙"心，又放低姿态，反对任何个人崇拜，劝勉五四青年避免崇拜天才，驳斥自由文人的天才论。

一曰"求"之力。鲁迅发现，科学文明之所以进步，既需要抵抗世风，也需要到异邦行路求索，不能固守原地。鲁迅在《人之历史》评述达尔文的贡献时，肃然起敬，盛赞他"乘汽舰壁克耳，环世界一周"②的伟绩。《文化偏至论》中，鲁迅将尼采奉为"个人主义之至雄桀者"，被查拉图斯特拉的行路精神震动心灵。他赞言："假察罗图斯德罗（Zarathustra）之言曰，吾行太远，孑然失其侣，返而观夫今之世，文明之邦国会，斑斓之社会矣。特其为社会也，无确固之崇信；众庶之于知

---

① 鲁迅：《文化偏至论》，《鲁迅全集》第1卷，第50、53页。
② 鲁迅：《人之历史》，《鲁迅全集》第1卷，第13页。

识也，无作始之性质。邦国如是，奚能淹留？吾见放于父母之邦矣！"①鲁迅在《摩罗诗力说》十分崇仰摩罗诗人刚健抗拒的精神，对他们于世不容、流走求索的精神尤为动容。拜伦不为故乡所容、战于他国的壮举，令鲁迅高山仰止，在文中详述"裴伦式勇士"远走"异邦"的事迹，"实反由于名盛，社会顽愚，仇敌窥觇，乘隙立起，众则不察而妄和之；若颂高官而厄寒士者，其污且甚于此矣。顾裴伦由是遂不能居英，自曰，使世之评骘诚，吾在英为无值，若评骘谬，则英于我为无值矣。吾其行乎？然未已也，虽赴异邦，彼且蹴我。已而终去英伦，千八百十六年十月，抵意太利。自此，裴伦之作乃益雄"。拜伦在异国争天抗俗的战斗风采，让鲁迅心生景慕：称拜伦"在异域所为文，有《哈洛尔特游草》之续，《堂祥》（Don Juan）之诗，及三传奇称最伟，无不张撒但而抗天帝，言人所不能言"。另外，鲁迅也仰视雪莱这位流走四方的猛士，称"天地虽大，故乡已失，于是至伦敦，时年十八，顾已孤立两间，欢爱悉绝，不得不与社会战矣"。同样，鲁迅高度颂扬普希金、裴多菲等走在歧途中的战斗诗人，普希金"谪居南方。其时始读裴伦诗，深感其大，思理文形，悉受转化，小诗亦尝摹裴伦；尤著者有《高加索累囚行》，至与《哈洛尔特游草》相类。中记俄之绝望青年，囚于异域，有少女为释缚纵之行，青年之情意复苏，而厥后终于孤去。其《及泼希》（Gypsy）一诗亦然，及泼希者，流浪欧洲之民，以游牧为生者也"②。从中可见，鲁迅在东京受19世纪以来科学与文化英魂感染，自觉走上拜伦式勇士道路，一条生命放逐的求索之路。这开启了鲁迅启蒙精神的肇端。五四时抗世的呐喊、无路的彷徨，莫不源于此。

回国后，鲁迅先落脚杭州、绍兴，后转赴北京、厦门、广州、上海，无论到何处都对先进思想艺术兼收并蓄。1912年，鲁迅抵达北京后结束村人般的生活，常去琉璃厂收购石刻造像古籍，时常去东亚公司、商务印书馆购书，开始了繁忙的授课、治学、著译活动。旧学新学皆涉，时

---

① 鲁迅：《文化偏至论》，《鲁迅全集》第1卷，第50页。
② 鲁迅：《摩罗诗力说》，《鲁迅全集》第1卷，第79、86、90页。

常乐陶陶地收集古籍珍玩,但最让鲁迅心动的仍是现代科学与思想文艺。除了关心西方医学,重读尼采、易卜生,鲁迅大量接触了雨果、托尔斯泰、瑞典的诺尔道、菲律宾民族独立领导人黎萨尔、厨川白村、武者小路实笃、森鸥外、高尔基等人的著述。鲁迅在文言翻译《察罗堵斯德罗绪言》的基础上,用白话重译《苏鲁支语录》,于1920年9月10日撰写《苏鲁支序言》,随后发表于当年《新潮》第2卷第5期。鲁迅读罢《扎拉图如是说》深受震动,看到激荡浊流、直面大侮蔑的超人身影,领略瀚海般的思想伟力,顿增反传统豪气,"确信将来总有尤为高尚尤近圆满的人类出现"①。雨果笔下的孤独救世者、易卜生笔下的国民公敌、匈牙利籍政论家诺尔道的狂气,都让鲁迅领略独异战士风采,意志坚决地批判庸众、寻找新思想。而正是流动感,使鲁迅与他们架起一座跨越时空的心灵桥。雨果被流放Channel Island(英国海峡群岛)的遭遇使鲁迅为之动容,其抗争精神让鲁迅感到心潮澎湃。1921年4月11日,完成日本森鸥外《沉默之塔》译作,5月3日译完芥川龙之介的《鼻子》,还用心地了解白桦派,5月31日、10月10日先后两次核校武者小路实笃的《人间的生活》(毛咏棠、李宗武合译),9月29日代周作人寄赠沈尹默《新村》七册,此外拜读瑞典医学家、政论家诺尔道及俄国诗人爱罗先珂的作品。1924年4月4日丸善书店购《比亚兹来传》,4月8日往东亚公司买《文学原论》《苦闷的象征》等著,9月22日开始翻译《苦闷的象征》,10月11日往亚东公司购买《近代思想十六讲》《近代文艺十二讲》《文学十讲》等书,10月31日翻译厨川白村的《西班牙的剧坛将星》。1925年2月13日,鲁迅购读日本自由主义政治家、作家鹤见佑辅的随笔《思想·山水·人物》一本,并于1928年3月完成选译工作。翻译小说《工人绥惠略夫》,应《小说月报》"被损害民族的文学号"约稿,完成译文《疯姑娘》《战争中的威尔珂》《近代捷克文学概观》《小俄罗斯文学略说》。在京时还越来越多地了解苏俄文艺,如高尔基、阿尔志跋绥

---

① 鲁迅:《随感录·四十一》,《鲁迅全集》第1卷,第341页。

夫的作品。

1926年，鲁迅南下途经上海，8月31日买《宋元旧书经眼录》《萝摩亭札记》，9月1日同周建人阅市并购《南浔镇志》。任职厦门大学国学院后，鲁迅落脚仅数月，又因忙于教职、购书不便，与现代文艺接触不多。10月2日托孙伏园到市廛买《乐府诗集》。环境所限给读书思考带来不便，不得不托外地友人代购，如10月25日收到中国书店邮购的《八史经籍志》，10月30日收到周建人代购的《全汉三国晋南北朝诗》《历代诗话》，11月10日在商务印书馆买《资治通鉴考异》《笺注陶渊明集》。但只要条件许可，鲁迅都会留心，如12月10日去书店购得《外国人名地名表》。

1927年1月到达广州后，鲁迅除了藏购《益雅堂丛书》《唐土名胜图会》《玉历钞传》《二十四孝图》等古籍，仍热心关注现代文艺，5月2日至26日陆续整理《小约翰》译稿，6月3日校正《出了象牙之塔》。此时他开始涉猎革命艺术，9月11日在商业书店买《文学与革命》一书。从时间上看，鲁迅对革命文学的了解，丝毫不后于太阳社和创造社。

1927年10月到了上海，鲁迅如饥似渴地饱览中西思想文艺。此时接触精神分析学说，据鲁迅日记载，1928年4月25日购买"《精神分析入门》一部二本，共泉五元，又《苦闷的象征》一本，二元，赠广平"①。10月10日往内山书店买《革命艺术大系》一本。1927年10月29日往内山书店买《海外文学新选》，10月31日在内山书店买《昆虫记》及文学书籍汉译3本，1929年4月13日往内山书店买《现代欧洲的艺术》、预定《厨川白村全集》，1929年4月22日，开始着手翻译苏联卢那察尔斯基《艺术论》，直至10月12日夜。

由此可见，鲁迅所走过的城市路、寻书路，实则是跨通古今、追赶近代文明、别求新声的精神历程。

鲁迅由南京至东京，先推崇西方近代自然科学，随后由近代笛卡尔的理性哲学转向19世纪唯意志论，景慕叔本华、洛克、尼采、施蒂纳、

---

① 鲁迅：《日记十七》，《鲁迅全集》第16卷，第79页。

诸位摩罗诗人，汲取个人主义战力，抨击金铁论和君主立宪说。他回国后又吸收诺尔道、白桦派、厨川白村、苏俄文艺的精神，进一步丰富求新源思想。鲁迅吸纳启蒙精神时博采众长，兼涉欧美、日本及弱小民族的思想文艺，且不定于一尊。鲁迅仰慕叔本华、尼采等英哲但不顶礼膜拜，不照搬西方启蒙新说。鲁迅仰视尼采，也敢于平视，指摘尼采超人思想的偏执。《摩罗诗力说》篇首刻写下《查拉图斯特拉如是说》的名言："求古源尽者将求方来之泉，将求新源。嗟我昆弟，新生之作，新泉之涌于渊深，其非远矣。"① 有论者认为："鲁迅对尼采的倾心，除了欣赏其思想之特立独行的孤独、自由意志的狂放、反叛传统的勇猛、虚无主义的绝望，还亲和尼采的'文学性的哲学家'（罗素语）的独特精神气质。"② 鲁迅坦言尼采究竟不是太阳，因脱离现实终致其发疯，《随感录·四十一》指出超人理想"太觉渺茫"③。除了别求域外新说，鲁迅还注重吸收中国古代游士的百家之长，景慕老庄弃圣绝智、墨子兼爱思想，继承屈原上下而求索、拒绝同流合污的精神。由此可见，鲁迅流动不居、八面采风，表现出拒绝自封、远求不止的行路意识，引来世界启蒙文化，为日渐式微的民族文化注入奔涌前行的力量。

这种流动精神十分独特，正如汪晖所论："鲁迅并不是直接从 18 世纪启蒙学者那里，也不是从 19 世纪理性哲学中汲取他的思想源泉，相反，他主要是从 19 世纪末叶的现代思潮、中国传统（如魏晋风度）和民间文化中寻找思想材料，并在中国的现实中使它们转化为一种理性启蒙主义。在此过程中，鲁迅把个人的独立性或个体性问题置于思考的中心……鲁迅小说的启蒙主义内容是从他的那种独特的个体性原则发展而来的，并纠缠着个人的体验。"④

鲁迅去往城市，确有生计、婚姻等方面的现实考虑，主要还是以文

---

① 鲁迅：《摩罗诗力说》，《鲁迅全集》第 1 卷，第 65 页。
② 高力克：《五四的思想世界》，学林出版社 2003 年版，第 13 页。
③ 鲁迅：《随感录·四十一》，《鲁迅全集》第 1 卷，第 341 页。
④ 汪晖：《反抗绝望——鲁迅及其文学世界》，河北教育出版社 2000 年版，第 33 页。

化追求为鹄的。他的流动,代表了浙籍作家不安于现状、永追新颖气的反抗精神。不再固守乡邦,自觉规避古人旧路,脚步不停走向城市;在闭居的越中到城市求热闹,从小城中到都市求刺激,在城市无路中到启蒙世界中求新泉,即使面对穷途与坟墓,姑且向刺丛深处走去。鲁迅在城市流动中与古今英哲展开对话,达到心神汇通,也因流动不定而保持独立精神,大胆拿来同时主动扬弃,思想不定于一尊。20 世纪中国,鲁迅堪称是远离怀乡病的行路者,在乡土与城市分立、传统与现代交错的历史节点上辟出新路,为萧瑟的华夏文化注入新鲜血液,开拓出五四新文学至为宝贵的精神传统。

第二节 浙籍作家城市流动中的自立意识

启蒙学说是人类现代思想的宝藏,蕴含着取之不尽用之不竭的资源,"个体意识的觉醒,是人类从蒙昧走向文明的精神表征,也是现代性的根本特征。以独立自由的'个体'为价值诉求的个人主义(Individualism),是启蒙精神的价值内核,也是现代性社会秩序的价值基石"[①]。劳动主义与个体自立是一个重要组成部分,对知识界产生广泛而深远的影响。五四浙籍作家是新文学队伍的一群生力军,也是极具个体意识的知识"人"。他们流动到城市,自谋其食,解决了个人生计问题,同时又吸纳先进启蒙思想,产生现代个体意识与社会改造理想,从而摆脱古代士人"治人"或"治于人"的宿命,为衰颓僵化的中国文化传统注入了新活力。

从来龙去脉上看,启蒙运动就是发轫于城市、旷日持久的思想文化运动,它荡涤封建蒙昧,宣扬平等自由,维护每个生命的尊严,唤醒人类的心灵。它如同一眼新泉,不断地给人类送去源头活水。17、18 世纪以来,千百万理想者为了"人"的理想前仆后继,在城市与乡村留下了一行行足迹。卢梭主张人回归自然,把劳动教育看作是人觉醒的重要标

[①] 高力克:《五四的思想世界》,第 1 页。

志。黄学溥《试论卢梭劳动教育观点的几个问题》(《西北师范大学学报》1964年第1期),王朝霞、高艳荣《论卢梭的劳动教育观及其启示》(《衡水学院学报》2007年第4期)等皆有论述,后文论道:"从自然教育观出发,卢梭非常强调劳动教育。卢梭对劳动教育作了高度评价。'劳动是社会的人不可减免的责任,任何一个公民,无论他是贫或者是富,是强或是弱,只要他不干活,就是一个流氓'。又说:'如果你勤勤恳恳、踏踏实实地干,则一个星期还没有过完,你就挣得了下个星期的生活费用;你过着自由、健康、诚实、勤劳和正直的生活。这样去谋求生活,并没有白白地浪费你的时间。'卢梭赋予劳动教育以很大的意义。他认为劳动教育使儿童的身体和双手得到锻炼,变得柔和和灵巧,将来会成为一个双手运用自如的人。假如不会用双手劳动,长大后只能是个靠人养活的寄生虫。"[①] 可以说,19—20世纪各类现代思想文化新说,都与启蒙运动有渊源关系。随着18世纪中期至19世纪40年代西方城市工业革命爆发,现代资本主义经过飞速发展后问题频发,自身弊端日益显现。一批知识分子率先而行,掀起文化批判热潮。哲学思想界兴起怀疑理性的非理性主义思潮,其中包括叔本华唯意志论、尼采的重估价值思想和超人哲学。一批有识之士奋力冲破资本主义迷雾,倡言劳动自立、反对穷奢极欲,引生了城市工读主义、到民间去及农村改造运动热潮,较有代表性的有法国的无政府主义、空想社会主义、巴黎公社运动、英国乌托邦社会主义。法国的圣西门、傅立叶与英国的罗伯特·欧文并称空想社会主义三大家。圣西门反叛封建专制和贵族统治,参加法国大革命并反省得失教训,呼吁人人参与劳动,与劳动阶级同呼吸。在法国巴黎,社会主义和无政府主义早期创始人蒲鲁东出身寒微,祖辈世代为农民和手工业者,因家庭贫寒少时就参加劳作,十分崇敬普通劳动者,憎恶那些衣来伸手的贵族阶级。他在劳动经历中深谋远虑,提出"安那其"理想,主张维护小生产者的独立地位,通过个人努力和同胞协作,

---

① 王朝霞、高艳荣:《论卢梭的劳动教育观及其启示》,《衡水学院学报》2007年第4期。

建设"互助主义"社会,实现自由平等友爱的人类王国,反对任何形式的强权剥削或阶级压迫。蒲鲁东主义学说广泛影响法国、比利时、瑞士的工人社会运动,形成蒲鲁东派。后继者则有俄国民粹主义、日本白桦派。巴枯宁、克鲁泡特金从蒲鲁东手中接棒,将其学说发扬光大。出身俄国贵族的列夫·托尔斯泰憎恶封建农奴制,深深同情底层民众和教会压迫者,试行代役租尝试农奴制改革,十分体恤贫民窟里的民忧疾苦,放弃养尊处优的生活。托尔斯泰奉行泛劳动主义,致力于躬耕自立来改造自我、消除罪恶,摸索人道主义和博爱理想。托尔斯泰产生人道意识,体现了他富有良知,深受世界文化启蒙大潮的启发,他曾赴巴黎会见蒲鲁东,被其迷人的学说、澎湃的激情所折服。俄国无政府主义运动代表人物克鲁泡特金出身显赫,自幼目睹封建农奴社会的腐朽专横,亲见矿工贫民的悲惨遭遇,萌发社会改革热望。他饱读法国启蒙与革命书籍,在蒲鲁东的精神指引下认明前途,放弃世袭贵族身份,甘做封建农奴制的掘墓人,著有《田野、工厂和工场》《互助论:进化的一种因素》等作品,蜕变为普通劳动者和无政府主义理想者,曾奔赴瑞士苏黎世、俄国彼得堡、法国巴黎、英国伦敦等地从事进步活动,罗曼·罗兰评价他在生活中实践了托尔斯泰的理想。日本的白桦派知识分子则效法托尔斯泰,奉行新理想主义、人道主义,推崇知识分子个人躬耕、改进社会,从托尔斯泰、克鲁泡特金手中接过启蒙主义与人道主义火把。首倡者武者小路实笃随后又身体力行,放弃优越的贵族生活,避入深山开展发起新村主义运动。家境优越的有岛武郎,1903年留美期间拜读克鲁泡特金著述,受其影响脱离教会,1919年在北海道农场开展社会改革实验,解放农场雇农。近代启蒙主义几经流变,繁衍生息,从法国传向欧美与东方,由思想革命引燃社会革命,代代相传、交替更新,推动空想社会主义、无政府主义、新村主义、工读主义、马克思主义等各类新思潮的兴起,促使20世纪思想异彩纷呈。

此风劲吹,传至中国的北京等城市,在知识界产生深远影响。五四前后,国内有识之士顺势而为。"工读主义""到民间去"运动等思潮盛行，由文化中心北京逐渐扩至天津、上海、南京、武汉、广州等地。"工读主义教育思潮是中国近代影响深远的教育思想流派，发轫于清末民初，盛行于'五四'新文化运动，由一批进步教育家、社团组织所提倡、并推广，大批爱国青年学生参加，共同开展实践活动，其思想内容丰富，理念主张不断发展。其中，留法勤工俭学运动与国内工读主义教育实验作为其中的主要组成部分。"[1] 1919—1921 年，工读主义运动蔚然兴起，王光祈公开倡导《城市中的新生活》，以工读互助团形式开展社会实践，李大钊、陈独秀、蔡元培、胡适、周作人等新文化人士纷纷表示赞同。工读主义运动，鼓励青年劳动自立、人尽其能，这对生活贫困的青年而言无疑是雪中送炭，帮助他们挣得衣食，继续接受文化教育，激发了个人意识和社会责任。"在中国，最早试图建立新村的是一些无政府主义者。早在 20 世纪初，他们就有了建设新村的计划"[2]，代表人物有江亢虎、刘师复、吴稚晖等。马克思主义革命者早期曾在北京接受阳光雨露，觉悟出理想道路。李大钊在北京响应工读主义运动，在《少年中国》等刊物发表《"少年中国"的"少年运动"》《青年与农村》《现代青年活动的方向》等多篇宣言书，号召广大青年"到农村去"投身社会改造，他提出："我们'少年运动'的第一步，就是要作两种文化运动：一个是精神改造的运动，一个是物质改造的运动。精神改造的运动，就是本着人道主义的精神，宣传'互助'、'博爱'的道理，改造现在堕落的人心，使人人都把'人'的面目拿出来对他的同胞……物质改造的运动，就是本着勤工主义的精神，创作一种'劳工神圣'的组织，改造现代游惰本位、掠夺主义的经济制度，把那劳工的生活，从这种制度下解放出来，使人人都须做工，作工的人都能吃饭。"李大钊断定中国社会革命的中心在"农村"，终极目标是"劳动"促进"新村落"的建设。尽管道不相同，李大钊对欧文、托尔斯泰等前贤抱以敬意，认

---

[1] 吴洪成、赵娟：《中国近代工读主义教育思潮述略》，《河北大学学报》（哲学社会科学版）2011 年第 1 期。

[2] 赵泓：《中国人的新村梦》，贵州人民出版社 2014 年版，第 23 页。

为"我们应该学那闲暇的时候就来都市里著书,农忙的时候就在田间工作的陶士泰先生,文化的空气才能与山林里村落里的树影炊烟联成一气"①。青年毛泽东在湖南长沙曾接触无政府主义,1918年来到北大呼吸新文化空气,对革命前途认识更深,认为中国青年"鹜都市而不乐田园",1919年回湖南岳麓山尝试乡村试验,从此足踏农村谱写无产阶级革命篇章。此外,王拱璧的"青年村"等也颇具影响。五四启蒙主义的兴起,虽不能解决中华民族危机和社会矛盾,但粗具社会主义雏形,唤醒了现代知识分子的个体意识,为中国近现代农村的无产阶级革命积累了早期经验。

观其来龙去脉,上述思潮脱胎于蒲鲁东派、托尔斯泰主义、新村主义,其源泉均在于现代启蒙思想。自启蒙运动以来,人类主体意识像万物复苏,劳动自立与平等互助思想深入人心,为知识者思想成长提供充足营养,城市则成了启蒙文化光照最足的阳光地带。

清末至五四,从两浙走来的知识分子群体庞大,他们在反清革命中表现活跃,在思想革命方面敢为人先,较早迈入启蒙文化殿堂,成为宣扬个体自立和劳动主义的先锋队。受欧洲游历影响,蔡元培欣赏信服托尔斯泰的泛劳动主义和法国无政府主义者的互助论,1907年留德期间参加俭学,回国后在北京发起留法俭学会、支持新村运动、工读运动,"1912年2月,蔡元培与吴玉章、李石曾、吴稚晖等人发起组织了留法俭学会,该会的宗旨是'以节俭费用,为推广留学之办法;以劳动朴素,养成勤洁之性质'"②。北京工读互助团成立伊始,蔡元培在《少年中国》上发表《工学互助团的大希望》,充分肯定互助团对于青年成长和社会进步的功用。互助团募款活动中,蔡元培与陈独秀、胡适、周作人等一同担任发起人。"据无政府主义社团'心社'成员郑佩刚回忆,

---

① 李大钊:《"少年中国"的"少年运动"》,《李大钊选集》,人民出版社1959年版,第235—237页。

② 吴霓:《中国人留学史话》,第105页。

陈独秀、蔡元培、吴稚晖、张东荪、孙伯兰等人曾拟组织启新农场，推行新村计划。后来因农场规模巨大，不易实行而终止。"[1] 沈定一出身浙江萧山衙前镇望族，思想开明、锐意革新，分田给乡民佃户，早年追随同盟会革命党人，坚定支持排满革命，1919 年到沪与友人合编《星期评论》，宣扬民族社会变革和新文化思想，次年与同乡陈望道、刘大白、沈雁冰、俞秀松、施存统等一起开展马克思主义研究和共产党早期活动。"若全世界的一切我，个个自己做起来，就客观说；'各尽所能，各取所需。'就主观说；'我尽我能，我取我需。'……造一种环象有一种进化。我与他是你的环象，我与你是他的环象，他与你是我的环象。要改造环象，就要改造我的我、你的我、他的我。在他看来，要重塑中国文化，就必须先培养重责任的个体，这种个体懂得人与人之间的相互关联，也能意识到不断变迁的社会中身份和角色的相互依存性。这一思想为他九年后努力付诸实施的自治实践奠定了基础……从 1920 年深秋以及整个冬天，沈定一都在青年中忙于组织工读互助团以实现他的社会理想。"[2] 他赞成五四个性主义精神，对新村主义、工读主义等新式改良均支持，写就《新村底我见》《我对于组织"工读互助团"的意见》等热情洋溢的文字，他"认为新村是达到局部改造的社会的一种方法。他表明自己认同新村是由于'（一）厌弃都市；（二）豢养的生活过意不去；（三）精神劳动使躯体偏枯，并且是一个狡猾的逋逃薮；（四）把局部改造作改造的模范'"，"中国的文明，不能不由最高的学府肩挑这等重担。生活与知识的大饥荒逼到眼前来了。工读！工读！互助！互助！！我才望到你一线曙光，我希望你照遍十方世界"[3]。这些鼓励个人劳动、工读合一的启蒙运动，的确给众多五四青年的人生增色。一批浙江省立第一师范的青年同人曾创办《浙江新潮》，参加北京工读互助团，其中包括浙江

---

[1] 赵泓：《中国人的新村梦》，第 26 页。
[2] ［美］萧邦奇：《血路：革命中国中的沈定一（玄庐）传奇》，周武彪译，江苏人民出版社 2010 年版，第 71—73 页。
[3] 赵泓：《中国人的新村梦》，第 23、87 页。

诸暨的俞秀松、金华的施存统、余姚的周伯棣、萧山的傅彬然等。镇海的王鲁彦、绍兴的许钦文都曾漂至北京寻梦，因生活清贫缺少学资，于1920年参加北京工读互助团，靠务工维持生计，并获得北大旁听资格，在鲁迅等影响下走上新文学道路；孙福熙经蔡元培介绍1920年赴法勤工俭学，在法国国立美术专科学校学习绘画与雕塑，工读之余热爱新文学，创作《归航》《山野掇拾》等多部散文集。在浙籍知识分子当中，周氏兄弟对劳动主义启蒙和个人自立呼吁较早，思考甚深。周作人用力最勤、体味颇深，较早结识白桦派文人，亲身参访日本新村运动，率先在国内介绍和引领新村主义运动，在北京成立新村支部。鲁迅对白桦派、新村运动十分熟稔，却不像周作人那样照搬新村模式，而以丰富阅历和深邃眼光审视各种启蒙思潮，显得颇有见地，形成"嗷饭观"和"首先要生存"的启蒙观。两者为五四个体主义精神提供了切实的经验。

五四浙籍作家离乡远行都曾陷入混沌期，忧虑民族危亡与个人出路，又找不到理想寄托。但正是一次次城市流转，使他们不仅解决生计问题，而且在思想上豁然开朗，吸纳启蒙新风，其个体意识不断发展成熟。从破土萌芽，到瓜熟蒂落，我们可以看到他们漂泊的踪迹，也可窥见其心路历程。

在赴东京之前，周作人处于蛰游状态。青年周作人在故乡绍兴时期，自号"秋草园主人"，尚是舞文弄墨的读书郎，写下《绍兴家居日记抄》《秋草园日记》等文。1902年赴南京水师学堂求学后，因受甲午风云及梁启超改良学说影响，救亡热情不断高涨，逐渐疏离科考道路，厌恶"江南考先生""顽命抢食"的丑态。青年周作人踌躇满志，笔下满溢着离愁国恨，却又茫然不知所向，个体意识仍未觉醒。《江南杂记》历数江南物产，字里行间充满一片乡思；《说死生》一文充满喟叹，表达了志不得展、年华虚度的焦虑，"一息尚存之际，以谋光复，而竟生存，其尚有一线之生意乎。嗟我同胞，男儿死耳，盍归乎来"[1]。他在《〈秋

---

[1] 周作人：《说死生》，钟叔河编订：《周作人散文全集》第1卷，第17页。

草园日记〉序》亦有相似心迹："世界之有我也已二十年矣,然廿年前无我也,廿年以后亦必已无我也,则我之为我亦仅如轻尘栖弱草,弹指终归寂灭耳……然而七情所感,哀乐无端,拉杂纪之,以当雪泥鸿爪,亦未始非蜉游世界之一消遣法也。"①

1906年东渡后,周作人在东京正式步入一个现代文化场,学到了许多闻所未闻的启蒙新说,达到醍醐灌顶的地步。面对近代以来林林总总的学派,他青睐思想进步而不失学术公允的学说,对激进思想不感兴趣。此时,白桦派文学、新村主义、文化人类学思潮炙手可热,启蒙运动余风迎面扑来。周作人身在其中,沐浴一场思想甘霖,找到通向启蒙思潮的桥梁。白桦派的武者小路实笃、有岛武郎1910年创刊《白桦》,宣扬新理想主义,以一己之力,从自我做起,反抗战争压迫,试图冲破直露表现社会现实的自然主义风气,四面播撒人道主义种子。他们的理想颇打动周氏兄弟,两人兴致勃勃地着手翻译,鲁迅译有《与幼小者》《阿未之死》,周作人翻译《潮雾》。1923年7月有岛武郎逝世后,周作人撰文深表敬挽,称其为同行者,详细介绍其生平活动,十分推崇他舍己为公、竭力改造社会的理想者气度,称赞"他曾经入基督教,又与幸德相识,受到社会主义思想,去年决心抛弃私有田产,分给佃产,自己空身一个人专以文笔自给"②。周作人十分景慕其文艺成就,读译有岛武郎的作品时怦然心动,收获良多,《有岛武郎》一文寻章摘句以示感念:"第一,我因为寂寞,所以创作……第二,我因为欲爱,所以创作……第三,我因为欲得爱,所以创作……第四,我又因为欲鞭策自己的生活,所以创作。如何蠢笨而且缺乏向上性的我的生活呵!我厌倦了这个了。应该蜕弃的壳,在我已有几个了,我的作品给我做了鞭策,严重的给我抽打那冥顽的壳。我愿我的生活因了作品而得改造。"周作人透过"我因为欲爱","追求自己的生活","我愿我的生活因了作品而得改造"等文字,深切感受到白桦派振聋发聩的理想呼号和鲜明的个性主义。此后,

---

① 周作人:《〈秋草园日记〉序》,钟叔河编订:《周作人散文全集》第1卷,第22页。
② 周作人:《有岛武郎》,钟叔河编订:《周作人散文全集》第3卷,第181页。

第三章 五四浙籍作家的城市流动与启蒙文化追求

白桦派领袖武者小路实笃又发起新村主义运动，1918年在九州宫崎县日向组建"第一新村"，创办《新村》月刊，倡导平等互爱，既尊重人的个性，又宣扬人的劳动义务，反抗强权统治与社会压迫，用自己双手建设理想社会。周作人在东京听闻其说，不禁为之着迷。1919年7月7日，周作人实地踏访日本日向，"在万山之中的村中停了四天，住在武者先生家的小楼上"，此行还参观了大阪、京都、滨松、东京等地的新村支部，又于1934年再访新村。经过详细了解，青年周作人开始笃信新村理想，并成为会员。数次晤面后，周作人与武者小路实笃结下深厚友谊，《武者先生和我》一文回忆了两人四次交往的始末。周作人赠给武者小路实笃一方晋砖砚，对方则回赠一幅日本文人画。周作人回国后大张旗鼓地推介新村主义，1918年，发表《读武者小路君所作〈一个青年的梦〉》。1919年发表《日本的新村》《访日本新村记》，首次将日本新村运动介绍到中国，详解新村主义，做出深入阐发和总结。1920年接连撰文，并且在诸多场合公开演说，畅谈新村理想，完成《新村运动的解说》《北京新村支部启事》《工学主义与新村的讨论》《新村的理想与实际》等篇什。他适时回应胡适的质疑，与之论辩，回驳"非个人主义"论调，为新村正名，同时在《游日本杂感》等文中屡提新村。除了理论倡导，周作人还跃跃欲试，在北京成立"新村北京支部"，高度评价王拱璧的"青年村"建设，勉励青年新辈勇敢尝试。

日本之行堪称周作人的精神启蒙之旅，经过耳闻、目睹、发酵、深思、回味几个阶段，真正确立启蒙意识。在东京，初识其说；在日向，感知其味；回到东京，深解其意；返回北京，则深思其理、发扬其说。而在日向，自幼疏于农作的他，闻到大地气息体尝了田间劳作的滋味，由此感到劳动神圣与人生价值，省思知识者与农人、个人与社会的关系，意识到自己作为人类一分子，用自我付出助益他人、图报社会即是无上快乐，因而洋溢着满足感与愉悦感。他说："种过小麦的地，已经种下许多甘薯；未种的还有三分之二，各人脱去外衣，单留衬衫及短裤布袜，各自开掘。我和第五高等的学生也学掘地，但觉得锄头很重，尽力掘去，吃土仍然不深，不到半时间，腰已痛了，右掌上又起了两个水泡，只得放下，到豆田拔草……我也在水滨拾了两颗石子，一个绿色，一个灰色，中间夹着一条白线；后来到高城时，又在山中拾得一颗层叠花纹的，现状都藏在我的提包里，纪念我这次日向的快游。回到中城在草地上同吃了麦饭，回到寓所，虽然很困倦，但精神却极愉快，觉得三十余年来未曾经过充实的生活，只有半日才算能超越世间善恶，略识'人的生活'的幸福，真是一件极大的喜悦。还有一种理想，平时多被人笑为梦想，不能实现，就经验上说，却并非'不可能'：这就是人类同胞的思想。"[①]周作人回东京、北京后将各种思绪慢慢沉淀，遂有思想跃升，新村印象上升到理性认识。这其中就融入了周作人对国内新生活运动（如南京的启新农工厂有限公司、北京的工读互助团等平民新组织）的崭新思考。他在北京写成《日本的新村》《新村的精神》等文章，可谓是厚积薄发的结果，文中指出："新村的精神，首先在承认人类是个总体，个人是这总体的单位。人类的意志在生存与幸福。这也就是个人的目的。但现在我们能完全的达这目的么？我们能不妨害别人的生存而生存，不妨害别人的幸福而幸福么？当然是不能的。现在人的生存与幸福的基础，便全筑在别人的灭亡与祸患上。这是错的，是不正当的，因为这是违背了人类的意志了……因为照新村的理想，人应尽劳动的'义务'，'无代价'的取得衣食住，并不是论斤较量的卖买。或者可径说，生存与劳动是两件事，各是整个的，是不可分割的，人人有生存的权利，所以应该无代价的取得衣食住；但这生活的资料，须从劳动得来，所以又应该尽劳动的义务，并非将工资来抵算房饭钱。"[②]文中的"新村主义"俨然成为浸满周作人体验的个人主义理想，是周作人实现启蒙精神中国化的一次精神宣言，而不单是武者小路实笃的一家之言。

应该说，新村主义刚刚问世，朝气蓬勃，绘出一幅天下大同的美好图景。这的确让周作人感到耳目一新。但他心系新村，还有一个重要原

---

① 周作人：《访日本新村记》，钟叔河编订：《周作人散文全集》第2卷，第182页。
② 周作人：《新村的精神》，钟叔河编订：《周作人散文全集》第2卷，第197—198页。

/ 第三章　五四浙籍作家的城市流动与启蒙文化追求 /

因：新村主义是有别于暴力革命的社会改良思潮，承认个体价值并宣扬社会义务，追求个人道德完善与友爱互助相统一，兼顾人道与博爱，讲求躬行实干，而并不激进言武。这恰恰与周作人的气质秉性高度吻合。生性平和的周作人，不喜疾风暴雨的社会运动。新村主义注重个力与协力相结合、现代城市与"新村"相共存，体现了多元融合、不偏不倚的倾向，这正近乎周作人的文化理想。

周作人在东京初读文化人类学，从安德鲁·兰格、爱德华·泰勒的著述中领略了人类文化长河的壮阔图景，碰撞出心灵火花，正如有的论者所言："这些学者中，对周作人影响最大的，无疑是英国神话学家安德鲁·兰。"周作人早年不仅曾将安德鲁·兰与他人合编的《红星佚史》译成中文，而且在论及神话时对其学说屡有称道："英有兰格（Lang）者，始以人类学法治比较神话学，于是世说童话乃得真解。"[①] 这是周作人远走东京的另一收获。当西方语言学派神话学走向衰落，人类学派快速兴起，英国文化人类学家爱德华·泰勒堪称奠基人。他从进化论立场出发，以历史眼光考察人类文化变迁，划分出蒙昧、野蛮、文明三个时代，认为人类文化的发展是文明战胜蒙昧、发达民族改造野蛮民族的过程。他在代表作《原始文化》中提出："以理想的观点来看待文化，可以看作是通过个人和整个社会的高级组织为了同时促进人的道德、力量和幸福的发展而普遍地改进人类。一般说来，蒙昧人通晓世界的自然规律以及随之使自然界服从于人类自身目的的能力是最低的，这种能力在野蛮人身上占有中等地位，在最新的先进民族身上是最高的……有一些研究家，他们比其他一些研究家更加断然地肯定，由社会的测定所提出的文化发展过程，从蒙昧人开始到我们自身，是向人类的繁荣幸福发展的。然而就是这样的一些研究家，也必须允许有许许多多和各种各样的例外。物质和精神的文化在其各部门的发展绝非千篇一律；事实上，在文化各个不同领域中的优势是以降低该社会的全部文化为代价来取得的。

[①] 苏永前：《在学术与思想之间：周作人对文化人类学的接受》，《浙江师范大学学报》2015年第2期。

诚然，这些例外很少能推翻普遍的规律……即使把各不同民族的精神文化和艺术作比较，好的和坏的也不是很容易就能作出结论的。"① 难能可贵的是，爱德华·泰勒虽然深信进化论，但立论中肯、视野开阔，能够客观对待不同民族，热衷于文化开荒，对原始部落/少数社群民族/文化情有独钟，并无民族歧视偏见，这为现代人类学研究树立了典范。这种科学态度和文化包容胸怀，应是打动周作人的一个重要原因。

离开东京后，周作人走路渐远，阅历弥丰，愈加深入地领会了文化人类学的真髓。特别是在北京，周作人经历了由"叛徒"向"隐士"的浮沉转变，对于爱德华·泰勒《原始文化》的喜爱与日俱增，此生便和文化人类学难解难分。特别是经历兄弟反目、若子病故等大大小小的事件后，内心淡然，久居北京苦雨斋闭户读书，看厌骤然而至的北方风雨，对江南故乡倍加思念。这些人生变故使周作人少了现世热情，内心却多思多梦，特殊心境和书斋生活使其充分领受到文化人类学的妙处。周作人对"人"的思索变得博大深沉，贵族与平民、乡土与城市、原始人与文明人的界限，渐渐模糊起来。他越发牵念千里之外的水乡风物，对乡间的陈年旧俗、古远时代民间风习尤感兴趣。

1918年12月，《新青年》刊发周作人《人的文学》，该文是作者早年对"人"自立生存思考的结晶，成为五四新文学的重要纲领。从空间角度看，东京给了周作人吸纳世界启蒙文化的都市环境，北京为之提供了思想升华的场地。从思想角度看，个体意识为周作人描画的"人"赋予灵魂，日本新村"人的生活"为之提供骨架，文化人类学则给他心目中的"人"插上双臂。该文认为人是"兽性与神性"、利己与利他的结合，承认人性固有的动物特征，但更看重人的"进化"，呼吁人的理想生活，标榜"个人主义的人间本位主义"，诚如他所说："我所说的人道主义，并非世间所谓'悲天悯人'或'博施济众'的慈善主义，乃是一种个人主义的人间本位主义。这理由是，第一，人在人类中，正如森林

---

① [英]爱德华·泰勒：《原始文化》，连树声译，上海文艺出版社1992年版，第26—27页。

/ 第三章　五四浙籍作家的城市流动与启蒙文化追求 /

中的一株树木。森林盛了，各树也都茂盛。但要森林盛，去仍非靠各树各自茂盛不可。第二，个人爱人类，就只为人类中有了我，与我相关的缘故。墨子说，'爱人不外己，己在所爱之中'，便是最透彻的话。上文所谓利己而又利他，利他即是利己，正是这个意思，所以我说的人道主义，是从个人做起。要讲人道，爱人类，便须先使自己有人的资格，占得人的位置。"周作人的言说具有鲜明的启蒙意识和人道主义精神，略带无政府主义、托尔斯泰主义、新村主义的乌托邦幻色，然而其启蒙亮色又是最显著的。著者明确地把近代欧洲看作"人"的摇篮，将宗教改革、文艺复兴以及法国大革命精神奉为"人"的真理，"欧洲关于这'人'的真理的发见，第一次是在十五世纪，于是出了宗教改革与文艺复兴两个结果。第二次成了法国大革命，第三次大约便是欧战以后将来的未知事件了"[①]，而且周作人把个人劳动自立摆在人的首位。具体言之，人应是具有劳动自立并应尽社会义务的平等个体，在劳动生存与社会义务面前，人人皆自由平等，人人皆为同胞，本无等级差别，不应有不劳而获的"治人"者，也不当存在"治于人"供人衣食的奴隶。周作人对"人"的定义，具有鲜明的启蒙色彩。他赞扬人的个体性，肯定人的生存能力；鼓励人的"进化"，把人性与兽性区分开来，认为人是相互依赖、平等共存、互尽义务、友爱协助的同胞，是道德情感、人道精神的同类，而非弱肉强食的野兽。周作人从东京舶来新说，又把它培植到民族土壤中，指出中国文化与文学的"非人"现象，堪称良药对症，切中等级制度和礼教文化痼疾，为民族人挣脱封建束缚指出一条明路。孟子有言："或劳心，或劳力；劳心者治人，劳力者治于人；治于人者食人，治人者食于人，天下之通义也。"[②] 客观而言，孔孟学说在特定历史阶段功不可没，弘扬仁义、挽救中华文明于水火，矫治了古代世袭制度积弊。但放眼五四时代，儒家"治人"与"治于人"思想已变得陈腐，这是不争的事实。海内外学者极力宣扬儒家学说，却也不得不正视

[①] 周作人:《人的文学》，钟叔河编订:《周作人散文全集》第2卷，第88、86页。
[②] 《孟子·滕文公上》，万丽华、蓝旭译注，中华书局2006年版，第111页。

孔孟学说的局限。美国的研究者孟旦在《早期中国"人"的观念》一书中提出，孔孟之言蕴含了人人自然平等思想，"儒家反而坚持自然平等学说，这主要基于所有人都具有评价之心的观点；这也是理解儒家人的观念之关键。儒家确实信奉社会等级的自然性；但对他们而言，没有人天生比别人尊贵（或出于世袭原因，或出于天赋异禀），因而有权居于社会高层。可获得政治、经济优先地位的唯一标准是道德功德；而功德是根据人人共有的评价之心的使用而确定的。"走笔至此，该论者也不得不直言儒学短处，"孟子坚持'性善论'的其中一个原因是他逻辑上的一个错误：他将理想人物和实际存在的人混为一谈……当孟子和中庸的作者都宣称：'人者，仁也。'其意思是属于理想人物的特质也属于现实人物。反过来可以说，那些没有表现出包括'仁'在内的德性的人不是人，而是禽兽。对理想和现实的混淆类似于早期儒家著作中对理想君王和现实君王的混淆"①。

  周作人提出的"人的文学"主张，成为新文学发端的重要宣言。鲁迅此时虽未率先发言，但对启蒙精神已了然于胸，而且对人的觉醒颇有一番洞见。早年在东京时，鲁迅高呼"任个人""尊个性"，去北京后目睹易卜生主义兴起，呼吁"首先要生存""嗷饭"，体现了他对个人主义的深刻体察。在走向启蒙的过程中，周氏兄弟多有相似，都起步于东京，都推崇16世纪宗教改革后的西方现代文化，均称颂无政府主义及白桦派。但两者选择的道路有明显差异。1906年赴日的周作人虽然博文广识，但痴迷一家，大半心思都用于研究新村主义，渴望做避世的"躬耕者"。鲁迅比周作人早四年，接触启蒙更早，而且观其浩荡、博采百家，成为争天抗世的"精神界之战士"。《文化偏至论》上溯西方创世记、罗马建国，下迄19世纪，对西方文化"循其本"，又将欧美强国与非澳二洲相互比照，披沙拣金，提出了至论："掊物质而张灵明，任个人而排众数。人既发扬踔厉矣，则邦国亦以兴起……外之既不后于世界之思潮，

---

① ［美］孟旦：《早期中国"人"的观念》，丁栋、张兴东译，北京大学出版社2009年版，第49、80—81页。

内之仍弗失固有之血脉,取今复古,别立新宗,人生意义,致之深邃,则国人之自觉至,个性张,沙聚之邦,由是转为人国。人国既建,乃始雄厉无前,屹然独见于天下,更何有于肤浅凡庸之事物哉?"① 鲁迅用史家眼光纵览德国丹麦的神思宗、英俄诸国的摩罗诗人、挪威的易卜生、法俄无政府主义,又审慎地选择取舍,从不盲从一家,反对全盘接受,"横取而施之中国"。《文化偏至论》简要提及无政府主义,未详述列夫·托尔斯泰、克鲁泡特金思想,但鲁迅对其学说了然于胸,且有自己的评判,赞同其反抗精神,而对其乡间空想表示怀疑。1935 年他在上海编选《中国新文学大系小说二集》时再次谈及,并在导言中作出评价,"这才能够和'托尔斯泰小'的无抵抗主义一同抹杀'牛克思'的斗争说;和'达我文'的进化说一并嘲弄'克鲁泡特金'的互助论;对专制不平,但又向自由冷笑"②。对于 1910 年后兴起的白桦派、新村主义,鲁迅因回国与之擦肩而过,但到北京后颇多留意、多次介绍。其间翻译有岛武郎小说 2 篇,其中《与幼小者》发表于 1918 年 1 月《新潮》杂志,后收入《现代日本小说集》。1919 年,鲁迅翻译武者小路实笃的《一个青年的梦》,赞曰其人道主义精神"可以医许多中国旧思想上的痼疾",并在上海时曾与著者会面。在《随感录·六十三"与幼者"》一文中,他再次谈及有岛武郎作品,并特意摘取热情洋溢的文字:"然而不要怕,不怕的人的面前才有路","你们该从我的倒毙的所在,跨出新的脚步去。但那里走,怎么走的事,你们也可以从我的足迹上探索出来"。该文还中肯地指出《与幼者》"眷恋凄怆的气息"。对于这位追求独立却人生悲情的理想者,鲁迅激赏其"觉醒"与"勇猛",从他对幼儿的"爱"与勉励中领受人道主义精神。鲁迅对白桦派的热情明显高于新村主义运动,甚至对新村主义有些讳莫如深。应该说,鲁迅对新村主义多少有所了解。因为周氏兄弟相知甚深,周作人生病期间,鲁迅曾协助他代办《新村》邮寄事宜,且记入日记。有研究者指出:"在鲁迅 1919 年

---

① 鲁迅:《文化偏至论》,《鲁迅全集》第 1 卷,第 47—57 页。
② 鲁迅:《中国新文学大系·小说二集·导言》,第 10 页。

日记中，记载与新村有关的文字只有零星几处。除此之外，他对新村运动没像周作人那样从言论和行动上宣传过。那'无词的言语'无疑表明了一种冷淡和否定。"① 鲁迅三缄其口，并不赞同走向"深山"的个人主义。

相反，鲁迅在吸纳西方个人主义后，到城市中谋求个人生存，体味个人主义的真谛，用生命来浇灌这颗宝贵的种子。他咀嚼、消化个人主义启蒙学说，并结合人生体验吸收创造，形成"首先要生存""嚼饭"的个体意识。主要表现如下。

一方面，鲁迅对现代人所处的时空环境有了深切体验。鲁迅一生由故乡流至异乡，走过的路颇不平坦，先后辗转绍兴、南京、东京、仙台、北京、厦门、广州、上海等地，对近代中国的政治面貌、地方风土、交通条件、文化气氛都有了切身感受。经过各地流转，鲁迅了解域外都市东京、小镇仙台实况，饱览国内各地风情，如北京"遍地是古董"的古都气氛，上海"热闹"的海派气息，厦门"风景绝佳"的海滨景色，广州的岭南风情。同时，鲁迅感触到近代中国的变革气象，通过乘坐火轮、轮船亲身感受洋务产物，初感各地萌发新文化气息，北京"人才多于鲫鱼"、上海充满"活力"，结识了"别样的人们"，找到诸多同路者。但鲁迅一路走来，内心很快变得黯淡。这其中有游子的流离之苦，也有文化忧患。从江南到东瀛，从北国到南国。路远迢迢，几经辗转，往往舟车劳顿，度过寂寞漫长的旅程。从绍兴到北京，需要途经杭州、上海、天津，水陆并进，几次中转。根据鲁迅日记记载，需要夜半水路至杭州，取道上海，然后坐船至天津，再转乘火轮赴京，京津"途中弥望黄土，间有草木，无可观览"②，前后静待数小时。若从北京到厦门、广州，路途更加遥远，如同消磨生命。最令鲁迅感到不适的是，各地文化参差不齐，新文化气候阴云密布阴晴不定，城市的现代文化气息相对浓厚，但并不尽如人意，北京有"沙漠""帝都"颓状，上海弥漫着"秽区"的

---

① 曹霞：《鲁迅、周作人对新村运动的不同态度》，《鲁迅世界》2000 年第 2 期。
② 鲁迅：《壬子日记》，《鲁迅全集》第 15 卷，第 1 页。

/ 第三章　五四浙籍作家的城市流动与启蒙文化追求 /

"势利"风，偏远城市、小镇的文化气氛更糟，仙台如"乡间"①，厦门如同消息闭塞的"深山"②，广州让"外江佬"难以立足，绍兴遍布鱼龙曼衍之气。所以，鲁迅的行程难以一帆风顺，选择一处令人满意的立身之所显得尤为困难，鲁迅经历了绍兴—南京—东京、绍兴—北京等步步走高的阶段，也经历了"飞了一个小圈子"又回来停在原地点，如东京—绍兴等，有了沦为"村人"③"木偶人"④的危机感。近代军阀政府城头频换大王旗，其野蛮行径让知识者难以安身，北平上演复辟闹剧，军阀耀武扬威对平民滥用武力，国民党浙江省党部将鲁迅斥为"反动文人"，上海文网密布，书报审查机关任意肢解完好的作品，广州大屠杀运动惊现瓜蔓抄、滥杀无辜，国民党政府在国难当头打着"和平"旗号"攘外必先安内"。身处紊乱的社会处境中，鲁迅黯然长叹无处可去，渴望无穷远方却无法抵达，屡屡产生岁月蹉跎、生命虚度之感。

由上可见，鲁迅的人生和城市流动具有密切联系。每当山穷水尽处，鲁迅易地而走，到另一城市开路，总能拨云见日。城市因此成为鲁迅暂避风雨的庇护所，也是开拓新路的中转站，这种流动战术颇奏效，甚至适用于每位五四浙籍作家。鲁迅少时在故乡经历家庭变故，失望地"走异路、逃异地"，在南京、东京开启了第一扇理想之门，有研究者认为："这是从相对闭塞的传统的乡土中国的绍兴走向相对开放的南京，鲁迅由此开始接触日本与西方现代文化。"⑤ 这一点在"弃医从文"得到印证。由于幻灯片事件的刺激，鲁迅在仙台"弃医"，但当选择"从文"时，他几乎不假思索地选择回到东京，因为他深知那里的文化环境更优越，更适合开展文艺活动。李欧梵认为，鲁迅在东京从事翻译，"直接动机可能是经济，用卖稿来补充微弱的留学生官费。当时兴旺的上海出

---

① 鲁迅：《呐喊·自序》，《鲁迅全集》第1卷，第438页。
② 鲁迅：《261015 致韦素园》，《鲁迅全集》第11卷，第571页。
③ 鲁迅：《110731 致许寿裳》，《鲁迅全集》第11卷，第348页。
④ 鲁迅：《041008 致蒋抑卮》，《鲁迅全集》第11卷，第330页。
⑤ 钱理群：《与鲁迅相遇：北大演讲录之二》，生活·读书·新知三联书店2003年版，第61页。

版界很需要翻译小说"①。回国后,鲁迅回到绍兴,苦闷之极,大有沦为"村人"的自危感,直至来到"人才多于鲫鱼"的"京华"才终于心定。鲁迅通过同乡许寿裳、蔡元培的帮助在教育部谋职,找到一脚立足之地,此间曾在北京大学、北京女子师范学校、世界语学校等兼课,并任新文学刊物撰稿人、编辑。鲁迅十分珍爱此次进京机会,落户长达十四年,是人生的重要转折点。1926年,北京空气动荡复杂,段祺瑞政府扬言抓捕,奉系入京,鲁迅深爱的京城生活被迫结束。根据鲁迅自己的说法,离京缘起是面临性命之危,"到一九二六年,有几个学者到段祺瑞政府去告密,说我不好,要捕拿我,我便因了朋友林语堂的帮助逃到厦门"②。研究者张映勤对此提出不同看法,认为鲁迅离京另有难言之隐,主要是为了名正言顺地追求爱情,"鲁迅如何和许广平结合,继续生活在北京显然有诸多不便,与其身处是非之地,不如远走高飞,到一个新的环境开始新的生活"③。此说固然有理,但似可商榷。如果纵观鲁迅在北京前后的行迹以及生活婚姻,我们发现,鲁迅对处身环境一直是有期待的,而且此时与诸多文化人一样,已难忍北京的文化空气,选择更透气的环境是必然选择。当然又出于友人邀约和个人生活考虑,鲁迅最终远走厦门、广州,找到了另一处栖身地。当在南国颇不如意,陷入"孤岛""深山"恐慌,便去往上海寻求新机,去过"较便当""卖点文章"④的都市生活。在上海一久,感到这里环境不合理想,内心仍有远走打算,仍未能付诸实施。城市给了鲁迅较为自由的立足空间,使他自食其力,不仅可以摆脱固定职业的限制,而且能够在精神上得到极大的解放。鲁迅在大城市谋生渠道更广,身兼佥事、教师、撰稿人、编辑等多种职务,即便无定职,也更容易解决衣食问题。城市社会的多样岗位、包容环境以及近代版税和稿费制度确立,为鲁迅的生活增加了一层保障。

---

① 李欧梵:《铁屋中的呐喊》,尹慧珉译,河北教育出版社2000年版,第19页。
② 鲁迅:《鲁迅自传》,《鲁迅全集》第8卷,第343页。
③ 张映勤:《鲁迅为什么离开北京》,《齐鲁晚报》2011年7月4日。
④ 鲁迅:《270922致台静农、李霁野》,《鲁迅全集》第12卷,第72页。

第三章 五四浙籍作家的城市流动与启蒙文化追求

1926年，鲁迅因女师大事件被章士钊免职，生活上仍有一道屏障，"因为我目下可以用印书所得之版税钱，维持生活"①。在20世纪30年代的上海，鲁迅依靠版税、稿费为生，"现在北新书局尚能付少许版税，足以维持"②。对于心怀远大的知识者而言，偏远城市以及中小城镇的生活天地实在狭小，走与留，直接决定着今后的命运。鲁迅的经验告诉自己，留在那里无疑等于坐以待毙。关键时刻，城市往往能够向知识者伸出援助之手，把他们从乡间、小城镇提拔出来，为之提供了独立生存的可能，开启一扇生活之门。

另一方面，鲁迅在城市流动中深切体会了现代人安身立命的艰辛，既有自己立业的艰难，也目睹了许多知识青年的厄运。

鲁迅在自己谋职时不乏辛酸。在"走异路"的途中，当务之急是要解决自身生计问题。东京新生文艺运动失利，鲁迅首次体会到救国理想何其邈远，也深尝文艺立足的苦楚，正如《呐喊·自序》中那些不堪的回忆："我感到未尝经验的无聊，是自此以后的事。我当初是不知其所以然的；后来想，凡有一人的主张，得了赞和，是促其前进的，得了反对，是促其奋斗的，独有叫喊于生人中，而生人并无反应，既非赞同，也无反对，如置身毫无边际的荒原，无可措手的了，这是怎样的悲哀呵，我于是以我所感到者为寂寞。这寂寞又一天一天的长大起来，如大毒蛇，缠住了我的灵魂了。然而我虽然自有无端的悲哀，却也并不愤懑，因为这经验使我反省，看见自己了：就是我决不是一个振臂一呼应者云集的英雄。"③ 回到国内，鲁迅常叹息生之艰难。鲁迅到浙江两级师范学堂、北京教育部任职，均得益于好友许寿裳的引荐。鲁迅到厦门大学，得益于林语堂的介绍。鲁迅到北京大学兼任教职、大学院特约撰述员，得到蔡元培的关照。鲁迅内心里十分反感各种求职心术："普通所谓考试编辑多是一种手段，大抵因为荐条太多，无法应付，便来装作这一种门面，

---

① 鲁迅：《260617 致李秉中》，《鲁迅全集》第11卷，第528页。
② 鲁迅：《320302 致许寿裳》，《鲁迅全集》第12卷，第288页。
③ 鲁迅：《呐喊·自序》，《鲁迅全集》第1卷，第439页。

故作秉公选用之状,以免荐送者见怪,其实却是早已暗暗定好,别的应试者不过陪他变一场戏法罢了。"① 鲁迅感到在异乡谋职困难重重:"我交际极少,所以职业实难设法。"② 有时为了生计问题望洋兴叹:"静兄因讲师之不同,而不再往教,我看未免太迂。半年的准备,算得什么,一下子就吃完了,而要找一碗饭,却怕未必有这么快。现在的学校,大抵教员一有事,便把别人补上,今静兄离开了半年,却还给留下四点钟,不可谓非中国少见的好学校,恐怕在那里教书,还比别处容易吧。中国已经快要大家'无业'了,而不是'失业',因为根本就没有什么所谓'业'了。"③ 不仅深感自己谋职难,而且对文人职业叫苦不迭:"其实以文笔作生活,是世上最苦的职业。"④ 自忧一直困扰着鲁迅。阴云笼罩的社会环境,鲁迅的个人理想与周围环境发生冲突,生活屡遭变故,个人饭碗朝夕不保。1909 年鲁迅入职浙江两级师范学堂,遇到新旧势力对垒的木瓜之役,最终他在杭州难以安住,未满一年辞职回到绍兴。鲁迅入职教育部,常常遭到欠薪问题。1926 年,鲁迅因女师大事件卷入是非旋涡,被章士钊免职,端十余年的饭碗瞬间化为泡影。到了厦门大学,鲁迅无法忍受四处读经的氛围只能再次远离。在广州中山大学,鲁迅看到杀人如麻的场景愤而辞职。

鲁迅多次看到身边青年友人缺衣少食,尽力伸出援手。但每到一地,亟待帮扶者众多,其中既有同乡好友也有寒门学子,而且各种难题间杂,有的缺少学资,有的失业待业。仅凭鲁迅一己之力,难以顾全彼此。鲁迅常为帮人荐职而心力交瘁:"至于地方一层,实在毫无法想了。因为我并无交游,止认得几个学校,而问来问去,现在都学校只有减人,毫不能说到荐人的事,所以已没有什么头路。"⑤ 有时出面帮人,也是情非得已,1932 年,周建人因"一·二八"事变中商务印书馆遭袭而失业,

---

① 鲁迅:《250422 致许广平》,《鲁迅全集》第 11 卷,第 483 页。
② 鲁迅:《330626 致王志之》,《鲁迅全集》第 12 卷,第 411 页。
③ 鲁迅:《350218 致曹靖华》,《鲁迅全集》第 13 卷,第 389 页。
④ 鲁迅:《210826 致宫竹心》,《鲁迅全集》第 11 卷,第 411 页。
⑤ 鲁迅:《220216 致宫竹心》,《鲁迅全集》第 11 卷,第 428 页。

/ 第三章 五四浙籍作家的城市流动与启蒙文化追求 /

暂赴安徽谋生。鲁迅深为他的去向操劳,频频致函友人许寿裳、蔡元培,寻求帮助,从《320302 致许寿裳》《320322 致许寿裳》《320514 致许寿裳》《320618 致许寿裳》《320626 致许寿裳》《320801 致许寿裳》《320812 致许寿裳》《3200817 致许寿裳》等书信中,可见他当年焦灼的心迹。绍兴籍作家许钦文在故乡山阴生活困窘,为承担家计到小学任教,战乱失业,因生活所迫于 1920 年漂到北京寻路,早年饱尝飘零之苦。他曾寄居绍兴会馆,生活毫无着落,"于失业中从故乡漂流到北京,虽然住在会馆里,无须出房租,在大学里旁听,也不用交学费,但吃饭总是个大问题"。他参加工读互助团,曾做过文字誊抄、校对、报刊发行等零工,但均不能维持长久。为解决燃眉之急,他在同乡孙伏园介绍下为《晨报》副刊撰稿,常以卖稿为生,以微薄的稿费勉强度日。即使得到鲁迅、孙伏园等师友的帮助,许钦文这类青年作家在卖稿生涯中仍身心俱疲。新文学同人刊物概不付酬,所能供稿的刊物十分有限,遇到"搜索枯肠写不出而恐慌",四处碰壁后"精神上饱受创伤,心理上发生变态"[1]。为养生糊口,许钦文离京后辗转杭州、福州等地任教,历尽艰辛,1933 年在杭州获罪入狱,后赴集美学校任教两年,遂又被解聘回杭州,仍处无业状态。1937 年经郁达夫协助赴福州省立师范学校任教,抗战后流徙多地。对于许钦文、宋子佩以及叶紫、萧军、萧红等青年,鲁迅通过多种方式相帮,或慷慨解囊,或安排有酬劳务,或推荐作品、代催稿费,为他们排忧解难,却难一一顾全。城市漂泊者有一肚子苦水,留在乡间的知识分子更无出路。范爱农的遭遇,即是新式知识者立身悲剧的缩影。鲁迅原本与范爱农留日时相识,1911 年曾在山会初级师范学堂共事。不久后,鲁迅等新派知识者相继离开,各自的命运形如天壤。留在故乡的范爱农,被守旧势力排挤出校,从此失业,四处打杂艰难过活,落魄不堪唯有借酒消愁。他在面临绝境时多次向鲁迅求援,托请代为谋职,"也时时给我信,景况愈困穷,言辞也愈凄苦。终于又非走出

---

[1] 许钦文:《〈鲁迅日记〉中的我》,鲁迅博物馆编:《鲁迅回忆录》下册,第 1234、1236—1237 页。

这熟人的家不可，便在各处飘浮"，热切期待着来自京城的福音书，"也许明天就收到一个电报，拆开来一看，是鲁迅来叫我的。他时常这样说"①，但等待无果。如鲁迅所言，本是"小酒人"的范爱农"酩酊"大醉，落水看似意外，实属被逼身亡。1912年6月4日鲁迅收到来信，在日记中记有一笔，未见复信。当时鲁迅初至北京寄居在绍兴县馆，自顾不暇。他的确也未充分体谅到范爱农的难处，在京实未竭力帮其操办，而且对范爱农一死了之始料未及。一朝迟疑，抑或片刻拖延，却再无弥补机会。鲁迅在惋惜和沉痛之余深感内疚，连续写下《范爱农》《哭范爱农》《哀范君三章》等多篇诗文，正是他心潮难平的外露。文中甚表悲恸，隐含着自责与自剖。1912年7月22日夜，鲁迅写就《哀范君三章》，余痛难消，将此记入日记："夜作均言三章，哀范君也，录存于此。"当8月21日刊于《民兴日报》时，又在稿后附言："我于爱农之死，为之不怡累日，至今未能释然。昨忽成诗三章，随手写之，而忽将鸡虫做入，真是奇绝妙绝，辟历一声，群小之大狼狈。今录上，希大鉴定家鉴定，如不恶，乃可登诸《民兴》也。天下虽未必仰望已久，然我亦岂能已于言乎。二十三日，树又言。"在此之前，鲁迅已了解秋瑾、徐锡麟等革命者血染的风采，却较少看到生活走投无路的知识者，他从范爱农的悲死中看到知识分子命运惨淡，这恐怕是鲁迅心灵震动的内因。所以，上述悼文既为纪念亡友，也是对知识分子悲剧处境的慨叹，正如《哀范君三章》所写："故里彤云恶，炎天凛夜长。独沉清洌水，能否洗愁肠？……此别成终古，从兹绝绪言。故人云散尽，我亦等轻尘！"

鲁迅在流动中抗争厄境、披荆斩棘，对现代中国社会文化环境有了洞察，对知识者走怎样的道路有了真知灼见。基于以上经验，他形成独特的个人生存哲学，主张知识者要"在都市中"转战、"不能退入乡下"，在流动中守住个人"饭碗"，进而扛起民族启蒙的大旗。

特点一，鲁迅的个人意识以城市流动为支撑点。"五四"时期，新

---

① 鲁迅：《朝花夕拾·范爱农》，《鲁迅全集》第2卷，第328页。

第三章　五四浙籍作家的城市流动与启蒙文化追求

文化人士对民族文化的病源看法不尽相同，对社会改造方式存在分歧。受国外思潮影响，"到民间去"、建设"新村"呼声甚高。不少知识者攻讦城市，认为城市是万恶之源，乡村是一方净土，只有离开城市、避居乡村才能找回人类本心，疗救民族重疴。他们寄希望于农村社会革命，或者到乡村试验，建设乌托邦。有的知识者离乡漂泊一久，产生怀乡病，渴望回归田园。对此，鲁迅是持不同意见，决然表示留在都市中，尽管他觉得城市文化环境不够理想，但对乡村小城的文化更感失望，表示"无论如何，也不能退入乡下"①，要远离"宁静的地方""山林"与"乡下"。对于今后的道路，鲁迅并不受时风影响，坚持自己的选择："学风如何，我以为和政治状态及社会情形相关的，倘在山林中，该可以比城市好一点，只要办事人员好。但若政治昏暗，好的人也不能做办事人员，学生在学校中，只是少听到一些可厌的新闻，待到出校和社会接触，仍然要苦痛，仍然要堕落，无非略有迟早之分。所以我的意思，倒不如在都市中，要堕落的从速堕落罢，要苦痛的速速苦痛罢，否则从较为宁静的地方突到闹处，也须意外地吃惊受苦，其苦痛之总量，与本在都市者略同。"②这可谓是他城市流动的经验之谈。

为此，他不主张知识者意气用事，为布施理想而固守一地、头破血流，甚至置生命于不顾。1925年3月11日，鲁迅在书信中坦言："走'人生'的长途，最易遇到的有两大难关。其一是'歧路'，倘若墨翟先生，相传是恸哭而返的。但我不哭也不返，先在歧路头坐下，歇一会，或者睡一觉，于是选一条似乎可走的路再走，倘遇见老实人，也许夺他食物充饥，但是不问路，因为知道他并不知道的。如果遇见老虎，我就爬上树去，等它饿得走去了再下来，倘它竟不走，我就自己饿死在树上，而且先用带子缠住，连死尸也决不给它吃。但倘若没有树呢？那么，没有法子，只好请它吃了，但也不妨也咬它一口。其二便是'穷途'了。听说阮籍先生也大哭而回，我却也像歧路上的办法一样，还是跨进去，

---

① 鲁迅：《311110致曹靖华》，《鲁迅全集》第12卷，第282页。
② 鲁迅：《250311致许广平》，《鲁迅全集》第11卷，第459—460页。

在刺丛里姑且走走,但我也并未遇到全是荆棘毫无可走的地方过,不知道是否世上本无所谓穷途,还是我幸而没有遇着。二、对于社会的战斗,我是并不挺身而出的,我不劝别人牺牲什么之类者就为此。欧战的时候,最重'壕堑战',战士伏在壕中,有时吸烟,也唱歌,打纸牌,喝酒,也在壕内开美术展览会,但有时忽向敌人开他几枪。中国多暗箭,挺身而出的勇士容易丧命,这种战法是必要的罢。"① 顾全自我,固守一地,多地转战,与黑暗长久作战才是上策。这体现了鲁迅在城市流动中的经验与智慧,也是他对如何突围吃人环境、走向新生的睿智回答。

特点二,鲁迅的个人理想中蕴含"嗷饭""生存"的现代意识。鲁迅多次诉说"逃异地"的辛苦,强调要先保全个人"饭碗",只有谋求个人"生存",民族振兴才有希望。这跟他早年"个性张""沙聚之邦转为人国"理想相一致。爱人先己,"首先要生存",这是鲁迅将启蒙学说和个人经验进行融会贯通的结果。《忽然想到(六)》一文有简要总结:"我们目下的当务之急,是:一要生存,二要温饱,三要发展。"② 对此,批评家李长之、日本思想者竹内好等研究者高度认同,将其视其为鲁迅思想的根本:"他的根本思想,就是人得要生存。"③

鲁迅不喜照搬或兜售学说,多以正常生存的眼光审视文艺,绝不"振臂一呼应者云集的英雄",或"渺渺茫茫地说教"④。他对"易卜生主义""革命文学"等任何论调保持慎思,十分反感学说贩卖者,不愿夸大文艺救亡功能,直言文学是"嗷饭"之道。他向青年友人坦言:"兄职业我以为不可改,非为救国,为吃饭也。人不能不吃饭,因此即不能不做事。但居今之世,事与愿违者往往而有,所以也只能做一件事算是活命之手段,倘有余暇,可研究自己所愿意之东西耳。自然,强所不欲,亦一苦事。然而饭碗一失,其苦更大。我看中国谋生,将日难一

---

① 鲁迅:《250311 致许广平》,《鲁迅全集》第 11 卷,第 461—462 页。
② 鲁迅:《忽然想到(五至六)》,《鲁迅全集》第 3 卷,第 47 页。
③ [日]竹内好:《近代的超克》,李冬木、赵京华、孙歌译,生活·读书·新知三联书店 2005 年版,第 8 页。
④ 鲁迅:《叶永蓁作〈小小十年〉小引》,《鲁迅全集》第 4 卷,第 150—151 页。

日也。所以只得混混。"① 他真诚地劝勉那些沉醉于"娜拉"梦里的青年人："钱这个字很难听，或者要被高尚的君子们所非笑，但我总觉得人们的议论是不但昨天和今天，即使饭前和饭后，也往往有些差别。凡承认饭需钱买，而以说钱为卑鄙者，倘能按一按他的胃，那里面怕总还有鱼肉没有消化完，须得饿他一天之后，再来听他发议论。所以为娜拉计，钱——高雅的说罢，就是经济，是最要紧的了。自由固不是钱所能买到的，但能够为钱而卖掉。人类有一个大缺点，就是常常要饥饿。为补救这缺点起见，为准备不做傀儡起见，在目下的社会里，经济权就见得最要紧了。第一，在家应该先获得男女平均的分配；第二，在社会应该获得男女相等的势力。可惜我不知道这权柄如何取得，单知道仍然要战斗；或者也许比要求参政权更要用剧烈的战斗。"② 鲁迅在东京时已拜读易卜生作品，更洞达个人主义热风，当看到经验尚浅的五四青年狂热不已，及时指出其误区。他在提到《坟》时说："于是除小说杂感之外，逐渐又有了长长短短的杂文十多篇。其间自然也有为卖钱而作的……我的译著的印本，最初，印一次是一千，后来加五百，近时是二千至四千，每一增加，我自然是愿意的，因为能赚钱。"③ 鲁迅不将文学完全看作阳春白雪，反而认为它与"钱""利息"密切相关，是现代人生活的一部分。在鲁迅眼里，"采菊东篱下、悠然见南山"的闲适生活只是理想奢谈，万不能当作生存箴言。在《病后杂谈》一文中，鲁迅由今观古，对陶潜"悠然"作一番妙解，诙谐深刻地道出现代社会"悠然"的虚妄性。他说："'雅'要想到适可而止，再想便不行。例如阮嗣宗可以求做步兵校尉，陶渊明补了彭泽令，他们的地位，就不是一个平常人，要'雅'，也还是要地位。'采菊东篱下，悠然见南山'是渊明的好句，但我们在上海学起来可就难了。没有南山，我们还可以改作'悠然见洋房'或'悠然见烟囱'的，然而要租一所院子里有点竹篱，可以种菊的房子，

---

① 鲁迅：《280331 致李秉中》，《鲁迅全集》第 12 卷，第 114 页。
② 鲁迅：《娜拉走后怎样》，《鲁迅全集》第 1 卷，第 168 页。
③ 鲁迅：《写在〈坟〉后面》，《鲁迅全集》第 1 卷，第 300 页。

租钱就每月总得一百两,水电在外;巡捕捐按房租百分之十四,每月十四两。单是这两项,每月就是一百十四两,每两作一元四角算,等于一百五十九元六。近来的文稿又不值钱,每千字最低的只有四五角,因为是学陶渊明的雅人的稿子,现在算他每千字三大元罢,但标点,洋文,空白除外。那么,单单为了采菊,他就得每月译作净五万三千二百字。吃饭呢?要另外想法子生发,否则,他只好'饥来驱我去,不知竟何之'了。'雅'要地位,也要钱,古今并不两样的,但古代的买雅,自然比现在便宜;办法也并不两样,书要摆在书架上,或者抛几本在地板上,酒杯要摆在桌子上,但算盘却要收在抽屉里,或者最好是在肚子里。"① 鲁迅拒做雅人,也质疑故作高雅的自欺欺世之说。

鲁迅还把经验分享与人,尤其是忠告青年要理想始于足下,珍惜眼下的"饭碗",再作远计。热爱新文学的宫竹心欲辞北京邮政局职位"以文学立足",鲁迅建言:"先生进学校去,自然甚好,但先行辞去职业,我以为是失策的。"② 与同乡章廷谦探讨出路时,鲁迅也给予相同建议:"杭州和北京比起来,以气候与人情而论,是京好。但那边的学界,不知如何。兄如在杭有饭碗,我是不主张变动的,而况又较丰也哉。"③ 鲁迅提醒他们要妥善处理好个人理想与现实环境的关系,先立身再立言,提防本末倒置。

鲁迅对于个人的一剂良方,也是他对于民族文化建设的深邃认识。他所期望的现代"人",须噉饭求生存,自力更生,接受新说,达到灵肉统一的境界。其中蕴含了鲁迅的文化观。进步合理的现代文化应是有助于人生存的"撄人心"文化,不是崇仰国粹的复古主义,亦非照搬西说的崇洋主义。根深蒂固的礼教思想与国粹论,正是现代人生存的一大枷锁。僵硬不化的外来学说,蒙蔽人心,是造成民族愚昧的另一祸端。鲁迅不遗余力地针砭旧疾,又防范新疫。他以反传统态度,倡导保存人

---

① 鲁迅:《病后杂谈》,《鲁迅全集》第 6 卷,第 169 页。
② 鲁迅:《210826 致宫竹心》,《鲁迅全集》第 11 卷,第 411 页。
③ 鲁迅:《300524 致章廷谦》,《鲁迅全集》第 12 卷,第 235 页。

类自己，摒弃"《三坟》《五典》""百宋千元""天球河图""金人玉佛"等国粹，开辟新文化"生存"天地。同时又大胆质疑"金铁论"者、"西崽"、"假洋鬼子"以及"革命主义"者，毫不留情地揭露其伪面。

从上可见，启蒙主义一脉相承，渐渐融入中国知识者的血脉。五四浙籍作家都在城市流动过程中接受这股清流，孕育个体自立意识，以崭新姿态迎接新文学开场。周作人将新村主义与文化人类学移花接木，到乡间躬耕，另辟生路。鲁迅清醒地看到，近代中国尚不具备利于"人"生存的文化环境，需要到城市、到远方孜孜以求。真正的"人"，就在生命的流动中，就在奋进的征程中。鲁迅正是在求索过程中践行个人主体精神。鲁迅身处社会环境与个人夹缝中，在城市流徙中艰难探索，辟出知识分子安身立命的荆棘之路。这在20世纪思想史和文学史上是一笔宝贵的财富。

第三节　郁达夫等作家的城市流动与个性解放

启蒙运动是人类文明史上一次思想解放运动，留下丰厚的精神财富。法国思想家卢梭作为一面旗帜，提出回归自然之说。卢梭本人在童年少年历经磨难，饱尝辛酸。他2岁丧母，父子为此愁容难展，10岁时因父亲含冤入狱，卢梭被迫离开日内瓦，从此颠沛流离。曾寄居在乡村亲友家，在优美风光和淳朴民风中度过一段短暂的快乐时光，回到日内瓦当学徒期间备受欺凌，看到世人伪面。他如饥似渴地博览群书，找到忘忧的精神王国。因不堪其辱，16岁时再次逃离，过着流离失所的生活。在不可理喻的贵族统治中，卢梭变得十分矛盾，他被穷愁困苦扭曲秉性，自幼沾染了偷窃栽赃等恶习，渴望跻身上流社会，喜欢结交富贵，却又本心纯澈，难以随波逐流。表面上风光，内心里却孤独多思，《论人类不平等的起源和基础》《社会契约论》等著述，正是卢梭历经浮沉、千愁百思的结晶。他向不合理的贵族制度宣战，严词抨击教会桎梏，亦不忘躬身自省，寻求自我再造。这位启蒙先驱力敌千钧地宣扬新说，又以文学笔调召唤民心。《忏悔录》大胆解剖自我，反省个人的污心杂念，《爱弥儿：论教育》尊崇天性与童真，赋予人类神圣不可侵犯的地位，主张人的教育、自然主义教育，激烈反抗社会侵害，该书开宗明义地写道："出自造物主之手的东西，都是好的，而一到了人的手里，就全变坏了……偏见、权威、需要、先例以及压在我们身上的一切社会制度都将扼杀他的天性，而不会给它添加什么东西。他的天性将像一株偶然生长在大路上的树苗，让行人碰来撞去，东弯西扭，不久就弄死了。"① 卢梭饱含激情地宣言，喊出自然人的时代强音。

　　夏丏尊及郁达夫、丰子恺两代人在城市寻路中与卢梭相遇，受到"自然人"思想的指引。夏丏尊吸收卢梭思想时融入中国传统血脉，追求虚静淡泊，将满腔热忱撒向学园，展现师者长者的春风气度，少却卢梭式的激进战斗色彩，这无形影响到丰子恺。而郁达夫更敬仰亲近卢梭，渴望绵绵情爱，喜欢避居山水慰藉心伤，纵使参道超脱，但始终显得浪漫不羁、孤独愤世。夏丏尊早年曾走科考路，后来改道新学，1902年就读上海中西书院，1905年筹资东渡，就读于东京高等工业学校。到新环境去闯荡，使夏丏尊接触现代思想文艺名著，产生教育立人兴国的理想。他较早涉猎卢梭著述，对表现儿童心声和自然主义教育思想的《爱弥儿：论教育》堪称熟稔。留日期间，他通过日译本了解意大利作家亚米契斯《爱的教育》后深有感触、如获至宝，将其译入国内。在该书译者序中，夏丏尊仍提及《爱弥儿：论教育》一书。从时间上看，他对卢梭的了解显然先于《爱的教育》。夏丏尊平素淡泊处世，向往恬淡悠远的"平屋生活"，爱读陶渊明诗文，内心却燃烧着关爱，对年少学子呵护备至，对民众悲苦忧心忡忡，正如丰子恺所忆，"他看见世间的一切不快、不安、不真、不善、不美的状态，都要皱眉叹气。他不但忧自家，又忧

---

① ［法］卢梭：《爱弥儿：论教育》，李平沤译，商务印书馆1996年版，第5页。

友、忧校、忧店、忧国、忧世"①。夏丏尊爱人如己，一腔热情关心儿童少年，既体现了道家任其自然的血脉，也汲取卢梭的自然主义思想，蕴含着现代精神意味。夏丏尊护生爱人，为丰子恺树立了典范。

郁达夫、丰子恺生于安静优美的小市，早年失怙，由母亲含辛茹苦抚养成人，为求学立业离乡奔波，在风云变幻中几经磨难。两人都向往通脱自然，追求人性真善。他们喜读文艺、醉爱山水碧空，与卢梭皆有同好。郁达夫曾博览国外思想文艺，自青春时代起就对卢梭仰之弥高，多次拜读其文，深受教益；他率性多思，亦有卢梭爱自由与艺术的影子。丰子恺热切呼唤赤子之心，极力推崇天上的神明与星辰、地上的艺术与儿童，其文其画都以自然为尊，追求自然美真谛，表现纯洁童心和俗世意趣，反对社会污秽，与卢梭的自然人理想不谋而合。1914年，丰子恺从故乡崇德石门湾镇到杭州求学，在浙江省立第一师范学校接触现代知识，人生茅塞顿开。有的研究者认为："在第一师范，他懂得了'宇宙是无穷大的'，可是，无穷大的状态，他无法想象……进了师范，他才知道所谓盘古开天辟地不过是个靠不住的神话。他学习了进化论。"②丰子恺的画笔文笔多反映世间不公，展现社会不堪与民众疾苦，又讴歌天真无邪的儿童，礼赞人类的黄金时代与健全天性，"他教学生唯有忠实于自然摹写的作品才能叫做美，才能称为现代艺术"③。《布施》《人如狗狗如人》《某种教育》《小学时代的同学》《都市相》等画作，为普通民众鸣不平，揭示社会冷漠、人情凋零。《给我的孩子们》一文追怀童真童趣，表达对真人的憧憬："我在世间，永没有逢到象你们这样出肺肝相示的人。世间的人群结合，永没有象你们样的彻底地真实而纯洁。最是我到上海去干了无聊的所谓'事'回来，或者去同不相干的人们做了叫做'上课'的一种把戏回来，你们在门口或车站旁等我的时候，我心

---

① 丰子恺：《悼夏丏尊先生》，《新语文学习》2010年第9期。
② 汪家明：《立尽梧桐影——丰子恺传》，中华书局2014年版，第19页。
③ ［澳］白杰明：《艺术的逃难：丰子恺传》，贺宏亮译，浙江人民出版社2015年版，第47页。

中何等惭愧又欢喜！惭愧我为甚么去做这等无聊的事，欢喜我又得暂时放怀一切地加入你们的真生活的团体。"①《渐》指出人在生命更替中逐渐迷失："在不知不觉之中，天真烂漫的孩子'渐渐'变成野心勃勃的青年，慷慨豪侠的青年'渐渐'变成冷酷的成人；血气旺盛的成人'渐渐'变成顽固的老头子……这真是大自然的神秘的原则，造物主的微妙的工夫！阴阳潜移，春秋代序。"②在丰子恺看来，最理想的社会是挣脱枷锁，达到真诚无伪的自然状态。《儿女》写道："我以为世间人与人的关系，最自然最合理的莫如朋友。君臣、父子、昆弟、夫妇之情，在十分自然合理的时候都不外乎是一种广义的友谊。所以朋友之情，实在是一切人情的基础。"③对此，海外学者白杰明详探其渊源，认为丰子恺吸收了中国古代思想艺术营养（唐代画家张璪的外师造化观、李贽的"童心说"、佛教思想），还深受西方浪漫主义与米勒绘画艺术的影响。《艺术的逃难》提出："他用文字和画笔描绘儿童之时，融汇了不断增长的佛教观念，并通过西方浪漫主义的视角来表现……他的观念并非仅仅是欧洲19世纪浪漫主义美学赞美儿童的中国翻版，也不是冰心那种五四时期'儒家浪漫主义'道德观念的简单折射。丰子恺的确不断赞美儿女的纯真，但是他的笔下最常出现的，还是孩子们的心安理得的自私与自恋。"④丰子恺憧憬真实而纯洁的人，确有道家神韵，他感喟婆娑世界众生皆苦，又有李叔同的慈悲情怀。他本人少谈卢梭，论者也鲜有论及两者的关系。但无可置疑的是，丰子恺的"真人"理想深含启蒙主义成分。身在杭州、东京期间，丰子恺与卢梭思想即有擦肩机会，他在东京"窥见西洋美术的面影"，疑虑不安之际"把大部分的时光消磨在浅草的opera（歌剧）馆，神田的旧书店，或银座的夜摊里"⑤。更主要的是，他师从李叔同、夏丏尊，从其言传身教中习得启蒙要义。李叔同注重艺术

---

① 丰子恺：《给我的孩子们》，《缘缘堂随笔》，第6页。
② 丰子恺：《渐》，《缘缘堂随笔》，第4页。
③ 丰子恺：《儿女》，《缘缘堂随笔》，第20页。
④ ［澳］白杰明：《艺术的逃难：丰子恺传》，第147—148页。
⑤ 丰子恺：《〈子恺漫画〉题卷首》，《丰子恺文集》第1卷，浙江文艺出版社1990年版，第29页。

第三章 五四浙籍作家的城市流动与启蒙文化追求

写生,又以学堂乐歌感化人心,琢磨道德、促进社会之健全,这种温情脉脉的启蒙开导,潜移默化地影响着丰子恺的画风文风;尤其是熟谙卢梭的夏丏尊,力行爱的教育,把儿童学子当作民族栋梁、民众新苗,处处珍视呵护,无形中把卢梭的自然人思想传给丰子恺。

生于富春江畔的郁达夫一生漂泊,自称"无故乡的游民",在感伤的行旅中步履维艰。他向前行进,步入都市,疲惫时又反其道而行,隐入山川。前行与倦游相辅相成,去意与归心错综交织。他领略沿途风景,深尝谋生之苦与情感之累,边走边挣扎,对异乡爱恨交织。都市流寓经历,使他对西方启蒙思想产生共鸣,被自然人先进学说唤醒心灵,由此学会自视、自诉、自忏、自省,释放胸中块垒,自觉追求清新完善的真我。流落生活又使郁达夫深尝人间疾苦,愤世嫉俗,看厌冷漠贪婪的都市社会,聆听劳苦大众的悲音,觉察到人类自然家园的险恶处境,产生社会抗争、文明启蒙愿望,渴望回到晴空皎月、山明水秀的安然状态,扫除一切文明魔障(战争、暴政、工业烟尘等)。郁达夫行走在歧途,一直怀揣理想,却屡经现实浇漓,濒临幻灭。他不自觉地倾慕道风禅境,转而遁入山水,参悟怡然自得之道,与流离失所的古代游士心神对话,成为苦苦寻求"自然"人生的漫游者。

郁达夫自幼经历悲剧的出生,离乡远行后几经流离,旧愁添新忧,身上的负荷越来越沉重,面临着生计、性格、情爱等重重困扰。1896年正逢国殇,甲午战败阴云笼罩华夏,三十年的自强运动一夕化为泡影,满目疮痍的中华民族遇到空前严重的危机。人生伊始,弱国阴影就紧紧缠身,"东方的睡狮,受了这当头的一棒,似乎要醒转来了;可是在酣梦的中间,消化不良的内脏,早经发生了腐溃,任你是如何的国手,也有点不容易下药的征兆,却久已流布在上下各地的设施之中。败战后的国民——尤其是初出生的小国民,当然是畸形,是有恐怖狂,是神经质的"[①]。直至留日时期,郁达夫仍束身其中,被日人歧视刺痛自尊心,在日记中多次

---

① 郁达夫:《悲剧的出生》,《郁达夫全集》第4卷,第257页。

倾吐耻辱感和自强心，"午前，为日人某嘲弄，笑我国弱也。此后当一意用功，以图报复耳！"①回国后，郁达夫遭逢历史动荡，前庭不安、后院失火，豺狼当道，军阀派系纷争，北伐战争打响后，盘踞江浙的军阀孙传芳拥兵力争，富阳家门燃起战火。远游在外的郁达夫忧心如焚，在《村居日记》中愤然写道："早起看报，晓得富阳已经开火了，老母及家中亲戚，正不知逃在何处，心里真不快活。"抗战时期故乡再遭涂炭，1937年郁母饥寒离世，长兄郁曼陀被汉奸所杀。这些国恨家仇，都化入游子愁肠，使郁达夫对争权夺利的政客党阀极度厌恨。生活窘困乃是他人生的一大魔咒。与生俱来便痛尝饥饿感，嗷嗷待哺时却不能饱吮母乳，三岁失怙，家境败落，幼儿寡母相依为命，使其童年蒙上阴影。由于身世不幸，郁达夫过早地肩负着救己救国的重任，常常不堪承受。离乡到杭州求学，初感自由新奇，日渐充满挫败感。未脱乡土气的郁达夫人生地疏，因生活拮据、性情孤高多愁，难以与同龄人为伍，"在学校里既然成了一个不入伙的孤独的游离分子，我的情感，我的时间与精力当然只有钻向书本子去的一条出路"②，被冷冰冰的金钱世界刺伤自尊。他曾光顾最喜爱的书店，却因一副穷学生相，大受店员鄙夷。在日本，郁达夫的生活捉襟见肘，起初受长兄资助、继而依赖官费留学，"予辈月费只三十三元耳。以之购书籍，则膳金无出，以之买器具，则宿费难支。学工者不能于休假期中往各处参观工场；学医者不能于放课时间入病院实习诊察"③。留日归来先后辗转安庆、北京、广州等地，边任教边创作，含辛茹苦只为稻粱谋，对失业深怀恐慌，身心俱疲地度过"劳生"岁月，创作几乎沦为廉价的赚钱手段，"一天十二点钟的劳动，血肉做的身体，谁经得起这过度的苦工呢！我们之所以不得不如此之苦者，都因为有一部分人不劳而食的缘故。世界的劳动本来是一定的，有一部分人不作工，专在那里贪逸乐，所以我们不得不于自己应做之工而外，更

---

① 郁达夫：《丁巳日记》，《郁达夫全集》第5卷，第3页。
② 郁达夫：《孤独者——自传之六》，《郁达夫全集》第4卷，第287页。
③ 郁达夫：《丁巳日记》，《郁达夫全集》第5卷，第3页。

/ 第三章　五四浙籍作家的城市流动与启蒙文化追求 /

替他们做他们应做的工"①。自从蜚声文坛后，他的经济境况逐渐好转，有论者将其列为收入最丰的"一等作家"，"除稿费外还有出书及增印的版税，以及其他来源，每月收入400元甚至更多"②，实际上，因为时代动荡与理想矛盾，如此优裕的生活并不长久，他为了养家糊口流转各地，1924年去武昌国立武昌师范大学任教，1926年任职广州中山大学、1926年年底回上海料理创造社事务、1930年赴安徽大学任教、1933年迁居杭州并任浙江省政府参议、1936年转赴福州任福建省政府参事，未完全脱离经济窘境，他在广州仍叫苦不迭，"昨晚上因为领到了一月薪水，心里很是不安。怕汇到了北京，又要使荃君失望，说'只有这一点钱。'实在我所受的社会的报酬，也太微薄了"③，"贫文士""穷愁所逼"，几乎是郁达夫一生无法摆脱的宿命。

情感方面，郁达夫怀着一颗旅人心，单纯多梦，但真爱难觅、青春骚动，给健康鲜活的生命套上一层枷锁，留下累累疤痕。浪漫多情，让他一生引致无数烦扰，为美人所累。早年情窦初开时恋上邻居少女，却因家境贫寒备受冷落。1917年留日期间回乡与孙荃订姻，难解内心焦渴。留日时年龄见长，深陷灵肉冲突，心怀蔷薇梦，幻想伊甸园的伊芙，却希望渺然，特别是受到日本民族歧视刺激，一度过着寻醉买春的放浪颓废生活，与肥白壮硕的日本花魁度过初夜，却陷入负罪感难以自拔。在广州，郁达夫曾对女作家白薇"起了危险的幻想"④，郁闷难解时夜游陈塘妓馆，艳羡那里销金寻欢的生活，却因"话既不通，钱又没有"无奈徘徊街头。1928年，他在上海对王映霞一见钟情，苦苦追求，到了日思夜寐的地步，曾一度打算自建风雨茅庐定居杭州，但神仙眷侣生活终归黄粱一梦，《毁家诗纪》对"下堂妾"报上公开发难，爱情罗曼蒂克化为乌有。远游路上，郁达夫一直缺少亲情抚慰，留日时只有长兄郁曼

---

① 郁达夫：《芜城日记》，《郁达夫全集》第5卷，第34页。
② 陈明远：《30年代中国文化人的经济生活》，《纵横》2000年第2期。
③ 郁达夫：《劳生日记》，《郁达夫全集》第5卷，第37页。
④ 郁达夫：《病闲日记》，《郁达夫全集》第5卷，第53页。

陀为伴,彼此却志不同、言不合。郁达夫囊中羞涩却放手购书,屡被指责不务正业,让他内心多累,以至于手足断交,这更使郁达夫伤心欲绝,"自与曼兄绝交后,予之旧友一朝弃尽,形影相吊,迄今半载,来访穷庐者二三小孩外只洗衣妇及饭店走卒耳"①。回国后郁达夫长期独行各地,曾在京与妻儿短暂团聚,但幼子夭折后黯然离开,不得不以家信倾诉衷肠,在日记中记下无处诉说的愁肠。情感苦闷,扭曲了他的健康人格。

思想方面,由于生活困窘和民族忧患,郁达夫被迫早早远行,一脚踏上茫茫旅程,并无足够的物质、心理准备,也缺少人生指引。留日时与兄长龃龉,更使他孤立无援。他本身仍是稚嫩单纯的乡间客,与花花世界格格不入,因而成了一位充满离愁别绪的都市零余人,一位患有怀乡病却无法归根的流浪儿。回乡闭门自学时,深陷一个闭塞环境,受到亲戚的非难讪笑,内心难免枯寂,无法忍受孤陋寡闻的气氛,彻底斩断乡思,最终离开"清冷同中世似的故乡小市镇"②。早年郁达夫身处民族羸弱时代,只是满腹古典诗书、满脑子田园梦的传统文人,内心被国殇压垮,却救国无门、理想迷茫。他对工业文明时代不甚了然,敌视异国、敌视城市,憎恶近代资本主义文明。

郁达夫如一叶孤舟般漂泊苦海,烦恼频生、痛苦挣扎,常常邀友举杯消愁,在东京、广州寂寞难耐时均曾光顾下等妓院。寻春买醉,不过是一晌贪欢,片刻销魂反使人愁更愁。一团矛盾的郁达夫埋头苦读,通过学习求知吸收启蒙阳光雨露,滋润心田,并通过山野闲游参道悟道、净化灵魂,形成融汇古今中西的"自然人"理想。这成为郁达夫在歧途中不甘沉沦的精神支柱。

离乡伊始,郁达夫在杭州初感新鲜,"从乡下初到杭州,而又同大观园里的香菱似地刚在私私地学做诗词,一见了这一区假山盆景似的湖山,自然快活极了",但随后面临离人愁苦,生活拮据,众人冷眼、内心冷

---

① 郁达夫:《丁巳日记》,《郁达夫全集》第5卷,第37页。
② 郁达夫:《归航》,《郁达夫全集》第3卷,第1页。

第三章　五四浙籍作家的城市流动与启蒙文化追求

寂，书店成了心灵避风港，读诗写词令他忘忧。辗转至东京、北京、上海等地，郁达夫真正经历了深切痛感，广泛接触先进思想文艺，民族与个体意识逐渐觉醒。远赴东京后，不再是懵懂少年，而是满腔国殇、生活贫寒、情爱迷心的感伤青年。郁达夫深受日人歧视，深尝都市官能魅惑，深感衣食贫困的烦扰，在哀愁旋涡中，个人的爱国意识、性爱意识、理想意识开始苏醒。从五光十色的外国都市接受身心洗礼："两性解放的新时代，早就在东京的上流社会——尤其是智识阶级，学生群众——里到来了。当时的名女优像衣川孔雀，森川律子辈的妖艳的照相，化装之前的半裸体的照相，妇女画报上的淑女名姝的记载，东京闻人的姬妾的艳闻等等，凡足以挑动青年心理的一切对象和事件，在一个世纪末的过渡时代里，来得特别的多，特别的杂。伊孛生的问题剧，爱伦凯的恋爱与婚姻，自然主义文人的丑恶暴露论，富于刺激的社会主义两性观，凡这些问题，一时竟潮水似地杀到了东京，而我这一个灵魂洁白，生性孤傲，感情脆弱，主意不坚的异乡游子，便成了这洪潮上的泡沫，两重三重地受到了推挤，涡旋，淹没，与消沉。"[①] 满腹怨艾感伤的他，借书消愁，接触启蒙学说，"是在日本，我开始看清了我们中国在世界竞争场里所处的地位；是在日本，我开始明白了近代科学——不问是形而上或形而下——的伟大与湛深；是在日本，我早就觉悟到了今后中国的运命，与夫四万万五千万同胞不得不受的炼狱的历程。而国际地位不平等的反应，弱国民族所受的侮辱或欺凌，感觉得最深切而亦最难忍受的地方，是在男女两性，正中了爱神毒箭的一刹那"。他饱读德、英、法、美、俄、日等国的思想文艺（卢梭、赫尔岑、歌德、海涅、道生、罗曼·罗兰、华兹华斯代表的湖畔诗人等）。卢梭、尼采、罗曼·罗兰等人的思想警句，比醇酒美人更见功效，使人生迷途的郁达夫重新找到方向。1917年3月15日，郁达夫听取日人演讲与诋华言论后悲愤填膺，在《丁巳日记》中沉痛记下耻辱，并从罗曼·罗兰的著作中得到精神激励，

---

① 郁达夫：《雪夜》，《郁达夫全集》第4卷，第306页。

他自述道："午后读鲁曼鲁澜哲学警句,曰:人生非若春日蔷薇,乃暗暗中无穷之战斗耳!万苦千难欲沮丧我,然我决不欲为所服。"是年12月19日,郁达夫记下灰色心绪以及从卢梭作品中获得的巨大鼓舞,"夜入地狱,得来年自新之暗示,平生第一大事也。卢梭忏悔录中亦云云"①。郁达夫此后一直景慕卢梭,受其教益,曾在《卢骚的思想和他的创作》《卢骚传》《关于卢骚》等多次谈及卢梭思想与创作。通过现代启蒙精神,为困顿的心灵找到方舟。《沉沦》作为自叙传抒情小说,有着郁达夫青春流浪的身影,体现出他对尼采《查拉图斯特拉如是说》、爱默生《自然论》以及浪漫主义文艺的熟稔。生性孤高的他,钟爱查拉图斯特拉卓然独立的精神,如获人生旅伴,"在万籁俱寂的瞬间,在天水相映的地方,他看看草木虫鱼,看看白云碧落,便觉得自家是一个孤高傲世的贤人,一个超然独立的隐者。有时在山中遇着一个农夫,他便把自己当作了Zaratustra(查拉图斯特拉),把Zaratustra所说的话,也在心里对那农夫讲了"。同时,他借浪漫主义文艺消愁解忧,从海涅、华兹华斯的诗歌、密来的绘画中获得心灵抚慰。

　　郁达夫回国后曾辗转安庆、北京、上海等地,仍感流离之苦,疲命于生计,痛感于社会黑暗、理想难施。他初到安庆时黯然自叹:"人疏地僻,我好像是从二十世纪的文明世界被放逐到了罗马的黑暗时代的样子。翻来覆去,何曾睡得一觉。"②到广州后顿感日暮途穷,"我这一回真悔来此,真悔来这一个百越文身的蛮地"③。郁达夫在山间湖畔赏景散心,拜读英国诗人雪莱、瑞典哲学家伊曼纽·史威登堡、日本小说家谷琦润一郎的作品平复内心,尤其对飘零不定的哲人诗人保持好感。1923年回到北京,郁达夫撰文介绍俄国作家赫尔岑,对这位浪迹多难的作家惺惺相惜,极力推崇其"破坏为第一义"的精神,"一八四〇年回莫斯科住不几时,热情奔放的赫尔惨,又不得不被放逐,这一回却被流在诺

---

　　① 郁达夫:《丁巳日记》,《郁达夫全集》第5卷,第3、9页。
　　② 郁达夫:《芜城日记》,《郁达夫全集》第5卷,第29页。
　　③ 郁达夫:《劳生日记》,《郁达夫全集》第5卷,第36页。

芜格各特（Novgorod）。费了九牛二虎之力，在一八四二年，他才被赦回来。住了几年，他看看故国终不是他永住之乡，一八四七年遂出游外国。自从这一次去国之后，我们的勇猛的先驱者赫尔惨，就常离祖国，永久的变成了一个天涯的孤客……热血的青年，有志的男子，我希望你们不要一面高谈革命，一面在资本家跟前卑称门下士。我们不做便休，若要动手，先要有赫尔惨那么的客死他乡的勇气"[①]。

1923年，郁达夫在《黄面志》（*The Yellow Book*）中介绍系列诗人，将英国诗人欧内斯特·道生（Ernest Dowson）视为知音，对其跌宕人生尤多感触，"他就离开了他的不能容纳Byron（拜伦），不能容纳柔和的Keats（约翰·济慈）的故国，奔到秋色方酣的欧洲大陆去，以后就是他的漂泊的生涯了"，还推崇"流浪在伦敦"的诗人约翰·戴维森（John Davidson），尤其景慕他的"意志之力"，赞扬"他是尼采的查拉图斯屈拉的徒弟，所以他非常嫌恶基督教"。1926年，郁达夫经历了工作遇逐、幼子夭亡、兵火战乱等变故，在离京去沪的途中时痛切万分，从卢梭那里获得心灵指引，他在《一个人在途上》写道："在车座里，稍稍把意识恢复转来的时候，自家就想起了卢骚晚年的作品《孤独散步者的梦想》的头上的几句话。"

总体而言，郁达夫在流动奔走中满含"嗟叹""眼泪"，结缘启蒙思想与现代文艺，从中吸收营养，化解自我烦忧，发现自我价值，找到生命坐标。他同时感知人类厄境，渴望自然、自由、平等、优美的理想生活，反对人成为权力、名利的附庸，变成追求人类自然本真、反抗世间丑恶的浪子。

启蒙即是郁达夫远游路上的太阳，那片灿烂夺目的光辉，吸引着他不断前行，不断诅咒黑暗。他崇尚哲学家斯宾诺莎的理性与自由思想，从卢梭、爱默生的著作中领会启蒙要义，笃爱自然，追求光明真美，反对民族相残、政治集权、巧取豪夺，痛恨封建蒙昧，憎恶玩弄权术的统

[①] 郁达夫：《赫尔惨》，吴宏聪等编：《创造社资料》上，第264页。

治者。郁达夫常常痛感于人类社会充满杀伐与谎言，疾呼"人类的大患，只在自欺"①。对于史上那些挥戈尚武、权诈诡道的权力家，郁达夫一概予以痛击，揭穿帝王暴君的伪面，他丝毫不崇拜斯巴达克斯的骁勇善战、匹斯麦的铁血政治，批判他们滥用专权、践踏文明，同时攻讦刘邦、刘备、赵匡胤、朱元璋等"欺诈"之徒，斥之为市井无赖，更钦敬项羽等人的坦荡磊落。郁达夫浪游各地，亲历了20世纪二三十年代中国社会风云变幻以及直皖战争、直奉战争、浙奉战争阴云，切身感受到蛮风肆虐，看到了权位争战、阴险多端、酷刑杀戮、草菅人命等种种恶行。《军阀的阴谋，消灭异己的政策》，声讨"九一八"事变时军阀利用外国武力、消灭异己的险恶用心，《暴力与倾向》一文，痛斥军警兽行，认为"中国人用虐刑的天才，大约可以算得起世界第一了。就是英国的亨利八世，在历史上是以暴虐著名的，但说到了用刑的一点，却还赶不上中国现代的无论那一处侦探队或捕房暗探室里的私刑"②。郁达夫既抨击现实，又深思病因，指斥封建历史传统，揭发冷漠无爱的国民性弊病。

郁达夫期待一个民族平等的文明秩序，任何民族或人类天性不应受到侵害，民族之间平等共存、不应弱肉强食，人应做到灵肉一致，不应沦为行尸走肉。受启蒙意识的驱遣，他深怀家国之忧和报国之志，谛视本民族黑暗，"予因爱我国，故至今日而犹不得死；予因爱我国，故甘受人嘲而不之厌；予因爱我国，故甘为兄弟亲戚怨而不之顾，国即予命也，国亡，则予命亦绝矣"③。郁达夫留日期间亲身领略了东瀛的近代化成就，但深憎这个崇信武力、思想狭隘的扶桑强国，感到日本工业化扭曲了民族性格。此后，郁达夫写下《从法治转向武治的日本》《武士道的活用》《日本的思想中心》《为小林的被害檄日本警视厅》《日本的侵略战争与作家》《归航》，多次撕破这个东亚强国的文明外衣，控诉其卑鄙陋劣的行为。1939年，郁达夫在南洋目睹日本侵略战争罪恶，义愤填

---

① 郁达夫：《日本思想的中心》，《郁达夫全集》第9卷，第22页。
② 郁达夫：《暴力与倾向》，《郁达夫全集》第8卷，第123页。
③ 郁达夫：《丁巳日记》，《郁达夫全集》第5卷，第4页。

/ 第三章　五四浙籍作家的城市流动与启蒙文化追求 /

膺地写下《日本思想的中心》,斥之为"头脑简单顽固、思想保守荒诞",抨击日本军国主义倾向及其"神道"思想,揭露其罪恶之源。同年,爱尔兰文艺复兴运动领导者、诗人叶芝去世后,郁达夫在新加坡撰文《夏芝的逝世》表示敬悼,他钦慕浪漫主义诗风,十分感佩叶芝为民族觉醒而奋战的精神,认为"我们要特别注意的,就是由夏芝领导的爱尔兰的文艺复兴运动,在政治上也发生了影响,这是值得我们回味的"①。文艺复兴以来的人文主义与启蒙精神,已经融入他的血脉。

郁达夫在辗转之间,对现代文明有了深切反省。在他看来,现代政治仍未脱离野蛮时代,弱肉强食、强盗相争、斯文扫地,工业都市文明如同恶之花,诱发物色贪欲,致使人类走向堕落,它侵吞乡村肌体,破坏自然健康的文化,带来无穷恶果。他痛斥现代工业社会流弊,为人类遭际、文化涂炭鸣不平,渴望回归自然山水,返璞归真。郁达夫厌恶东京、名古屋的都市文明,迷恋日本乡村的纯净气氛,回国后亦复如是。他在《艺术与国家》忧愤地写道:"天然的美景和丛残的古迹,国家因为要达到它自家的目的,掘堑壕,装炮架,便一扫而尽,也有所不辞。现代的国家虽也注意到都会的美观,设立起美术院博物馆公园等装饰品来,但在阿房宫起居的政治家,那里能够想到在同猪圈似的 Sluam(贫民窟)里的一道阳光,便是美的极致,和平寂静的乡村的午后,便是一幅古今来最大的图画呢? 与近代的国家主义相依为命的资本主义,更是自然的破坏者,好好的一处山水,资本家要用了他们的恶钱来开发,或在山水隈中,造一个巨大的 Tank(运输罐),或在平绿的原头,建一所压人的工场。这工场 Tank 的腹中,不但要把天然的美景,吸收得无余,就是附近的居民的财帛和剩余的劳银,也要全部被吸收过去,卒至许多的居民,就不得不妻离子散,变成 Pauper(贫贱民)?"郁达夫如同文明卫士一样,声讨工业文明罪恶,忧患人的处境、维护人的福祉、憧憬自然美好,为民族群体与个体、自然与人文艺术发言,表现出启蒙的正义

---

① 郁达夫:《夏芝的逝世》,《郁达夫全集》第9卷,第18页。

感、使命感。这种社会文化观,造就了郁达夫的浪漫文艺观,与创造社作家众口一词,主张文艺表现内心,同时倡导文艺的社会启蒙功用,推崇勃兰兑斯的名言,希望文艺如同"火把","用了火把来引导众人,使众人在黑暗不明的矿坑里,看得出地下的财宝来"①。不论身在何处,郁达夫不断抨击恶行、控诉苦难,始终关心人类遭际,一直怀着愤世抗争意识,热爱一切推动文明、解救民众的先进思想。五四后期,他已开始拜读马克思《资本论》,20 世纪 30 年代热力宣扬文学阶级论,亲近左翼,走出一段追求自然光明的新旅程。

但是,郁达夫并未成为鲁迅那样从事社会文化批判的思想战士,他的启蒙意识主要表现为自我觉醒,其个人悲鸣比社会声诉更有力。郁达夫从卢梭自然主义思想、爱默生《自然论》、斯宾诺莎的自由与理性中获得思想启示,从困境中找到一条光明之路。郁达夫仰慕尼采的"超人",更多受卢梭"自然人"观念的影响。卢梭宣扬"归于自然",呼唤"自然人"出世,尊重人之本心,捍卫人类本身不容侵犯的地位,反对教会等社会枷锁。卢梭在《爱弥儿》中指出:"偏见、权威、需要、先例以及压在我们身上的一切社会制度都将扼杀他的天性,而不会给它添加什么东西……自然人完全是为他自己而生活的;他是数的单位,是绝对的统一体,只同他自己和他的同胞才有关系,公民只不过是一个分数的单位,是依赖于分母的,它的价值在于他同总体,即同社会的关系。好的社会制度是这样的制度:它知道如何才能够最好地使人改变他的天性,如何才能够剥夺他的绝对的存在,而给他以相对的存在,并且把'我'转移到共同体中去,以便使各个人不再把自己看作一个独立的人,而只能看作共同体的一部分。"② 卢梭在《忏悔录》中大胆解剖自我,反省人的错言恶行,体现了追求平等自由、积极向善的崇高境界。一生流离的郁达夫,把卢梭《社会契约论》《忏悔录》奉为宝典,常常引述其观点,从中领略高远深邃的启蒙道路,养成自审意识。他直面现实黑暗,

---

① 吴宏聪等编:《创造社研究资料》上,第 54、12 页。
② [法]卢梭:《爱弥儿:论教育》,第 5—10 页。

正视自己的丑陋、孤僻、病态、怯懦、淫猥,从而大胆地鞭挞自我。他在自叙传抒情小说中描写零余者的病态性格、感伤心理和颓废生活,即是洗濯污秽、澡雪精神。法国作家罗曼·罗兰忠实人生、热爱人生的思想,为民族自卑自怜的郁达夫拨云见日,激发奋发向上的热情。"一个人在途上"的郁达夫,在拜读尼采、赫尔岑等人的著述后豁然开朗,从他们不健全人格中看到生命光辉,感受到独立不倚的个性光芒。经这些英哲启示,走在风雨路上的郁达夫抬头面迎彩虹,从卑怯感伤的阴影悟出生命价值。同时,郁达夫从现代浪漫文艺中找到治疗心伤的良药,他醉爱德国的歌德、英国的拜伦、华兹华斯以及19世纪90年代的霍思曼、叶芝,称"乌斯曼的诗,实在清新可爱"[①]。浪漫抒情文艺让郁达夫学会排解惆怅、倾吐满腔愁绪,从中感到自然美妙的诗意,学会将内心的干戈化为玉帛,将灰色愁绪转化为浪漫优美的情感,达到艺术境地。这是一种自我涅槃、自我启蒙。郁达夫由孤苦无依的流浪者变成正视自我、完善自我的觉醒者。

---

① 郁达夫:《劳生日记》,《郁达夫全集》第5卷,第48页。

第四章　五四浙籍作家的倦游心理与游士精神

第一节　鲁迅对古代游方传统的继承与突围

倦游是古今游士中普遍存在的现象，古人渐生归心，或因宦游失意、科场失意，或因客居他乡、行旅疲惫。西晋文学家陆机《赴洛道中作》诗云："伫立望故乡，顾影凄自怜。"① 南北朝诗人王籍怀才不遇，写下《入若耶溪》名句，"蝉噪林逾静，鸟鸣山更幽。此地动归念，长年悲倦游"②。唐代温庭筠《酬友人》写道："辞荣亦素尚，倦游非夙心。"③ 游方与倦游相辅相成，倦游与回归故乡山水难解难分。现代作家亦不例外，五四浙籍作家夙居城市一久，过厌城市生活，抑或难忍城市文化浊风而生旅愁，渴望回到故土，还身天地自然，重回传统文化怀抱。这是一种疏离城市的反向运动，常常与城市流动错综交织，相互缠绕碰撞，构成悖论。经过一通还乡梦游后，有的幡然梦醒，不满于乡间现状而回身现实，有的则连连入梦，贪恋故园山川，久久难以自拔。因此，五四浙籍作家分为两端，一是以鲁迅、孙伏园等为代表。鲁迅是在流离途中或者身处城市浊流中产生乡思，不愿效法古代山林中人，决绝地告别乡间，

---

① （晋）陆机：《赴洛道中作》，朱东润主编：《中国历代文学作品选》上编第2册，上海古籍出版社2002年版，第291页。

② （梁）王籍：《入若耶溪》，陈昌渠选注：《魏晋南北朝诗选》，四川教育出版社1987年版，第169页。

③ （唐）温庭筠：《酬友人》，刘学锴撰：《温庭筠全集校注·卷三》上册，中华书局2007年版，第218页。

宁肯沉重地前行。二是以周作人、夏丏尊、郁达夫、倪贻德、徐志摩、俞平伯等人为代表,对城居生活感到意味寡然,向往心远地自偏的还乡生活,沉醉于山水花阴,寻找人怡然自处的自然境界。

鲁迅起初向往走异邦,到达后却发现遍布荆棘,高楼大厦中间"弥漫着惊人的真的大黑暗"①,故而眷念乡土。北京虽遍地古董,但深潜着"帝王气之积习"②,为强权者盘踞;都市上海"别有生气"却商业气肆虐,令人"烦扰"③;厦门海景绝佳,可是文化单一,"此地的生活也实在无聊"④,广州"有点蛮气"⑤,但是"又无刺戟,思想都停滞了,毫无做文章之意"⑥。那里活动着别样的人们,却国民性如天下乌鸦一般黑。具体言之,包括以下几个方面。

首先,鲁迅在城市屡经腥风血雨,看到军阀统治时代积弊丛生。在北平,鲁迅看到城头频换大王旗的乱局,对强权淫威与皇帝气深恶痛绝:《马上日记》抨击军警飞扬跋扈之态;在《如此"讨赤"》《忘念刘和珍君》中,鲁迅痛彻心扉地揭发执政府滥用武力、威胁恫吓的行径;《而已集·题辞》对"用钢刀"为所欲为的北平"屠伯们"表达强烈厌憎;《为了忘却的记念》对杀害左联成员的上海执政者深表悲愤,予以严厉谴责。鲁迅尖锐批评当政者的欺世论调,《如此"讨赤"》戳穿当局"误伤""讨赤"幌子;在上海,鲁迅通过《观斗》《逃的辩护》等文,严词抨击国民党当局不抵抗政策,撕破"公理""负弩前驱""和平"论的伪装。同时,鲁迅勾画京沪等地政客固守"国粹"、祭孔、求佛等愚顽行径,攻讦湖南、四川等地军阀政府抱残守缺的丑态。

其次,鲁迅在城市体验了公共舆论的鱼龙混杂、沉渣泛起,如同清道夫一样不遗余力地展开清理,直指病源。《沉滓的泛起》《"以夷制

---

① 鲁迅:《夜颂》,《鲁迅全集》第 5 卷,第 204 页。
② 鲁迅:《300327 致章廷谦》,《鲁迅全集》第 12 卷,第 228 页。
③ 鲁迅:《290523 致许广平》,《鲁迅全集》第 12 卷,第 172 页。
④ 鲁迅:《261010 致许广平》,《鲁迅全集》第 11 卷,第 570 页。
⑤ 鲁迅:《270808 致章廷谦》,《鲁迅全集》第 12 卷,第 62 页。
⑥ 鲁迅:《261107 致韦素园》,《鲁迅全集》第 11 卷,第 604 页。

夷"》与《新的"女将"》等文激烈批驳欺人耳目的抗敌宣传、甚嚣尘上的"救国"论;《论"人言可畏"》《论秦理斋夫人事》批判事不关己高高挂起的闲言冷语;《匪笔三篇》《某笔两篇》两文,将矛头对准香港《循环日报》的恫吓言论、广州《民国日报》上的"名医"与"征求父母"欺世广告。另有虚假消息掺入其中,如"鲁迅游杭"、革命咖啡馆的冒名宣传等,鲁迅对此予以澄清。一些报刊罔顾事实,散布流言蜚语,甚至恶意诋毁,如沈阳和天津报刊的"鲁迅生脑膜炎"说、广州报刊的"鲁迅逃走了"说、上海报刊的"汉奸论""剽窃说""买办意识""名利双收、倚老卖老"等。一部分小报谣言惑世,爆出"鲁迅为了卢布""鲁迅多疑""鲁迅投降"等骇人之论,鲁迅均愤而反击,辨明是非曲直。

最后,在京沪等地,鲁迅不断针砭肆虐的商风与混浊市风。《伪自由书·文学上的折扣》针砭冒充老字号和恣意炒作现象,《新的"女将"》批判国货运动中的商业欺骗。鲁迅竭力抵制文化界商业习气,批判出版商"码洋"陋习和侵权压榨,对现代知识者沾染商业恶习表示不满。鲁迅《书籍和财色》《"商定"文豪》《各种捐班》等文中激烈批评革命咖啡店的名人炒作、新月派的无底兜售与美色营销,审视"中国第一流作家"商业炒作、"捐班"乱象,揭示出文坛逐利之风。市民文化是城市文化的有机组成部分,市井社会是三教九流的世界,既凝聚民俗民风,又流氓才子藏污纳垢。鲁迅审视着偌大的市民世界,感受市井生气,又揭示麻木不仁、短视愚昧等小市民作风。《马上日记》等文中针砭北平市民因循守旧、麻木不仁、缺乏抗争的委顿面貌。《太平歌诀》批评了南京市民明哲保身的思想。《铲共大观》透过"终日人山人海,拥挤不通"的围观场面,揭示长沙市民冷漠的看客心理。在市声喧哗的大上海,鲁迅极为反感海派市民沉迷旧戏、跳舞享乐等作态颇为反感,对市侩习气体验尤切。《"推"》等杂文展示市民无序争抢、吃白相饭、抄靶子现象,批判上海市民精明狡黠、损人肥己的习气,《论"人言可畏"》则针砭了市民搬弄是非、散播流言的可恶行径;鲁迅对上海"西崽"

相、恃强凌弱的阿金性格作了深刻批判。鲁迅勾画市民灰色面貌，烛照出现代都市人的病态性格。

走在如此崎岖路上，鲁迅的内心变得芜杂，不自觉地回首来时路，其恋旧情结中有依稀的故乡风物，有远去的流年故人，亦有越中地域传统及民族文化。《朝花夕拾》成文于动荡岁月，反映了鲁迅流离北京、寓居厦门期间的心迹。百草园里的幼年时光、离乡后负笈远行等重现心海，严正而无趣的塾师、粗朴而诚挚的阿长、严厉而温情的藤野先生，发散出醇厚的人间情味。背诵古书时的心悸、为父寻医的焦心与追悔、衍太太的谣言污蔑与二十四孝图虚假的封建教化，则激起内心隐痛。这些时光鸿爪引人回味，"我有一时，曾经屡次忆起儿时在故乡所吃的蔬果：菱角、罗汉豆、茭白、香瓜。凡这些，都是极其鲜美可口的；都曾是使我思乡的蛊惑。后来，我在久别之后尝到了，也不过如此；惟独在记忆上，还有旧来的意味存留。他们也许要哄骗我一生，使我时时反顾"[①]。往昔的欢乐与苦涩驱散了鲁迅心中的委顿。

鲁迅在城市迁徙之中，思绪万千，对越中先贤乃至传统游方道路渐多留恋。在北京时，鲁迅既汲取域外新思想，又埋首古籍，校勘整理《会稽郡故书杂集》等乡邦文献，孜孜不倦地校点《嵇中散集》。1924年6月13日去商务印书馆买东汉思想家王符的《潜夫论》、蔡邕的《蔡中郎集》及《陶渊明集》《六臣注文选》。此间怀着思乡之情，陆续写作《狗·猫·鼠》等回忆散文。鲁迅心仪王符、嵇康的著述，一则是兴趣所致、讲学所需，二则是追溯思想古风，在日渐沉寂的帝都寻找生气。1926年离京途经上海时，购买《南浔镇志》等书。鲁迅南赴厦门后，因教书之需，多半心力都用于购读《乐府诗集》《八史经籍志》《全汉三国晋南北朝诗》《历代诗话》《资治通鉴考异》《笺注陶渊明集》等古籍，所阅的现代文艺只有《外国人名地名表》等寥寥几本。寂寞之余，在厦门时写下《从百草园到三味书屋》等5篇忆旧文章，1927年在广州白云

[①] 鲁迅：《朝花夕拾·小引》，《鲁迅全集》第2卷，第236页。

楼写下小引后编订成书《朝花夕拾》。到达广州后，1927年4月19日饭毕"夜看书店"①，购得清人邱菽园的诗话集《五百石洞天挥麈》一部。可见鲁迅不仅喜读趣味诗话，而且景慕古人挥麈放谈、文思无拘束的惬意生活。在百无聊赖之际，1927年3月16日买《老子道德经》《冲虚至德真经》各一本，8月22日全心编《唐宋传奇集》。此时还以忆旧散文驱遣寂寞。《五猖会》追述幼时在父亲管教下忐忑诵书的灰色过往，忆及越地五猖会风习所带来的热闹欢欣；《无常》目连戏中"鬼而人"的活无常。1927年到上海后，鲁迅频或念及故地，其《秋夜纪游》一文不同于在京写成的《野草·秋夜》。文中呈现的都市夜嘈杂无聊，无线电、麻将牌声充斥各处，城市巴儿狗的叫声羸弱无力。鲁迅不堪其扰，极其厌恶物欲所迷的都市风，更为中国颓靡消沉的文化环境深感担忧。他以流人、越人自居，眷恋意纯味正的越乡文化，忆起先贤王思任的壮语"越地乃报仇雪恨之乡，而非藏污纳垢之地"②，敬悼其绝食不屈的凛然气节。追怀锐兵任死、独立不倚的古风，重念"渊源于由大禹和勾践所象征的求实中探索与复仇中抗争的集体无意识"③，这可谓是鲁迅对越中士人旧道的一次凝望。

在倦游迷途之际，鲁迅时时回首故乡路，反顾古人旧道，从先人游方中获取精神启示。其中包括孔孟、老庄、墨子、韩非、王符、阮籍、嵇康、陶渊明、王思任、章太炎等人走的路。鲁迅鉴于古道，吸纳"随便"或"峻急"思想精神，内心却并未沉睡，但又一一扬弃，决心在荆棘中探寻自己的路。鲁迅将旧学看作缠身"鬼魂"，认为无法疗救近代中国病恙。他坦陈："别人我不论，若是自己，则曾经看过许多旧书，是的确的，为了教书，至今也还在看。因此耳濡目染，影响到所做的白话上，常不免。流露出它的字句，体格来。自己却正苦于背了这些古老的鬼魂，摆脱不开，时常感到一种使人气闷的沉重。就是思想上，也何

---

① 鲁迅：《日记十六》，《鲁迅全集》第16卷，第18页。
② 鲁迅：《女吊》，《鲁迅全集》第6卷，第637页。
③ 王晓初：《鲁迅：从越文化视野透视》，第35页。

尝不中些庄周韩非的毒，时而很随便，时而很峻急。"①

孔子为仁游方，席不暇暖，在礼崩乐坏时代匡正文明。生逢国破家衰的鲁迅，一直排斥儒说理学，决然声称"孔孟的书我读得最早，最熟，然而倒似乎和我不相干"②，但并未完全游离。鲁迅平素购阅南宋余鼎孙、俞经辑录的《儒学警悟》等典籍，其"立人"学说也沿用孔子"夫仁者，己欲立而立人"之语。应该说，鲁迅力求启蒙，儒士舍生取义，都有振国兴邦的理想。但鲁迅的远游迥异于儒家求仁得仁、赖于圣人之治的方内游。钱穆认为，"孔子是把人的立场、人的标准来讲人道，所以主张仁。墨子则从天的立场、天的标准来讲人道，所以主张兼爱。换言之，孔子从人生界立论，墨子却改从宇宙界立论。主张兼爱，一切平等，视人之父若其父，便不该有礼，礼正代表着一种人与人之间的差别"③。《在现代中国的孔夫子》一文揶揄孔子周游列国时的滑稽之态，"后来我曾到山东旅行。在为道路的不平所苦的时候，忽然想到了我们的孔夫子。一想起那具有俨然道貌的圣人，先前便是坐着简陋的车子，颠颠簸簸，在这些地方奔忙的事来，颇有滑稽之感"④。《史记·老子韩非列传》中记述了孔子适周问礼经过，鲁迅《出关》依据史实予以再现，对孔子心理神态细加点染，嘲讽佯装恭敬的圣人形象。杂文《儒术》一针见血地道破"儒效"之弊："知读《论语》《孝经》，则虽被俘虏，犹能为人师，居一切别的俘虏之上。这种教训，是从当时的事实推断出来的，但施之于金元而准，按之于明清之际而亦准"⑤，指出儒术恰是造成国民性不璎的病源。

与之相比，鲁迅更服膺道家学派绝圣弃智的方外游，感佩墨突不黔、杨子为我之风。老子主张自然无为，"君子得其时则驾，不得其时则蓬

---

① 鲁迅：《写在〈坟〉后面》，《鲁迅全集》第1卷，第301页。
② 同上。
③ 钱穆：《中国思想史》，九州出版社2011年版，第21页。
④ 鲁迅：《在现代中国的孔夫子》，《鲁迅全集》第6卷，第325页。
⑤ 鲁迅：《儒术》，《鲁迅全集》第6卷，第34页。

累而行"①，怀疑圣人之治，追求个体修为与真人境界，消除言行不一、虚仁假义乱象。老子敢于冲决仁义束缚、去伪求真，让鲁迅暗怀敬意，1927年在广州专购老子的《道德经》、列子《冲虚至德真经》等道家二著。在历史小说《出关》中把老子塑造成洞若观火的智人，通晓舌存齿亡哲理，察觉孔子"走朝廷""背地里还要玩花样"伪目，体现了《道德经》"不言之教、无为之益"②的智慧精神。思想上鲁迅亲近杨朱学派贵生重己的"为我"精神，推崇庄周齐物思想。他对孔丘见老聃的记述，源自《庄子》中的《天运》《田子方》等篇章，钦慕庄子洞察贵贱生死的深邃哲思，汲取跨越真幻的逍遥游精神与万物如我的生命意识。鲁迅在现实漂流途中，一直对古代黄老之道用心体味，如东汉思想家隐士王符、魏晋竹林名士、"大济苍生"而"知雄守雌"的陶渊明等。

但鲁迅不赞同"蓬累而行""不出于户"③的隐逸道路，对山林田园里的世外桃源始终存疑。《魏晋风度及文章与药及酒之关系》对"悠然见南山"之境献疑，认为"即使是从前的人，那诗文完全超于政治的所谓'田园诗人'，'山林诗人'，是没有的。完全超出于人间世的，也是没有的。既然是超出于世，则当然连诗文也没有。诗文也是人事，既有诗，就可以知道于世事未能忘情。譬如墨子兼爱，杨子为我。墨子当然要著书；杨子就一定不著，这才是'为我'。因为若做出书来给别人看，便变成'为人'了。由此可知陶潜总不能超于尘世，而且，于朝政还是留心，也不能忘掉'死'，这是他诗文中时时提起的"④。鲁迅推崇陶渊明，但并不奉若神明，还不时揶揄一番，认为他高风亮节却也金刚怒目，看似闲适悠然实则穷愁落魄，一语道破隐士理想的虚妄性。《"题未定"草·六》重申其论："除论客所佩服的'悠然见南山'之外，也还有'精卫衔微木，将以填沧海，形天舞干戚，猛志固常在'之类的'金刚

---

① （汉）司马迁：《史记·老子韩非列传第三》，中华书局2009年版，第394页。
② 何宗思：《道家经典：〈老子〉、〈庄子〉》，第56页。
③ 同上书，第59页。
④ 鲁迅：《魏晋风度及文章与药及酒之关系》，《鲁迅全集》第3卷，第538页。

怒目'式,在证明着他并非整天整夜的飘飘然。这'猛志固常在'和'悠然见南山'的是一个人,倘有取舍,即非全人,再加抑扬,更离真实"①。《起死》通过庄子助人复生却反受其挟勒索,戏讽庄子的虚妄。鲁迅结合都市生活语境,指出道学思想的局限性。《病后杂谈》诙谐深刻地指出古人的南山梦于今不适。②《随感录·三十八》针砭那些抱残守缺的"讲道学的儒生""讲阴阳五行的道士""静坐炼丹的仙人",指斥其"思想上的病""混乱思想遗传的祸害"③,颂扬科学思想。《随感录·四十六》提出"与其崇拜孔丘关羽,还不如崇拜达尔文易卜生,与其牺牲于瘟将军五道神,还不如牺牲于 APOLLO(阿波罗)"④。鲁迅神往老庄否定圣人之治的哲思勇力,但清醒地看到以真人为宗、田园为本的道家学说失之虚妄,终近末流,因此对近代文人虚美田园隐士不以为然。庄子有言:"古之真人,不逆寡、不雄成,不谟士。若然者,过而弗悔,当而不自得也;若然者,登高不栗、入水不濡、入火不热"⑤,道家思想家将人推向崇高的精神境界,但不食烟火、将自我凌驾于环境之上,有违自然规律与生命科学,失去历史生命力。鲁迅伫立于20世纪城市反观老庄之道,切中肯綮地指出田园隐逸无法适应现代文明发展,无益于现代人生。

在百家诸子中,墨子别开一路,"使后世之墨者,多以裘褐为衣,以跂蹻为服,日夜不休,以自苦为极,曰:'不能如此,非禹之道也,不足谓墨'"⑥。墨子不求虚美,注重实践躬行,创建非攻兼爱的文明理想。《战国策·宋策》记曰:"公输般为楚设机,将以攻宋。墨子闻之,百舍重茧,往见公输般。"⑦《淮南子》亦有相关记载:"昔者楚欲攻宋,墨子

---

① 鲁迅:《"题未定"草·六》,《鲁迅全集》第6卷,第436页。
② 鲁迅:《病后杂谈》,《鲁迅全集》第6卷,第169页。
③ 鲁迅:《随感录·三十八》,《鲁迅全集》第6卷,第436页。
④ 鲁迅:《随感录·四十六》,《鲁迅全集》第1卷,第349页。
⑤ 《庄子》,第71页。
⑥ 钱穆:《中国思想史》,第22页。
⑦ 何建章:《战国策注释》,中华书局1990年版,第1210页。

闻而悼之。自鲁趋而十日十夜，足重茧而不休息，裂裳裹足，至于郢。"① 这种裘褐裂裳、百舍重茧的精神，自成一家。鲁迅似乎有意避做正人君子形象，惯穿素服胶鞋，过着朴素的生活，常因忙于著译显得蓬头黄面，颇有大禹衣貌如丐、墨子裘褐为衣之风，因此曾在上海洋场被误认作乞丐。两者在思想趣味上颇为相近，鲁迅反叛仁义道德、抨击中国文化吃人，深受墨子无父疑君、反抗争战杀伐精神的感染，如有的论者所说："唯有墨家，却不但肯定其功业的内容，而且肯定其达到功业的方法。这就是'夏道'，就是'中国的脊梁'的伦理，鲁迅与墨家思想的真正联结点。"② 即使神往墨学，鲁迅却不亦步亦趋，拒绝像墨子一样笃守乡曲，不通外世。《淮南子·说林训》记述杨朱泣歧、墨子悲丝的典故："杨子见逵路而哭之，为其可以南，可以北；墨子见练丝而泣之，为其可以黄，可以黑。"③《吕氏春秋·疑似》亦载："相似之物，此愚者之所大惑，而圣人之所加虑也。故墨子见歧道而哭之。"④ 鲁迅从墨子穷途之哭中洞察其短，自觉走向异地，坦然接受观影娱己、声光化电的现代城市生活，即使无处可去却仍不懈追求新颢气。这正是墨子所不曾到达的远途。

近年来，随着鲁迅研究的深入拓展，鲁迅与传统文化的论题日多，从早期的鲁迅与魏晋风度等论题，扩及鲁迅与浙东文化、鲁迅与越文化、鲁迅与先秦文化、鲁迅与佛教文化、鲁迅与中国士人传统、鲁迅与两浙近代启蒙思潮等诸多层面。无论做怎样的文化阐释，都避不开一个问题：鲁迅为何在五四反传统声浪中数次回眸传统？从城市流动的角度看，回首古代是鲁迅在彷徨中观路寻路的一种姿态，他一一检点前人路，挑战赞颂中国固有文明的人们，奋力走出新路。一些论者习惯凭印象将鲁迅的流浪与中外出游等量齐观，但须审慎区别，否则容易泛泛比附。如有

---

① 陈广忠、陈青远、付芮：《淮南子译注》，上海三联书店2014年版，第342页。
② 高远东：《论鲁迅与墨子的思想联系》，《中国现代文学研究丛刊》1999年第2期。
③ 陈广忠、陈青远、付芮：《淮南子译注》，第342页。
④ 张双棣等：《吕氏春秋译注》，吉林文史出版社1987年版，第795页。

的把鲁迅的流浪与玄奘西游进行比较,"在这位'过客'身上,我们依稀看到了唐代朝圣者玄奘那种为寻求佛教真理,'虽九死而不悔'的殉道精神……'过客'的永恒前行比起玄奘们的朝圣更深刻地触及到了佛教哲学的人类生存价值本体论——'空'观,'空'就是鲁迅作品中常常出现的'无地''无物'、'白茫茫一片空地'等文学意象的哲学对应物"①。两者食风饮露、无悔前行的精神确有相似,鲁迅也确乎受到佛学思想影响,但其行路精神判然有别。该文提出鲁迅的思想有所不同、鲁迅思想比玄奘更深刻的见解堪称中肯。鲁迅亲庄近墨,且借鉴尼采等外国明哲,体现走向虚无冲破虚无的精神气度,正如尼采所礼赞的行路者,"他迈步向前,毫不停止,不知他的路还要通往哪里"②。尼采笔下的漂泊者面对孤独忧叹失去故乡,驻足倾听鸟儿歌唱。鲁迅心目中的过客却从不回转,从无安逸之念,生命不息、行路不止,誓与长天远路共存亡。可以说,他比任何前人都走得更远,更不畏孤独。

鲁迅曾感佩老庄、韩非子、墨子、屈原、章太炎的故道,也曾仰望尼采、拜伦的异路,但最终一一摒去,正如其自言,"与其找胡涂导师,倒不如自己走,可以省却寻觅的功夫,横竖他也什么都不知道。至于我那'遇见森林,可以辟成平地……'这些话,不过是比方,犹言可以用自力克服一切困难,并非真劝人都到山里去"③。鲁迅传承古代行路精神又逾越传统,随着前人足迹前行开路,为流势渐微的近代中国文化另求新源,引入新鲜活水,这正是民族文化腾飞复兴所需的强大助力。

第二节　周作人及浙西作家的乡土溯游

在中国现代文学版图上,乡土和城市构成现代作家生命的两极,而

---

① 王家平:《永世流浪和"过客"境遇——鲁迅对精神探索者的生存方式与悲剧命运的体认》,《鲁迅研究月刊》1999年第2期。
② [德]尼采:《尼采诗选》,钱春绮译,漓江出版社2012年版,第39页。
③ 鲁迅:《"田园思想"》,《鲁迅全集》第7卷,第89页。

城市作为异乡，是其赖以生存的现实空间。然而，各时期的作家与城市产生摩擦，使城市批判话语在中国现代文学史上此起彼伏，成为重要的观念形态。一批浙籍作家群体产生归心，显露城市退隐情结和传统文趣，构成现代文学中反城市的一支重要力量。其独特的城市观，既是作家流动体验的外显，也与浙江地域文化存在渊源关系。归根而言，回首并不等于回归，多是中途休憩，它让这些行路者内心变得丰盈，时空想象更显高远，文化意识更为深沉。

在沉湎于回乡梦的作家中，周作人是重要一席。五四后期，苦雨斋主人闭户读书，放弃战斗姿态做起隐士，与京城同床异梦。他思接千载，归心古城旧乡，与古代游人达到心灵遇合。《乌篷船》即是一桩真幻莫辨的梦。一叶扁舟载着作者穿越时空，回到旧乡遍览两岸山光水色与乌桕红蓼，倾听水乡静夜的交响，醉心于悦耳桨声、犬吠鸡鸣与乡村旧戏。《水乡怀旧》中，作者久居京城情不自禁地怀念江南的水港小桥，想起唐人诗句。《苦雨》等篇什中，作者经历一场北方大雨颇感淋漓之苦，神往江南绵绵细雨。周作人生发缕缕乡愁，但不全是怀旧情绪，他所神往的乡村不是现实村庄。其心所至，乃是一个人类学意义的文化家园。散文《乌篷船》所写的贺家池既是风景优美的水乡大湖，又是底蕴颇深的人文地，贺知章等古人流连忘返之地，明人公安派散文家曾慕名寻访，留下足迹。偶山是一处浙东越中历史旧迹，隐没于市廛外上虞道墟乡间，最早见载于东汉史籍《越绝书》，是一处鸟鸣山幽、充满古风的好去处。偏门外的鉴湖、山阴道一带，是晋代后几代先人目不暇接的山水地。据南朝宋文学家刘义庆《世说新语》记载，王羲之用"山阴道上行，如在镜中游"吟诵鉴湖，王献之留下名句"山阴道上行，山川相映发"，为后人所熟知。这一带让一代代文人骚客流连忘返。唐代诗人李白在《越女词》《送贺宾客归越》中多有着墨，赞曰："镜湖流水漾清波，狂客归舟逸兴多。山阴道上如相见，应写黄庭换白鹅。"杜甫曾题写"鉴湖五月凉"诗句，家住越州山阴的贺知章则自云"镜水无风也自波"。南宋诗人陆游《思故山》中有"千金不许买画图，听我唱歌歌鉴湖"的佳句。明代"公安派"领袖将鉴湖赞为"钱塘艳若花,山阴芊如草",并怀着游兴写下《越中杂记》。千年以来文士络绎不绝,走出了一段段诗路文旅。乌篷船不单单是水上一舟,是越地三乌文化(乌篷船、乌干菜、乌毡帽)的符号,是清人齐召南诗句"白玉长堤路,乌篷小画船"中的优美意象。因此,与其说周作人怀念的是故乡,不如说他在寻找人生意趣,追溯乡间"飘逸"[①]文化一脉。周作人并未变成复古主义者,只是在城市行程中穿插文化之旅。在他心目中,乡村民间文化与城市文化各具异彩,应同时绽放于人类花苑中,人生路原本崎岖,应多些意趣。这可谓是周作人在流动中接触文化人类学说得出的真知灼见。

浙西作家颇多都市怀乡病者,巧合的是,周作人在《与友人论怀乡书》中自陈:"浙东是我的第一故乡,浙西是第二故乡"[②]。浙西地区位于钱塘江之右,偎依太湖流域,气候温润,山峦灵秀,水泽纵横,物产丰饶,是养蚕、丝织、农渔业密集的地区。浙西沐浴着越风,又传承吴文化遗韵,淡雅温醇、尚文多思,充盈着不同于浙东的"空灵瑰丽的想象和率真、浪漫的情感"[③],在日积月累中孕育了敏而多思、细腻灵动、洒脱率性的品格,构成乡土中国版图上钟灵毓秀的一角。随着近现代史的转型,从乡土走向城市尤为突出的社会文化现象。这一新风在两浙地区逐渐兴起,"当异域新风在浙江人面前打开一个新奇的外部世界时,他们再也难以平息骚动的心绪,纷纷探头向外,去作一番寻根究底的探寻"[④]。浙东人群外流之风日兴,浙西之地也涌动不宁,出现了"一大批"的"'在外头吃饭'的人们"[⑤]。在这一背景下,城市成为浙西作家生命中的崭新空间。闯荡周边的杭州、上海等城市的人群规模庞大,远方之地也留下他们的足迹。俞平伯、丰子恺、郁达夫、徐志摩与杭州有着重要关联,在浙人遍布的近现代上海,曾活跃着吴昌硕(浙江湖州

[①] 周作人:《地方与文艺》,钟叔河编订:《周作人散文全集》第3卷,第102页。
[②] 《周作人书信》,止庵校订:《周作人自编文集》,河北教育出版社2002年版,第42页。
[③] 滕复等:《浙江文化史》,第50—51页。
[④] 王嘉良:《论"浙江潮"对中国新文学的发生学意义》,《文学评论》2002年第3期。
[⑤] 茅盾:《故乡杂记》,《茅盾散文选集》,百花文艺出版社2004年版,第80页。

人)、郁达夫（浙江富阳人）、茅盾（浙江桐乡人，前文称作"沈雁冰"，此处因论及作品称其笔名）、丰子恺（浙江崇德人）、戴望舒（浙江杭县人）、倪贻德（浙江杭县人）、沈振黄（浙江嘉兴人）、姚克（浙江余杭人）、陈学昭（浙江海宁人）、章克标（浙江海宁人）、孔另境（浙江桐乡人）等一大批文艺人士。在北京的浙籍知识分子、作家中，浙西同人为数不少，而且出现同族外迁现象，如同浙东的马氏兄弟（马裕藻、马衡、马鉴、马准、马廉）一样，浙西归安、乌程（后合称吴兴）的钱氏贤竹林（钱玄同、钱念劬、钱稻孙）、沈氏兄弟（沈士远、沈尹默、沈兼士）颇具代表性。浙西作家足迹还远涉海外，如东京的郁达夫、茅盾、丰子恺、倪贻德，留法的戴望舒、陈学昭，留学英美的徐志摩等。郁达夫是"离开故乡的小市"走向城市的，而且自称"中国的大都会，我前半生住过的地方，原也不在少数"①。郁达夫走南闯北，途经地之多在浙西作家乃至现代作家中屈指可数，具体包括杭州、东京、名古屋，远涉福州、新加坡、苏门答腊帕干巴鲁、巴爷公务等地。茅盾外出后远行多年，与乡土"相隔已有十年之久"②。浙西作家阵容虽然不及浙东作家，然而其城市经历堪称丰富，城市感受十分深切。

告别故乡的湖风水韵，浙西作家旋即进入了陌生的社会环境，产生复杂的生命体验。身处繁华开放而又充满乌烟瘴气的城市社会，浙西作家既体会到热闹与刺激，也深切感受着喧嚣与混浊。俞平伯青年时期曾把远方的城市作为梦想之地，1919年送别杨振声远赴纽约时感喟："还蜷伏在灰色的城圈里，尝那黄沙风底泥土滋味"，而"真正人世底光明，偏筑在永远的希望上"。他渴望与友人"携手在无尽的路途上，向无限的光明去"③。然而，在浙西摇篮中走来的作家，同其他众多乡土中国作家一样，难以与现代工业文明时代的城市和睦相处，他们谙熟的故乡风习和现代城市重实利、守契约的氛围常常相悖，宁静古朴的乡间和鱼龙

---

① 郁达夫：《故都的秋》，内蒙古人民出版社2003年版，第116页。
② 茅盾：《故乡杂记》，《茅盾散文选集》，第83页。
③ 孙玉蓉编：《俞平伯年谱》，天津人民出版社2001年版，第436页。

/ 第四章　五四浙籍作家的倦游心理与游士精神 /

混杂的市象大相歧异。

自20世纪20年代起，四处漂行的浙西作家对城市普遍产生了反感。历经漂泊的郁达夫，在城市中饱经苦厄，承受了来自生活和精神层面的巨大挑战，生活重负、情感创伤、个性压抑，始终困扰着一颗来自江滨小市的青春心灵。"当时的我，是初出茅庐的一个十四岁未满的乡下少年，突然间闯入了省府的中心，周围万事看起来都觉得新异怕人。所以在宿舍里，在课堂上，我只是诚惶诚恐，战战兢兢，同蜗牛似地蜷伏着，连头都不敢伸一伸出壳来。"城市社会的无情、势利、庸俗、冷漠，让郁达夫倍感世事浇漓，陷入痛苦和绝望的深渊，在他那里，城市被描画为"软红尘"的花花世界，是繁华与堕落、热闹与冷酷的结合体，是病态之源，"农村中的有产者集中小都市，小都市的有产者集中大都会，等到资产化尽，而生财无道的时候，则这些素有恒产的候鸟就又得倒转来从大都会而小都市而仍返农村去作贫民。辗转循环，丝毫不爽，这情形已经继续了二三十年了，再过五年十年之后的社会状态，自然可以不卜而知了啦，社会的症结究在那里？唯一的出路究在那里？"① 城市永远上演着人间悲剧，扭曲了正常人格，瓦解人的精神意志，无情地吞噬了千千万万个梦想，"二十世纪的堕落的文明里沉浸过的我，既贫贱而又多骄，最喜欢张张虚势，更何况平时是以享乐为主义的我，又那里能够好好的安贫守分，和乡下人一样的蹀躞泥中呢！"② 郁达夫以感伤忧郁的笔调抒写着命运悲哀，控诉着城市的污浊，体现出强烈的离心力，"一种没落的感觉，一种不能再在大都会里插足的哀思，竟渐渐地溶浸了我的全身"③。郁达夫的城市遭遇和恨城态度，反映出五四知识者从传统走向现代的曲折历程，表现了他们刻骨铭心的精神创痛。

徐志摩的城市经历不算坎坷，但是也充满倦愁厌倦，他总渴望挣脱。他认为："住惯城市的人不易知道季候的变迁。看见叶子掉知道是秋，

---

① 郁达夫：《故都的秋》，第407、265页。
② 郁达夫：《还乡后记》，《故都的秋》，第181页。
③ 郁达夫：《移家琐记》，《故都的秋》，第266页。

看见叶子绿知道是春；天冷了装炉子，天热了拆炉子；脱下棉袍，换上夹袍。穿上单袍；不过如此罢了。"① 徐志摩通过四季交替的奇妙规律，揭示了城市生活脱离大自然、单调乏味、闭锁无聊的缺憾。不同于郁达夫，徐志摩对城市的认识少了怨艾，多了知性体悟。对于西湖西泠断桥被吞并一事，他深表遗憾："可怜它们早已叫代表近代丑恶精神的汽车公司给踩平了，现在它们跟着苍凉的雷峰永远辞别了人间。"可见，徐志摩对城市的恶感，并非普通意义的生活不适，而是对城市所代表的现代工业文明过度膨胀提出的抗议。女作家陈学昭曾远游欧洲城市，对巴黎充满依恋，但对官妓、留学生嫖赌等现象感到失望，且认为"里昂根本就是一个鬼域"，她对上海的恶感尤多，称为"烦人的地方"②。

城市是陌生人为主的社会，如西方学者指出："在城市中，尤其是大城市中，人类联系较之在其他任何环境中都更不重人情，而重理性，人际关系趋向以利益和金钱为转移。"③ 这一特点在丰子恺《东京某晚的事》中得到深刻表现。作品通过老太婆向陌生人求助被拒的故事，反映现代社会人与人之间的隔膜，揭橥了现代城市冷漠的面孔。对此，丰子恺热切期盼着改变现状，表达美好的愿望："然而我却在想像：假如真有这样的一个世界，天下如一家，人们如家族，互相爱，互相助，共乐其生活，那时候陌路都变成家人，像某晚这老太婆的态度，并不唐突了。这是何等可憧憬的世界！"④ 显然，这正是作家对城市冷酷现实的不满和反拨。

20世纪30年代，城市多受诟病，浙西作家与城市的对立倾向较为明显，其中，上海成为众矢之的。茅盾难以容忍城市逼仄压抑的空气："朋友，我劝你千万莫要死钉住在上海那样的大都市，成天价只把几条理论几张统计表或是一套'政治江湖十八诀'在脑子里倒来颠去。到各

---

① 徐志摩：《我所知道的康桥》，《徐志摩散文选集》，第87页。
② 陈学昭：《海天寸心》，浙江人民出版社1981年版，第123、152页。
③ [美] R. E. 帕克、E. N. 伯吉斯、R. D. 麦肯齐：《城市社会学》，第25页。
④ 丰子恺：《东京某晚的事》，《缘缘堂随笔》，第31页。

处跑跑,看看经济中心或政治中心的大都市以外的人生,也颇有益,而且对于你那样的年轻人,或者竟是必要的。"① 面对现实危机和大众苦难,他激烈抨击城市纸醉金迷的生活:"我的心抖了,我开始诅咒这都市,这污秽无耻的都市,这虎狼在上而豕鹿在下的都市!我祈求热血来洗刷这一切的强横暴虐,同时也洗刷这卑贱无耻呀!"② 城市社会鱼龙混杂让章克标颇感不适,通过《文坛登龙术》历数了城市文艺界种种的不良勾当,书写了一部城市现形记,透露出对城市现实的憎恶。因其活跃于20世纪30年代,在此不作详论。

由上可知,浙西作家以敏锐纤细的触觉,近距离地触摸城市生活,产生异常驳杂的心灵体验,深切感知潜藏在城市背后的阴暗、粗鄙、冷漠。这一群来自浙西山间湖畔的作家,与城市社会难以相容,不断地发生龃龉,不停描画单调乏味、势利冷漠、污浊丑陋的城市镜像,在他们的心目中,城市不仅蕴含着生机与希望,而且藏污纳垢。

在浙西山水浸润下,该地形成崇尚自然、纤柔尚美的审美风习,"追求空灵、飘逸的情趣"③。人们陶醉于佳山秀水,追求精神愉悦和艺术美感,而不拘囿于现世悲欢,成为这方地域颇独特的文化传统。这种亲近自然、善抒情思的雅好,常常在浙西作家内心中发酵,无形中影响了他们的城市观。每当在城市碰壁失意,浙西作家的选择近乎一致,疏远城市与现实、回归乡土与自然,以求情感慰藉,寻找人生意趣。

郁达夫、陈学昭等许多浙西作家身上鲜明体现了"都市怀乡病"的特征,在城市漂行过程中常常有离心,平息城市漂泊带来的忧伤,获得精神抚慰。"移家""混迹"成为郁达夫摆脱城市、抵御城市浊气的一种重要方式:"'流水不腐',这是中国人的俗话,'Stagnant Pond'(滞水塘),这是外国人形容固定的颓毁状态的一个名词。在一处羁住久了,精神上习惯上,自然会生出许多霉烂的斑点来。更何况洋场米贵,狭巷

---

① 茅盾:《故乡杂记》,《茅盾散文选》,百花文艺出版社2004年版,第50页。
② 茅盾:《五月三十日的下午》,《茅盾散文选集》,第5页。
③ 滕复等:《浙江文化史》,第51页。

人多，以我这一个穷汉，夹杂在三百六十万上海市民的中间，非但汽车、洋房、跳舞、美酒等文明的洪福享受不到，就连吸一口新鲜空气，也得走十几里路。"① 乡间和自然成了郁达夫的精神港湾，那里的田野、山水、草木、园林等，让倦鸟有枝可依。淳朴的乡土与纯美的女子，成为他内心的港湾，使他找回久违的温情，感受到人间暖意，融化内心的冰冷："啊啊！我又想起来了，我又想起来了，年幼的时候，当我哭泣的时候，祖母母亲哄我的那一种声气！已故的老祖母，倚闾的老母亲！你们的不肖的儿孙，现在正落魄了在江干等回故里的船呀！……啊啊，我自回中国以来，遇见的都是些卑污贪暴的野心狼子，我万万想不到在浇薄的杭州城外，有这样的一个真诚的妇人的。"② 而置身于优美如画、天然恬静的大自然中，郁达夫从城市尘嚣获得解脱，获得心灵解放。钓台春昼、杭州梅香、苏州烟雨、北京秋日等，为郁达夫的心灵世界吹入新鲜空气，让他为之陶醉，重现健康活力："在都市的沉浊的空气中栖息的裸虫！在利欲的争场上吸血的战士！年年岁岁，不知四季的变迁，同鼹鼠似的埋伏在软红尘里的男男女女！你们想发见你们的灵性不想？你们有没有向上更新的念头？你们若欲上空旷的地方，去呼一口自由的空气，一则可以醒醒你们醉生梦死的头脑，二则可以看看那些就快凋谢的青枝绿叶，预藏一个来春再见之机。"③ 郁达夫小说多写稻田、梅园、山景、湖畔，均是浪漫心绪的投射，充满对爱与美的渴望。远行异国他乡时，女作家陈学昭始终深怀对故乡的挚爱："我便想念我那故乡，普通成为海的钱塘江！月余海航归来的我，再回到那海的故乡，听着依然汹汹的涛声，怒潮东来西逝不息的激动之波浪！青山是隐隐的，碧天是渺茫的！"④ 浙西的山色水韵，为她的人生旅途增添了意趣。

　　诗人徐志摩一生优哉游哉，游历中外，家境殷实的他衣食无虞，交

---

① 郁达夫：《移家琐记》，《故都的秋》，第 262 页。
② 郁达夫：《还乡后记》，《故都的秋》，第 184 页。
③ 郁达夫：《苏州烟雨记》，《故都的秋》，第 251 页。
④ 陈学昭：《海天寸心》，浙江人民出版社 1981 年版，第 163 页。

游广泛且才识过人,但常因家庭管束、情感纠葛而频生烦恼。早年过着养尊处优的生活,学业、婚姻均听从父母之命,只身远渡重洋,留学英美后恍然梦醒,理想几经起伏,又与张幼仪、林徽因、陆小曼等女性分分合合,屡经情感波折,被家人师友不解。他渴望做自然之子,神往世外奇境,一有闲暇便到山水间寻趣,每逢失意则融入自然寻求宽慰。徐志摩认为:"任你选一个方向,任你上一条通道,顺着这带草味的和风,放轮园区,保管你这半天的逍遥是你性灵的补剂……你如爱人情,这里多的是不嫌远客的乡人,你到处可以'挂单'借宿,有酪浆与嫩薯供你饱餐,有夺目的果鲜恣你尝新。你如爱酒,这乡间每'望'都为你储有上好的新酿,黑啤如太浓,苹果酒姜酒都是供你解渴润肺的……带一卷书,走十里路,选一块清静地,看天,听鸟,读书,倦了时,和身在草绵绵处寻梦去——你能想象更适情更适性的消遣吗?"[①] 康桥、金柳、夕阳、柔波、山间,把他带入一个令人心旷神怡的世外之境,使之放下城市人所有的包袱,远离城市的单调嘈杂,不复有任何拘牵,尽飨大自然的盛宴,让自我悠然自在。他在文中写道:"作客山中的妙处,尤在你永不须踌躇你的服色与体态;你不妨摇曳着一头的蓬草,不妨纵容你满腮的苔藓;你爱穿什么就穿什么;扮一个牧童,扮一个渔翁,装一个农夫,装一个走江湖的桀卜闪,装一个猎户;你再不必提心整理你的领结,你尽可以不用领结,给你的颈根与胸膛一半日的自由,你可以拿一条这边颜色的长巾包在你的头上,学一个太平军的头目,或是拜伦那埃及装的姿态;但最要紧的是穿上你最旧的旧鞋,别管他模样不佳,他们是顶可爱的好友,他们承着你的体重却不叫你记起你还有一双脚在你的底下。"[②] 徐志摩与郁达夫都喜欢去乡间舒心遣怀,却不尽相同,徐志摩的主要目的不在化解心伤,而在寻找一个无拘无束、舒展自我的诗意空间。

浙西左翼作家多怀乡恋乡,关注乡土苦难。茅盾对所在的城市多有针砭,对乡土充满温情,把乡土视为心灵后花园,正如他所说:"所以

---

① 徐志摩:《我所知道的康桥》,《徐志摩散文选集》,第90页。
② 徐志摩:《翡冷翠山居闲话》,《徐志摩散文选集》,第77—78页。

此次虽然是一些不相干的事，我倒很愿意回故乡走一遭。"① 居城日久，茅盾感到四周世界嚣杂堕落，越发留恋自由自在的乡间生活，越发欣赏活泼自然的人类天性。他认为："在都市里生长的孩子是可怜的，他们只看见灰色的马路，从没见过整片的一望无际的大草地，他们即使到公园里看见了比较广大的草地，然而那是细曲得像狗毛一样的草皮，枯黄了时更加难看，不用说，他们万万想不到这是可以放起火来烧的。在乡下，可不同了。"② 茅盾立足都市一角，渴望找回久已缺失的生命状态，时时观察乡村时弊，痛揭时代危机的病源。

丰子恺、俞平伯喜欢乡居闲游，体悟人生真谛，打发意味索然的城居时光。丰子恺对故乡山水一往情深，从故土人情中寻求艺术灵感，认为"我的故乡，确是我的游钓之地，确是可怀的故乡"。他在《家》中通过对比朋友之家、旅店、公寓、乡居等，把故乡视为生命的根底。丰子恺与俞平伯等人喜好湖光山色，常到山水间漫步吟哦，释放性灵、体味浮生。丰子恺《湖畔夜饮》《半篇莫干山游记》、俞平伯《西湖的六月十八夜》等文都把视野转向城外的浙西山水，在闲适惬意的生活中抒发淡雅情怀。原籍浙江杭县、生于北京的梁实秋称不上典型的浙江作家，从未在浙生活，亦无回浙念头，对西湖美景无动于衷，但因父辈影响略有故情，时而遥想杭州老家的亲属，他的雅舍情怀留有浙西传统文人血脉。梁实秋具有在国内外城市久居的经历，内心总怀闲情，在《雅舍》中将四川简陋的寓庐与城市"摩天大厦"相提并论，面对蚊虫喧扰、风吹雨打却自得其乐，把粗鄙的生活写得意味盎然。

由上可见，这些生于温山软水的作家自带浪漫洒脱的秉性，感到不适时并非一味地和城市对垒，大加挞伐，而是取之怀柔，平和地倾诉胸中块垒，到乡间野外另寻一处逍遥地，另建一个理想桃花源。在城市中所累积的一切不快，从乡土中获得化解，在现实中失去的惬意，从自然中得到补偿。

---

① 茅盾：《故乡杂记》，《茅盾散文选集》，第50页。
② 茅盾：《冬天》，《茅盾散文选集》，第116页。

第四章　五四浙籍作家的倦游心理与游士精神

由于历史地理环境的熏染，两浙地区自古流行着"追求个体精神自由"的人文传统，"人们较多地表现出个体情感、价值及独立性"。① 而浙西崇文之风，即是该历史传统的一条支流，孕生了洒脱率性的天性，为浙西作家打上文化胎记。浙西作家的城市观念中即体现着与生俱来的自由超脱精神，其城市反叛、退隐倾向，根本上体现了自由不拘、率性风流的文人气度和浪漫精神。他们依托乡土自然筑梦，建构起超脱现实的理想国。这种城市取向具有复杂成因，相关作家曾汲取西方文艺和文化营养，如郁达夫受到卢梭自然论的影响、徐志摩受到西方浪漫主义启发，同时他们又融汇中国传统文化，与浙西一带的吴越文化具有千丝万缕的联系。在此意义上，地域文化传统构成浙西作家城市观形成的历史渊源。

故土的精神基因在浙西作家身上或多或少得到传承。郁达夫具有任性而为的精神风骨，浙西同乡章克标把他称为城市中"做着梦"的同路人："因为你也是时刻做着梦的人。我曾看见你在东京公园中浪荡，在浅草游乐场中徘徊，在咖啡店中逍遥，在上海马路彷徨，在城隍庙里闲散。"② 这一观点，恰如其分地道出浙西作家浮游城市的特点，章克标本人着迷于浮尘之上的"梦境"，通过小说创作在城市天际中建造"蜃楼"："梦境是如同蜃楼一般的东西，文艺也往往是同蜃楼一样的……文艺创作时的心神，我说过是超越了一切利害关系而兴奋着，那又是与梦境相似，对于俗世的实社会，当如远隔而空幻的蜃楼"③，这一幻景内含他对自由境界的向往："一切不是自由的意志，自发的创造，自强的存在都是奴隶。"④ 从揭发文坛登龙术到百岁征婚，章克标身上闪现着浙西人不拘世俗、崇尚个性的影子。

另外，徐志摩与生俱来带着地域精神血脉，其追寻人间之外的"自

---

① 滕复等：《浙江文化史》，第50页。
② 章克标：《尊题拜借》，《银蛇》，华东师范大学出版社1993年版，第238页。
③ 章克标：《蜃楼我观》，《银蛇》，第236页。
④ 章克标：《女人》，《银蛇》，第242页。

由"与"美",与浙西作家的精神个性本质上是相通的。丰子恺围绕"天上的神明与星辰,人间的艺术与儿童"宗旨进行创作,到俗世内外探求生趣。浙西故土所赐予的自由精神,如同"野火"在茅盾心中熊熊燃烧,如他所言,"我们都脱了长衣,划一根火柴,那满地的枯草就毕剥毕剥烧起来了。狂风着地卷去,那些草就像发狂似的腾腾地叫着,夹着白烟一片红火焰就象一个大舌头似的会一下子把大片的枯草舔光。有时我们站在上风头,那就跟着火头跑;有时故意站在下风,看着烈焰像潮水样涌过来,涌过来,于是我们大声笑着嚷着在火焰中间跳,一转眼,那火焰的波浪已经上前去了,于是我们就又追上送它"。然而,"二十以后成了'都市人',这'放野火'的趣味不能再有了"①。一望无垠的野地,烈焰腾腾的场景,轻松欢快的飞奔,交织成一幅美妙无比的画面,迸发着城市人被压抑的美好天性,这也正是茅盾作为"都市人"眷念不已的故土精神。茅盾《子夜》、章克标《银蛇》等大胆描写繁华都市以及娇柔美艳的丽人,这与浙西作家的自由精神与爱美情调具有深层联系。

在地域文化的濡染下,浙西作家注重表现个人体验,追求自由超拔的生命境界,自成一脉。他们避免沉闷地表现政治社会问题,不愿渲染灰色生活,大都喜欢用妙笔描绘闹市风情或山水美景,挥洒闲情逸致,擅长表现血肉丰满的真我,追寻自在、美、趣味的踪迹。

浙西作家的城市观念与浙东作家具有某些共性,也明显有别。如有的学者所述:"浙东和浙西人秉性就有较大差异,群山环抱的浙东之坚硬劲直(土性)与水网密布的浙西之温婉秀美(水性)形成鲜明的对照。"② 根植于"硬气"的地域土壤中,浙东作家的城市观与政治、社会、现实紧密关联,以社会和文明批判精神为内核,内含强烈的主体意识,充满社会道义感,因而成为"两浙"作家"民族国家想象和现代都市文化反观"③ 的主力军。他们多以积极的姿态坚守城市,以此为壕堑,

---

① 茅盾:《冬天》,《茅盾散文选集》,第116页。
② 王嘉良:《辉煌"浙军"的历史聚合》,中国社会科学出版社2009年版,第143页。
③ 黄健:《"两浙"作家与中国新文学》,浙江大学出版社2008年版,第288页。

对社会文化保持着敏锐感应,对各种痼疾予以有力抨击。鲁迅是从现代维度去观照城市与社会、人的关系,认为城市充满新气,是现代中国社会的心脏,而乡土则是相对封闭的空间,处于衰颓单调境地。因而即使面对重重挑战,鲁迅仍自觉地选择城市,冲到旋涡中心深刻批判社会文化,最大限度地释放自身的战斗能量,而不把乡土小城作为庇护所,拒绝隐匿到山林乡间。在鲁迅的影响下,浙东乡土作家继承了这一传统,放弃田园牧歌情调,多以批判眼光对待城乡,深入发掘社会、文化痼疾,体现了热切的社会介入意识。冯雪峰冷静地审视乡风和市风,他的《简论市侩主义》等文将矛头对准城市的市侩气,给它沉痛一击。浙东作家的城市观往往包含着现实精神和思想韧性,其文化基因显然是不同于浙西作家的。

当然,浙西作家的城市观念具有相对性、流动性,存在交流和转化的可能,如茅盾等作家的城市观具有混合性特征,融入左翼文化等异质因素,在某些方面与浙东作家达到契合。总体而言,五四浙江作家中出现了一群爱美的旅行家、艺术的守护神、浪漫的抒情者,其中浙西尤多,他们与那些致力于文化批判的战斗者对立又互补,为中国现代文学提供了独特的精神向度,具有不可或缺的意义。

第三节　郁达夫等人的山水行旅与方外游

五四浙籍作家在长期流动中历经坎坷迷途,心生离愁倦意,不愿回归沉寂的故土,留在城市又为生计所累,常受社会文明病的袭扰。他们十分渴望摆脱现实束缚,多到自然山水中散心解愁,寻找广阔无拘的精神天地。山水行旅与城市流动相辅相成,为现代作家保持前行提供不竭动力,使其接触古今中外的自然论思想。自幼生长于水乡泽国的两浙作家,格外亲近山水,一边享受闲暇美景、舒心养性,一边体味中外思想文艺意趣,丰润了现代个性精神,对中国思想与文艺美学的继承开新居功至伟。他们从卢梭返归自然等西方学说中获得精神启迪,而在道家自然说与山水文学滋养下休憩心灵。"'自然'一词已在很大程度上体现了'自由'的基本思想。这就是：自由、平等、宽容。自由的精神与马克思主义的出发点和最终理想'每个人的自由发展是一切个人的自由发展的条件'并无本质上的区别。"① 尤其是山水田园文学出神入化地描画自然境界，令现代浙籍作家心驰神往。"五柳先生"陶渊明堪称千古一人，自幼接受儒家教育，心怀高志间闻老庄思想，在宦游生涯中屡屡碰壁，为仕途名利所累，便挣脱樊笼隐入田园山野，以耕读抒情遣怀。《归园田居》诗云："少无适俗韵，性本爱丘山。误落尘网中，一去三十年……户庭无尘杂，虚室有余闲。久在樊笼里，复归返自然。"② 在固若金汤的礼教社会，远离仕途不免离经叛道，显现传统文人安贫乐道的精神与赋闲自在的个性情趣，被诸多现代浙籍作家推崇备至。鲁迅、夏丏尊、郁达夫、俞平伯、丰子恺等都在文中提及，夏丏尊、郁达夫、俞平伯更对陶渊明爱之入迷，受其影响向往自然恬淡的人生。

夏丏尊的小说《长闲》以陶诗命题，作品中的文士闲居乡野湖畔，每日吟咏陶诗遣怀。夏丏尊身居上海，却梦回白马湖山色雪景，那种淡泊惬意的情怀，颇有道家学派遗风。俞平伯对靖节先生乐居寒舍的精神充满景仰，"安一藤床于室之中央，洞辟三窗，纳大野之凉，可傲羲皇，及夫陶渊明"③。他负笈北都，游历东瀛欧美，最令其动情的是江南山水，最令其向往的是悠然闲适情调，宣称"山水是美妙的俦侣……那怕它十分喧阗，悠悠然的闲适总归消除不了，我所经历的江南内地，都有这种可爱的空气；这真有点古色古香"④。现代诗人、散文家刘大白把山水当作"水侣云朋"，在他心目中，"也只有这梦痕中萦绕着而超然于故乡社会，故乡城市之外的水侣云朋，能跟我'似曾相识被相亲'"⑤。徐

---

① 何宗思：《道家经典：〈老子〉、〈庄子〉》，第9页。
② 袁行霈：《陶渊明集笺注》，中华书局2003年版，第76页。
③ 俞平伯：《秋荔亭记》，《俞平伯散文选集》，第202页。
④ 俞平伯：《清河坊》，《俞平伯散文选集》，第105—107页。
⑤ 刘大白：《龙山梦痕序》，周作人编：《中国新文学大系·散文一集》，上海良友图书印刷公司1935年版，第77页。

第四章 五四浙籍作家的倦游心理与游士精神

志摩无论在国内还是域外，都喜欢作客山中、逍遥自在。他最爱康桥河畔风光，乐享翡冷翠山居时光，吟咏阿尔帕斯的白雪与莫斯科的红霞，也曾到莫干山观景赏桂，他的自然情结有西方浪漫主义与唯美主义倾向，不无中国传统审美情趣。他在《我所知道的康桥》描写秀丽康河时情不自禁地吟咏陆游《醉中到白崖而归》的诗句。诗人陆游精忠爱国意识中继承了道家文化与美学思想，"陆游的休闲境界呈现明显的道家色彩，主要表现在退藏保身、自由发展、超然忘物三个方面。具体说来，陆游充分意识到官场危机，认同老庄保身哲学，倡导'身之遁'的退隐思想；陆游自取'闲官'，在大量闲暇时间的保证下于各方面充分发展，成就了自身丰富、健全的人格，而没有成为面目僵死的官僚机器；在'身'与'物'的关系上，陆游认同道家'外物'思想，不为'物'所扰，内心恒常有安顿，实现了'超然物外''物我两忘'之境"[①]。放翁身上的道风通过优美诗句无形中传递给徐志摩。丰子恺身在旅途，时刻热恋故乡，盼望淡然闲适的生活。他感喟："仿佛我是在儿童世界的本贯地方犯了罪，被刺配到这成人社会的'远恶军州'来的。这无期的流刑虽然使我永无还乡之望，但凭这脸上的金印，还可回溯往昔，追寻故乡的美丽的梦啊！"丰子恺喜好到山水中舒心养性，在莫干山、西湖、白马湖等地都留下履痕，十分崇敬五柳先生，熟稔其人其作，时或寻章摘句。他曾写道："陶渊明诗云：'昔闻长者言，掩耳每不喜'我也犯这个毛病；我曾经全部接受了母亲的慈爱，但不会全部接受她的训诲。"[②]丰子恺写作时对陶诗张口成诵，有意自比其风，足见他对隐逸情趣的醉爱。

在诸作家中，郁达夫在城市与山水之间几度徘徊，情迷自然山水，又不失启蒙意识，本节对郁达夫的山水游与自然情结作重点讨论。郁达夫在一生行途中，每感都市无趣便四处闲游，徜徉山水、遍访名山古刹、从幽然生活和释道高境中忘却现世感伤，淡忘功名利禄、浊心杂念，感

---

① 章辉：《陆游休闲境界的道家色彩》，《天中学刊》2017年第5期。
② 《丰子恺自述》，大象出版社2003年版，第20、10页。

受逍遥自得的人生。

在东京时，郁达夫足登妙雪山。在京沪时，满心欢喜地去往杭州、富阳、桐庐、苏州、无锡等地旅行，行舟富春江、太湖，足登杭州近郊的小和山、龙门山、午潮山，周游钓台山、五云山、桐君山、管社山、惠山、东山梅园、雁荡山；在广州时，造访东山、粤秀山遗址。1932年8月从沪回浙，拜谒严子陵旧迹，写下《钓台的春昼》《桐君山的再到》。《钓台的春昼》一文中，郁达夫在去往钓台途中路经桐君观，聆听袅袅散去的钟鼓木鱼声，坐观山水行云，漫步道观栅门内，做起"浩无边际"的"幻梦"，将尘心杂念抛诸脑后，顿生成仙脱俗之感。郁达夫在福州时，到访乌石山、鼓山、于山，参谒戚公祠，畅游闽江，观赏"无山不秀，无水不奇"的胜景，连续创作闽游散记多篇。

行走山林之间，郁达夫乐享自然妙趣，拜谒庙庵道观、感受禅意道风，忘却现实纷扰与都市喧嚣，获得"宗教的神秘、人性的幽幻"[1]的神妙体验。《杭江小历纪程》诸暨五泄的永安禅寺、《感伤的行旅》写到锡山寺、《迟桂花》中五云山寺院，他在《感伤的行旅》写到龙山的远钟、木鱼声、诵经声，恍如超尘脱俗。《龙门山路》一文记述了他叩访小和山金莲寺、白龙庵的足迹，尤其对金莲寺，对"中国固有的正教行"道教特别是仙师圣帝菩萨充满景慕："关于圣帝菩萨，我早想做一点考证，但遍阅道书，却仍是茫无头绪。只从一部不能当作正传看的草本书里，知道他是一位太子，在武当出家修行……以我的私意推测起来，大约这一位圣帝菩萨，受到一定是佛家的影响，系产生于唐以后的无疑。"[2]《感伤的行旅》中，他看到梅园云雾缭绕，浮想联翩，遐想到王母娘娘的仙宫。他的自然人理想，融入中国道家静虚思想与方外游因子，显出丰富复杂的意味。自幼受富春山水人文浸润，他热爱山川之美，更痴迷自然洒脱的人文之风，深受当地名人严子陵、方干等人的影响。严子陵可谓是郁达夫与道家思想的引路人。郁达夫仰慕隐居富春的东汉名

---

[1] 郁达夫：《感伤的行旅》，《郁达夫全集》第4卷，第19页。
[2] 郁达夫：《龙门山路》，《郁达夫全集》第4卷，第171页。

士严子陵，后又专程乘舟访旧，写就《钓台的春昼》。严子陵是汉代道家易的代表人物之一，笃爱黄老之学，曾著《老子注》《老子指归》，不图功名、远离市廛，过着怡然垂钓的隐逸生活，"宠辱不惊，去留无意"，范仲淹曾在《严先生祠堂序》中赞曰"云山苍苍，江水泱泱，先生之风，山高水长"。道家推崇自然无为虚静，无心立德立身之学，反对穷兵黩武，老子提出"人法地，地法天，天法道，道法自然"，许地山对此有阐述："天命是超乎人间能力所能左右底命运，宇宙间所以有秩序，便是因为有了它。但宇宙并非天所创造，乃是自然生成。"① 老子开创的道家学说，志在阴阳天道，崇尚恍惚无为，疏离仁义人为，创出玄远自由的心灵净地。庄子将道家思想发扬光大，倡导齐物论、天地物我合一，淡漠是非仁义，提倡"方外游"，力主"至人""真人""知人""自然人"，希冀到达"乘云气御飞龙、游乎四海之外"逍遥自然之境。《庄子·大宗师》曾有言："知天之所为，知人之所为""不知说生不知恶死""游于世而不僻"②，他继承了老子的无为思想和列子的全性说，肯定"知"与"游"，将个人主体性淋漓尽致地发挥出来，表现出智慧旷达、游于方外的气度，"庄子所希求底是天然的生活，自任自适如不系之舟漂流于人生底大海上，试要在可悲的命运中愉快地渡过去……有超越的心境，不以外物为思想底对象，离开民众而注重个人内心的修养底人都是至人"③。因受严子陵熏染，郁达夫服膺道家思想，部分继承了道家先祖老子大隐隐于市的遗风，受其指点迷津，悟出洁身自好的妙门。他流连于山水风物之间，回到自然怀抱中休养生息，净化排解乡愁、情殇与猥念，消融各种私心杂念，返归澄净自由，正合乎道家虚其心、扬其志、善其德的旨趣。郁达夫行走四方、履痕处处，更接近"游于世而不僻"的庄子。走出乡曲、寻道途中，寻找逍遥化境，这种活于世而超于世的人生态度，有别于不出户、不窥牖、坐而参道的老子。郁达夫与

---

① 许地山：《道教史》，上海古籍出版社1999年版，第27页。
② 曹础基：《庄子浅注》，中华书局2000年版，第86页。
③ 许地山：《道教史》，第70页。

道家的关系，曾被不少论者论及，如穆艳霞的博士学位论文《中国现代作家与道家文化》、夏露的《道家文化对中国现代浪漫主义文学的渗透》（《语文学刊》2006 年第 9 期）、刘奕的《郁达夫后期小说中的道家文化解读》（《北方文学》2018 年第 5 期）等著述均有探讨。

　　郁达夫奔波城市、倦游多愁，把古代落拓文士当作灵魂伙伴，借诗文尽抒离情，并无强烈的反传统意识。只要情之所至，同为天涯沦落人，毋论古今中外，皆为知己，皆可倾谈。唐代睦州清溪隐逸诗人方干，颇有诗才，却仕途失意，这位诗人曾因诗兴大发不慎跌破唇齿，被讥称"缺唇先生"，相貌不佳更使其人生多艰，流寓会稽鉴湖。中唐荆州诗人戎昱，少时曾因落第游历名都山川，考中进士后宦海浮沉、流走各地，目睹战乱频仍、生灵涂炭，晚年客居桂州而终，写下《苦哉行》《桂州腊叶》《移家别湖上亭》等诗作，其流寓生活、坎坷经历，让郁达夫产生心灵共鸣。越州诗人吴融生逢晚唐乱局，历经天灾兵祸，几番流离，宦游人生颇不平坦，长期被贬谪他乡，其忧郁个性和多悲诗风，深深感染郁达夫，《富春》的诗句"水送山迎入富春，一川如画晚晴新"让他脱口成诵，写入小说《沉沦》。宋代词人周邦彦，性情疏隽少检，生活放达，不拘礼节，他的《少年游》是郁达夫爱读的篇章。清代诗人黄仲则亦是郁达夫笃爱的精神旅伴，诗人命运多舛、孤苦早逝，无论其人还是其作，深深触动郁达夫的心弦，"觉得感动得我最深的，于许多啼饥号寒的诗句之外，还是他的那种落落寡合的态度，和他一生潦倒后的短命的死"[①]。就此而言，郁达夫与鲁迅明显不同，不会在传统与现代文化之间作一番痛苦挣扎和艰难抉择，最终毅然踏上前去。郁达夫推崇王夫之、顾炎武、黄宗羲等近代启蒙思想家。据其日记所载，1936 年 4 月 4 日，他在书摊购王夫之《黄书》后一口气读了两钟头，颇为兴奋。郁达夫在《浙江的今古》一文中考述浙江水源时，参阅黄宗羲的《今水经》，采信其观点，为其学识所折服。这些在艰难困苦中玉成的著述诗文，如

[①] 郁达夫：《关于黄仲则》，《郁达夫全集》第 6 卷，第 2138 页。

同琼浆玉液一般滋润了郁达夫的心灵。

毋庸讳言，郁达夫虽厌倦城市生活，不无消极遁世倾向，却始终未失现代精神气质，未变成认祖归宗、超然世外的方士。他虔敬释道思想，却难言皈依，多限于远远地敬拜、朦胧地参悟，甚至释道不分。古典诗文同样也是他消愁的杯中物，醉梦醒来，依然启程前行，返回都市中去。在故乡与异乡之间，不甘乡居的倦怠，不做乡间渔樵，选择到远方城市安身立命，博采中外思想文艺，努力做一位富有个性魂魄的自然人。他的灵魂没有片刻平静，他身上有与生俱来的人性缺憾（放浪颓废、肉欲），同时流淌着新鲜血液，大胆张扬浪漫不羁个性，从不掩饰感伤与欲求，敢于袒露自己的弱点和颓废，自濯其缨，竭力摆脱困厄。其内心深处，燃着一团火焰，惦念着20世纪工业文明的境遇，心系民族危亡，憎恶社会丑恶，寄希望于从民众中寻找人类健全的本性，把文艺启蒙当作表现启蒙的火把。他的终极目标在于追寻自然人理想，既求个人臻美，也企望民族同胞乃至全人类走出苦难罪愆。

郁达夫亦进亦退，一方面行进在都市道路，另一方面眷顾乡间小路、山水古道。山重水复疑无路之时，他带着孤独感伤行进，亲历现代自然人的艰难成长，为五四新文学作家闯出一条柳暗花明的路。

第五章　五四浙籍作家的流动体验与创作主题

第一节　五四浙籍作家对都会世态的观照

　　社会生活是作家文学创作的灵感源泉，生活体验又为作家文学创作输入驱动力。作家的社会经历与生活环境，往往决定其心灵体验特点。著名文学理论家韦勒克曾阐述文学与社会的关系："文学是一种社会性的实践。它以语言这一社会化创造物作为自己的媒介……'文学'再现'生活'，而'生活'在广义上则是一种社会现实，甚至自然世界和个人的内在世界或主观世界，也从来都是文学'模仿'的对象……既然每一个作家都是社会的一员，我们就可以把他当作社会的存在来研究。他的传记是主要的资料来源，但对作家的研究还可以扩大到他所来自和生活过的整个社会环境。这样就有可能积累有关作家的社会出身、家庭背景和经济地位等资料。"① 五四作家离乡背井，迁向他地，生活环境发生变化，人生路向有了变轨，必然激起内心波澜。他们离乡的初衷，本就是投奔现代文明，事实上却身陷藏污纳垢的城市。这种失落感普遍存在于每位五四作家身上，滥杀无度行为引起群情愤慨，驳杂的世态让人生厌。从渴望别乡，到客居离愁，从初来异地的新奇，到久留后的厌倦，各种辛酸苦辣复杂交织，凝结成一股股洪流，猛烈撞击着作家的心腑。他们

---

① ［美］勒内·韦勒克、奥斯汀·沃伦：《文学理论》，刘象愚译，江苏教育出版社2005年版，第100—102页。

/ 第五章　五四浙籍作家的流动体验与创作主题 /

的精神世界注定难以平静，这些因城市流动所蓄积的体验，不断趋向饱和，亟须倾泻疏导。新文学创作成为极佳的释放方式。开闸瞬间，究竟迸发出何其巨大的能量，完全是可想而知的。这正给刚刚诞生的新文学注入强大动能，由此孕生丰富的文学主题。这种丰富体验从两大出口喷薄而出，既在日记杂感中充分吐露，又被鲁迅、王鲁彦等小说家含恨冷静地写出。而且，五四浙籍作家因奔走而积累丰富的阅历，亲历时局动荡，看惯世态人情与家庭冷暖，其创作视野变得十分开阔。就小说而言，具体表现如下：一是展现都会明暗的社会镜像描摹，涉及战火杀戮、社会世态、伦理矛盾、民众苦难等问题，勾勒时代烽烟和众生相。相关作品如鲁迅《示众》《弟兄》、王鲁彦《柚子》、潘训《乡心》、许杰《火山口内》、徐雉《卖淫妇》等。二是知识者日常生活叙事，如鲁迅《幸福的家庭》与《弟兄》、郁达夫《茑萝行》、许钦文《理想的配偶》、夏丏尊《怯弱者》、郑振铎《书之幸运》、徐雉《嫌疑》《办事员莫邪》等。

五四浙籍作家既以乡土表现民族境遇，又立足城市空间描绘时局世态，透过十字街头、家庭寓所、职场等视角，呈现喧哗骚动、明暗交织的社会画卷。

鲁迅以乡土描写著称，但其小说中处处潜在城市谱系。著名批评家李长之对此提出创见："在《呐喊》里，几乎只有《端午节》是写的都市的知识分子的生活，在《彷徨》里却就差不多除了《祝福》，《长明灯》，《离婚》之外，全都是都市生活的记录了。"① 钱理群认为："居住时间最长、体验最深的，是一个乡镇——他的故乡绍兴，与两个城市——北京与上海。他的创作激情正是源于从这三大空间所获取的乡村记忆与都市体验，而他由此而创造的'鲁镇（绍兴）世界'、'北京世界'与'上海世界'构成了鲁迅文学世界的主体。"② 《呐喊》《彷徨》中即有两类，一类是毗邻农村小镇的地方县城，如《狂人日记》中杀了

---

① 李长之：《鲁迅批判》，北京出版社2003年版，第23页。
② 钱理群：《乡村记忆与都市体验——走进鲁迅世界的一个入口》，《海南师范学院学报》2006年第1期。

犯人的城里，《阿Q正传》中阿Q迫于生计问题进城，《风波》中七斤早晨从鲁镇进城，《在酒楼上》中离故乡不过三十里的S城。另一类是京畿之地，不少作品直接写及北京古都，如《示众》中的首善之区、《一件小事》中的京城、《端午节》中新华门前布满烂泥的京城。另有作品隐现都城旧影，如《肥皂》出现大街、广润祥、学生喧嚷新文化等古都剪影，《弟兄》中显现东城一角。《故事新编》大致如此，《铸剑》表现很热闹的合城景象，《理水》中的京师与京都车水马龙。

总体上看，鲁迅写及城市的大街、商号、城门等，但多是简笔勾勒，背景不甚分明。《狂人日记》《阿Q正传》《风波》等作品侧重乡土描写，写"城"时只言片语，甚至完全留白，《在酒楼上》描写相对较详，如洛思旅馆、一石居的特色菜肴油豆腐、绍酒、鲞冻肉、鱼干，但扑面而来的是江南乡土气息。京华"人才多于鲫鱼"曾是鲁迅在绍兴仰慕的之地，自1912年起长居十余年，移居上海后念念难忘。《呐喊》《彷徨》却对"首善之区"极尽讽刺，少写京城现代市景和古色古香风貌。《朝花夕拾》的诸篇散文，鲜有对市容市景的细致描摹。反而，鲁迅日记中写的京城印象，范围更广，更真实地反映他对京城的印象。鲁迅日记记下曾时常光顾的交游场所，如中央公园、琉璃厂、老字号餐馆（广和居等）、电影院等。可是诸多场所在小说中永远缺席。鲁迅对乡土描写更受瞩目，获评更高，被称作五四乡土文学之父的地位，李长之认为鲁迅小说"惯于以农村为背景，而且在他的故事中，也往往以农村为背景的为最出色"[1]。文学史家夏志清亦有相同看法："正与乔伊斯的情形一样，故乡同故乡的人物仍然是鲁迅作品的实质。"[2]

长住都市，却少写市景，这似乎是鲁迅作品的矛盾点。但我们不能由此断定他疏离城市、不擅写城市。如果把城市描写看作鲁迅的阿喀琉斯之踵，有失妥当。如前文所述，鲁迅一生辗转异地，途经地点虽不及其他作家多，但其社会体验远比他人丰富。所到之处，有国内城市也有

---

[1] 李长之：《鲁迅批判》，第5页。
[2] [美]夏志清：《中国现代小说史》，刘绍铭等译，复旦大学出版社2005年版，第26页。

第五章　五四浙籍作家的流动体验与创作主题

域外都市，有明清古都与现代商业都会，范围涉及北地与南国海滨，而且希望与绝望啮合，感受极为深切。笔者认为，故意淡化城景，跟鲁迅的生活趣味特别是文化理想直接相关。从其生活角度看，鲁迅虽醉爱观影、时常光顾咖啡馆，但不重物质享受。求学时严冬只穿一条夹裤，成年后的鲁迅常头发不整、身着长衫，脚蹬胶鞋，手头的烟卷多为廉价品，面色枯槁，其朴素形象给诸多友人留下深刻印象。增田涉曾回忆："他夏天穿白色的中国服。但是在我眼里最有印象的（他在室内的常见的形象），是穿着狭小的学生装的裤子，束着皮带，穿着收执的紫色毛衣，头发和胡须蓬乱，手里经常拿着烟管，嘴闭作一字形，微微笑着。因为他不大进理发店，服装也从来不注意，所以有一次，他为了看望一位英国人，要到某大厦的七楼去，管电梯的中国人，当他是可疑的家伙，把他赶开说：'向那边去！'他没有法子，只好一步一步地上到七楼。"[①] 而据许广平所言，鲁迅的一日三餐也极简。从其文化观念看，鲁迅惯以文化眼光看待城市，对外物外景失去热情。东京时期，由于"幻灯片"事件的刺激，鲁迅彻底怀疑视觉表象，厌憎国民健全的体格，渴求内在灵魂不再愚弱。《文化偏至论》提出"金铁论"有失偏至，物质富庶只是文明之表，内曜才是文明之本，民族根本出路在于"立人"，有赖于精神界之战士出世。鲁迅奔走一生，孜孜以求的并非声光化电，而是焕然一新的现代文化环境。而近代城市并符合这一期望。在他看来，近代城市多是"咸与维新"的产物，深处封建文化泥潭下，相距文明时代尚远。正像《阿Q正传》所写，城中的洋炮炫目十足，充其量只是滥杀阿Q、愚民欺世的新伎，城市的繁华市景，并不能改变民众的非人处境。这种文化观、城市观贯穿鲁迅一生。鲁迅对生命中至关重要的京沪两地，均感失望，"在北京这地方——北京虽是'五四'运动的策源地，但自从支持着《新青年》和《新潮》的人们，风流云散以来，一九二〇至于二二年这三年间，倒显着寂寞荒凉的古战场的情景"[②]。他在《京派和海

[①] ［日］增田涉：《鲁迅的印象》，鲁迅博物馆等编：《鲁迅回忆录》下册，第1346页。
[②] 鲁迅：《中国新文学大系小说二集·导言》，第8页。

派》中坦陈:"北京是明清的帝都,上海乃各国之租界,帝都多官,租界多商,所以文人之在京者近官,没海者近商,近官者在使官得名,近商者在使商获利,而自己亦赖以糊口。要而言之:不过'京派'是官的帮闲,'海派'则是商的帮忙而已。"① 事实上鲁迅对灯红酒绿并不陌生,但文化心结令他描绘城市时有所保留,文笔矜持,不愿将城市观感全然写入小说,对"炫耀眼界"有意避之。他态度十分明确,定要把城市当作封建王权的要穴,当作中国文化肌体上的一个病灶进行解剖。鲁迅自己其实已明确意识到这一点,他在评价乡土文学时颇为中肯:"侨寓的只是作者自己,却不是这作者所写的文章,因此也只见隐现着乡愁,很难有异域情调来开拓读者的心胸,或者炫耀他的眼界"②,未写"侨寓"生活、鲜见城市"异域情调",既是创作缺憾,也可以说是创作本色。

鲁迅描写城市时就恪守这一原则,多以城市街头为棱镜,带着悲喜爱憎俯视时代眉目、"生活的色相"③,极少细描城市风情画。他所勾勒的城区,是统治者正人君子的巢穴、青年革命者血染的屠场、乌合之众的聚点,那里天光黯淡,遍布淫威阴谋,时时上演荒唐闹剧。示众是封建社会厉行的刑罚仪式,多在市廛设法场,公开严惩不法之徒,杀一儆百,达到惩戒百姓的目的。近代以来,封建王权逐渐式微,垂命之际大肆剿杀反清志士,此后,军阀专制统治禁锢中国数十年,掀起腥风血雨,军阀连年混战使沉渣泛起,荼毒生灵事件屡有发生。示众这一古老仪式在都城府县时时上演,战火杀戮不断祸及民众苍生,这成为五四知识者迎接新文化时遇到的巨大魔障。自1918年步入新文坛起,鲁迅不断描写城中惨绝人寰、庄严全无的示众悲剧,拆解"吃人者"攒聚的黑暗舞台。《狂人日记》首开先例,简要一笔绘出雏形,"去年城里杀了犯人,还有一个生痨病的人,用馒头蘸血舐"④。名篇《药》生动详细地扩写这

---

① 鲁迅:《"京派"与"海派"》,《鲁迅全集》第6卷,第453页。
② 鲁迅:《中国新文学大系小说二集·导言》,第9页。
③ 同上书,第15页。
④ 鲁迅:《狂人日记》,《鲁迅全集》第1卷,第452页。

/ 第五章　五四浙籍作家的流动体验与创作主题 /

场"城"中悲剧，再现夏瑜被枭首示众的秽区，"没有多久，又见几个兵，在那边走动；衣服前后的一个大白圆圈，远地里也看得清楚，走过面前的，并且看出号衣上暗红的镶边。——一阵脚步声响，一眨眼，已经拥过了一大簇人。那三三两两的人，也忽然合作一堆，潮一般向前进；将到丁字街口，便突然立住，簇成一个半圆"①。《阿Q正传》中的城是咸与维新后举人老爷、把总、长衫人物与假洋鬼子们的驻地，是弄权营私、欺世愚民的暗区，是杀革命党、阿Q大团圆的示众场。民众也不时到此一游，寻机牟利。阿Q前几回上城颇为招摇，早就兴高采烈地炫耀，在恋爱的悲剧后进城摇身一变，"却与先前大不同，确乎很值得惊异……穿的是新夹袄，看去腰间还挂着一个大搭连，沉钿钿的将裤带坠成了很弯很弯的弧线"②，甚至连吴妈也入城做工闲时去围观增长见识。《示众》《端午节》所展现的首善之区、京师之地，了无生气，触目皆是破败街道、炎日沙尘以及闲散无聊的民众，万民空巷的示众场面，更显得古城血腥污秽、沉闷乏味。《幸福的家庭》折射出狼烟遍地的背景，"苏浙江天天防要开仗；福建更无须说。四川，广东？都正在打"③。这真实反映出当时动荡的时局。江浙地区，江苏军阀齐燮元与浙江军阀卢永祥对垒相争；福建等地，直系军阀孙传芳与福建军阀王永泉等人互相对战；四川地区，军阀杨森对熊克武发动战争；广东有军阀陈炯明与桂系、滇系军阀的争战；湖南则有军阀赵恒惕对谭延闿的战争。

《呐喊》与《彷徨》淡化全景描写，旨在揭示城市世态人心，如同一面镜子映照出民族危情，明显有别于现代城市文学。两部作品集借家庭、职场等城市一角，塑造车夫、职员、新旧知识分子及众多市民群像，展现其生活境遇，剖析国民性心理。代表作品有《一件小事》、家庭婚姻小说《肥皂》《幸福的家庭》《弟兄》《端午节》《伤逝》《高老夫子》《示众》等。鲁迅将镜头对准喧杂的街头聚众场闹场，揭开城市画幕，

---

① 鲁迅：《药》，《鲁迅全集》第1卷，第464页。
② 鲁迅：《阿Q正传》，《鲁迅全集》第1卷，第533页。
③ 鲁迅：《幸福的家庭》，《鲁迅全集》第2卷，第35页。

在强烈反差中映现市民的众生相，揭露他们抱残守缺、幸灾乐祸、聚众好事、狡诈阴险的劣根性，丰富了新文学对人的刻画。在鲁迅笔下，市声鼎沸的聚众场面频现，比农村更扰攘喧杂，如"轰的一声""热闹""嗥叫一般的声音""同声喝彩"。鲁迅多捕捉群像，偶加特写，表面写集体狂欢，实则痛斥陈规陋习，表现愚弱市民人数之众，冷漠油滑流布之广。在鲁迅看来，自古相沿的示众仪式已失教化功能，沦为炫示王权蛮武、民众公然取乐的原始陋习，变成庸众践踏个体生命的赤裸表演。《药》中"老栓也向那边看，却只见一堆人的后背；颈项都伸得很长，仿佛许多鸭，被无形的手捏住了的，向上提着。静了一会，似乎有点声音，便又动摇起来，轰的一声，都向后退"①。《阿Q正传》对城乡看客作了深刻对比。未庄人如同野狼，而城市人丛却如豺狼，一路穷追不舍，更显凶险狡诈，让人惊魂万分却束手无策。作品这样描述当时情景："'好!!!'从人丛里，便发出豺狼的嗥叫一般的声音来。这刹那中，他的思想又仿佛旋风似的在脑里一回旋了。四年之前，他曾在山脚下遇见一只饿狼，永是不近不远的跟定他，要吃他的肉。他那时吓得几乎要死，幸而手里有一柄斫柴刀，才得仗这壮了胆，支持到未庄；可是永远记得那狼眼睛，又凶又怯，闪闪的像两颗鬼火，似乎远远的来穿透了他的皮肉。而这回他又看见从来没有见过的更可怕的眼睛了，又钝又锋利，不但已经咀嚼了他的话，并且还要咀嚼他皮肉以外的东西，永是不近不远的跟他走。"②

《示众》勾勒一群新旧混杂、丑态毕现的市民看客，包括胖孩子、秃头、胖大汉、弥勒佛似的更圆的胖脸、白背心的脸、梳着"苏州俏"的老妈子、戴硬草帽的学生模样人、车夫、挟洋伞的长子等。鲁迅未写中心人物，意在凸显城市民众多、杂、病的特点，他们年龄有别、神态各异、身份不一，成人与儿童齐上阵，底层贫民与新派人士挤作一团，尽显城市社会的国民性通病。而且，作品在"合众的看"突出"单个的

---

① 鲁迅：《药》，《鲁迅全集》第1卷，第464页。
② 鲁迅：《阿Q正传》，《鲁迅全集》第1卷，第551页。

私底下的看"①，细部描写市民凌弱纷争，耐人寻味。车夫的"推"、胖脸"展开五指"打胖孩子等细节，刻画城市人自私冷漠的灰色性格。《示众》有如下描写，"首善之区的西城的一条马路上，这时候什么扰攘也没有。火焰焰的太阳虽然还未直照，但路上的沙土仿佛已是闪烁地生光；酷热满和在空气里面，到处发挥着盛夏的威力。许多狗都拖出舌头来，连树上的乌老鸦也张着嘴喘气——但是，自然也有例外的。远处隐隐有两个铜盏相击的声音，使人忆起酸梅汤，依稀感到凉意，可是那懒懒的单调的金属音的间作，却使那寂静更其深远了"②，其讽刺意味不言而喻。小说还特写了挟洋伞、学生模样的人物，他们衣着光鲜、气度不凡，有着一副文明人外表，却混迹庸众之中，颇能迷人耳目，比一般市侩看客更显虚伪阴险，鲁迅撕破他们的伪装，辛辣地讽刺人心之古。这种描写延续到《故事新编》。《铸剑》复现混杂的围观场面，"七天之后是落葬的日期，合城很热闹。城里的人民，远处的人民，都奔来瞻仰国王的'大出丧'。天一亮，道上已经挤满了男男女女"。小说特写"几个义民"的嘴脸，"很忠愤，咽着泪，怕那两个大逆不道的逆贼的魂灵，此时也和王一同享受祭礼，然而也无法可施"③。他们奴性十足，不辨是非黑白，完全不解剑客复仇的崇高壮悲，反而极力诋毁。

鲁迅一直针砭市民沉迷于物的生活，由此鞭挞他们枯朽的灵魂。《弟兄》中的寓客是市民的缩影，整日沉迷于《失街亭》戏梦中，口头哼着"先帝爷，在白帝城"④戏文，或是耽于打茶围，浑身散发陈腐气息。《阿Q正传》借阿Q口吻，道出城市叉麻酱的浊风，"据阿Q说，他的回来，似乎也由于不满意城里人，这就在他们将长凳称为条凳，而且煎鱼用葱丝，加以最近观察所得的缺点，是女人的走路也扭得不很好。

---

① 缪军荣：《看客论——试论鲁迅对于另一种"国民劣根性"的批判》，《华东师范大学学报》2000年第5期。
② 鲁迅：《示众》，《鲁迅全集》第2卷，第70页。
③ 鲁迅：《铸剑》，《鲁迅全集》第2卷，第450、451页。
④ 鲁迅：《弟兄》，《鲁迅全集》第2卷，第140页。

然而也偶有大可佩服的地方，即如未庄的乡下人不过打三十二张的竹牌，只有假洋鬼子能够叉'麻酱'，城里却连小乌龟子都叉得精熟的。什么假洋鬼子，只要放在城里的十几岁的小乌龟子的手里，也就立刻是'小鬼见阎王'"①。《理水》所写的京师盛况具有堕落的意味，"禹爷走后，时光也过得真快，不知不觉间，京师的景况日见其繁盛了。首先是阔人们有些穿了茧绸袍，后来就看见大水果铺里卖着橘子和柚子，大绸缎店里挂着华丝葛；富翁的筵席上有了好酱油，清炖鱼翅，凉拌海参；再后来他们竟有熊皮褥子狐皮褂，那太太也戴上赤金耳环银手镯了"②。

鲁迅对城区街头市声的反感多次表露在杂文中。《秋夜纪游》中写道："秋已经来了，炎热也不比夏天小，当电灯替代了太阳的时候，我还是在马路上漫游。危险？危险令人紧张，紧张令人觉到自己生命的力。在危险中漫游，是很好的。租界也还有悠闲的处所，是住宅区。但中等华人的窟穴却是炎热的，吃食担，胡琴，麻将，留声机，垃圾桶，光着的身子和腿。相宜的是高等华人或无等洋人住处的门外，宽大的马路，碧绿的树，淡色的窗幔，凉风，月光，然而也有狗子叫。"③鲁迅到上海后接连发表《推》等文，抨击"推""揩油""吃白相饭"等恶行，针砭民众内心的冷漠麻木："在中国，尤其是在都市里，倘使路上有暴病倒地，或翻车摔伤的人，路人围观或甚至于高兴的人尽有，肯伸手来扶助一下的人却是极少的。"④

《肥皂》尽显京城街头、家庭各色人物的心理，或意淫或贪利。作者自认为"脱离了外国作家的影响，技巧稍为圆熟，刻画也稍加深切"⑤，文学史家夏志清高度评价，认为它"是一篇很精彩的讽刺小说，完全扬弃了伤感和疑虑。这也是鲁迅惟一成功的以北京——而不是绍

---

① 鲁迅：《阿 Q 正传》，《鲁迅全集》第 1 卷，第 551 页。
② 鲁迅：《理水》，《鲁迅全集》第 2 卷，第 398 页。
③ 鲁迅：《秋夜纪游》，《鲁迅全集》第 5 卷，第 267 页。
④ 鲁迅：《经验》，《鲁迅全集》第 4 卷，第 555 页。
⑤ 鲁迅：《中国新文学大系·小说二集·导言》，第 2 页。

/ 第五章　五四浙籍作家的流动体验与创作主题 /

兴——为背景的小说"①。作品将主要矛头指向贵为尊长的旧派人物，一针见血地嘲讽四铭、何道统、薇园等人安弱守雌、阴暗淫猥的心理。四铭是固守礼教的卫道者，满口称赞乞食的孝女，却对其流落街头毫无同情，他怒斥新式学堂与新文化运动，全盘抵制民主科学思想，"在光绪年间，我就是最提倡开学堂的，可万料不到学堂的流弊竟至于如此之大：什么解放咧，自由咧，没有实学，只会胡闹。学程呢，为他化了的钱也不少了，都白化。好容易给他进了中西折中的学堂，英文又专是'口耳并重'的，你以为这该好了罢，哼，可是读了一年，连'恶毒妇'也不懂，大约仍然是念死书。吓，什么学堂，造就了些什么？我简直说：应该统统关掉！"四铭对女性解放充满敌视，认为女人在街上走很不雅观、女学生剪头发最令人恨，须加严办。四铭周围，还有一群食古不化的守旧者。旧派人物九公公坚决反对女孩子进学堂，道貌岸然的何道统笃守国粹、尊孔读经，极力主张崇祀孟母保存国粹文，四铭太太随声附和取消学堂。四铭之子学程沉迷于练八卦拳，颇具讽刺意味，他满脑子国粹思想，徒有青春空壳。这些青年思想霉变，最能刺痛鲁迅，使之沉痛地感喟人心很古。《肥皂》还揭示伪君子肮脏淫猥的性心理。何道统、薇园满口仁义道德，佯装正人君子，但实际上满腹猥念，私下满口秽语，放肆取笑。与此相似的还有《高老夫子》中的单身汉高尔础，平素正襟危坐，暗地里对女学生充满非分之想，见到异性落荒而逃。其迂腐屠弱的性格，正是因礼教迫害所致。另外，鲁迅借肥皂事件，展示平淡无味的婚姻和四铭太太心理波澜。一开始，四铭太太误以为丈夫浪漫示爱，瞬间喜形于色，但当得知事情原委后深感失落，指斥丈夫下流，最终仍按捺不住用起这块有辱自尊的肥皂，"身上便总带着些似橄榄非橄榄的说不清的香味；几乎小半年，这才忽而换了样"②。从中可看到女性爱美的天性，但小说的主旨却在讽喻市民为虚荣而失尊严的媚俗气。

---

① ［美］夏志清：《中国现代小说史》，第32页。
② 鲁迅：《肥皂》，《鲁迅全集》第2卷，第47—48、56页。

作家王鲁彦从鲁迅那里得其真传，融入自身体验，通过乡情城景反映时风民貌。1923年夏，王鲁彦先后到湖南长沙平民大学、周南女学和第一师范任教，亲历了长沙等地的战云烽烟。他的发轫之作《秋夜》，以梦语形式展现枪炮震天、哀鸿遍野的动荡时代。青年知识者"我"在夜梦中倾听到难民呼号，惊醒后无法安眠。无数张悲戚面孔，似幻却真，一一闪现在眼前，正是人间苦难在作者心底的投影，"'请救我们虎口残生的人……请救我们无家可归的人……请救我们无父母兄弟妻女的人……你以外的人死尽时，你便没有社会了，你便不能生存了……死了一个人，你便少了一个帮手了，你便少了一个兄弟了……'许多人在远处凄凄的叫着，似像向我这面跑来，同时炮声，枪声，隆隆，砰砰的响着。我急急的，急急的往前跑。'唉！站住！'一个人从屋旁跳出来，拖住我的手臂。'前面流弹如雨，到处都戒严，你却还要乱跑！不要命吗？'他大声地说"[①]。这场错乱的梦，记录了现实观感与内心良知激烈的碰撞过程。作为"漂流"文客，作者青年王鲁彦当时无力制止狂疯野蛮的时代，只能用沉痛的笔触向武力鸣不平，向民众表达无限怜悯。漂流路上的切身遭遇，触发人道意识。代表作《柚子》根据其经历写就，表现长沙浏阳门的战争与示众场景。这篇作品得到鲁迅的首肯，被称为"虽然为湘中的作者所不满，但在玩世的衣裳下，还闪露着地上的愤懑"[②]。该小说勾画了一个枪炮震响、刀光血影的战乱画面，"三天前，河干的枪炮声如雷一般的响，如雨一般的密，街上堆着沙袋，袋上袋旁站着刺刀鲜明的负枪的兵，有时故意将枪指一指行人，得得的扳一扳枪机，他们却仍很镇静，保持着庄严的态度，踱方步似的走了过去"[③]。作者不遮不掩地描写荼毒生灵的血污场面，表现同胞相残、众人围观的蛮风陋习，"只见那秃头突然跪下，一个人拔去了他的旗子，刀光一闪，

---

① 王鲁彦：《秋夜》，《鲁彦代表作》，华夏出版社2010年版，第8页。
② 鲁迅：《中国新文学大系·小说二集·导言》，第11页。
③ 王鲁彦：《柚子》，鲁迅编选：《中国新文学大系·小说二集》，上海良友出版印刷公司1935年版，第267页。

第五章 五四浙籍作家的流动体验与创作主题

说时迟,那时快,只听见'好!'的一声,秃头像皮球似的从颈上跳了起来,落在前面四五尺远的草地上,鲜红的血从空颈上喷射出来,有二三尺高,身体就突的往前扑倒了"①。揭示出茹毛饮血的社会蛮风。王鲁彦在作品中塑造一系列看客,包括孩子、T君、我及许多嘈杂的路人。其群像速写、言行白描、喜中见悲的气氛,都与《示众》惟妙惟肖。小说简要勾勒市区众声喧哗的情景,突出市民的热面冷心与庸俗趣味,细描T君伸长头颈、边望边说等神态,通过旁观入迷来反衬麻木的灵魂,小说还颇有用意地穿插儿童兴高采烈的细节,使欢喜表象增添凝重,更有反讽意味。与《示众》不同的是,《柚子》在冷静客观的描写中饱含激愤,借"我"之口冷嘲战火焚城的惨状:"即使你们将长沙烧得精光,将湘水染成了血色——换一句话说,就是你们统统打死了,于我也没有关系。我没有能力可以阻止你们恶作剧,我也不屑阻止你们这种卑贱的恶作剧,从自由论点出发,我还应该听你们自由的去恶作剧哩。"② 如同鲁迅所评价,这种玩世语气中充盈着悲愤之情。与此相似,许钦文于1933年根据真实经历写成《巷战中》,描写四川混战场面。

徐雉小说擅长以青年视角捕捉政界、文场、市廛里的鸿爪雪泥。《嫌疑》细腻刻画革命者的音容笑貌。《办事员莫邪》通过职场新手的眼睛表现人情世故,针砭阿谀之风。办公厅众人因莫邪与局长有旧而大献殷勤,"他们知道他是局长亲自用的人,都向他殷勤招呼,以另眼相待:有的替他写领物单,代他向庶务处领办公应用的文具;有的帮他安放写字台和靠背椅。便是局里那位脸庞身躯肥胖的张科长——他平日态度傲慢,官气十足,对属员们高兴时同他们应酬几句,不高兴时,你就是向他行礼,他也理都不理,似乎眼睛生在额角上,而额角又生在头顶上——对他也不敢怎样的简慢"③。但嫉贤妒能的科长暗中排挤,故意让其枯坐无所事事,可谓人心惟危。《卖淫妇》以戏院弄堂为背景表现了

---

① 王鲁彦:《柚子》,鲁迅编选:《中国新文学大系·小说二集》,第269页。
② 同上书,第265页。
③ 徐雉:《办事员莫邪》,《徐雉的诗和小说》,人民文学出版社1982年版,第99页。

上流社会花天酒地而平民女子被迫为娼的黑暗人生。

　　这些蛮风怪状体现了五四知识者的真切观感，也是他们人生路上的梦魇。所以，鲁迅、王鲁彦、许钦文的笔调常显沉重，无意带读者去城市观光，总是严肃地审视近代文明之殇，揭示统治者荼毒生灵、市井民众吃人的野蛮陋习，指出民族新兴的深层障碍。鲁迅一生遭遇诸多明枪暗箭。"明枪"即指致命的"硬刀子"，有绍兴城里清廷血刃秋瑾等反清力量，北京的段祺瑞政府枪杀无辜民众，奉系军阀放风抓捕进步知识分子，国民党在广州清党、在上海秘密杀害左翼人士。"暗箭"则指知识界的恶意中伤，以及民众的敌视冷漠，民众的敌视倾轧犹如软刀子。鲁迅行走各地，痛感于民气积习严重，看客层出不穷，要么被民众的掌声捧杀，要么被他们仇恨弑杀。他们的描写昭示出，虽然近代社会变革迭起，洋务风吹遍神州南北，城市西洋景越来越炫丽，但城市社会依然蒙昧，仍未告别茹毛饮血的时代。这的确符合中国文明的固有特点。思想史学者侯外庐曾指出中国文明发展的独特性："大城市只能看作王公的营垒，看作在真正意义上只是经济制度的赘疣……在'古典的古代'是这样的：文明使一切已经确立的分业加强、增剧，尤其是更激成了城市和农村的对立……亚细亚的古代的趋向却不一样，氏族遗制保存着文明社会里。在上的氏族贵族掌握着城市，在下的氏族奴隶住在农村，两种氏族纽带结成一种密切的关系，却不容易和土地联结，这样形成了城市和农村特殊的统一。"[①] 在华夏文化土壤中，近代城市带着许多民族胎记，沉淀着文化精华，也遗留许多糟粕。浙籍作家抨击近代城市世态乱象，表现了对所处文化环境的忧虑。

　　除了十字街头的疾风骤雨，五四浙籍作家还反映生活微澜，翔实描写生计烦忧、职场生活、家庭日用等内容。这些游子到城市屋檐下另起炉灶，长年奔波谋生，肩负着养家糊口的重担，在生活旋涡中疲于挣扎，又在风雨如晦的年代勉力为生，人人都有一部辛酸的奋斗史，个个心中

[①] 侯外庐、赵纪彬、杜国庠：《中国思想通史》第1卷，人民出版社2011年版，第9页。

装着生活五味瓶。他们深切地体验人生苦辛，在表现哀乐年华方面尤为擅长，甚至可以说如烹小鲜、驾轻就熟，明显比身在学府、涉世尚浅的青年作家富有笔力。

鲁迅、许钦文、夏丏尊、徐雉、郑振铎都曾倾吐生计艰难，揭示灰色人生。许钦文1923年8月发表的《理想的伴侣》是为《妇女杂志》"我之理想的配偶"征文而作的讽刺小说，次月载于北京《晨报副刊》。该作品以贫寒文士口吻叙说择偶理想，戏称女方是会跳舞、会唱歌、会弹钢琴但无学问的富家小姐，且最好三个月内死掉。这番诳语颇有愤世色彩，嘲讽了门当户对、纨绔子弟喜新厌旧、女子无才便是德的陈旧婚姻观。鲁迅《幸福的家庭——拟许钦文》亦塑造了痴人说梦的文人形象，但采取第三人称叙事，更注重客观剖析知识者的窘境。鲁迅笔下的"他"也是卖稿为生的寒士，身居嘈杂市井，不堪其扰，却伏案畅想优裕家庭生活，每一处构想都与现实反差明显。想象中的房子宽绰气派，桌上铺整洁雪白台布、厨师送上菜来，然而他家徒四壁，柴米不足，触目即是叠成A字的白菜堆、床下乱摆的稻草绳；在梦幻世界中，夫妇衣着光鲜，贤妻美丽优雅，实际上他身边却总伴着茕茕忙碌、搬菜运柴、两手叉腰形似练体操的糟糠之妻；他幻想寓内靠壁满排着书架、摆满《理想之良人》等心爱书籍，但现实空空如也，妻子讨价还价、商贩叫卖计价声、孩子的呜咽声不绝于耳，家务琐屑无休无止，让他难于专心写作。而且时局动荡让这位知识者骚动不宁，如文中所写，"他想：'北京？不行，死气沉沉，连空气也是死的。假如在这家庭的周围筑一道高墙，难道空气也就隔断了么？简直不行！江苏浙江天天防要开仗；福建更无须说。四川，广东？都正在打。山东河南之类？——阿阿，要绑票的，倘使绑去一个，那就成为不幸的家庭了。上海天津的租界上房租贵；……假如在外国，笑话。云南贵州不知道怎样，但交通也太不便……。''……那么，在那里好呢？——湖南也打仗；大连仍然房租贵；察哈尔，吉林，黑龙江罢——听说有马贼，也不行！……'他又想来想去，又想不出好地方，于是终于决心，假定这'幸福的家庭'所在的地方叫作 A"①。所有美妙幻想都如南柯一梦，眼前唯有灰色惨淡的人生。沉闷的生活，真实生动地反映了五四知识者安身立命的窘况与万般无奈。《弟兄》写到知识者缺钱多病的生活："靖甫伸手要过书去，但只将书面一看，书脊上的金字一摩，便放在枕边，默默地合上眼睛了。过了一会，高兴地低声说：'等我好起来，译一点寄到文化书馆去卖几个钱，不知道他们可要。'"②鲁迅《端午节》、郑振铎《书之幸运》等都曾表现知识者频遇的欠薪问题，如前者所写，"待到凄风冷雨这一天，教员们因为向政府去索欠薪，在新华门前烂泥里被国军打得头破血出之后，倒居然也发了一点薪水。方玄绰不费举手之劳的领了钱，酌还些旧债，却还缺一大笔款，这是因为官俸也颇有些拖欠了"③。

鲁迅多次描写寻常琐事或家庭日用，谱写平民人生咏叹调。《肥皂》从一个普通家庭写起，表现四铭生活捉襟见肘、婚姻已归平淡，"忽听得又重又缓的布鞋底声响，知道四铭进来了，并不去看他，只是糊纸锭。但那布鞋底声却愈响愈逼近，觉得终于停在她的身边了，于是不免转过眼去看"。在这个守旧乏味的传统家庭，小小肥皂平素难得一用，"金光灿烂的印子和许多细簇簇的花纹"以及"似橄榄非橄榄的说不清的香味"④，足以让全家上下惊喜异常。获知肥皂来由的四铭太太极为不悦，最终还是抑制不住心动。《伤逝》略去五四浪漫热烈的爱情描写，重点写涓生子君婚后的生活悲欢。夫妇努力经营二人世界，过着温饱踏实的日子，又显单调无味。"我的路也铸定了，每星期中的六天，是由家到局，又由局到家。在局里便坐在办公桌前钞，钞，钞些公文和信件；在家里是和她相对或帮她生白炉子，煮饭，蒸馒头。我的学会了煮饭，就在这时候。但我的食品却比在会馆里时好得多了。"新女性子君终日汗流满面，含辛茹苦地操持家庭，全副身心地照顾阿随油鸡，在丰衣足食

---

① 鲁迅：《幸福的家庭》，《鲁迅全集》第2卷，第35页。
② 鲁迅：《弟兄》，《鲁迅全集》第2卷，第144页。
③ 鲁迅：《端午节》，《鲁迅全集》第1卷，第562页。
④ 鲁迅：《肥皂》，《鲁迅全集》第2卷，第45页。

的寻常日子感到满足。光阴荏苒之间,生活琐末冲淡男欢女爱,加深彼此隔膜,爱情烈焰在平淡生活中黯然失色,双方人生明显分歧。子君从此疏于读书,而追求易卜生主义的涓生却不甘平淡,渴望更有意义地活着,心中呼喊:"人的生活的第一着是求生,向着这求生的道路,是必须携手同行,或奋身孤往的了,倘使只知道捶着一个人的衣角,那便是虽战士也难于战斗,只得一同灭亡。"① 胸怀高志的涓生不愿固守家庭,但失去子君后落入空虚深渊,方才顿悟生存的真谛。不甘浑浑噩噩,却又为追求崇高痛失所爱,反映了知识者处在现实与理想夹缝中的痛苦。

夏丏尊《长闲》通过家庭视角描写了职业作家的生计隐忧。他辞掉教职卖稿为生,平日吟咏陶诗、养花种草、观山赏画,与梧桐月色为伴,夜间挑灯笔耕。文中皆是衣食起居的细描,如他锯木点烟畅饮、女仆洗衣料理杂务、幼女散学归来、妻子摘桑养蚕缝衣、家人合用晚餐,文中穿插一些父女夫妻间的闲谈碎语。作品在平淡叙述中隐现生活哀愁,家中积蓄仅够支持半年,洋油、米、阿吉的《小朋友》等生活用品不可或缺。赵妈与阿满笑谈使他时时感到养家糊口的重压,"感到一种不快",深深感喟"清风明月不用一钱买,但是也不能抵一钱用"②。现实生计重重地压在心头,促使他不断卖力著述,常在天井里踱来踱去陷入苦思,无法保持超然。

郑振铎《书之幸运》《猫》、方光焘《曼蓝之死》均从家庭琐事入手,记录知识分子的生活甘苦。郑振铎在沪创作的小说,颇重日常生活叙事,曾在上海开明书店出版小说集《家庭的故事》。《书之幸运》的主人公仲清痴迷古籍刻本,但拮据生活使他无法随心所欲,被书费与家庭开销伤透脑筋,"他的妻宛眉因为他的浪费书,已经和他争闹过不止几十次了。'又买书!家里的钱还不够用呢。你的裁缝账一百多块还没有还,杭州的二婶母穷得非凡,几次写信来问你借几十块钱。你有钱也应

---

① 鲁迅:《伤逝》,《鲁迅全集》第2卷,第119、126页。
② 夏丏尊:《长闲》,茅盾编选:《中国新文学大系·小说一集》,上海良友出版印刷公司1935年版,第540页。

该寄些给她用用。却自己只管买书去!现在,你一个月,一个月,把薪水都用得一文不剩,且看你,一有疾病时将怎么办!你又没有储蓄的底子'……他沉默着,什么话都说不出口。全夜在焦苦,追悔,自责中度过"①。他万般无奈被迫借钱买书。这位爱书如命的知识者闪现着作者的影子。郑振铎是知名学者、出版家,研究兴趣广泛,颇好访书藏珍,"搜访所至,近自沪滨,远逮巴黎、伦敦、爱丁堡。凡一书出,为余所欲得者,苟力所能及,无不竭力以赴之,必得乃已。典衣节食不顾也。故常囊无一文,而积书盈室充栋"②,这种"典衣节食"精神换来价值连城的珍品善本,"他以毕生精力辛勤收藏中外文图书共达一万七千二百二十四部,九万四千四百四十一册,其中主要的,数量也最多的是古典文献中的线装书"③,相关典籍辑入《西谛书目》,郑振铎本人撰有《劫中得书记》《西谛书话》等著作,在藏书界颇有雅闻。小说《书之幸运》以艺术笔触表现藏书人的哀乐年华,细说如获至宝的喜悦与囊中羞涩的尴尬,道出诸多知识分子无言的酸楚。

徐雉的小说中多次表现城市底层青年的厄运。《办事员莫邪》里的主人公身上只剩三天房金,四处求取饭碗。《卖淫妇》的"我"以 A 书局微薄稿费为生,"在 S 市,除了 W 戏院外,别的影戏院我是难得光顾的,原因是 W 戏院的座价较廉,而所映的影片又不怎样的陈旧。'穷'使我万事都得打一下算盘"④。

郑振铎《猫》、方光焘《曼蓝之死》以及鲁迅《鸭的喜剧》颇有异曲同工之妙,通过小动物风波,推己及人,引发对世间生命的深思。鲁迅《鸭的喜剧》从寓内琐事入手展开思索。盲诗人爱罗先珂到京后难忍寂寞,渴望蛙鸣而自养蝌蚪,同时又爱鸭养鸭,四处宣扬自食其力与泛爱思想,"所以遇到很熟的友人,他便要劝诱他就在院子里种白菜;也

---

① 郑振铎:《书之幸运》,茅盾编选:《中国新文学大系·小说一集》,第473页。
② 郑振铎:《劫中得书记·序》,《郑振铎文集》第7卷,人民文学出版社1988年版,第433页。
③ 冀叔英:《〈西谛书目〉和〈西谛题跋〉》,《文献》1979年第1期。
④ 徐雉:《卖淫妇》,《徐雉的诗和小说》,第107页。

/ 第五章　五四浙籍作家的流动体验与创作主题 /

屡次对仲密夫人劝告,劝伊养蜂,养鸡,养猪,养牛,养骆驼。后来仲密家果然有了许多小鸡,满院飞跑,啄完了铺地锦的嫩叶,大约也许就是这劝告的结果了"[1]。小说通过鸭吃掉蝌蚪,揭示世间的弱肉相残,对畜牧种田、提倡泛爱的社会理想提出异议。《猫》的主人公因失爱鸟而嫁祸于猫,失手致其殒命,当得知这条生命蒙受不白之冤,他不禁扪心自问、幡然自悔,"我心里十分的难过,真的,我的良心受伤了,我没有判断明白,便妄下断语,冤苦了一只不能说话辩诉的动物。想到它的无抵抗的逃避,益使我感到我的暴怒,我的虐待,都是针,刺我良心的针!我很想补救的过失,但它是不能说话的,我将怎样的对它表白我的误解呢?……我永无改正我的过失的机会了!"[2] 作品以小见大,通过寓所小事躬身自省,吐露出五四作家深广的人道情怀。

五四浙籍作家通过兄弟阋于墙等市民家庭风波表现传统伦理失序,揭示人心之伪,拓展新文学叙事主题。鲁迅常通过昆仲相残抨击礼教贻害,反映非人处境。《狂人日记》中的狂人之兄,就是破坏孝道的伪君子,处处宣扬割股奉亲之道,"说爷娘生病,做儿子的须割下一片肉来,煮熟了请他吃,才算好人"[3],事实上妹子被大哥吃,甚至狂人亦有被吃之危。《弟兄》深刻剖析城中伦理败落,叙事结构富有深意,虚实明暗交织,真伪错杂,将可怖真相隐于表象。从明处看,秦、张两家人伦构成鲜明对比。秦家两兄弟为公债票上的钱争执动粗,尽显市侩面孔,老父秦益堂气愤之极,花白胡子抖动不停。与之相比,张沛君与张靖甫"兄弟怡怡",兄长张沛君一团和气,极力宣扬君子喻于义,高谈家和之道,"我们就是不计较,彼此都一样。我们就将钱财两字不放在心上。这么一来,什么事也没有了。有谁家闹着要分的,我总是将我们的情形告诉他,劝他们不要计较。益翁也只要对令郎开导开导"。张沛君为病重的胞弟四处求医,令秦益堂、月生交口称赞。从暗处看,鲁迅暗处张

---

[1] 鲁迅:《鸭的喜剧》,《鲁迅全集》第1卷,第584页。
[2] 郑振铎:《猫》,茅盾编选:《中国新文学大系·小说一集》,第470页。
[3] 鲁迅:《狂人日记》,《鲁迅全集》第1卷,第454页。

沛君的表里矛盾。两个家庭五个幼子,家累太过沉重,几乎压垮收入微薄的张沛君,医或不医、舍家保一命还是为全家放弃医病,成了两难选择,踌躇不定。作品在此处插入一段精彩的心理描写:"他在等待的厌倦里,身心的紧张慢慢地弛缓下来了,至于不再去留心那些汽笛。但凌乱的思绪,却又乘机而起;他仿佛知道靖甫生的一定是猩红热,而且是不可救的。那么,家计怎么支持呢,靠自己一个?虽然住在小城里,可是百物也昂贵起来了……自己的三个孩子,他的两个,养活尚且难,还能进学校去读书么?只给一两个读书呢,那自然是自己的康儿最聪明——然而大家一定要批评,说是薄待了兄弟的孩子。"① 这段描写向我们透露了张沛君日渐困窘、无力料理后事的糟糕处境,为作品结尾埋下伏笔。他究竟作何选择,鲁迅不作明确交代,针对东郊倒毙无名男尸事件故意遮盖真相,事实上,作家故意在此留白:鲁迅根本不忍写明兄弟弃尸荒野的残酷事实。但我们深知,最有可能是张沛君暗中所为。明写张沛君满口仁义道德,暗写不仁不义,小说的嘲讽意图不言而喻,鲁迅通过昆仲悲剧抨击儒经《论语》所宣扬的"兄弟怡怡"② 仁说。但是,由于鲁迅长年奔走城市,深知城市生存的严酷性,所以深切同情张沛君的遭遇,并不像对待四铭、白举人那样冷嘲热讽。作品描写人物的孤独焦灼表现内在苦衷,穿插了"忙着收殓""荷生满脸是血""他又举起了手掌"等噩梦片断,展现理想与生计、传统仁义与自我欲求的激烈冲突,揭示城市知识者在重重压迫中的灵魂畸变。夏丏尊《怯弱者》以沪杭为背景,通过兄弟失和反映人生苦痛。婚姻不幸的五弟玩世不羁,因吸鸦片寻妓而染病堕落,失去典铺生意,在上海浦东纱厂又遭失业,生活困顿不堪。其三兄苦劝不果,愤然与之绝交,内心时念手足情。作品重点刻画他在胞弟临终前后的爱恨纠葛,"他用了努力把这种想象压住,同时却又因了联想,纷然地回忆起许多往事来:记得儿时兄弟在老屋檐前怎样游耍;母亲在日怎样爱恋老五;老五幼时怎样吃着嘴讲话讨人欢

---

① 鲁迅:《弟兄》,《鲁迅全集》第 2 卷,第 140 页。
② 《论语·子路第十三》,第 201 页。

/ 第五章 五四浙籍作家的流动体验与创作主题 /

喜；结婚后怎样不平；怎样开始放荡，自当时怎样劝导，第一次发梅毒时，自己怎样得知了跑到拱宸桥去望他，怎样想法替他担任筹偿旧债……种种的想象与回忆，使他不能安坐在沙发上"①。他满怀牵挂却难解宿怨，甚至在兄弟弥留前漠然不见，前去吊唁却不忍直视，最终带着痛苦与遗憾乘船离开，情不自禁地张望浦东这块伤心地。

综而观之，五四浙籍作家在流动中行路颇广，产生真切驳杂的社会感受，并付诸笔端。这给新文坛带来丰实厚重的精神体验，极大地充实了文学主题，拓宽了叙事视角。

新文学创立之初，创作队伍尚不稳定，其中青年学生是一大主力军。他们涉世不深，足迹不广，社会阅历尚浅，视野褊狭，情感体验大部分追求自由恋爱与个性解放，社会感受与情感体验显得单薄。这就导致新文学主题多寡不均，恋爱题材居高不下，暴露出模式化弊病。沈雁冰在总结五四小说时定量分析，一语中的指出短处："写到社会生活的二十篇，实际上大多数还是把恋爱作为中心，而'描写家庭生活的九篇'实在仍是描写了男女关系——恋爱。大多数创作家对于农村和城市劳动者的生活很疏远，对于全般的社会现象不注意，他们最感兴味还是恋爱，而且个人主义的享乐的倾向也很显然。"② 五四浙籍作家中，有些青年作者也存在类似问题，但这个群体还有大批人到城市谋业务工，跻身社会日久，屡经时代风雨，熟悉社会情势，这对创作而言堪称得天独厚的优势。他们的创作动力更大、经验更足、题材更广。上述小说家在战争与示众叙事、知识者日常生活叙事、家庭伦理叙事方面显得视野开阔，笔力扎实。诸多内容都是新文学的薄弱点。五四浙籍作家从乡间城市赶来，如同涓涓细流汇入新文坛，带来极为丰富的创作资源。他们频繁流入各地，使新文学创作与时代、民族、社会紧密对接，展现非凡气象。

另外，五四浙籍作家在流动中了解各方风土，出入闹市巷陌，曾仰望高楼俯瞰民宅，看惯三教九流。对于这些流动者而言，社会万象可谓

---

① 夏丏尊：《怯弱者》，茅盾编选：《中国新文学大系·小说一集》，第545页。
② 茅盾：《中国新文学大系·小说一集·导言》，第9页。

历历在目，宛在眼前。所以他们在展示民族众生相时得心应手，出现多样的人物视角，能从喧杂的国民貌相中捕捉内在灵魂。有的学者论到小说叙事特征："叙事诗、戏剧、芭蕾舞、电影等其他叙事形式相比，小说具有运用、转换叙事视角的最大自由度和可能性。"① 小说作为近现代文学的主干，尤其需要创作者经验充足、视角独特。浙籍作家的流动，开辟了个人生活天地，改变固有的时空观，形成多样化的社会视界，社会阅历刺激文学想象，使之毫不费力地写出公共社会（十字街头、商店、城门建筑）与私人空间（家庭寓所），将民族、平民、知识者的生活纳入眼底，做到宏观与微观结合。基于这种视野，鲁迅等作家在城市中广泛涉猎世界现代文艺，汲取新颖的艺术技巧，促使生活观感变成小说艺术创造。这有力地拓展了现代小说的视阈。

　　五四浙籍作家在流动中观察记录世态市景，颇具思想与文学意义。它与五四思想变革精神相呼应，"在五四时期的最初几年，这种变革的要求则是极力主张采纳当时在中国所理解的西方的民主和科学思想以及价值观念"②。从文学史角度看，五四浙籍作家在流动中对民族苍生有了更立体的觉察，越来越深切地认识民族境遇，"像鲁迅一样，'五四'以后的许多小说家是从广袤的农业社区进入繁华喧嚣的大城市，在封闭落后的封建宗法制度与光怪陆离的现代文明的冲突中，一种强烈的心理反差迫使他们拿起笔来描写'上流社会的堕落和下层社会的不幸'，但就'五四'以后许多小说家的创作实绩来看，他们似乎更专注'下层社会的不幸'"③。他们不仅揭露封建文化残渣，也揭发现代文明伪像，呼出人的心声，为开创人的文学、平民文学功不可没。目前，相关研究或重城市文学，或重乡土文学，忽略五四作家描写世态市景的独特价值。比如在鲁迅研究界，关于鲁迅与上海、鲁迅杂文城市书写的关注更多，而对《呐喊》《彷徨》的市情描写重视不足，评价欠高，甚至有的研究

---

① 申丹：《叙述学与小说文体学研究》，北京大学出版社2004年版，第200页。
② ［美］林毓生：《中国意识的危机》，穆善培译，贵州人民出版社1986年版，第14页。
③ 丁帆等：《中国乡土小说史》，北京大学出版社2007年版，第42页。

者视若无睹，认为市情描写首推20世纪30年代的都市文学，这是有失偏颇的。

第二节 五四浙籍作家小说中的出走主题

随着近代社会文化的急剧转型，五四知识者纷纷到城市追求新机会，踏上漫长波折的旅程。但异路迢迢，行路多艰，特别是由于战争频发、封建旧疾与文明新病交错，他们难以安身，无法寻觅理想归宿地。这种行路体验日臻饱满，浸润五四新文学。各地作家偏爱写浪迹生涯，如川籍作家郭沫若的《歧路》、湘籍作家成仿吾《一个流浪人的青年》、赣籍作家张定璜《路上》、闽籍作家冰心《别后》等。出走、行路主题应运而生，飘零者形象大量出现，"歧路"描写盛行开来，开启中国现代文学漂泊主题的端绪。来自两浙的作家出行早、人数多，早年在故乡经历生活困顿或爱情创伤，留下难以愈合的伤痕，又在远游途中饱尝酸甜苦辣。这些刻骨体验，使得浙籍作家行走感触尤多，特别擅长描写城市行路生活，这在全国新文坛中可谓首屈一指。

自20世纪末至21世纪，有关中国现代文学的漂泊流浪主题在学界变得炙手可热，数十年间有多位研究者相继展开探讨。这些论著多纵论现代文学三十年中的漂泊流浪，所涉范围不尽相同，但都屡屡提及多位五四浙籍作家，把他们作为代表个案来论。其中，最受瞩目的是鲁迅、郁达夫、王以仁、潘训、王任叔。逄增玉《试论中国现代"流浪汉"小说及其形象》（《中国现代文学研究丛刊》1989年第4期）一文较早系统考察现代流浪小说，具体论及潘训《乡心》、王任叔《疲惫者》《阿贵流浪记》、王以仁《流浪》《漂泊的云》，并简要提及郁达夫。李书磊的专著《都市的迁徙——现代小说与城市文化》（时代文艺出版社1993年版）率先以城市文化视野观照现代小说家的迁徙，其专章论述的三位作家（郁达夫、茅盾、沈从文）中有两位浙人，除此之外还略及鲁迅的城市活动与小说创作的关系。谭桂林《论中国现代文学的漂泊母题》（《中国社会科学》1998年第2期）以大量作品为例证，其中包括鲁迅《阿Q正传》《过客》、郁达夫《感伤的行旅》、丰子恺《家》、潘漠华的诗歌《离家》及艾青诗作。王卫平、徐立平《困顿行者与不安定的灵魂——新文学中知识分子的漂泊流浪》（《东北师范大学学报》2010年第1期）的论述对象与《试论中国现代"流浪汉"小说及其形象》大致相似，略有增补，如兼涉鲁迅《故乡》《在酒楼上》《孤独者》的流浪主题。徐日君、韩雪的《1917—1927：中国抒情作家群体创作中的流浪情结》（《社会科学辑刊》2010年第1期）侧重探讨五四抒情作家小说中流浪母题的类型及现代意义，涉及郁达夫、王以仁两位浙籍作家。除了上文提及，仍有不少五四浙籍作家及作品被忽略，如夏丏尊《怯弱者》、王鲁彦《柚子》、倪贻德《玄武湖之秋》与《零落》、章廷谦《惘然》、徐雉《办事员莫邪》等小说，此外还包括王鲁彦《旅人的心》、俞平伯《东游杂记》、孙福熙《北京乎》、丰子恺《车厢社会》与《家》、宋春舫《欧游三记》等散文作品。

这些来自两浙的乡之子，带着真情实感描绘柳暗花明路，倾吐去意离愁，在出行主题下分流生支，或写毅然前行、孑然探路，或写默然徘徊、凄然别离，使"走""行路"成为五四新文学的重要主题。宁肯漂泊异地而不愿回乡，宁肯徘徊街头也不随波逐流，体现了现代知识者挣脱传统的个性吁求与命运哀曲。这些作家笔端频现"路（歧路、无路）"、昏天暗地与风雪彤云意象，多写车站、码头、街道、酒馆的离愁别绪，将未尽的希望寄于远方，表现出独特的空间想象，丰富中国文学的离别母题。

浙籍小说家较早书写三教九流的外迁生活，把两浙出行风气跃然纸上。这些流动人群庞杂，有教书求学的知识者、外出营生的行商走贩，亦有打工务杂的店员伙计、失业困顿的流浪者。鲁迅小说中塑造的游民，有知识者"我"，也有阿Q、吴妈、七斤等普通乡民。夏丏尊《怯弱者》描写了去杭州、上海闯荡生活的昆仲三人，他们靠开典铺、教书、纱厂做工为生，小说开篇即写人物的迁行，"阴历七月中旬，暑假快将过完，他因在家乡住厌了,就利用了所剩无几的闲暇,来到上海"①。潘训《乡心》塑造了数位客子,其中有"离开上陶到杭州"的"我"以及外出闯荡的"他","他"俨然不是笃守"父母在不远游"信条的孝子,执意闯外不愿承欢父母膝下,"我现在是不能回去。等我运气稍微好些,等我积蓄几个钱起来,再回去看看他们也不迟"②。王任叔《疲惫者》塑造的木匠父子奔波半生,父亲从下三府归来,儿子运秧"年少外出佣工"直至中年丧父返乡。综而观之,这些流动人物尤以知识者最多见,最具文学典型性。学者逄增玉注意到,中国现代流浪汉小说在五四显现雏形,出现了底层农民、知识者两类流浪者,具体以潘训《乡心》、王任叔《疲惫者》、王以仁《流浪》为例。他认为:"出现在这些作品中的主人公,都来自于社会最底层,来自于苦寒的农村;然而,他们已不是终日躬耕于垄上、辗转于阡陌的完全意义上的农民……生活的艰难和不安定性是所有流浪者小说中浓重的阴影,但如果说文学研究会的作品中的流浪者多是底层人民,作者们关注和强调的是流浪者面临的经济压迫的苦难,物质贫困的煎熬,那么,创造社小说中的流浪者多是出身于小资产阶级的知识分子,作者更注重他们在经济压迫、社会歧视下的精神痛苦。"③ 实际上,浙籍作家所写的漂泊者远不止这些,而且涉题颇广,如别乡去国、生计奔波、失业浪迹或伤别独行,叙说一个个游子故事,道出一段段离情别绪。

五四浙籍作家在成长岁月中曾受到故乡束缚,因而不断书写知识分子离行归去。他们萍踪不定,穿梭于多城之中,独行于天地间,不愿随遇而安,即便恋乡回乡却终将跨步走出,其人生哀号与理想呼声撼动人心。

鲁迅、郁达夫、潘训等作家均曾描写知识者痛别乡关。鲁迅《故

---

① 夏丏尊:《怯弱者》,茅盾编选:《中国新文学大系·小说一集》,第542页。
② 潘训:《乡心》,茅盾编选:《中国新文学大系·小说一集》,第250页。
③ 逄增玉:《试论中国现代"流浪汉"小说及其形象》,《中国现代文学研究丛刊》1989年第4期。

乡》《在酒楼上》多篇作品叙说"归乡"模式。①阔别已久的村庄冬日更显凋敝"萧索",全无少时印象,健康活泼的闰土不复存在,眼前所见的唯有劳碌麻木的农人,让"我"抱憾离去。S城一景一物依稀可辨,但物是人非,旧友星散,故梦残破,与面容苍老精神不振吕纬甫邂逅,彼此加重隔膜,"我"就此成为这片故土上永远的"客子"。郁达夫《沉沦》《茑萝行》、潘训《心野杂记》从家庭、恋爱婚姻角度表现知识者离乡哀史。《心野杂记》记述五四青年与故乡恋人的伤别,在风气沉滞的乡间,相爱男女难成眷属,女子含泪留在本乡,"我"则悲愤远走,踏上杭州、上海到北京的感伤旅程。尽管逃离伤心地,但沪杭路上永无宁日,故乡仿若一座大山压在心头,引起连连噩梦,"妹妹底呜咽的哭泣"如影随形、挥之难去。避入杭州时穷愁潦倒,看厌晓风残月,酩酊大醉之后露宿冷巷,因痛苦不堪又流走上海,一路心伤累累,"他虽知道此刻是睡在黄浦江岸的一间旅社里,但仿佛还明白地听到远处的妹妹底呜咽的哭泣;黑暗化身似的一个少女的身型,也还仿佛不能确知在那里坐着。他认真睁眼一看,哭声远了,少女的身型也消逝了,眼前是满房灰白的夜光下,椅子,桌子,衣架,都死般静地在制造寂寞"。因无力解愁,人物继续离沪北上,渐行渐远。他到京城寻路但仍难摆脱"过去的梦"的枷锁,翻开人生新篇,"时光如水地流过去,我到北京不觉已有四十天了,搬死尸似的由轮船火车运到北京来以后,就整天地关上房门枯坐,或眼耿耿地睁着躺在床上遣送时光。过去的梦,虽仍一片一片地在我眼前开演,但那已不是热情的了"②。这位乡之子无力抗拒厄运,唯求在漫漫长路中散尽忧愁,变为人生弃儿,可谓是五四知识者苦苦挣扎的缩影。

郁达夫小说多以自叙传笔法表现知识分子离乡飘零。这些人物因为家庭婚姻遭际而离乡远行,到通都大邑另寻新风,沦为乞食的寒士。《沉沦》中的故乡小市一川如画,但父亲亡故、家境败落,迫使他外出

---

① 钱理群:《走近当代的鲁迅》,北京大学出版社1999年版,第154页。
② 潘训:《心野杂记》,茅盾编选:《中国新文学大系·小说一集》,第235、238—239页。

第五章 五四浙籍作家的流动体验与创作主题

另求生路。《茑萝行》中的"我"是包办婚姻受害者,虽内心抗拒父母之命、女性缠足读经,但无力改变现状,因此恨别穷乡僻壤,追求"通都大邑的空气",如小说所写,"后来看到了我们乡间的风习的牢不可破,离婚的事情的万不可能,又因你家父母的日日的催促,我的母亲的含泪的规劝,大前年的夏天,我才勉强应承了与你结婚……在穷乡僻壤生长的你,自幼也不曾进过学校,也不曾呼吸过通都大邑的空气,提了一双纤细缠小了的足,抱了一箱家塾里念过的《列女传》《女四书》等旧籍,到了我的家里。既不知女人的娇媚是如何装作,又不知时样的衣裳是如何剪裁,你只奉了柔顺两字,作了你的行动的规范……我就决定挨着病离开了我那空气沉浊的故乡"①。

除了肝肠寸断的离乡曲,五四浙籍作家还谱写奔流咏叹调,描述城市十字街头的奔波、徘徊与离别。鲁迅作品常现漫游者的身影,描写张沛君(《弟兄》)、"他"(《幸福的家庭》)等知识者的窘况,隐现了一位众人皆醉我独醒的全知叙事者,他显然是作者的化身,以悲悯眼光俯视京城芸芸众生。《一件小事》《伤逝》通过街头踟蹰,表现人物经历风波后灵魂余震。《一件小事》的小知识者"从乡下跑到京城"后日渐堕落冷漠,看到车夫人道精神后自惭形秽,"风全住了,路上还很静。我走着,一面想,几乎怕敢想到自己"。《伤逝》中的涓生经历磨难后独行长街、痛定思痛,"然而子君的葬式却又在我的眼前,是独自负着虚空的重担,在灰白的长路上前行"②。《秋夜纪游》中的"我"在上海马路上漫游,是一位生长农村的异乡人,历数喧扰纷乱的租界生活,如巴儿狗谄媚叫声、四处充斥吃担食、胡琴、麻将、留声机的市风。此般漫步显然不属于闲庭信步,包含与世不合的孤愤情感和抗争精神。

在《茑萝行》中,郁达夫描写知识者的曲折行迹。主人公留学时在异国蛰住八年,归国后回上海谋生,寄住城市屋檐下过着乞食般的寒苦生

---

① 郁达夫:《茑萝行》,郑伯奇编选:《中国新文学大系·小说三集》,上海良友出版印刷公司1935年版,第90—91页。

② 鲁迅:《伤逝》,《鲁迅全集》第2卷,第132页。

活,痛恨恶浊的空气。作者以穷愁而死的英国诗人 Chatterton (托马斯·查特顿)"自喻,表达满腹哀愁:"啊啊!同是血肉造成的我,我原是有虚荣心,有自尊心的呀!请你不要骂我作播间乞食的齐人吧!唉,时运不济,你就是骂我,我也甘心受骂的……教书是有识无产阶级的最苦的职业,你和我已经住过半年,我的如何不愿意教书,教书的如何苦法,想是你所知道的,我在此处不必说了。况且 A 地的这学校里又有许多黑暗的地方,有几个想做校长的野心家,又是忌刻心很重的,像这样的地方的教席,我也不得不承认下去的当时的苦况,大约是你所意想不到的,因为我那时候同在伦敦的屋顶下挨饿的 Chatterton 样,一边虽在那里吃苦,一边我写回来的家信上还写得娓娓有致,说什么地方也在请我,什么地方也在聘我哩!"[①] 作品与郭沫若的《歧路》异曲同工,都描写家人生离死别以及知识者在马路上默然行。《春风沉醉的晚上》中的知识者"我"在沪上困窘不堪,曾租住静安寺路、邓脱路阴暗逼仄的亭子间,因多次失业、房租涨价几经搬迁。"在沪上避居了半年,因为失业的结果,我的寓所迁移了三处。最初我住在静安寺路南的一间同鸟笼似的永也没有太阳晒着的自由的监房里。这些自由的监房的住民,除了几个同强盗小窃一样的凶恶裁缝之外,都是些可怜的无名文士。"[②] 不愿回旧乡,又无法挣脱城市贫民窟,郁达夫写出近现代知识者身处夹缝中的悲剧处境。

章廷谦、潘训等从爱情角度描写知识者出走。章廷谦的小说《惘然》描写一对旅京青年的感伤离别,女子乘车回乡后"我"怅然而归,"汽笛叫了三次,每次都使我感到惊悸,后来车慢慢的动了,伊离我也渐渐的远了,远远的望去,看见玻璃窗中的伊,肩膀还在耸动。一直等到车走的声音也听不见,我便走出月台,信步走进邮局去买邮票,但是邮局售票处的门已经关了。我便一个人归来……街市上的人仍如从前一样的忙碌和奔忙,洋车夫也和平日一样的和我论量去八道湾的车价;这

[①] 郁达夫:《茑萝行》,郑伯奇编选:《中国新文学大系·小说三集》,第94—95页。
[②] 郁达夫:《春风沉醉的晚上》,郑伯奇编选:《中国新文学大系·小说三集》,第103页。

/ 第五章　五四浙籍作家的流动体验与创作主题 /

些在我看了是感到冷静的,并且觉到他们的无聊"①,文中"一个人"独行,满怀离愁。

王以仁离开故乡天台后命运多舛,惯于以自传笔法描写知识者的漂流生活。他自言:"我是一个天性生成的爱在外面过着流浪生活的畸零者——或许是我的命运注定我一生永无宁居的一日也说不定。我的行踪绝似那天边飘零不定的浮云。"② 其小说的主人公大都是作者的投影。《流浪》作于1924年,描写五四青年在沪、杭的浪迹生活与可悲处境。人物"我"离乡三个月,在上海失业"挨了两三天的饥饿","露宿衖堂门口",被迫到杭州投靠乡友,却因对方临时回乡而无处安身。作品从马路踟蹰起笔,通篇表现人物孑然徘徊,我心中觉得我虽在年轻的时候已经领受到暮年垂死的悲哀,眼眶中不知不觉地有些润湿起来,便独自顾影自怜的叹了一口气③,随后,他失魂无助地流落到湖滨公园、西湖白堤、孤山等处,餐风饮露、夜宿古亭,成了无人垂怜的孤魂,"飘然的从你的住所走了出来,独自一人走上了湖滨公园里的草地坐着。太阳血盆似的陷入了西南角的山凹上,湖水也放出垂死时候的回光一样的惨红的颜色。湖中的小艇受了水波的冲动发出沉吟的声音。树上的归鸦噪着好像是嘲笑我没有归宿的命运,又像是在哀吊我漂泊无依的苦楚"。车站验票员的凶狠面色、车夫的轻蔑纠缠、异性的鄙夷不屑,让他一次次受挫,生计愁苦与爱情焦渴这位青年渐渐悲观厌世。他曾到环湖旅馆骗取食宿,"要发明一种药品,一蘸在人们的脸上美貌就变成和猢狲一样的丑陋",企图找"鸠形鹄面藏在红脂白粉中间的妓女"④。该小说略写一位从三千多里外乡漂至杭州的落魄文人,曾因不伦恋触犯族规被逐出,流落到城市屋檐下,其呜咽的箫声诉说五四青年的遭遇。其《孤雁》中的知识者也有相似处境,寄居城市,常常找不到容身之所,"你

---

① 川岛:《惘然》,鲁迅编选:《中国新文学大系·小说二集》,第299页。
② 王以仁:《我的供状》,《孤雁》,商务印书馆1931年版,第1页。
③ 王以仁:《流浪》,郑伯奇编选:《中国新文学大系·小说三集》,第424页。
④ 同上书,第425、433页。

们走了以后，茫茫的海门，就只有我一个人留着了。海门的状况你是知道的。满街都排列着腥臭的咸货，使人心身感觉发厌。我一个人很无聊的在街上踱来踱去的走了一回，我觉得我的心比空中的浮云还要缥渺。飘忽的游丝还要不着边际了"①。

在王鲁彦小说中，知识者"我"穿行于风雨飘摇的时代，控诉战争乱象与愚昧民风。《柚子》中的他被岳麓山吸引，入湘后却发现战火弥漫，砍头现象屡屡发生，竟被民众争相围看。这无聊热闹的风气让"我"失望透顶，作品以"又酸又甜价钱又便宜"柚子作为反语揭露惨淡现实。《秋夜》中的"我"是身逢战事的外乡人，在时代阴霾中难以安心。作品写道："'砰，砰，砰……'又是一排枪声，接连着便是隆隆隆的大炮声。我急急的走去，急急的走去，不一会便在一条生疏的街上了。那街上站着许多人，静静的听着，又不时轻轻的谈论。我看他们镇定的态度，不禁奇异起来了。"②王鲁彦笔下，"我"的忧愁、噩梦、街头独行，表现了动荡时代知识者的忧愤之情。

五四浙籍作家拒回故乡却又厌居城市，怀着现世幻灭感渴求出路，其作品的出走主题体现出现代行路意识，既有无路而行、赴汤蹈火的求路精神，又有闲居遁世、向往自然艺术的雅趣追求。

其一是跋涉不停的过客精神。鲁迅身处乡土城市时均感到虚无，遂寄望于未知世界，把"无穷远方"与"前面"作为终极去向。他笔下的"走"体现了穿越虚无的思想哲学深味。《故乡》《祝福》中的"我"目睹了乡村萧索与民众遭遇，面对沉滞空气却无计可施，既不能救闰土于水火，也无法消除祥林嫂的疑惧。"我"执意道别"故乡的山水"，选择辛苦辗转的生活，其"归来—离去"有别于狂人"赴某地候补"，旨在寻求"本是无所谓有，无所谓无"③的渺茫新路。《在酒楼上》"我"是自甘远走、永无栖处的游子，"北方固不是我的旧乡，但南来又只能算

---

① 王以仁：《孤雁》，商务印书馆1931年版，第3页。
② 王鲁彦：《柚子》，人民文学出版社1998年版，第1页。
③ 鲁迅：《故乡》，《鲁迅全集》第1卷，第510页。

一个客子，无论那边的干雪怎样纷飞，这里的柔雪又怎样的依恋，于我都没有什么关系了"。不愿安于旧乡，也不愿与思想消极、精神萎靡的吕纬甫沦为一道，"独自"行走于天地罗网中，"我独自向着自己的旅馆走，寒风和雪片扑在脸上，倒觉得很爽快。见天色已是黄昏，和屋宇和街道都织在密雪的纯白而不定的罗网里"①。鲁迅所塑造的行路者，茕茕孑立形影相吊，不属于穷困潦倒的流浪汉。他们选择了前途未卜的远方，漫天风雪无人做伴的孤路，这些坚定的求路者，没有明确的路向，但身上鲜明体现着永不退缩的启蒙抗世精神。《过客》中的过客绝然行走不停，拒绝接受布施，或者过老翁日入而息的生活，也绝不回转到充满"驱逐和牢笼""皮面的笑容"的旧地，而甘愿到遍布坟茔、杳无人烟的前方开拓新路。"我就在这么走，要走到一个地方去，这地方就在前面。我单记得走了许多路，现在来到这里了。我接着就要走向那边去，（西指）前面！"②

其二是避世超脱精神。郁达夫、夏丏尊、俞平伯、丰子恺等作家则向往闲居淡然，把自然艺术奉为人生旨归，以文艺美感情趣消困解乏。郁达夫在现代作家中堪称一位典型的怀乡病者，放浪不羁地奔走城乡之间，时时萦怀故乡明媚的湖山，但始终顾忌那里的人情世故，从无回迁念头，正如《还乡记》所述："浙江虽是我父母之邦，但是浙江的知识阶级的腐败，一班教育家政治家对军人的谄媚与对平民的压制，以及小政客的婢妾的行为，无厌的贪婪，平时想起就要使我作呕。所以我每次回浙江去，总抱了一腔羞嫌的恶怀，障扇而过杭州，不愿在西子湖头作半日的勾留。"③作者心头阴影难消，回乡途中显得心事重重，不愿返归故土，也不愿困于城市牢笼。他心怀庄严，把严子陵钓石矶当作精神圣地，渴望到自然山水寻求归宿，如其所说，"万一情状不佳，故乡父老

---

① 鲁迅：《在酒楼上》，《鲁迅全集》第2卷，第34页。
② 鲁迅：《过客》，《鲁迅全集》第2卷，第195页。
③ 郁达夫《还乡记》，周作人编选：《中国新文学大系·散文一集》，上海良友出版印刷公司1935年版，第125—126页。

不容我在乡间终老，我也许到严子陵的钓石矶头，去寻我的归宿的"①。严夏丏尊早年游学东京，后先后移居杭州、上海，但身在城市常感寂寥，以诗书文艺驱遣寂寞。他的小说《长闲》得名于陶渊明《自祭文》中的诗句"勤靡余劳心有常闲"，作品主人公过着清贫的卖稿生活却不言愁，避居白马湖畔观山赏月、把盏吟诗，这种闲适超然的境界正是作者的梦想。学者、散文家、诗人俞平伯曾到京沪游学谋业，亦曾游历伦敦、纽约、长崎、东京等地，把诗文小说作为生命寄托，追崇"美"与"趣"的化境。负笈北都时曾寓居清华园南院，居室条件简陋，诚如他自己所言"蹩脚之洋房"，"岁有西风，是不适于冬也，又必日有西阳，其南有窗者一室"②。客居他乡、身居寒舍，但他不以为忤，兴致满满地写作《秋荔亭记》一文，颇有安贫乐道遗风。1922年7月俞平伯东游日本，途经长崎横滨东京，既饱览都会风光，又真切感知人间不公。富人"凭栏闲眺"，底层煤工却烈日苦劳、状如鬼魅，这让他对严酷的现实深怀不平，"世间之酷虐之岂有穷极耶？兴思及此，一己之烦闷可平，而人世之悲哀愈烈，觉前路幽暗，如入修夜，永无破晓之新希矣"③。俞平伯热切期望合理优美的人生，以美驱走黑暗，"美感只是一种趣味，至于为苦为乐则随情境而异，非美之本身所具有也。良辰美景赏心乐事，固是人间之至乐，但'良辰美景奈何天，赏心乐事谁家院'便是悲怆胜于欢情矣"④。其小说《花匠》抨击了花匠为取悦权贵无情践踏自然美的粗鄙行为，表现了守护自然生灵的精神。丰子恺在奔波中常感虚幻，思索人生归路，在他看来，城市的旅馆、寓所均是过路驿站，乡里本宅并非人生终点，艺术化生活才是人类最终的家园。

这种行路意识被学界统称为流浪漂泊精神。有论者以为："中国新文学中的知识分子题材小说，特别是知识分子形象塑造得比较鲜明的小说，

---

① 《郁达夫全集》第3卷，第15—32页。
② 俞平伯：《秋荔亭记》，《俞平伯散文选集》，第201页。
③ 俞平伯：《东游杂志》，《俞平伯散文选集》，第32页。
④ 俞平伯：《秋荔亭记》，《俞平伯散文选集》，第33页。

几乎都写到了知识分子的漂泊流浪,展现了他们生活的困顿和灵魂的不安定。他们总有欲求,是最不安分的,同时又总感到失落,在行动上总是漂泊的,在精神上总是流浪的,在心理上总是具有无根的感觉。于是灵魂到处流浪,精神无所寄托。这也正是知识分子独具的性格特征和精神心理。一部知识分子的形象史,就是知识分子漂泊流浪和寻找精神家园的历史。"[①] 有些研究者援引西方知识分子理论加以论述。如果仔细推敲,确实都有足迹不定的特点,一些作家也明言流浪、漂泊,王以仁甚至将小说取名为《流浪》。但就学术研究而言,用"流浪漂泊"指称五四作家的精神并不尽准确。现代作家梁遇春在《谈"流浪汉"》中从翻译学角度将 Vagabond 译作"流浪",并作明确界定。该文认为:"他们既没有一定的职业,有时或者也干些流氓的勾当。但是他们整天随遇而安,到也无忧无虑,他们过惯了放松的生活,所以就是手边有些钱,也是胡里胡涂地用光,对人们当然是很慷慨的。他们没有身家之虑,做事也就痛痛快快,并不像富人那种畏首畏尾,瞻前顾后。"[②] 由此观之,浙籍作家所写的行路近乎流浪,两者都有离乡远行、萍踪不定、无家可归的含义,但又不完全相同。前者似无目的,实则充满思想孤独与艺术追求,无论奋然前行还是悠然漫步,均是为寻找文化新路,是新文学现代精神的重要组成部分,而流浪行为多具有随波逐流、落拓不羁的特征。

五四浙籍作家不愿终老故乡,又甚感城市混浊无趣,心中满溢着别情去意,渴求另寻光明家园。由此,他们的文学叙事中频现空间冲突。现世的城乡方寸狭小,让人难以停留,而长空远路(一望不尽的乡路航道、空旷寥落的街头、拥挤孤冷的车站码头等)则如地平线托起希望,尽显天高地阔,时刻召唤着跃动不安的游子。远近空间的反差,深化了出行主题,使浙籍作家的作品显出壮阔气象与悲然气氛。

随着现代叙事学的发展转向,空间的重要地位日益凸显。加布里埃

---

① 王卫平、徐立平:《困顿行者与不安定的灵魂——新文学中知识分子的漂泊流浪》,《东北师范大学学报》2010年第1期。
② 梁遇春:《谈"流浪汉"》,周作人编选:《中国新文学大系·散文一集》,第101页。

尔·佐伦《走向叙事空间理论》提出："首先将叙事的空间看作一个整体，创造性地提出了叙事中空间再现的三个层次：地志的、时空体的和文本的……地志学层次，即作为静态实体的空间；时空体层次，即事件或行动的空间结构；文本层次，即符号文本的空间结构。"① 长空远路往往贯穿于五四浙籍作家的叙事中，为混沌世界打开希望出口。当乡土大地归于沉寂，城路了无生气，人物孑然踏上浩渺远路。他们独行所依，痛心疾首，深尝绝望苦楚；他们在独行时自觉沉思，忖度今生未来，走向前方寻求新生。鲁迅小说描述的"未庄""鲁镇"保留水乡风情，引人入胜，但这些寸土之地与世隔绝，几乎被现代文明遗忘。《阿Q正传》《风波》中的农民固守本村风习，不但全然不解乡外世事与城里风习，甚至大为鄙夷。《故乡》展现"萧索的荒村""没有一些活气"②，"老屋离我愈远了；故乡的山水也都渐渐远离了我"一条水路伸向无尽远方，将"我"与故乡远隔，令离人难舍却又蕴含希望。《在酒楼上》中的S城"城圈本不大""风景凄清"③。郁达夫《茑萝行》称故乡为穷乡僻壤，刘大白《龙山梦痕序》"平时厌恶故乡"④。当久居城市后他们又感到失望，如鲁迅将北京称为"很是嚷嚷"⑤的寂寞地，把上海的华人住区称为"窟穴"⑥，夏丏尊将上海生活形容为"傲居"⑦。由于被现世所束，这些作家喜好放眼寰宇，钟情于漫漫远路，渴望到博大天地中安放理想。其作品屡次描写天地去路，如长街、驿站、公园。鲁迅小说、夏丏尊《怯弱者》、郁达夫《茑萝行》、潘训《心野杂记》都以离别孤行作为结束。《在酒楼上》中的"我"在荒寂的S城邂逅故友吕纬甫，一番对谈后愈是沉闷失落，分道扬镳后只身走在风雪交加的街头，那浑然天

---

① 程锡麟等：《叙事理论的空间转向——叙事空间理论概述》，《江西社会科学》2007年第11期。
② 鲁迅：《故乡》，《鲁迅全集》第1卷，第501页。
③ 鲁迅：《在酒楼上》，《鲁迅全集》第2卷，第24页。
④ 刘大白：《龙山梦痕序》，周作人编选：《中国新文学大系·散文一集》，第76页。
⑤ 鲁迅：《鸭的喜剧》，《鲁迅全集》第1卷，第583页。
⑥ 鲁迅：《秋夜纪游》，《鲁迅全集》第5卷，第267页。
⑦ 夏丏尊：《平屋杂文》，开明书店1946年版，第162页。

地令其心胸舒畅，使文本透出几分希望光色。《示众》《一件小事》多次描写空旷寥落的大街，辽远空寂的路尽头冲淡了京城颓气，为作品增添些许亮色。《伤逝》中的涓生在痛苦旋涡中一次次梦见灰白长路，渴望向那里踏出一步，寻求新的生路。迢迢风雨路上，人物痛定思痛，拷问自我灵魂，与灰色过往正式告别，向新生道路迈出艰难一步。夏丏尊《怯弱者》中，主人公在告别上海、诀别亡弟的路上方知亲情可贵，默然怀念手足情，冰释一切前嫌："'不知那条烟囱是某纱厂的？不知那条烟囱旁边的小房子是老五断气的地方？'他竖起了脚跟伸了头颈注意一一地望。船已驶到几乎看不到人烟的地方了，他还是靠在栏杆上向船后望着"①。潘训《心野杂记》中，"我"在故乡情断，被迫到远方寻求精神慰藉，"离了轮船上岸来，就趁了电车，但电车经过北站，我又想立刻离开上海了，想乘了火车，让它一直载了我无穷尽地远去吧"。王以仁的《流浪》开篇写车站旅人走出"猪圈一般的四等车"，"我左手提着一个仅有的布包，右手在袋中摸着那张剪了几个缺的车票，双目无神地注视着如潮的人海一个个向口外走去"②。人物每行一步，不断审视自我人生，向可悲命运发出抗议。从此角度看，浙籍作家小说中的"远路"不仅是一处故事背景，而且是一个重要的表意符号，寓意着人物在痛苦挣扎中走向新生。这一远路想象极大地丰富了新文学的叙事艺术。

　　浙籍小说家在展开知识者行路叙事时，辅以时间景物描写，如黄昏暗夜、朔风寒雪，烘托阴晦不明的时代氛围，折射出知识者渺小而伟大的身影。鲁迅作品多以景物衬托行者独彷徨，《故乡》通过深夜，展现离别远行时沉重辽远的心情；《一件小事》中的"我"迎着呼啸寒风走去，自惭形秽，终于良心发现。《伤逝》通过初春长夜描写孽风怒吼与灰白长街，映现人物独行时痛苦挣扎的心理。《示众》通过炎炎酷日和街头寂静，暗喻麻木沉寂的国民社会，《在酒楼上》在写小城街头分别时，通过冬日的漫天飞雪、扑面寒风、阴沉黄昏，衬托街头荒凉与人物

---

① 夏丏尊：《怯弱者》，茅盾编选：《中国新文学大系·小说一集》，第550页。
② 王以仁：《流浪》，郑伯奇编选：《中国新文学大系·小说三集》，第423页。

孤绝心境，营造一个绝望的文学世界。倪贻德的《零落》充满旅人情调，"住在这条街上的人家，大部都是些中产阶级的家庭；又还不是纯粹的本地人，大概都是些分路人游宦此方，因而移家到这边来的，年代久远了，就无形中成了本地人。然而他们都没有恒产，所以常常迁移不定的"①，字里行间透露出家族兴衰、聚散不定的人生意味。方光焘的《疟疾》通过无边长夜、高空皓月勾画清冷画面，表现知识者的孤冷，"一轮圆月，在黑暗的长夜，放出清丽的光辉普照那夜行孤客。离乡的旅人，伤时的词客，有时虽然被明月惹起无限愁思，却也从明月里得了许多慰安，许多诗料。在这夜深人静，万籁俱寂的当中，只有那浮石滩头的滩鸣，如泣如诉的还是响个不住"②。王以仁的《流浪》以冬日严寒衬托内心的落寞，反复描写萧萧西风、马路扬尘、斜阳枯叶，如"一阵阵迎面而来的朔风把马路上的泥沙吹起，我缓缓地在路上走着和在黑雾中迷行着的一样。初冬的晚景在四点半钟的时候就有些黑暗的样子。在灰尘中进行着的阳光投射在路旁的墙上，使我想到了我灰色的命运"③。路途上的风霜雪雨，象征着人物在痛苦中搏斗重生。徐雉的《嫌疑》《办事员莫邪》《革命前后》等小说塑造了一系列孤冷青年形象。《办事员莫邪》里的男青年为生计从南京流荡到K市，与暗夜冷街为伴，"只有莫邪独自个在靠江边的洋台上踱来踱去，滞重的脚步声象在一声声催着夜之神快些回去……莫邪在街上踟蹰着，K市繁盛喧闹的市街突然多了他一个人，也不觉得有什么改变；正和怒涛起伏的汪洋的大海中，添了一朵微细的浪沫，并不足以增大海的庄严和伟大一样"④，他在夜行中自叹自怜却又在忖度前途。在《卖淫妇》结尾，知识者"我"发现娼妇的身世后拒绝挽留，毅然走向风雨，"门外是丝丝雨；天上是灰暗惨淡。仿佛是为社会中的不幸者下泪"⑤，他不甘堕落，为女性惨遇发出悲鸣，

---

① 倪贻德：《零落》，郑伯奇编选：《中国新文学大系·小说三集》，第349页。
② 方光焘：《疟疾》，郑伯奇编选：《中国新文学大系·小说三集》，第278页。
③ 王以仁：《流浪》，郑伯奇编选：《中国新文学大系·小说三集》，第424页。
④ 徐雉：《办事员莫邪》，《徐雉的诗和小说》，第92—93页。
⑤ 徐雉：《卖淫妇》，《徐雉的诗和小说》，第122页。

跟跄地寻找一条穿越黑暗的生路。

上述篇什展现了孤独美学境界。孤独是古往今来中外先哲的崇高体验，庄子独与天地往来，屈原汨罗江畔的绝世行吟，仕途失意文人江畔垂钓，尼采等外国哲人伫然独省。蒋勋认为："因为在儒家文化里，在传统的亲子教养里，没有孤独感的立足之地……五四运动是近代一个非常重要的分水岭，代表着人性觉醒的过程。有时候我们称它是白话文运动，但我不认为是这么简单。它所探讨的是人性价值的改变，基本上就是对抗儒家文化、对抗群体。"[①] 诚如斯言，五四浙籍作家用生命热血续写孤独足迹：苍茫天地间惟余一孤客，他不同于古诗中独钓寒江的蓑笠翁，迎风走在城市街头、走向夜色歧路，其肩头承载万千痛苦与无尽希望。这具有丰富意味，为新文学增添了感伤气息和孤独美感，亦蕴含决然不屈的思想精神。

五四浙籍作家带着强烈的爱恨投入创作，无心描写灯红酒绿，尚未开创现代城市文学，但通过出走主题开启了另一扇文学之门。他们笔下再现了五四一代知识者在历史隘口的徘徊、悲鸣与抗争，体现了可歌可泣的现代求路精神，展现出群雁高飞、长鸣苍穹的壮美画卷，这是五四新文学给我们的独特审美体验。

第三节　五四绍籍作家对越中水景乡风的书写

五四浙籍作家长年漂流在外，逐渐厌倦了动荡不定、繁忙嚣杂的城市生活，淤积越来越多的旅愁乡愁，故此多寄情自然山水，涉笔成趣。两浙地处江南，原本多佳山丽水，自古即有江南山水诗路的美称。令人赏心悦目的名山胜景（会稽山、四明山、天台山等）与江湖溪流，曾让古代文人墨客忘情吟哦，也使五四游子魂牵梦萦，心中常驻故土风景。不少浙籍作家时或回乡，徒步山水之间重拾故梦。两浙诗画山水给旅居

[①] 蒋勋：《孤独六讲》，广西师范大学出版社2009年版，第22—24页。

的浙籍作家带去情感抚慰，提供了得天独厚的创作资源。浙籍作家着墨山水不仅表现两浙地区的乡风水貌，而且使烽火遍布的新文坛充盈着山水文趣，复现中国士人寄意山水的审美传统与文化襟怀。新文化提倡者与新文学作家激烈地反传统，其激进态度曾引人侧目，被认为有导致中国文化断层之嫌。事实上，浙籍作家因城市流动远离乡土，但也因流动而反观乡土，在新文学批判话语中沿承民族固有流脉，融入个性秉性情志，拓展了新文学的审美文化格局。他们纵意舒展个人秉性，挥洒人生热情，尽显不趋仕、不遁世的现代风姿，与环游山水的士大夫明显异趣。绍兴籍新文学作家的越中水景描写即是一个重要个案，为我们探询浙江乃至中国新文学的丰厚蕴含提供了别一路径。

  水是人类繁衍生息不可或缺的珍贵资源，在世界"文明曙光初现"[①]和发展中发挥了不可低估的作用，对不同地域风貌和社会风习产生深刻影响。中国江南地区突出体现了以水为魂的特征，纵横交错的河湖水域，映照出烟柳繁华、文化璀璨的历史景观，其中，越中之水以其悠久历史和一脉特色引人注目。古城绍兴素享有水乡桥乡之誉，因其独特的自然气候和山川地貌，形成"一街一河"[②]水乡城镇特色，在江南城镇中，绍兴的水色桥韵尤其多彩，城外镜水荡漾、河湖密布、水道纵横，古城内河街毗连、民家枕河、石桥遍布，据清光绪《绍兴府城衢路图》记载，"城内有河流13条，总长31公里"[③]。水构成了古城绍兴得天独厚的自然宝藏，河密水丰，形成越地处处依水的社会风习，呈现一幅云水交映的艺术画卷。水乡风土滋润了越人任性天然的性格，生发文人雅士的文思才趣，千载悠悠之水衍生独特的文学传统。多少文人墨客醉心于此，李白、杜甫、白居易的千古佳句写下一湖镜水，王羲之"山阴道上行，如在镜中游"、袁宏道"山阴道上行，人在画中游"描绘出美不胜

---

  ① ［英］史蒂文·米森、休·米森：《流动的权力：水如何塑造文明》，岳玉庆译，北京联合出版公司2014年版，第56页。
  ② 沈善洪、费君清主编：《浙江文化史》下册，浙江大学出版社2009年版，第801页。
  ③ 项竹成：《绍兴古今谈》，浙江大学出版社1993年版，第145页。

第五章 五四浙籍作家的流动体验与创作主题

收的水路胜景，唐代徐坚《初学记》曾记载："《舆地志》曰：山阴南湖，萦带郊郭，白水翠岩，互相映发，若镜若图。"[1] 当代浙籍作家叶文玲对绍兴水貌一见倾心，留下深刻印象。她在《水上的绍兴》中由衷地赞叹道："水，是绍兴的精髓绍兴的命根。"[2] 故乡之水对现代绍兴籍作家及文学创作产生深刻影响。生于斯的绍籍现代作家，即使少小离乡、寓居异地，却始终对故乡之水满怀深情，不仅以水乡为文学创作的原型，描摹水景乡风，而且对水乡风情颇多眷恋，甚至把水当成精神寄托。他们描写水色，显现着近现代绍兴水乡历史镜像，为绍兴水乡绘出现代艺术画面，彰显着作家艺术情思和文化秉性。对此展开探究，我们可赏鉴五四新文学中的绍兴水乡图景，反观绍兴水的文化特征和内蕴，为考察新文学作家与地域文化、传统文化的内在关系提供一份理论参照。

五四绍籍作家对"诗画镜水"着墨，书写越地水景遗韵，寄托个性情志。《会稽郡记》记述："会稽境特多名山水，峰崿隆峻，吐纳云雾。松栝枫柏，擢干竦条。潭壑镜澈，清流泻注。"[3] 越地山水素有醉人心魄的自然之美，形成浑然天成、诗意盎然的文化魅力和地域特色。水域宽阔、水文丰富、植根乡田，湖泊星罗棋布，湖水荡荡、河水脉脉、溪水潺潺，如有研究者所论："会稽山草木茂盛，山花繁盛，动物众多，给人的最突出的感觉是充满着生命的活力，又由于江南气候多变，雨水丰沛，就景观来说，一是云景奇幻，云兴霞蔚，色彩之繁，之艳，之变，让人叹为观止，另是浮云苍狗，变化万千，更是匪夷所思，另一是水景丰富，或溪，或瀑，或潜流，或明河，或平静如镜，或急湍如沸，或寂静无声，或响若惊雷。这样的景观，给人的一个最为突出的感觉是灵动。"[4]

越地清水长流、古迹处处，古鉴湖、若耶溪、剡溪等自然胜景，留

---

[1] （唐）徐坚等：《初学记·江南道十》卷8，中华书局1962年点校本，第188页。
[2] 叶文玲：《水上的绍兴》，《文化月刊》2009年第4期。
[3] 徐震堮：《世说新语校笺》，中华书局1984年版，第82页。
[4] 陈望衡：《越中山水论（上）》，《绍兴文理学院报》2009年7月1日。

下历代诗人学士的足迹。张岱在《夜航船》"地理部·景致"中列陈"越州十景",其中提及的"镜湖泛月"①之景,便是越地水景的经典剪影,富含着越地水的无穷韵味,该书"地理部·古迹"记述了绍兴浴龙河、箪醪河等古河及其历史典故,道出越中水流品味不尽的自然悠远之美。绍兴水韵,是大自然多声部音的交响,与水相映成趣的是,草木繁盛、山川灵秀、青山吐秀、石桥遍地、形态万千。乌篷船轻悠划行、桨声悦耳,成为水乡别具特色的风景线。总之,越中清流碧水,与天光、云影、山色、石桥、花木,共同组成一幅幅山水相连、灵秀淡雅、清幽古远的自然图画。

五四绍籍作家对故乡一山一水别具会心,以新文学笔触栩栩如生地描绘梦里水乡,展示其美不胜收的水乡美景,承续越水的余风遗韵,叙写了越水的诗意魂魄。孙伏园《红叶》描述了越中水域广袤阔大的景象:"绍兴是水乡,但与别处的水乡又不同,因为原来是鉴湖,以后长出水田来,所以几百里广袤以内,还留着大湖的痕迹,在这大湖中,船舶是可以行驶无阻的,几乎没有一定的河道,只要不弄错方向,舟行真是左右逢源。"②作家徜徉故乡山水,遍赏红叶、纵情泛舟、一览鉴湖水遗韵,尽享都市里难觅的生活意趣。

越中水景自然分布、随处可见、错落有致,在绍籍作家的笔下呼之欲出,水乡画轴上的古迹胜景得以细部呈现。山阴水道、鉴湖风光经鲁迅、周作人、许钦文等人描摹后更显光彩。在鲁迅心灵深处,山阴水景美妙无穷,成为魂牵梦萦的理想化境,"我仿佛记得曾坐小船经过山阴道,两岸边的乌桕,新禾,野花,鸡,狗,丛树和枯树,茅屋,塔,伽蓝,农夫和村妇,村女,晒着的衣裳,和尚,蓑笠,天,云,竹……都倒影在澄碧的小河中,随着每一打桨,各各夹带了闪烁的日光,并水里的萍藻游鱼,一同荡漾"③。周作人在名篇《乌篷船》中勾画出俯拾即是

---

① (明)张岱:《夜航船》,四川文艺出版社2005年版,第58页。
② 孙伏园:《红叶》,《孙伏园散文选集》,第168页。
③ 鲁迅:《好的故事》,《鲁迅全集》第2卷,第191页。

的水乡风景,"随处可见的山,岸旁的乌桕,河边的红蓼和白蘋,渔舍,各式各样的桥……到得暮色苍然的时候进城上都挂着薜荔的东门来,倒是颇有趣味的事。倘若路上不平静,你往杭州去时可于下午开船,黄昏时候的景色正最好看,只可惜这一带地方的名字我都忘记了"[1]。作者截取水乡日光与暮景、动态与静美等片断,尽显水乡的丰富韵味。

诗人、散文家刘大白痛别故乡、寻梦他地,但念念难忘稽山镜水。在杭州旅途中诗情油然而生,热情赞美故乡山水。他吟咏道:"又向山阴道上行,千岩万壑正相迎。故乡多少佳山水,不似西湖浪得名。"1925年,他在上海江湾为友人作序又心生牵念,深情忆起乐居山水的时光。文中写道:"我底老家,是在作鉴湖三十六源之一的若耶溪底上游,作龙山正南面屏障的秦望山底南麓,我在这溪流山脉之间,曾经度过二十多年的看云听水的生活,因此,故乡底社会,故乡底城市,无论怎样使我厌恶,使我咒诅,甚至使我骇怕;而若耶溪上的水声,秦望山头的云影,总不免常常在十多年来漂泊他乡的我底梦中潺潺地溅着,冉冉地浮着。"[2] 若耶溪流、龙山梅山的云影山色以及神话传说让游子心驰神往,勾起一片乡思,也给作家带来了品之不尽的美学意趣。

许钦文在《鉴湖风景如画》中生动描绘水乡醉人心魄的水景:"银波粼粼的水,远处衬着青青的山,湖光山色依然。在那青山绿水这间,金黄黄的早稻穗和碧油油的晚稻苗一方一方地间隔在田间;还有杨柳、柏树排列在河岸和田塍上。且不说经过鱼荡的箔时,那竹笆刮着船底飕飕的清脆悦耳声,在菱荡旁垂钓鲈渔翁的悠然的姿态,往常我也只有在画面上见到过。绍兴一大部分是平地,所以河流通常总是静止的样子。水面貌如镜,这就成了'镜湖',也称'鉴湖'。"[3] 该文通过澄澈的水面、两岸绿植、湖光山色,生动刻画鉴水的声、色、形,勾勒出疏淡有

---

[1] 周作人:《乌篷船》,钟叔河编订:《周作人散文全集》第3卷,第796页。
[2] 刘大白:《龙山梦痕序》,周作人编:《中国新文学大系·散文一集》,第77页。
[3] 许钦文:《鉴湖风景如画》,《许钦文散文选集》,百花文艺出版社2009年版,第43—44页。

致、动静结合、层次分明的多维水图。越中之水秀美清幽、自然成趣，充满诗情画意，蕴含着审美和文化特色，得到现代绍籍作家的深刻认同。而绍籍作家所描绘的水乡画幅，正是对越水风貌的艺术表现。

现代绍籍作家带着真情实感，以个性眼光品读水城风味，以新颖笔调勾勒越中乡风云水，而不完全效法士大夫。在江南地理版图上，散布着众多水乡市镇，各地水乡各具特色。不同于苏州的吴门烟水，绍兴之水长流于古越土地，而非园林馆阁的一泓碧水，亦少见十里山塘或秦淮河的激滟与绮丽，它所联结的并非精致文化，富含乡情野趣，承载着浙东的民俗风物。五四绍兴籍作家所描写的水，既赏心悦目，又富有文化气韵，洋溢着浓郁的越风乡俗。

作为五四乡土文学的开创者，鲁迅以故乡为创作源泉，其故乡想象始终与水有关，《故乡》《风波》《社戏》等篇什随意点染，处处可见水乡影迹。鲁迅所描写的水清新明净，散发着乡土气息，容纳了浓浓的乡情乡趣。鲁迅多把水与临河农家、墙下乌桕、河街埠头、小镇航船、水田豆麦、活泼有趣的民间生活相组合，勾勒出乡味浓浓的民俗风情画。《社戏》所写的"两岸的豆麦和河底的水草所发散出来的清香，夹杂在水气中扑面的吹来；月色便朦胧在这水气里"[1]，以寥寥数笔勾勒出充满乡野风味、沁人心脾的水画，而意趣横生的钓虾、行船、摘豆描写，增添了人情之美；《风波》中，"太阳收尽了他最末的光线了，水面暗暗地回复过凉气来；土场上一片碗筷声响，人人的脊梁上又都吐出汗粒"[2]。在自然水景中引入乡人生活片断，淳朴而真实。《好的故事》所描绘的山阴道，澄碧水色映照出"乌桕，新禾，野花，鸡，狗，丛树和枯树，茅屋，塔，伽蓝，农夫和村妇，村女，晒着的衣裳"，散发着缕缕乡风。鲁迅不仅描绘出水乡澄碧之美，而且凸显活泼自然的民性，具有浓郁的乡土色彩。

长流不息的水脉，经过历史沧桑，见证岁月流年，深深渗入越人的

---

[1] 鲁迅：《社戏》，《鲁迅全集》第1卷，第592页。
[2] 鲁迅：《风波》，《鲁迅全集》第1卷，第491页。

第五章　五四浙籍作家的流动体验与创作主题

生活，成为传统民俗和历史文化的流动载体。周作人忆及故里之水，除了眷恋水产美味，更醉心于那些溶于水中的文化往事。在《水乡怀旧》中，周作人一方面因"鱼虾，螺蚌，茭白，菱角"对水乡神往不已，另一方面对水乡诗词掌故津津乐道，认为"在这样干巴巴的时候，虽是常有的几乎是每年的事情，便不免要想起那'水港小桥多'的地方有些事情来了"[①]。周作人以水为题并生发开去，娓娓讲述水乡的河街、航船、船店，还原出昔日水乡民众衣食住行之风。

古老的越中之水，不仅润泽一方热土，也积累异彩纷呈的民俗。水乡民众与水为邻、汲水饮之，对神秘变幻的水世界与生命宇宙心生敬畏，留下许多奇谭传说。浙东水乡颇盛行"水鬼"的故事。"河水鬼"又称"水猴"，人们深信这一古老神秘生物生存于水潭之中，视为水乡亡灵的化身和生命归宿。周作人《水里的东西》、许钦文《鬼的世界》对此均有提及。《水里的东西》一文中，作者饶有兴致地追忆"河水鬼"的民间传说，描写了河水鬼的独异形貌和喜好"摊钱之戏"的活泼习性。作品写道："河水鬼的样子也很有点爱娇。普通的鬼保存它死时的形状，譬如虎伤鬼之一定大声喊阿唷，被杀者之必用一只手提了它自己的六斤四两的头之类，唯独河水鬼则不然，无论老的小的村的俊的，一掉到水里去就都变成一个样子，据说是身体矮小，很像是一个小孩子，平常三五成群，在岸上柳树下'顿铜钱'，正如街头的野孩子一样，一被惊动便跳下水去，有如一群青蛙，只有这个不同，青蛙跳时'不东'的有水响，有波纹，它们没有。"[②] 该文对水的叙写，已超越生活层面，触及民俗学与人类学命题。受过新文化熏陶的周作人并不迷信河水鬼传说，意在以现代人类文化学眼光观照水乡习俗以及民众文化心理。这一描写为绍兴水脉掺入了文化情致。

受现代启蒙思想的影响，绍籍作家以新的视角和现代思想意识叙说水乡，彰显越中流水的乡景人情，阐发了绍兴水文化精神的另一内涵，

---

① 周作人：《水乡怀旧》，钟叔河编订：《周作人散文全集》第 14 卷，第 85 页。
② 周作人：《水里的东西》，钟叔河编订：《周作人散文全集》第 5 卷，第 648 页。

将我们带上奇妙的水文化之旅。

法国文艺理论家丹纳精辟地指出自然和文化环境是艺术产生的重要条件，认为"作品的产生取决于时代精神和周围的风俗"①。触目即是的青水碧流，不仅滋润了水城生活，而且塑造越人品性。越中是绍籍作家的游钓之地，丰沛的水泽对他们的气质秉性产生潜移默化的影响。如同诸多研究者所言，现代绍籍作家沿承了浙东刚直狷介的文化个性，但不容忽视的是，寓居他乡的绍籍作家还具有亲近自然、情感丰盈的共性，与生俱来就有浪漫旨趣和诗性气质，他们钟情于山水，眷恋梦里水乡，在自由徜徉中寄托心志，这一性格的形成与越中水文化的浸润具有密切关系。换言之，越中之水乃是融汇着绍籍作家无限心语的精神源流。

流水脉脉，润物无声，深潜于绍籍作家的血脉之中，源源不断地提供精神养料。鲁迅是富有反抗精神的思想界战士，然而在其激烈抗世姿态的背后，又不无诗意表达和美丽想象。《好的故事》等散文诗是鲁迅在艰难时世和心灵芜杂中完成的创作。在自我即将被孤独绝望吞噬之际，依稀可见理想熹微，而鲁迅的残梦，却正是由故乡脉脉流水所负载："河边枯柳树下的几株瘦削的一丈红，该是村女种的罢。大红花和斑红花，都在水里面浮动，忽而碎散，拉长了，如缕缕的胭脂水，然而没有晕。茅屋，狗，塔，村女，云……也都浮动着。大红花一朵朵全被拉长了，这时是泼剌奔迸的红锦带。带织入狗中，狗织入白云中，白云织入村女中……在一瞬间，他们又将退缩了。但斑红花影也已碎散，伸长，就要织进塔，村女，狗，茅屋，云里去。我所见的故事清楚起来了，美丽，幽雅，有趣，而且分明。青天上面，有无数美的人和美的事，我一一看见，一一知道。"②

熟悉的乡景、荡漾的水流，为颓圮的心灵提供温情的抚慰和美妙感受。这一溶解绝望的精神原力，源自江南如诗如画的流水碧波。

绍籍作家对水难以忘情，产生奇妙的感应，在水的依恋中获得创作

---

① ［法］丹纳：《艺术哲学》，傅雷译，天津社会科学院出版社2007年版，第29页。
② 鲁迅：《好的故事》，《鲁迅全集》第2卷，第191页。

/ 第五章　五四浙籍作家的流动体验与创作主题 /

灵感。五四绍籍作家是一个流动性群体，辗转北京、上海、福州、厦门等地，跨越异地万水千山，但无论身在天涯何处，他们的生活中总回响着故里的水声、雨声、桨声。故里流水，默默流淌，抚慰了水乡之子的愁绪，为远行的绍籍作家驱遣了寂寞与辛酸。忆及故乡，周作人把水视作绍兴首屈一指的文化特色，他晚年写就《水乡怀旧》，对故乡之水念兹在兹、推崇备至，在文中写道："但是在有些时候，却也要记起它的好处来的，这第一便是水。因为我的故乡是在浙东，乃是有名的水乡。"[1]《水里的东西》也洋溢着眷恋之情："我是在水乡生长的，所以对于水未免有点情分。"[2] 绍兴籍画家兼作家孙福熙在异乡写下散文《乡思》，深情怀念故乡之水，被悦耳的水声扣动心弦："这外面就是波浪了，他的奔腾的声音真好听啊！四年以来，我所住的总是高楼，从未听到雨打屋瓦或雨水流地面的声音。"[3]

受水乡文化的影响，绍籍作家养成诗情襟怀，乐于徜徉山水之间、吐露自我情怀，在水的渴慕与陶醉中展开美妙构思。乡土作家许钦文晚年倍加思念故乡，曾于20世纪50年代撰文，十分感念那美丽绵长的流水："绍兴是我的故乡，偏门外一带是我旧游之地；以前我可没有这样感到兴趣过。固然，由于年龄、世故等关系，有些事情一时体会不到真情；象我早在中等学校里唱过的'鸟鸣山更幽'和'夜归鹿门'等歌词，一直要到我年已半百在福建永安的山上时才忽然体会到，却也只是一会儿就过去了的。"[4] 在创作时，这些水乡之子或漂泊异地，或遭逢人生低谷，或面临迟暮之年。故乡之水始终浸润着现代绍籍作家的心灵，塑造出亲近山水、情感丰盈的美好品性，绍籍作家怀乡思水，因水生情，生出细腻情思，产生源源不竭的创作动力。由此可言，绍籍作家在新文坛的优秀业绩与乡土文化、水文化存在不可分割的联系。

---

[1] 周作人：《水乡怀旧》，钟叔河编订：《周作人散文全集》第14卷，第84页。
[2] 周作人：《水里的东西》，钟叔河编订：《周作人散文全集》第5卷，第648页。
[3] 孙福熙：《乡思》，《孙福熙散文选集》，百花文艺出版社2004年版，第115页。
[4] 许钦文：《鉴湖风景如画》，《许钦文散文选集》，百花文艺出版社2009年版，第45页。

综而观之，绿水流波造就了一方乡土，孕生绍籍作家的地域品性，激发其诗意想象，为新文学作家的创作提供了本土资源；五四绍籍作家忆水怀乡的篇什，抒写了水乡记忆与满怀情思，使故乡之水获得艺术升华，展现出恒久的艺术生命力。两者的互渗，昭示出新文学与地域文化传统千丝万缕的联系，丰富了中国新文学的美学与文化意蕴。这为我们总结新文学发展的历史经验、挖掘浙江文化对新文学发展的资源性意义带来有益的启示。

结　语

　　乡土与城市构成人类文化地理的两极，人是文化发展的主体。每当人们不甘现状，迈动脚步，总会伴随情感思想的激荡跃动，常能冲破固有天地，促进社会文化革故鼎新。哲学家赫拉克利特主张万物皆流、无物常驻，认为"在这样一个世界里只能期待永恒的变化，而永恒的变化正是赫拉克利特所信仰的……万物都处于流变状态的这种学说是赫拉克利特最有名的见解"[①]。这位智者从生灭现象揭示世界运动变化的哲理：宇宙万物存亡更替，流动变化，永无穷期。中国社会与文化发展亦然。19世纪中后期至五四，古老的神州大地迎来千年变局，有识之士逐风云而动，艰难寻找民族出路。五四新文学在救亡启蒙大旗下发端，各地知识者纷纷而出，龙腾虎跃，起到中流砥柱的作用。其中，两浙作家就是颇具规模的生力军。这些乡之子由于时势所逼，感受末世悲音，被迫少小离家，行走大半生，从故乡到他地、从独行到聚合，与苏、皖、闽、粤、冀等地的知识者会师，如涓涓细流汇入湖海。这支劲旅聚散流动，焕发蓬勃生气，在传统士人向现代知识者转型中敢为表率，为中国新文学注入新鲜血液，建立不朽功勋。

　　从时空角度看，五四浙籍作家出行早、行路久，栉风沐雨，承前启后，成为古代游方的追悼者、近代救亡图存的接班人、新文化的弄潮儿、五四及20世纪三四十年代文学潮流的先锋队。就时间而言，浙人自晚清

---

① ［英］罗素：《西方哲学史》上卷，何兆武、李约瑟译，商务印书馆1963年版，第7—73页。

起敢为人先、接踵而出,争做变革图存排头兵。随着列强入侵,一批先觉者睁眼看世界,湘人魏源撰述《海国图志》、晋籍文士徐继畬著有《瀛寰志略》,浙人龚自珍几度投考报国、秉笔直书、力图更法除弊。其后,闽、粤、苏、浙、湘、鄂等地知识者入都出洋,粤人容闳、康有为、梁启超以及闽人严复等追奉新学,引领风骚。民族风云动荡时,一大批浙人不甘落后。章太炎1897年走出书斋支持变法,东渡东京寻求排满光复大计。生于广东的浙江海盐人张元济经历维新风雨,志在译述新学、以强国为己任,1896年在北京创办通艺学堂,1901年投资商务印书馆。杜亚泉在民族危亡热潮下幡然改志,抛弃举业研习实学,由浙入沪创立亚泉学馆、译著科学书籍、兴办科普刊物,以科学教育启发民智。蔡元培1898年放弃功名,先后在浙沪等地兴学救国,1907年前往德国柏林留学。在时代感召与先贤带引下,五四浙籍作家争相离乡,到社会、经济、交通、水师、医学、法学、工程、教育、出版等实业界求学谋职,如鲁迅、郁达夫、沈雁冰、章锡琛、胡愈之等人初次出门时,大都投奔乡贤族亲。横向相比,浙籍作家出行不后于他人。1898年鲁迅开始走异路,与陈独秀属于前后脚关系,领先于胡适、刘半农等人。陈独秀1897年赴杭州求是学院西方思想文化,1901年因反清遇挫而留学东洋。胡适1904年在沪入读梅溪小学堂、澄衷学堂、中国公学,1910年留学纽约康奈尔大学,刘半农1911年参加辛亥革命、1912年入沪卖稿为生。京沪两地,浙江作家常捷足先登。五四之前,何燮侯、胡仁源、蔡元培、董恂士、许寿裳、蒋百里等已入京,在军政、司法、工商及教育界颇具声势,受其影响,钱玄同、沈尹默、朱希祖、鲁迅等寻声而至,周作人、孙伏园、孙福熙、许钦文、陈学昭等青年新辈紧随其后。经张元济、杜亚泉等前辈引路,章锡琛、胡愈之、沈雁冰等在1912—1916年间进军上海,活跃于创作、翻译、出版战线,20年代初又有郑振铎、徐调孚、陈学昭、王鲁彦、王任叔、乐嗣炳、许杰、王以仁等闻声而来。两浙外流知识分子众多,犹如一颗颗流星划破苍穹,携手互助,自发组队,涌现一批亲友作者群(周氏兄弟、沈雁冰兄弟、孙伏园兄弟、胡愈之兄弟)、同乡群、同事群、师生群,一些业外人士热情相助,如军政界作者(蒋百里、沈泽民等)、编辑界作者(沈雁冰、郑振铎、章锡琛、孙伏园等)等。这些作家来自工商发达、面海邻沪的两浙地区,在民族飘摇背景下奋力前行,较快适应城市生活,融入教育、报刊出版等业界,靠课酬稿费版税为生,拓展人生边线,在陌生的城市闯出一片天。这些群体先兴,就全国而言实属罕见,增强了异乡客子的归属感,提高了队伍凝聚力,为新文学社团与流派兴起提供了巨大助力。他们在行路时取法古今中外,既回望墨子、老庄、屈原、陶潜的故道,追怀两浙乡贤严子陵、方干、王思任、黄宗羲的旧迹,又遥观卢梭、尼采、拜伦等人的抗争路,扬弃了古代游方与屏居生活,开辟出一条风波浩荡的新路。

浙籍作家流走外乡,最主要的原因是寻找民族文化出路。近代知识者四方奔走,追求科学实业救国,寻找社会变革之道。洋务派热衷于师夷长技,改良派与革命派则提倡新学、厉行立宪与革命思想,逐渐把启蒙国民精神提上日程。浙人对此颇有远见。蔡元培倡导科学救国、美育救国,主张科学与美育不可偏废,学习知识与陶冶感情并驾齐驱,他说:"要是没有行路的兴会,就永不会走或走得不起劲,就不能走到目的地。"[①] 五四知识者对独尊儒术的经学时代与礼教制度作了更激烈的批判。梁漱溟认为:"所谓中国历史缺一近古时代,是说历史时间入了近古,而中国文化各方面却还是中古那样子,没有走得出来,进一新阶段。这种停滞不进,远从西汉直至清末,首尾有二千年以上。"[②] 五四浙籍作家对此洞若观火,成为科学启蒙转向文学启蒙的先行者。鲁迅1907年留日时就喟叹:"人有读古国文化史者,循代而下,至于卷末,必凄以有所觉,如脱春温而入秋肃,勾萌绝朕,枯槁在前,吾无以名,姑谓之萧条而止。"[③] 遂而主张以文学益神、让新声起于中国。五四时期,众多浙

[①] 蔡元培:《美术与科学的关系》,《蔡元培美学文选》,北京大学出版社1983年版,第135页。
[②] 梁漱溟:《中国文化要义》,世纪出版集团、上海人民出版社2011年版,第15页。
[③] 鲁迅:《摩罗诗力说》,《鲁迅全集》第1卷,第65页。

籍作家在流动中迎接启蒙文化，重振国人精神，为沉滞的中国文化引入源头活水。一方面，广泛引介世界启蒙思想文艺，转益多师，如法国的卢梭、德国的唯意志论哲学、英国的拜伦等摩罗诗人、挪威的易卜生、日本的白桦派、瑞典的诺尔道等；另一方面，与古代游方传统进行对话，吸收老庄绝圣弃智的精神，从山水隐逸风气中任其自然，激烈抨击封建礼教。五四浙军对世界启蒙文化追逐弥久，接触颇广，且与中国思想融会贯通，体现了吸纳传统、变革创新的精神气魄。鲁迅呼唤文学涵养神思、尊个性而张灵明，不仅领先于胡适《文学改良刍议》中"文学以有思想"的主张，而且对现代个性精神阐述更深。鲁迅、陈独秀都曾评介卢梭、黑格尔、达尔文等人的学说，但鲁迅仔细钩沉西方文明发展特别是19—20世纪哲学文艺新潮始末，比陈独秀《文学革命论》更为周详。五四之后，鲁迅等人群起而动，每到一地，总是热切关注现代思想文艺动向，孜孜不倦地追求新源，力促民族文学与文化重现生机。队伍如此之大，追求如此执着，富有文化探求意味，实为百年史上的一大奇观。其流动行为有别于传统宦游，迥异于漂泊流浪或抗战流离。

众所周知，五四文学革命是中国新文学的起跑线，这场运动由皖籍知识分子胡适、陈独秀领先发起。新文坛上百舸争流，江苏、浙江、安徽、河北、广东、福建、湖南等地作家皆有伟绩。浙籍军团之所以脱颖而出，与他们丰富的行路经验密不可分。由于长年流动，他们感知宇宙苍生，熟悉民族情状与社会百态，了解民众疾苦，积累了丰富的社会实感。其中，既有行路激越感，又满怀倦息与归心；既目睹城市社会万象，又有抹不去的乡情乡音；既包含民族忧患与战斗热情，又不乏山水游兴与闲居意趣等，拓出诸多文学创作主题，如小说的都会世态描写、出走叙事、乡土文学、杂文与游记、山水诗歌等。他们怀着游历观感，写出民族世间的万千气象，同时到名山胜水中洗脱性灵，抒情遣怀，承传了中国传统自然哲思与山水美学，这对修正陈独秀批驳"山林文学"的激进论断具有重要意义。由于文明新戏、文学翻译在国内外城市方兴未艾，浙籍作家都少有例外地兼事文学翻译工作，表现十分活跃。在中国现代戏剧的滥觞期，亦有有识之士参与文明新戏与爱美剧活动，在演出、创作、戏剧理论方面做出有益尝试。文学活动方面，两浙人士生于素有工商传统的地区，熟悉现代教育、报刊、出版等实业，不满足于创作卖稿生活，大胆涉足文学活动、期刊经营，显得得心应手，如鲁迅创办的北新书屋、三闲书屋与自编报刊，徐志摩开办的新月书店、孙伏园创办的嘤嘤书屋及报纸副刊、沈雁冰与郑振铎等合作的《小说月报》与朴社、郁达夫参与创造社社务、章锡琛与夏丏尊筹股的开明书店、戴望舒与友人合办第一线书店与水沫书店等。此类文学运营有一定的商业色彩，却非全为赢利，多是浙籍作家应对复杂环境的变通之道，是他们自销作品、维护著述权益的重要堡垒，为新文学在城市文明、工业文明风雨中找到生长点。

综而观之，五四浙籍作家在新路开辟、队伍凝聚、思想建设、文学活动与创作等方面积累了宝贵经验，值得深入总结。许多论题饶有意味，有待我们进一步探讨。

参考文献

（一）理论类

费孝通：《乡土中国》，北京出版社2005年版。

胡兆量：《中国文化地理概述》，北京大学出版社2001年版。

罗岗主编：《帝国、都市与现代性》，江苏人民出版社2006年版。

汪民安、陈永国、马海良：《城市文化读本》，北京大学出版社2008年版。

王颖：《城市社会学》，上海三联书店2005年版。

薛凤旋：《中国城市及其文明的演变》，世界图书出版公司2010年版。

杨丽萍：《城市文化手稿》，大象出版社2008年版。

曾大兴：《文学地理学概论》，商务印书馆2017年版。

张灏：《幽暗意识与民主传统》，新星出版社2006年版。

郑也夫：《城市社会学》，中国城市出版社2002年版。

［法］阿·德芒戎：《人文地理学问题》，葛以德译，商务印书馆1993年版。

［美］H.E. 德伯里：《人文地理：文化、社会与空间》，王民、王发曾、程玉申等译，北京师范大学出版社1988年版。

［美］R.E. 帕克、E.N. 伯吉斯、R.D. 麦肯齐：《城市社会学》，宋俊岭、吴建华、王登斌译，华夏出版社1987年版。

［美］爱德华·萨义德：《知识分子论》，单德兴译，生活·读书·新知三联书店2002年版。

［美］爱德华·泰勒：《原始文化》，连树声译，上海文艺出版社1992年版。

［美］范芝芬：《流动中国：迁移、国家和家庭》，邱幼云、黄河译，社会科学文献出版社2013年版。

［美］刘易斯·芒福德：《城市发展史：起源、演变和前景》，宋俊岭、倪文彦译，中国建筑工业出版社2005年版。

（二）论著类

陈明远：《文化人的经济生活》，文汇出版社2005年版。

邓云乡：《鲁迅与北京风土》，文史资料出版社1982年版。

高力克：《五四的思想世界》，学林出版社2003年版。

高秀芹：《文学的中国城乡》，陕西人民教育出版社2002年版。

戈公振：《中国报学史》，中国新闻出版社1985年版。

韩石山：《徐志摩传》，人民文学出版社2010年版。

侯外庐、赵纪彬、杜国庠：《中国思想通史》，人民出版社2011年版。

黄健：《"两浙"作家与中国新文学》，浙江大学出版社2008年版。

贾植芳等编：《文学研究会资料》，知识产权出版社2010年版。

金普森主编：《浙江通史·民国卷》，浙江人民出版社2005年版。

李长之：《鲁迅批判》，北京出版社2003年版。

李民牛、陈步涛：《化蛹为蝶：中国现代戏剧先驱陈大悲传》，花城出版社2013年版。

李欧梵：《上海摩登》，北京大学出版社2001年版。

李书磊：《都市的迁徙——现代小说与城市文化》，时代文艺出版社1993年版。

刘家思：《刘大白评传》，中国社会科学出版社2012年版。

彭晓丰、舒建华：《S会馆与"五四"新文学的起源》，湖南教育出版社1995年版。

钱理群：《走近当代的鲁迅》，北京大学出版社1999年版。

钱穆：《中国思想史》，九州出版社2011年版。

沈长庆：《沈尹默家族往事》，中国文史出版社2013年版。

沈善洪主编：《浙江文化史》下册，浙江大学出版社2009年版。

孙昌建：《读白：刘大白的朋友圈》，浙江人民出版社2015年版。

孙玉蓉编：《俞平伯年谱》，天津人民出版社2001年版。

滕复等主编：《浙江文化史》，浙江人民出版社1992年版。

汪晖：《反抗绝望——鲁迅及其文学世界》，河北教育出版社2000年版。

汪家明：《立尽梧桐影——丰子恺传》，中华书局2014年版。

王嘉良：《浙江20世纪文学史》，浙江大学出版社2009年版。

王嘉良主编：《浙江文学史》，杭州出版社2008年版。

王立诚：《美国文化渗透与近代中国教育——沪江大学的历史》，复旦大学出版社2001年版。

王晓初：《鲁迅：从越文化视野透视》，北京大学出版社2012年版。

吴福辉：《中国现代文学发展史》，北京大学出版社2010年版。

吴宏聪等编：《创造社资料》，知识产权出版社2010年版。

吴霓：《中国人留学史话》，商务印书馆1997年版。

许地山：《道教史》，上海古籍出版社1999年版。

许纪霖：《中国知识分子十论》，复旦大学出版社2003年版。

许纪霖等：《近代中国知识分子的公共交往》，上海人民出版社2008年版。

许纪霖主编：《二十世纪中国思想史论》，东方出版中心2006年版。

赵泓：《中国人的新村梦》，贵州人民出版社2014年版。

赵园：《北京：城与人》，北京大学出版社2002年版。

郑绩：《浙江现代文坛点将录》，海豚出版社2014年版。

中国社会科学院文学研究所鲁迅研究室：《鲁迅研究学术论著资料汇编1913—1983》，中国文联出版公司1987年版。

周国伟、柳尚彭：《寻访鲁迅在上海的足迹》，上海书店2003年版。

周作人、周建人：《年少沧桑——兄弟忆鲁迅（一）》，河北教育出版社

2000年版。

［澳］白杰明：《艺术的逃难：丰子恺传》，贺宏亮译，浙江人民出版社2015年版。

［美］林毓生：《中国意识的危机》，穆善培译，贵州人民出版社1986年版。

［美］张英进：《中国现代文学与电影中的城市》，秦立彦译，江苏人民出版社2007年版。

［美］周策纵：《五四运动：现代中国的思想革命》，周子平等译，江苏人民出版社1999年版。

（三）作品类

《论语》，中华书局2006年版。

陈学昭：《海天寸心》，浙江人民出版社1981年版。

陈学昭：《天涯归客》，浙江人民出版社1980年版。

李春梅编选：《湖畔社诗精编》，长江文艺出版社2014年版。

李大钊：《李大钊选集》，人民出版社1959年版。

鲁迅：《鲁迅全集》，人民文学出版社2005年版。

茅盾：《茅盾全集》，人民文学出版社1984年版。

茅盾：《茅盾散文选集》，百花文艺出版社2004年版。

孙伏园：《孙伏园散文选集》，百花文艺出版社2004年版。

孙福熙：《孙福熙散文选集》，百花文艺出版社2004年版。

夏丏尊：《平屋杂文》，开明书店1946年版。

徐志摩：《徐志摩散文选集》，百花文艺出版社2009年版。

徐雉：《徐雉的诗和小说》，人民文学出版社1982年版。

郁达夫：《故都的秋》，内蒙古人民出版社2003年版。

郁达夫：《郁达夫全集》，时代文艺出版社2000年版。

郁达夫：《郁达夫全集》，浙江大学出版社2007年版。

赵家璧主编：《中国新文学大系》，上海良友图书印刷公司1935年版。

郑振铎：《永在的温情》，万卷出版公司2014年版。

周作人：《周作人散文全集》，广西师范大学出版社2009年版。

周作人：《周作人文选：自传·知堂回想录》，群众出版社1999年版。

周作人：《周作人自编集》，北京十月文艺出版社2011年版。

（四）论文类

曹艳红：《流浪与追寻——鲁迅开创现代文学流浪叙事的发轫意义》，《新西部》2010年第10期。

陈福康：《张元济与郑振铎》，《新文学史料》2007年第4期。

陈坚：《浙籍现代作家研究》，《浙江社会科学》1991年第2期。

斗禾：《柔石年谱》，《宁波大学学报》1980年第2期。

付祥喜：《徐志摩早年求学行实考》，《广州大学学报》2015年第3期。

高远东：《论鲁迅与墨子的思想联系》，《中国现代文学研究丛刊》1999年第2期。

何立波：《茅盾之弟沈泽民的革命文学生涯》，《文史春秋》2012年第11期。

蒋荷贞：《许杰传略》，《新文学史料》1994年第1期。

蒋荷贞：《许杰生平年表（上）》，《杭州师范学院学报》1994年第1期。

劳力：《一个"五四"诗人行进的足脚——徐雉的生平及其创作》，《宁波师院学报》1990年第1期。

刘金：《一个不该遗忘的作家——董秋芳》，《文艺理论与批评》1991年第4期。

楼沪光：《柔石年谱》，《河北大学学报》1980年第2期。

骆寒超：《论现代吴越诗人的文化基因及创作性格》，《中国现代文学研究丛刊》1991年第2期。

逄增玉：《试论中国现代"流浪汉"小说及其形象》，《中国现代文学研究丛刊》1989年第4期。

钱理群：《鲁迅和北京、上海的故事》，《鲁迅研究月刊》2006年第5、

6期。

钱理群：《乡村记忆与都市体验：走进鲁迅世界的一个入口》，《海南师范学院学报》2006年第1期。

秦贤次：《徐志摩生平史事考订》，《新文学史料》2008年第2期。

施蛰存：《震旦二年》，《新文学史料》1984年第4期。

孙逊：《都市文化研究：世界视野与当代意义》，《文学评论》2007年第3期。

谭桂林：《论中国现代文学的漂泊母题》，《中国社会科学》1998年第2期。

王艾村：《柔石若干史实辨识（下）》，《鲁迅研究月刊》1995年第4期。

王家平：《永世流浪和"过客"境遇——鲁迅对精神探索者的生存方式与悲剧命运的体认》，《鲁迅研究月刊》1999年第2期。

王嘉良：《论"浙江潮"对中国新文学的发生学意义》，《文学评论》2002年第3期。

王卫平、徐立平：《困顿行者与不安定的灵魂——新文学中知识分子的漂泊流浪》，《东北师范大学学报》2010年第1期。

谢德铣：《郁达夫与董秋芳》，《杭州师院学报》1986年第2期。

徐日君、韩雪：《1917—1927：中国抒情作家群体创作中的流浪情结》，《社会科学辑刊》2010年第1期。

徐雪寒：《诗人徐雉同志的一生》，《新文学史料》1980年第4期。

许杰：《坎坷道路上的足迹（六）》，《新文学史料》1984年第2期。

许杰：《忆王以仁》，《新文学史料》1978年第1期。

杨义：《文学地理学的渊源与视境》，《文学评论》2012年第4期。

张宏生：《徐志摩就读美国克拉克大学行实钩沉》，《中国现代文学研究丛刊》2008年第1期。

张惠达：《魏金枝文学活动年谱》，《上海师范大学学报》1992年第3期。

章华明、吴禹星：《徐志摩与沪江大学》，《新文学史料》2013年第

1期。

钟桂松:《莫斯科留学时期的沈泽民》,《湖州师范学院学报》2017年第7期。

朱晓江:《白马湖作家群的出版理念及其编辑实践考辨》,《浙江社会科学》2009年第1期。

朱正:《董每戡同志二三事》,《新文学史料》1980年第4期。

后　　记

本书即将付梓之际，蓦然回首，时光荏苒、春秋几度。从炎炎酷夏到漫天冬雪，数百个日日夜夜，与灯盏为伴，埋首苦思，匆匆赶稿。夜深后，保洁车来来去去，轮声渐远；清早时，晨鸟在曙色中醒来，鸣唱渐响，这一切至今仍萦绕耳畔。笔耕生活多辛劳，却又倍感充实快乐。

本书是笔者的首部学术论著，虽像学徒工做的第一把板凳那样蹩脚，但处处皆有真情诚意。在隆重纪念五四之际，本书是无名学辈的微薄献礼，也是自己十余年远行感受的一次倾吐。

我与五四结缘已久，多年来深情不移。在大学本科阶段，初次踏上现代文学之旅，产生莫名的感动，心底赞叹五四星云壮美、撼人心魄。在硕士学习阶段，去图书馆查阅的首份历史期刊即是《新青年》，捧读泛黄的书页时爱不释手，仿佛时光倒流，那缕缕书香沁人心脾。攻读博士学位期间，以鲁迅的城市活动为论文选题。毕业后从事中国现代文学教学，每每从五四文学开篇，而工作地浙江乃是众多新文学作家的故乡，这让我心存崇敬又倍感亲近。

几经思考、反复摸索，终于找到一条五四新文学作家研究通道。浙江学界在地域文化与文学研究方面成果颇丰，但自己并不熟稔此法，对五四作家与浙地历史文化了无新见，只能另辟蹊径。求学过程中，曾较多涉猎城市文化理论，试图以此开拓文学研究视角，但碰到一些棘手问题。因视野有限，无法圆熟运用该方法，对近现代背景下的城市社会认识不周全，有时生搬硬套，立论尚浅。毕竟城市推动近代文明，却也带有旧疾新疫。数年间，理论问题琢磨不透，研究方向不明朗，陷入迷局而无法挣脱。直至阅览浙江文化史、浙江通史、中国思想史与文化史、人文地理学后，才豁然开朗，逐渐发现五四作家离乡入城、流动不定的特点，亦领悟新文学作家流动的现代特征与古今之别。另外，现实羁绊使我渴望拥抱五四先辈，听其精神指引。由于工作关系，身处教学高压之中，任务极其繁重，一人任教多门课，有时周课时多达 18 节、教学班有 10 个，完成千份作业批改，另有监考、会议等事务缠身，夜静入座即感昏昏然。周围研究风气尚稀，学术资源紧缺，有志者孤军奋战、举步维艰，难有可观的学术战果，遥望日新月异的学界，常怀云泥之感。一筹莫展之际，读书思考让人消愁忘忧，驱走寂寞焦躁。正是从五四知识者那里，真切感受到自我启蒙力量。在风云变色的时代，他们大都遭遇过人生困厄，却决然而走、力疲不歇，最终冲决罗网。这种奋发求索、开山辟路的精神令人动容。

本书字里行间还隐藏着跋涉者的心音。2001 年离乡南下，求学姑苏城，毕业后到 S 城任职三载，后又到沪求学。长年寄居他乡，寒窗苦读、迷茫从业、白手起家，看惯列车飞驰，熟悉热闹的站台，常怀离愁倦意。在安土重迁的故乡，这条路已然偏离正道。同龄人读完中学、大学后踏足社会，成家立业，昔日同窗大都留在原籍，侍奉高堂，生活安然。对于远走高飞的生活，鲜有人能理解。我的父母少时无条件读书，但他们无意让儿女承欢膝下，时时督促，执意送出求学。交通不便时，父亲曾脚蹬自行车、披星戴月送子入城，只为告别面朝黄土背朝天的生活。为此，他们一方面承受劳动苦辛，另一方面承受思念煎熬。因为客居他地，我迄今留下许多遗憾。祖母将我一手带大，可未及最后一见就与世长辞。四年前，母亲才过六旬却患不治之症，几次住院治疗，除了请假几日探望无法尽心陪侍，全由父亲日夜陪护、亲朋时来照料。她临终前昏迷数日，眼角屡现泪痕，无言地撒手尘寰。而今，老父独守故宅，不愿意依附子女或在家闲养，每年不辞辛劳、春耕秋种，时或出门务工，唯愿儿女常报平安。在长途远路上，我渐懂父辈为何宁愿孤独也要送儿远行，

后　记

其中包含殷切期望，也包含他们对命运的抗争。

古往今来，漫漫长路上留下一行行游子的足迹，回响着一首首肝肠寸断的离歌。在此，要向追逐梦想的行路者道声辛苦，向月台挥别的父老、临行缝衣的慈母致敬！向那些怜恤过客、递上一条汗帕的热心人致敬！

上海师范大学杨剑龙教授是我的学术导师，经其引路，开始关注鲁迅的城市活动，学习城市文化研究理论方法，任芳萍老师时常关心学子近况。浙江省中国现代文学研究会会长王嘉良教授在本研究领域有重要开创，近年到绍兴讲学时，十分关心青年学辈，与大家分享治学心得，对在研课题悉心指教，数次见面，深获教益。王晓初教授是越地中国现代文学学科和鲁迅研究带头人，勤于治学，广览群书，对青年后学真诚相待、热情勉励，多次带队参加学术活动、题赠新著，近年荣休后移居海外，常在朋友圈介绍新品佳作，对学术研究抱有拳拳之心，令人感佩。本人心存感激却深感有负期望，唯有不懈努力。杨福泉教授颇关心笔者的工作情况，不吝传授宝贵经验，畅谈研究心得，为本书提供了富有价值的文献。朱文斌教授对本书写作给予指教。浙江省哲社规划办将本课题列入省级课题，绍兴文理学院"优秀学术著作出版基金"对本书予以大力资助。在紧张成文的过程中，爱人邢蕊杰边忙工作边照顾孩子，帮我腾出宝贵时间，时常督促鼓励，为本书完稿颇有助益；本课题立项不久，小友元宝出生，转眼间已长成为聪明可爱的大孩，给忙碌的生活增添了无数欢乐。在此，一并表示衷心感谢！

王传习

2019 年 8 月